聖女召喚に巻き込まれましたが、異世界の居心地は案外悪くもない？ 2

Seijo Shoukan ni makikomaremashita ga,
isekai no igokochi wa angai warukumo nai ?

Author みい
Illustration 芦原モカ

一迅社ノベルス

Contents

Seijo Shoukan ni makikomaremashita ga,

isekai no igokochi wa

angai warukumo nai ?

Characters

市《いち》川《かわ》悠《はる》真《ま》

巻き込まれて異世界召喚された
高校生。転移後も魔力皆無。
愛称は「ハル」か「チカ」。

アルフレッド・
リンドヴァル

悠真の後見人で婚約者。
第一王子だが全属性の魔法が
使えるチートな魔道騎士。

香《こう》坂《さか》　澪《みお》

悠真の幼なじみ。
腐女子。聖女として召喚され、
チート能力を得た。

エドワード・
リンドヴァル

ファルカハイム王国の王太子。
アルフレッドとは異母兄弟の
第二王子で、澪の後見人。

ユーリ・
リシェール

魔術師団長。アルフレッドとは
学生時代からの友人。

ジェデオン

神殿の神官長。
聖女である澪に忠誠を誓う。

グリューン

アルフレッドの契約獣の
ドラゴン。菓子が好き。

ヴァイス

純白の鷹の姿をした
アルフレッドの使い魔。

プロローグ

「ほんと信じらんない！」

　ずるい、を澪《みお》が連呼する。朝の身支度を終えた悠真《はるま》が、アルフレッドの部屋で寛《くつろ》いでいるところに姿を見せて、早々に機嫌を損ねた。

「んなこと言っても」

　失敗したなぁと悠真が苦い顔をすると、不満です、と書いてある顔で睨《にら》まれる。

「てか、なんで今？　もっと早く教えてよ」

「忘れてた」

　澪の顔を見て、そういえば、と伝えるのを忘れていたことを思い出した。

「ひどいな！」

「悪い」

「ほんとに思ってんの？　もう！　学園、一緒に通う気だったんだよ」

「通うだろ」

「ほぼ別じゃんっ」

　あー、と曖昧に悠真は濁す。文句は甘んじて受けるしかない。

「自分ばっか平民として通うなんてズルすぎる！」

　誘ってよ、と澪が無理なことを言う。

　突如現代日本から剣と魔法の世界へと召喚され、その際に得たチート能力――は、いいとしても、王と同等の権力を有する聖女の肩書きを、不本意であっても持っている。偶然学校帰りに会い一緒にいたせいで、転移に巻き込まれただけの、役割も特別な力もない悠真とは立場が違った。

「ズルいって言われても」

　この国では、貴族籍があれば必ず学園に通うことになっていて、特別な理由がない限り、王族も通う王都にある学園を選ぶそうだ。

　平民が通いやすいよう考慮したカリキュラムを組んだ学園もあるが、見栄でできているような貴族は選ばない。平民に関しては個々の事情が考慮され、学園に通うのは必須ではなかった。

　この教育システムは、時々現れる渡り人――異世界人が確立したものだという。

　悠真と澪に貴族籍はないが、国の貴賓であり学園へ通う年齢でもあるので、編入して学ぶことを勧められ、二人はそれを受けた。

当初の予定では、悠真も澪と同じ高位貴族が名を連ねるクラスに在席するはずだった。けれどどう考えても、価値観が違いすぎる人たちの中に放り込まれて、学園生活を楽しめるイメージが持てない。

今着ている真新しいブレザーの制服でさえ、手触りのいい高級感ある生地で仕立てられていて、庶民感覚の悠真は違和感がある。実用性に首を傾《かし》げたくなる薄いブルーグレーのジャケットは、いかにも良家の子息が身につけるもので、汚れが目立ちそうだった。

（異世界で学ランの方が違和感すげぇけどさ）

悩んだ末に、平民として通いたいとアルフレッドに我侭《わがまま》を言った。

最初は渋っていたアルフレッドだが、基本的に悠真には甘い。若干羞恥を伴うお願い攻撃を繰り返して、髪と瞳の色を変え、こっそり護衛をつけることで了承をもらった。

「俺じゃ貴族となじめるわけねぇなって」

今現在、苦手意識しかない。親しくしている人たちもいるが、ほぼアルフレッドの知り合いだ。

「私も平民として通いたい。そっちの方が楽しそう」

「ムリだろ、聖女」

エドワードから許可が出るわけがない。

「ハルなんて、王族の婚約者のくせに」

「聖女ほど特別じゃねぇし」

正直なところ、今でも実感は薄い。

後見人に名乗り出てくれたアルフレッドがまさかの王族だったことを含め、思いもかけないことが多々あって婚約者の肩書きを得たが、悠真が召喚に巻き込まれたモブなのは変わらないはずだ。

「俺にとっては特別。唯一無二だよ」

聞き役に徹していたアルフレッドが、割って入る。

不意打ちの愛の告白に、悠真は反応に困った。

「ベタ惚《ぼ》れね」

「ええ」

楽しげな澪の突っ込みを、アルフレッドは照れることなく肯定する。悠真の方が気まずい。

「澪、行く時間だろ」

「あ、ほんとだ。ハルは一緒の馬車じゃないの？」

「聖女と一緒に通う平民がいるかよ」

「どーやって城から通うの？」

「転移？」

本来転移魔法を使用して、王城内外の行き来は禁止されているが、王族の婚約者となった悠真は身の安全を考慮するという名目で、アルフレッドが半ば強引に特例で許可をもらっている。

当然制限もある。場所は固定で、アルフレッドの執務室と私室、もらった指輪に仕込まれた転移魔法の陣を用いることが条件だ。

それを説明された時、澪は自由に転移魔法を使ってなかったか？　と疑問に思い、後でこっそり本人に訊《き》けば、抜け道はあるんだよと悪い顔で笑っていた。

「アルフレッドさん、そんな過保護なくせになんで平民として通うの許すかな！」

「ハルにねだられると弱くて」

「朝からごちそうさま！」

言うだけ言って、澪は慌ただしく部屋を出ていく。ほっとしたのも束《つか》の間、今度はアルフレッドの腕の中に悠真は閉じ込められた。

「アルフレッド？」

「本音を言えば、俺の婚約者として通ってほしいんだけどな」

曰《いわ》く、身分を明かせば利用しようと近づく者はいるかもしれないが、悠真には王族の婚約者がいると牽制《けんせい》になる。護衛もある程度は堂々とつけられると、何度も言われた。

「そんな心配しなくても」

かなり強固な防御魔法が付与され、居場所もわかるイヤーカフと、正確な効果は把握していないが、ユーリとマティアスにえげつない魔法の気配がするとドン引きされた指輪をつけている。それだけでなく、澪からもらった多少の怪我《けが》は瞬時に治癒するブレスレットもあった。

どう甘く見積もっても危険な目に遭うわけがないのに、悠真の城出が堪《こた》えているようだ。

「大丈夫だって」

腕をするりとアルフレッドの首に回して、悠真は唇を重ねる。割れ目を舌でなぞって誘えば、すぐに乗ってきた。

濡《ぬ》れた音を立てながら唾液と舌を絡める。すっかり日課のようになっているキスは、身体《からだ》に魔力を馴染《なじ》ませる目的もあった。

夜も夜で、思い出せば羞恥に駆られるような行為を繰り返している。魔力に酔うと悪いからといまだ挿《い》れていないが、精に濃い魔力が含まれているなら、中出ししなきゃいいだけじゃね？　と悠真は思っていた。

　とはいえ、今のところ口をつぐんでいる。嫌ではないが、覚悟も決めきれていない。

（まあ、びびってんだろうけど）

「ぅんっ」

　上顎を舌先で撫《な》でられ、洩《も》れた声が跳ねる。背がざわめき、覚えのある感覚が下腹部にあった。

　朝からするには濃厚で執拗《しつよう》なキスからいつまでも解放されないことに焦り、悠真は手のひらでアルフレッドの背をたたく。

　やっと解放されると、呼気が乱れていた。

（勃《た》つってば！）

　じろりと睨むと、アルフレッドが眉を下げる。

「そんな顔で行ったら、襲われる」

「誰のせいだよ！」

　抗議の声を投げて、悠真は深い呼吸を繰り返す。

「俺だな。悪い」

　こめかみに、柔らかく唇が触れる。

「行かせたくないな」

　ぼそりとこぼされたアルフレッドの呟《つぶや》きを、悠真は全力で聞こえないふりをした。

1　学園編入でフラグ乱立!?

ファルカハイム王国にある学園の中で、王都にあり王族も通うリントレオス学園が、一番規模が大きい。

広大な敷地内には自然も多く、校舎の他に講堂、礼拝堂、演習場などが点在している。外観がまるでホテルのような寮もあるせいで、悠真《はるま》に某テーマパークを想起させた。

財力があれば、貴族籍がなくても通える。また秀でた実力がある者を積極的に受け入れてもいて、特待生として通っている生徒も多くいた。

ただ平民向けにカリキュラムを組んでいる学園とは違い、学ぶのは学問だけではない。

魔法の知識、訓練と実戦、剣術、礼儀作法にダンスと多岐にわたった。

クラス分けについては防犯の観点から、多少身分が考慮されている。悠真が編入した高等部二年のクラスは、下位貴族と裕福な平民が多い。

そのせいか家の事情による編入転出も多く、聖女として高位貴族が多いクラスに編入した澪《みお》とは違い、悠真は特別注目を浴びることなく溶け込めた。

ついていけるか不安のあった学習面は、王宮で家庭教師にみっちり仕込まれた範囲内だったので拍子抜けする。今のままなら、テスト前に詰め込まなくても平均点は取れるはずだ。

というのも、高位貴族になればなるほど、学園へ入る前に家庭教師に教わる。王宮も当然考慮していた。

貴族が学園に通う主な目的は人脈作り、社会の縮図に近いとされる場所で立ち回りを覚えることだった。

だから王太子であるエドワードには、側近候補が学友として普段からそばにいる。学園内で悠真が彼らと関わるようなことはないが、先日偶然すれ違った時に、平民として通うなど物好きな、と言わんばかりの目をエドワードに向けられた。

それも当然のことで、第一王子の婚約者が平民として学園に通っているなどありえない。改めて考えてみると、よく許されたものだ。

(甘やかされてんだろうな)

悠真にはその自覚も実感もある。それでも高位貴族との付き合いは、性に合わないのだから仕方がない。

「チカ、食堂行くだろ？」

　午前最後の授業を終えて教師が退出すると、教室には喧騒《けんそう》が広がる。その中でもこちらの世界に来てから呼ばれるようになった愛称は、違和感なく耳に届く。

　平民として学園に編入するにあたり、素性がバレないよう念には念を入れて悠真は本名を隠すことにした。

「行く。腹減った」

　さっそく友人もできた。

　よく行動を共にするのは、緑の髪に明るい空色の瞳が知的な印象を与える、子爵令息のアシュトン・アドラーと、濃いめのグレーの髪に茶色の瞳、コミュニケーション能力の高い商家の息子エイデンだ。

　二人とは席が近く、昼食に誘われたのがきっかけだった。

　他愛《たわい》のない会話をしながら友人たちと廊下を歩いていると、ふと懐かしく感じる光景が悠真の脳裏をよぎる。らしくない感傷で、ほんのわずか胸の奥が違和感を訴えるけれど、食堂に広がるざわめきにすぐにかき消された。

「なんか、すげぇ混んでないか？」

　悠真がこぼすくらい、あきらかに今日は人口密度が高い。ざっと見た限りテーブルの大半が埋まっている。料理を受け取るカウンターにも、並び待つ生徒が多くいた。

「ああ、殿下と聖女様がいるからだな」

　アシュトンの視線の先を悠真が追うと、覚えのありすぎる二人の姿が遠目に見える。混んでいるわりには周囲に人がいないので、目立っていた。

　食堂にも暗黙の了解はあって、高位貴族とは席が分かれている。学園内では身分は関係ないと謳《うた》われているが、数日過ごしただけでそれが建前だとわかった。

「初めて見たけど、いかにも聖女様って方だな」

　感慨深い声をこぼすアシュトンに、エイデンも同意するので悠真はなんとも言えない気持ちになる。本当のことを言うわけにもいかないので、早く並ぼうと二人を促した。

「殿下と聖女様を一目見ようと、普段食堂使わないやつもいるから混んでるのか」

　遠慮がち、不躾《ぶしつけ》、色々な種類の視線が奥のテーブルの方へ向けられている。悠真は心の底から、上位クラスに編入しなくて良かったと胸を撫《な》で下ろした。

　考えただけでも息苦しい。

卒業までの二年間、二人には近づかず、ひっそり平穏で平凡な学園生活を悠真は送るつもりでいた。

「そーいや、チカは寮じゃないんだよな」

「ああ」

「なんでって、訊《き》いていいのかわからないけど、寮には入らないのか？」

「そーだよ。チカも入れば寮でも色々できんのに」

アシュトンとエイデンは、寮で暮らしている。入寮は強制ではないが生徒の大多数は寮を選び、通いの方が圧倒的に少なかった。

「まあ」

誘いは嬉《うれ》しいが、悠真の返事は曖昧になる。

寮生活も楽しそうだ。興味は惹《ひ》かれるが、許可が出るとは思えなかった。

「家？　の、都合みたいな？」

「なんで、全部疑問形なんだよ」

アシュトンから突っ込みが入る。

「なんでだろ」

言えないことが多すぎて、悠真ではうまく説明できない。困って視線をさまよわせると、なんだよそれ、と二人には笑われただけで特に追及されなかった。

「お、端の方は空いてるな」

エイデンが見つけた窓際のテーブルに落ち着き、雑談を交え食事する。提供される食事はボリュームがあるので、食べ終えるとかなり満腹だ。

「次、礼儀作法だっけ？　眠くなりそうだな」

日差しは暖かく、寒くも暑くもない心地好《よ》い気候に、悠真は午後からの授業で眠気に襲われる予感がした。

「眠くなる話、座って聞くだけよりましだろ」

フォローにならないフォローを、エイデンが入れる。考えることは同じようで、アシュトンも苦い顔をしていた。

座学は主に午前中で、午後は礼儀作法に始まり、剣術や魔術などについて学ぶ。選択と適性で、将来を見据えた学習もあった。

「チカはもう魔力検査したか？」

「まだだけど、俺、魔力ないから」

「そーなのか」

頷《うなず》いて肯定する。厳密に言えばアルフレッドとの行為のおかげで、悠真は極々簡単な魔法を使うくらいはできる。けれど自分の魔力ではないので、堂々とあるとは言えなかった。

「だから剣術の方が興味あるかな」

上達する自信はないが、せっかくなので基礎くらいは学び、扱えるようになりたい。

それに座って授業を受けるより、身体《からだ》を動かしている方が好きだった。

「剣術の授業はきついぞ」

「そうなのか？」

「やったことないと特にな」

身体全体が痛くなったと、エイデンが顔を歪《ゆが》める。

全身筋肉痛になると予想はついたが、異世界ならではの授業に、悠真は浮かれ待ち望む気持ちもあった。


学園では目立たず平凡に、どこにでもいる生徒の一人として、異世界ならではの学園生活を楽しむ——つもりだった、と編入後一ヶ月もたたずに過去形になってしまい、悠真は迂闊《うかつ》な自分を呪いたくなる。

先日あった実戦魔法のクラス分けの魔力検査の際、アルフレッドからもらった指輪を外し忘れた。

魔力を測定する水晶に指輪が触れ、気づいた時には誰もが目を見張る結果が出てしまい、興奮した教師に詰め寄られた。

慌てて指輪のせいだと説明し、検査し直したところまではよかった。

ほぼ魔力がない悠真の、先に出した結果を目の当たりにした魔術教師のトレバー・ハドソンが、指輪に興味を示してしまった。

それだけなら適当にかわせばいいが、伯爵家の出ということもあり、典型的な貴族の傲慢さで、平民で魔力の少ない悠真にはその指輪は宝の持ち腐れだ、活用できる自分に譲るべきだと言い出した。

——金なら充分に払ってやる。

終始高圧的な態度にカチンときて、譲るなどありえないときっぱり断ったがあきらめていない。

トレバーと顔を合わせるたび絡まれ、悠真は追いかけ回されている。できるだけ避けているが、引く様子はなかった。

このままでは指輪が注目を浴びる。悪目立ちしてしまうのはよくないと、悠真はアルフレッドに事情を話し、学園では指輪を外す旨を伝えると、それならとチェーンに通して首にかけてくれた。

（ほんと、早くあきらめてくれねぇかな）

最初は違和感のあった金属の重みが消えた指を、悠真は眺める。今度は、その微《かす》かな重みがないことに違和感を覚えていた。

悠真は小さく嘆息し、俯《うつむ》けていた顔を上げる。あれ、と瞳を瞬《まばた》き辺りを眺め見て、惰性で動かしていたような足を止めた。

「どこだ、ここ」

茫然《ぼうぜん》とした声が風にさらわれる。柔らかな木漏れ日が足下に落ち、緩やかな風が吹くたび姿を変える光は美しく趣があるが、覚えのない景色だ。

木立に囲まれているせいか建物も見えず、悠真は現在いる場所の見当もつかなかった。

迂闊さを嘆いたばかりなのに、うっかりがすぎる。

悠真の知る学校とは規模が違い、広い敷地で迷子になりそうだ——なんて頭をよぎったのはフラグだったと思いたくない。

まじか、と悠真は深い息を吐く。こうなればよく知る場所に出ることを願いながら散策し、人の姿を探すことにした。

（誰もいなかったら、どーすっかなぁ）

放課後、と言われる時間だ。そのうえ、狭い世界に生きる学生は未熟だからと、魔法の使用を制限する結界が学園内には張られている。魔法が身近ではない悠真には、何をどこまで使用できるのかわからない。

（連絡、とれんのかな）

試してはいないが、それでも耳につけているイヤーカフでなんとかなるだろうと楽観視していた。アルフレッドから贈られたそれは、彼と念話ができる効果もある。

しばらく歩き、開けた場所に出ると悠真は足を止める。探していた人の姿だ。

けれど声をかけるのが憚《はばか》られる人物でもあった。

どうしようかと躊躇《ちゅうちょ》していると、不意に顔を上げたエドワードと目が合った。

軽く頭を下げる。微妙にエドワードに対して苦手意識があり、悠真はとっさに踵《きびす》を返そうとして思いとどまった。

きょろきょろと辺りを見回す。人気《ひとけ》がないことを確かめ、エドワードの方へ足を進めた。

「殿下、一人ですか？」

周りに誰もいないのは珍しい。学園で仰々しく護衛を連れ歩くのは許されないが、代わりにいつも誰かしらがいた。

「ああ、少し息抜きにな」

　話しながらごく自然に隣へ促され、悠真はベンチに腰を下ろす。座ってから、道を訊くだけのつもりだったのにと我に返り、エドワードのスマートさに驚き、並んで座ると落ち着かなかった。

　雑談するような、気安い仲ではない。今まで二人で話したこともなかった。

「私のことは、エドワードでいい」

　思いがけない申し出だ。悠真がきょとんとしていると、エドワードが話を継いだ。

「いずれ義弟になるんだ」

「義弟……」

　きらきら、という形容詞がぴったりすぎる綺麗《きれい》な顔を、悠真は愕然《がくぜん》と眺める。このままいけば、いずれ義理の兄弟になる。けれど違和感しかなかった。

「なんだ、その顔は」

　動揺が顔に出ていたらしい。いやだって、と悠真は自分に言い訳する。そもそも、エドワードとアルフレッドが兄弟らしくなかった。

　悠真が知る限り、兄上、と呼んだのは一度だけだ。ざっくりとだが、事情も聞いた。

「おまえなど認めん！　とか、言わないのかなって」

「言うわけがない。陛下が許可を出し、正式に結ばれた婚約だ」

　実感が薄かったのに、エドワードの口から聞いた途端、現実味を帯びる。連想ゲームのように色々なことが頭の中に浮かんで、将来の国王が義弟というパワーワードに悠真は動揺した。

「だが、早々に寝所を共にするのは慎みがないだろう」

「まだ最後まではやってない」

　考え事をしていたせいか、反射で返してしまう。しまったと焦る悠真と、唖然《あぜん》としたエドワードの間に微妙な沈黙が落ちた。

「……自滅、しました。その、結構恥ずかしいんで、これ以上突っ込まないでもらえるとありがたいなと」

「あ、ああ」

　エドワードの声にも、動揺が滲《にじ》む。相手の身内に自分から関係を暴露してしまい、悠真は羞恥に駆られた。

「それで、それなのか」

　思わず、というようにこぼされたエドワードの呟《つぶや》きは、心の中で盛大な叫び声を上げていた悠真の耳には届かない。手のひらで顔を覆いながら、気持ちを切り替えるように息を吐いた。

「あの、俺のこともハルでいいんで。学園内ではチカですけど」

「わかった。……それで、ハルの用はなんだ？」

「え？」

　俯けていた顔を、悠真は上げる。用とは？　と、疑問符を浮かべた。

「こんな所まで私を探しに来て、何か用があったのではないのか？」

「いや、偶然で」

　きょとんとしたエドワードが、ふ、と表情を緩める。自然な、年相応の顔だった。

「それは、引き留めて悪かったな」

「いえ、俺の方こそ息抜きの邪魔して悪かったなって。……それで立ち去りたいのは山々なんだけど、ここどこです？」

「は？」

「居場所を見失った的な？」

「まさか、学園内で迷子なのか」

「まあ、そうとも言うような……」

　ずばり指摘され、悠真はバツが悪い気持ちになる。方向音痴のつもりはないが、この世界に来てから迷子になってばかりだ。

「ならば、私も戻るから案内しよう」

「助かります！」

　無事に帰れそうで、悠真は安堵《あんど》する。思いがけずエドワードと話してみたが、案外嫌われていないように感じた。

「何にも執着を見せなかったアルフレッドが、特別を作るとは思わなかった」

　ぼそり、と呟かれたエドワードの台詞《せりふ》に悠真が気を取られていると、視界の端に鮮やかな彩《いろどり》が飛び込む。なんだ？　と確かめようとした瞬間、それは弾《はじ》き飛ばされていた。

「え」

「きゃっ」

　ストロベリーブロンドの長い髪を乱し、どさり、と派手な音を立て女生徒が地面に倒れる。突然の出来事に、悠真もエドワードも動けずにいた。

　勢いよく何かにぶつかり弾き飛ばされたように見え

たが、エドワードにも悠真にもぶつかっていない。倒れているところも、二人からは距離があった。

（あ、もしかして）

無意識に、悠真はイヤーカフに触れる。同じように状況を理解したエドワードが、警戒するのを感じた。

うっかりぶつかりそうになっただけでは、弾き飛ばされるわけがない。

「えーっと、大丈夫ですか？」

迷いながら、悠真は声をかけてみる。警戒する気持ちはあっても、地面に倒れているのはある意味悠真のせいであり、無視して立ち去るのは気が引けた。

さすがに、手を伸ばす気にはなれないけれど。

「あ、大丈夫です」

怪我《けが》はないらしく、我に返ったように自力で立ち上がる。改めて向き合うと、知っている顔だった。

魔力検査の時に派手な髪色が目を惹き、悠真の記憶に残っている。隣のクラスで、同じく編入してきた男爵令嬢のミカエラ・サンチェスだ。

「前を見て歩いた方がいい」

エドワードが、ミカエラに苦言を呈す。悠真が傍らにいなければ、エドワードにぶつかっていた。

「あ、はい。すみません」

頷くのを見て、エドワードはさっと歩き出す。

「あの」

控えめにかけられるミカエラの声を無視するその背を、悠真も聞こえないふりで慌てて追った。

一度認識すると、髪色が目立つせいかミカエラは自然と目につく。とはいえ、日常生活を送る中でよく見かける人を、興味がなくても自然と記憶してしまうのと同じだ。特に何を思うこともない。

それがそこかしこで囁《ささや》かれる噂《うわさ》が悠真の耳にも届き、やけに目につくのは色々な意味で目立っているからだと知った。

――今日もまた、違う男性といらっしゃるわ。

――婚約者でもないのに、あんなにベタベタして。

――婚約者のいる方にもせまっているそうよ。

――殿下にまで色目を使って。

食堂で昼食を食べていると、最近では喧騒に混じりそんな会話がよく聞こえてくる。けれど噂されるのも仕方がない。ミカエラはいつも男子生徒と親しげにし

ていた。

　その顔ぶれの中にはエドワードの側近候補、将来有望な高位貴族の子息もいたので、余計にやっかみと注目を集めている。婚約者のいない者は学園で相手を探すことも多いと聞いてはいたが、ミカエラほどあからさまに行動している者はいない。

　貴族の令嬢は、貞淑であるべきだと教育されている。王族に嫁ぐには純潔であることが必須であるし、高位貴族においてはそれが暗黙の了解だった。

　家自体も厳しいと聞いていたので、噂を耳にするたび、顔を寄せ話しているのを見かけるたび、ミカエラの貪欲さに悠真は感心している。関わる気などないので、すげぇな、と心の中で声を上げて終わるはずが、なぜか時折ミカエラに睨《にら》まれた。

　気のせいと流すにはその眼差《まなざ》しは鋭く、淡いピンクの瞳には恨みがこもっている。理由は思い当たらない。クラスも違うので接点もなく、エドワードといる時に礼儀で声をかけたくらいで、会話と言えるような会話もしたことがなかった。

（あれが、バレた？）

　まさか、とすぐに悠真は否定する。対外的には、悠真はなんの後ろ盾もない平民だ。防御魔法に気づいたとしても、王太子であるエドワードがいたのだから、彼が、と考えるのが一般的だ。

（なんだろうな）

　自然と、嘆きがこぼれる。今のところ何があったわけでもないが、理由もわからず、一方的に敵意を向けられているのはいい気分がしない。

　だからといって、わざわざ本人に問いただしに行く気にもなれなかった。

　面倒事は全面的に回避の方向で、と悠真は決めている。ただでさえ、魔術教師のトレバーに指輪を狙われる、なんて厄介事を抱えていた。

　思い出すだけで憂鬱な気分になるが、担当教師ではないので、授業中に絡まれることはない。友人たちといる時に悠真を見かけても、外聞を気にしてか絡んでこないとわかった。

　だから広い校内に戸惑う悠真のそばに当たり前のようにいてくれる友人たちが、心底ありがたい。

「チカ、今日は早めに移動しよう。次、大ホールだろ」

「ん？　ああ」

そうだ、と悠真は気づく。普段の学園生活でミカエラとの接点はないが、次のダンスの授業は隣のクラスと合同だ。

「そーいや、合同で何すんだ？」

席を立ちながら、エイデンに尋ねる。知らないのは、編入した悠真だけのようだ。

「実践形式ってやつ？」

「最初に、実際のパーティのように踊るんだよ。っていっても、踊るのは一部の貴族の生徒だけどな」

アシュトンが補足を入れる。社交界に縁がなければ、ダンスを本気で覚えようなどと思えない。

教師もその辺は考慮していて、学園の卒業パーティまでにカタチになっていればいいというスタンスだ。

だから今の時期に完璧に踊れるのは、社交界にデビューしている貴族の生徒と、熱心な一部の生徒のみになる。実際授業で踊ってみせるのは、貴族だけだとホールへと移動しながら説明してくれた。

「チカ、ダンスは？」

「めんどくせぇ、が本音かな」

「だよなぁ」

友人たちと笑いながら足を踏み入れたホールは広く、すでに生徒の姿も多くある。なんか本格的だな、と眺めていると、悠真たちに気づいたクラスメイトのユージンが合流した。

ユージンは平民の特待生として学園に通っていて、王宮の文官になるのを目標としている。性格は穏やかで成績も優秀だ。努力が実ればいいと、悠真は好意的に見ていた。

「ユージン、踊れるようになったか？」

「まだ。難しいよな、ダンスって」

今ここにいる顔ぶれで、完璧に踊れるのはアシュトンだけだ。伯爵令嬢の婚約者がいるので、必死に覚えたと言っていた。

悠真もスパルタ教師と澪のおかげで踊れるようになったが、それ以上を目指す気はないので適当に授業を受けることにしている。踊れないと思われていた方が、都合がよかった。

「ユージンは、卒業パーティでグレタ嬢を誘うんだろ」

グレタとは子爵令嬢で、ユージンがひそかに想《おも》いを寄せている相手だ。煌《きら》びやかな社交界に憧れを持っているが、家の事情でデビュタントの時以来参加できていないらしい。

　ユージンがグレタを好きなのは見ていればわかるようだが、悠真は言われるまで、もしかしてとも思わなかった。鈍い、と笑われたのは記憶に新しい。

　卒業パーティではパートナーとしてなら、学園外の者でも参加できる。まさかアルフレッドは参加するつもりでいないよなと、悠真は友人たちの会話を聞きながら一人焦った。

「グレタ嬢が、他のやつに誘われたらどーすんだよ」

「それは、嫌だけど」

「だったら、さっさと踊れるようになるんだな」

「週一の授業で、そんな簡単に覚えられるかよ」

　嘆くユージンにそうだよな、とエイデンが話を締めくくったところで、グレタが友人たちとホールに姿を見せる。会話が聞こえるような場所で足を止めたので、自然と話題は変わった。

　続々と生徒が集まり、ホール内のざわめきが大きくなる。男子生徒と談笑するミカエラの姿もあった。

「私ね、誘われて踊るのが夢なんだ」

　女性のはしゃぐ高い声は、自然と耳に入る。グレタの声は悠真の傍らの友人たちの耳にも届いたようで、ユージンは肘でつつかれていた。

「無理でしょ」

　冷ややかな女性の声に続いて、笑いが起こる。そちらの方へ悠真が目を向けると、男女数人がグレタをあざ笑うように見ていた。

「まず、夜会に参加しなければね」

「参加できても、没落寸前の子爵令嬢を誘うとかないだろ」

「学園でなら、ああムリか。相手してくれそうな平民の男は、ダンス踊れないからな」

　あからさまに揶揄《やゆ》され、グレタは恥ずかしそうにうつむく。それを見たユージンが怒りに震えるが、ダンスを踊れないのもまた事実だった。

　不快でしかない状況に悠真が眉をひそめると、教師がホールに現れる。中央に立ち手を打つと、ざわめきが潮が引くように小さくなり、やがて静まり返った。

　初めての人もいるからと、教師から説明がある。授業の前半は相手を自由にダンスに誘い、夜会のようにホールで踊り、踊らない者はそれを見て学ぶ。後半で、指導をすると言った。

「エイデン、踊れないの？」

女生徒の一人が幼なじみの気安さで、エイデンに小声でグレタを誘うように頼む。けれどホールに出て踊れるほどではないと、申し訳なさそうに首を振った。

　アシュトンは踊れるが、婚約者を差し置いてグレタを誘うわけにはいかない。他も似たようなもので、傲慢な物言いの人たちを見返したい気持ちはあっても、技術が足りないのを自覚していた。

　先ほどまで楽しそうにしていたグレタは、今はうつむいて暗い顔をしている。傍らのユージンは、彼女を誘いたいが誘えない悔しさで、握りしめた拳が白くなっていた。

「それでは踊らない者は脇へ、これから曲を流すので気軽に誘い踊ってください」

　教師の指示で生徒たちが動き出す。悠真も脇によけながら、思案した。

（ガラじゃないんだけどな）

　それでも友人の悔しさを、知らない振りで見ていられない。

「ユージン」

「……なに」

「彼女が他の男に誘われて踊るのを見るのと、このまま授業が終わるのを待つの、どっちがいい？」

「え」

「彼女の夢を最初に叶《かな》えるの、自分じゃなくてもいいのか？」

「悔しいけど、誰かが彼女のことを誘ってほしいと思ってる。次は、俺が誘えるようにするから」

「わかった」

「え」

「ユージンへの貸しにしとくからな」

「チカ？」

　呼びかけには答えず、悠真はグレタの方へ歩いていく。本当にダンスなど、苦手意識しかない。

　正義感で行動する、熱血タイプの性格でもない。それでも新しくできた友人を、大切にしたい気持ちはあった。

「グレタ嬢」

「え」

　制服のスカートを指先で握りしめるグレタの前で、悠真は足を止める。周囲の目が集まるのを悠真は感じた。

「一曲、お相手願えますか」

以前見たアルフレッドの所作を真似《まね》、悠真はグレタをダンスに誘う。驚き見開く瞳に、安心させるように頷いた。

　やればできる。なんとかなる、と悠真は心の中でひそかに唱えながら顔には出さない。

「……はい」

「手を」

　指先まで気をつけ差し出した悠真の手に、グレタが恐る恐る右手を重ねる。軽く握り返し、エスコートして歩き身体を引き寄せた。

　ダンスの、この距離の近さが悠真は苦手だった。

「チカくん、踊れるの」

「まあ、ギリ及第点だから、足踏んだら悪い」

「いいよ。誘ってもらえただけで嬉しい」

　流れ始めた曲に合わせ、悠真は足を動かす。久しぶりのうえ、知り合い以外と踊るのは初めてなので緊張したが、グレタは踊りたいというだけあって足運びは安定していた。

　無様なダンスにならなかったことに、悠真は安堵する。誘ったのは完全に勢いだった。

「すごいね、踊りやすいよ」

「それならよかった。知り合い以外と踊ったことないから」

「そうなんだ」

　ペナルティ付きの、ダンスの練習をした日々を思い出す。ふとアルフレッドの顔が浮かび、ん？　と悠真は疑問がよぎった。

　こんな風に誰かと踊るのは駄目だったのか？　と考えてみる。さすがに婚約者の目の前で他の人を誘うのが駄目なことくらい悠真でもわかるが、今は授業の一環で踊っているだけだ。若干の不安はあるが、大丈夫だろうと結論づけた。

　ぽつぽつと会話をしながら、なんとか足を踏むことなく、ステップも間違わずに踊り終える。もう絶対に踊らないからなと心の中で誓って、悠真は友人たちの元へ戻った。

「チカ、踊れたのか⁉」

「足踏まなくてよかったって程度だけどな」

「そうか？　すげぇ所作が綺麗で、なんか貴族みたいだった」

　過分なほど、エイデンが褒めてくれる。端から見てもそれなりだったなら一安心だ。

「知り合いの真似してみた」

「それでもすげぇよ」

グレタに因縁《いんねん》をつけていた顔ぶれが、悠真を睨みながら歯がみしている。貴族なのはわかっても、交流に興味がなく覚える気がない悠真は誰一人として家名などわからない。

人を見下すことで優越感を覚える、幼稚とも言える態度は、絶対に近づきたくないと悠真に思わせた。


授業を終え、寮に戻る友人たちと別れると、悠真も帰路につく。

馬車が追い越していくのを横目に校門を抜け、しばらく歩いて通りから死角になっている場所で足を止めると、アルフレッドの執務室へ転移する。身体に感じる感覚にも、視界が唐突に変わることにも慣れない。

ふう、と悠真は息を吐き、書類に向かうアルフレッドにお疲れ様と挨拶すると、今夜の夕食は都合がつかないと言われた。

仕事が忙しければ仕方がない。食事を抜かないようにクギを刺してから、悠真は部屋に戻る。すぐに着替えて演習場に向かい、軽く走った後で風呂に入ると、グリューンと夕食を食べた。

後は寝るだけの格好で、悠真は本を手にベッドで寛《くつろ》ぐ。ふわぁ、とあくびを一つしたところで、風呂から上がった部屋の主が戻ってきた。

手にはトレイを持っていて、ワインボトルとグラス、悠真用のグラスも乗っている。それをベッドの傍らにあるサイドテーブルの上に置くと、ソファに腰を下ろした。

「たまにはハルも飲む？」

見ているのに気づいたのか、アルフレッドはワインボトルを掲げる。グラスに注がれる深い色合いのワインは、美味《おい》しそうに見えて渋みの強い味だと悠真はもう知っていた。

「いらない」

顔に出ていたのか、アルフレッドは瞳を緩めると、グラスに口をつけ傾ける。ゆるりと動く喉仏に大人の色気を感じ、悠真は目を離せない。

不意にぱち、と目が合って、妙な気まずさと跳ねた鼓動を誤魔化すように枕を腕に抱え込んだ。

（なんか、えろいのがわるい）

責任転嫁する。性的な目で見るなど、完全に毒されている。今現在ベッドの上にいるのも悪い。

あーもう、と妙な気恥ずかしさで、悠真は枕に顔を埋《うず》めた。唇で触れてみたいなんて、恥ずかしい。期待しているみたいだ。

「ハル」

「ん？」

不埒な思惑に気づかれたかと、悠真はどきりとする。好きな人相手なのだからある意味健全ではあるが、開き直るにはまだ経験値が足りなかった。

「今日、ダンスの授業で踊ったんだって？」

驚いて、悠真は枕に埋めていた顔を上げる。学園内の出来事を、夕食の席か寝る前にベッドで横になりながら話す時もあるが、今夜は話していない。黙っていたわけではなく、失念していた。

「なんで知ってんだ」

「ハルにつけている、護衛に聞いたんだ」

「あー」

そういえば、と悠真は思い出す。護衛の存在などすっかり忘れていた。

顔合わせも紹介もないので、学園内でそばにいたとしても悠真にはわからない。興味もなかったので、詳しく聞いていなかった。

「えーっと、だめだった？」

疑問も思い出し、悠真はアルフレッドに尋ねる。知らなかったとはいえ、マナー違反をしていたのなら謝るべきだ。不快な思いをさせるのも本意ではない。

「だめってことはないよ。授業の一環だし、ハルはほっとけなかったんだろうし」

「事情も知ってんの？」

「知っている。だから、もどかしい」

「へ」

わからず、悠真はきょとんとする。もどかしいってなんだ。

「婚約を公にしていないから、俺のものだ、と言えないのに、そんなかっこいいことをされたら、ハルを狙う子が出てくるだろ」

「まさか」

ありえない。容姿からして、この世界の人たちとは比べものにならない凡庸さだ。

それを補えるような、魅力のある家柄でもない。

「まさかじゃないよ。ハルは無自覚だからタチが悪い」

「えぇ」

「だから、せめて知り合いじゃなくて、恋人か、婚約者って言ってほしかったな」

は、と息がこぼれる。やけに詳しすぎないかと、悠真は驚いた。

友人たちに、知り合いと言ったことに他意はない。婚約してまだ日は浅く、アルフレッドと付き合っている自覚はあるが、婚約者という立場には慣れないせいだ。

とはいえ誰かに訊かれれば、婚約者がいる、と悠真は答える。隠すつもりはなかった。

（これは、もしかして……）

俄《にわか》には信じられない可能性が浮かび、悠真はときめく。とくとくとくと、ほんのわずか速くなった鼓動を聞きながら、アルフレッドを窺《うかが》い見た。

「アルフレッド、拗《す》ねてんの？」

他の人をダンスに誘ったことに。

婚約者、と言わなかったことに。

「拗ねていない」

即座に応《いら》えがある。ワインをがぶ飲みする横顔を、悠真はまじまじと見つめた。

（なんだこれ）

ベッドでごろごろ転がり、手足をバタバタさせたい気分になってくる。悠真よりも遥《はる》かに大人で、万能感のある強い男が些細《ささい》なことで拗ねるなんてかわいすぎてずるい。

走り出したくなるような気持ちを落ち着けようと、悠真はゆっくりと息を吐き出し、意識して表情を引き締めた。

ベッドに横になったまま、アルフレッドを上目遣いで見る。

「俺が、好きなのは誰ですか？」

思いがけない問いだったようで、アルフレッドが瞳を丸くする。瞬きを一つすると、口元を緩めた。

「俺、だね」

疑問形でなかったことに、悠真は満足する。そうでなければ、枕を投げつけていた。

「だとしたら、仮に誰かに想いを寄せられても、関係ないと思いませんか？」

元々、恋愛に苦手意識を持っていた悠真だ。好意を向けられたところで、簡単に気持ちが揺らぐことはない。

「……そうだな。悪い、余裕がなくて」

自嘲気味に呟くアルフレッドを、悠真は甘やかしたくなる。不安を取り除けるものなら取り除きたい。婚約したとはいえ、二人の関係はまだ始まったばかりだ。悠真自身も、決して余裕があるわけではない。

「だから、ハルが俺を安心させて？」

「俺？」

「だめ？」

甘くねだられ、嫌と言えるわけがない。たまには悠真の方が、アルフレッドを甘やかしたいと思っていたところだ。

ただ、その方法がわからない。

「抱きしめる？」

「うん」

軽く頷くが、アルフレッドはソファから動こうとしない。及第点には達していないようだ。

「……一緒に、寝る？」

「だけ？」

さすがに、望む答えを察する。考えてみれば、今まで悠真から誘ったことはない。

急に、心臓が逸《はや》り出す。改めて誘うとなると、言葉が喉の奥に詰まって出てこなくなった。

「えっと、俺が、アルフレッドとしかしない」

そこで、悠真は言葉を切る。どう言うか迷って、ぱっと頭に浮かんだ言葉を口にした。

「い、いかがわしいこと、します、か？」

言ってから、言葉選びを間違えた気もしてくる。だからと言って、他に言いようが浮かばない。

じわりと恥ずかしさが滲み始めたところで、アルフレッドがグラスを置いた。

「うん、いかがわしいこと、しようか」

同じ台詞で返され、ぐ、と悠真は息を呑《の》む。

印象を変えた眼差しがまっすぐに向けられ、動けなくなる。ソファから立ち上がったアルフレッドがベッドに膝をつき、距離を詰めるのを悠真は見ていることしかできなかった。

「ハル」

顔の横、音さえ吸い込むような寝心地の好いベッドにアルフレッドが手をつく。

視界に飛び込んできた腕をなぞるように見上げた悠真が、至近距離の整った顔に息をひそめると、投げ出していた手に指が絡んだ。

きゅ、と握り込まれて唇が重なると、ふわりとワインの香りが鼻を抜ける。緩ませた唇の隙間からアルフレッドの舌が滑り込み、悠真からも絡ませ擦り合わせると、ワインの味がして飲んでもいないのに酔いそうだった。

主導権は、いとも簡単にアルフレッドのものになる。本能的な気持ちよさに、悠真は翻弄された。

「ん、んぁっ」

離れていった手が身体の弱い部分をまさぐり、キスの合間に寝着を脱がされる。手際よく下着まで脱がされ、悠真は対抗するようにアルフレッドを脱がしていった。

「俺とこうするの、慣れてきた？」

「どう、だろ？」

気持ちよかった、で終わる行為だが、慣れるかどうかは別だ。

意思とは無関係にこぼれるあられもない声、跳ねる身体、一方的に快感に翻弄されている姿を、アルフレッドの目に晒《さら》すのはかなりの羞恥があった。

「気持ちよさそうだけど」

兆している悠真の性器を、アルフレッドの指がゆるやかに撫《な》でる。くすぐったいような刺激でも、膨らんだ。

与えられる快感を覚えた身体は、自然と期待する。以前は性に淡泊だったのが嘘《うそ》のようだ。

「……わかってて、言ってんだろ」

男の身体は即物的でわかりやすい。目に見えるので、誤魔化すことなどできなかった。

「ハルがねだってくれれば、なんでもするのに」

ベッドの上でも、それ以外でも。

なんて、アルフレッドがさらりと口にする。いかがわしい台詞を言わせたいのかと疑うが、腰を撫でていた指が性器に絡み、握り込むので悠真は声が跳ねた。

「舐めていい？」

わざわざ訊いてくるアルフレッドに、悠真は返事に困る。嫌ではないが、恥ずかしいものは恥ずかしい。

今まで、性器を舐《な》められたことはない。ためらいながら頷くと、くるり、と体勢をひっくりかえされた。

「え」

驚いている間にうつ伏せにされ、腰を高く持ち上げられる。足を開かされたところで、悠真は慌てて振り向いた。

「やっぱり、拗ねていたのかもな」

「は」

状況も忘れ、悠真はきょとんとする。瞬きを二度ほどすると、アルフレッドが悪戯《いたずら》を企むような顔で笑んだ。

「だからちょっと、意地悪しようかな」

「な、に」

いじわる？　と、頭の中で反芻《はんすう》すると、ぬるりとした感触が窄《すぼ》まりを撫でる。理解した途端、悠真は焦った。

「ちょ、っ」

とっさに身体を逃がそうとするが、アルフレッドの手に腰をしっかり掴《つか》まれている。目で、撫でられているような錯覚さえ覚えた。

「やだって！」

羞恥から、拒否していた行為だ。

抗議の声に、ん、とアルフレッドは頷いて、舌先で襞《ひだ》を割ろうとした。

「アルフレッド！」

「ハルは、どこを期待してた？」

「え」

ふる、と性器が震え、悠真の頬に血が上る。勝手に、性器を舐められるものだと思っていた。

けれど答えられない。

ふ、と軽やかな息が唾液で濡れたところに触れ、また舌先が窄まりに押しつけられた。

「ここは、嫌がっている感じじゃないな」

舌の刺激で、襞はひくひくと蠢《うごめ》く。

舐められ、つつかれ、舌の動きに合わせ応えているようだった。

「ここも」

「あっ」

するり、と性器を撫で上げられる。直接的な刺激を喜ぶように、雫《しずく》を溢《あふ》れさせた。

「触ってほしそうだけど」

「んあっ！」

少し固いアルフレッドの指先が、先端を潰すように擦る。不意の強い刺激に悠真は腰が揺れ、唇からは官能的な声がこぼれた。

慌てて唇を引き結ぶ。甘ったるい自らの声など聞くに堪えず、悠真はできるだけ声を出さないようしている。それを良しとしないのがアルフレッドだ。

「いじわる……」

予告通りだと、悠真は眉根を寄せる。声に出していたようで、うん、と反省の色もない応えが、アルフレッドからあった。

「なんか、してほしいとかじゃないのかよ」

「いつも恥ずかしがって嫌がること、許してくれるのも嬉しい」

ぐるぐると思考を回しながら葛藤し、悠真はうなるような声を上げると、抵抗をやめる。力の抜けた身体に気づいたアルフレッドが、背に唇を落とした。

「ン」

柔らかな接触ではあるが、悠真は少し驚く。

体勢のせいか、アルフレッドの動向がわからない。そのことに戸惑っていると、背を啄《つば》むように口づけながら、唇が下肢へ下りていく。

尾てい骨のところまでくると尻の丸みを割られ、窄まりにも唇が落とされた。

自然と、悠真は力が入る。やっぱり恥ずかしい。

どうしても抗《あらが》いたくなって、葛藤している間にも舌先が窄まりをくすぐり、唾液を含ませながら、時折ほぐすようにつつく。

執拗《しつよう》に舌が這《は》わされるせいで、次第に水音は大きくなった。

「うぅっ……やっぱムリかも」

「ムリじゃないよ。楽にして」

唾液が伝い落ちていくのを追うように、アルフレッドの舌は割れ目を下りていく。

膨らみにたどり着くと、撫でるように舌の表面で転がし、悪戯するように唇で啄む。

そんなところ、と悠真が当惑していると、湿った熱に包まれ驚いた。

「うわ、なにっ」

アルフレッドの口内でころりと舌に転がされ、悠真は身体がこわばる。ありえないとわかっていても、このままパクリと食べられてしまいそうだった。

なので、解放されるとほっとする。けれどもどかしさも、悠真は感じていた。

昂《たか》ぶり、はしたなく雫をしたたらせている性器には、アルフレッドは触れようとはしない。

「う、ぁあっ」

不意にぐぐ、と舌先を窄まりに押し込まれて、肌が粟立《あわだ》つ。シーツを掴む悠真の指先に力が入った。

　繰り返し何度も、浅い場所ばかりを舐められ、緩く刺激され続けると堪《たま》らなくなる。下腹部の辺りがきゅうっと、甘く痺《しび》れる。はっきりした刺激が欲しいと、身体が訴えていた。

　はく、と唇を動かして、結局は声にならずに悠真は首を振る。言えるほど、羞恥は振り切れていない。理性もまだ残っていた。

「……っ」

　けれど指とは違い、舌は気持ちいいところを擦ってはくれない。くすぶるような熱だけが、じわじわとたまり続けていく。

　自分で手を伸ばし性器を擦るだけでは、満足できない疼《うず》きだった。

「アルフレッド……」

「ん？」

　もう、限界だった。

「ゆ、ゆびで、ナカ、の、いいとこ、さわって」

　無意識に、悠真は腰を押しつける。これでもどかしさから解放されるかと思えば、逆にぴたりと、刺激が消えた。

　唐突に、放り出された不安感から、悠真はアルフレッドの方を窺う。ベッドの脇へと、手を伸ばす横顔が見えた。

「あ……っ」

　ほんの少し冷静になった頭が、羞恥を連れてくる。うつ伏せたまま腰を上げ、アルフレッドの手を待っている状況に悠真は逃げ出したい気持ちになった。

「ハル、濡らすよ」

「ん」

　寝室のサイドテーブルにいつも用意されている、潤滑剤が垂らされる。高級感のある甘い香りが鼻孔をくすぐり、尻の割れ目からぬるりとした感触が太腿《ふともも》を伝い落ちていった。

　そんな些細な刺激にも、悠真は身もだえる。肌を汚していくぬめりをアルフレッドはさらに手のひらで、悠真の内腿にべたりと塗りつけた。

「な、に」

　驚いて振り向こうとする悠真の腰を腕で持ち上げ、アルフレッドは開いていた両膝をまとめる。理解が追いつかず、疑問符ばかりが乱舞した。

「脚、しっかり閉じてて」

「え」

言われなくても、内股はアルフレッドによりぴたりと閉じられている。その太腿の間を、硬度のあるものが割り入った。

愕然としたように悠真は目を見開き、振り返る。肩越しにアルフレッドを見上げた。

情欲を湛《たた》えた眼差しとぶつかる。ぞくりとして、悠真は一瞬呼吸を忘れた。

「俺も、一緒にな」

「んっ、あ、な……にッ」

肉付きの薄い太腿に挟み込まれ、ぬるぬると滑るものを確かめると、昂ぶった性器の先端がのぞいて見える。動揺していると引き抜かれ、また押し込まれた。

悠真の性器も擦られる。熱同士が触れ合い擦れて、悠真の性器はすぐに硬さを増した。

「ん、ぁ、あ……っ」

「ナカも、ね」

「……え」

手のひらが、尻の割れ目を軽く広げる。ひく、と蠢いた襞を指先が撫で、つぷりと押し込まれた。

ん、と悠真は息を詰める。身体の内を探られる違和感はあるが、ねだり望んだ刺激だ。

ゆっくりと腰を前後させる動きに合わせ指も抜き差しされ、ぞくぞくとした快感が背を抜けていく。

「ああぁっ！」

尻にアルフレッドの腰がぶつかる。内腿の間に性器が滑り込み、互いの昂ぶりが擦れ合うと同時に指で中を刺激され、悠真が甘い吐息をこぼした。

（こんなの、もう）

粘着質な水音、肌がぶつかる音が、否応なしに耳に飛び込んでくる。同時に与えられる強い快感に、悠真は逃げたくなった。

（セックスだろ）

無意識に身体を逃がそうとするが叶わない。指が食い込む強さで、アルフレッドに腰を掴まれている。手加減できていないところに、余裕のなさが窺えた。

「ん、んっ、あぁぁっ」

「ハル、気持ちいいよ」

掠《かす》れる声が告げ、腰を揺すった。

アルフレッドが動くことによって、ぐちゅぐちゅと水音が立ち、腹部で擦れ合うぬめった感触も強くなる。

限界だ、と訴えるように悠真が首を振るが、解放されることはなかった。

「んぁ、は、あ、や、もぅ……い」

「いいよ、俺も、だから」

　くぅっと苦しげに喉を鳴らす悠真に、アルフレッドは腰の動きを速くする。容赦なく同時に擦られ、あっけなく精を吐き出した。

　びくびくと跳ねる悠真の腰を脚ごと抱きしめ、アルフレッドが腰を打ち付ける。

「や、あぁっ、まだ、で、て、んんっ」

　達した直後の身体に、強い刺激は苦しい。

　シーツに指先でしがみつき、悠真が逃げ出したくなっていると、脚の間からずるりと昂ぶりを引き抜かれる。あ、と声を洩《も》らしたと同時に、ぬるりとした生温かい精が尻にかかり、ひくつく襞を濡らして太腿に伝い落ちていった。

　荒い呼吸を悠真が繰り返していると、指先が襞を撫でるように精を塗り込める。もうむり、と触られるのを嫌がるように、悠真はベッドに身体を投げ出した。

＊

　ずらり、と並んだ本の背表紙を前に、悠真はため息をこぼす。音とも言えないそれは、図書室に広がる静けさの中に溶けて消えた。

　文字を、目で追っているようで追えていない。

　眺めている、が正しい。探している本があるわけではないが、タイトルから興味を惹かれ、手に取ることもできなかった。

　今日はずっと、こんな調子だ。

　気づけば上の空で、授業の内容も、友人たちとの会話もあまり覚えていない。原因は主に悠真の自滅だ。

（いかがわしいって言ったけどさ！）

　昨夜のことを思い出すと、頭を抱え蹲《うずくま》りたくなる。

　拗ねているアルフレッドがかわいくて、甘やかしたい気分で誘ったのは悠真だ。

　そのことに後悔はない。嫌だったわけでもない。

　ただ、思い出すと結構色々やばい、本当にいかがわしい行為だったせいで、感情面をうまく処理できずにいる。

　初心者だと申告しているのだから、もう少し手加減してほしい。性に関する知識が、浅かったことを実体験で思い知らされた。

考えないようにすればするほど、思考は勝手に昨夜の行為を反芻していく。

　そのせいで自らの痴態までも赤裸々に思い出してしまい、悠真を居たたまれない気分にさせた。

――チカ、なに色気振りまいてんだ。

――は？

――自覚なしかよ。

――色気とかねぇし。

――あるって！　なんつーか、雰囲気のある表情？

　友人からの指摘に愕然として、そんな顔してたのか？　と、羞恥に駆られた記憶は消えてはくれない。

　教室内を眺め見ると、クラスメイトの何人かがちらちらと悠真の方を窺っていた。

　意図せず昨夜のことを思い出してはいた。けれど顔にも態度にも、出したつもりはない。

――傲慢な貴族連中に、襲われたくなかったら気をつけろよ。

　こっそりと耳打ちされた忠告を、悠真はありがたく受け取る。その辺の輩《やから》にどうこうされはしないだろうが、厄介事が付随するのは間違いなかった。

　平然と受け流せる経験値が、切実に欲しくなる。照れて動揺しているのは悠真だけで、アルフレッドは朝にはもう、爽やかな笑みを浮かべた好青年に戻っているのだから反則だ。

　勝手にアルフレッドと顔を合わせ辛《づら》くなって、悠真は授業が終わると学園内にある図書室に足を運び、こうして帰城を先延ばしにしている。本を読みたいだけなら、王城内にも図書館はあった。

　再度ため息をつこうとして、微かな足音を耳が拾い悠真は我に返る。振り向くと、知った顔があった。

　互いに驚く。

「意外に会うものだな」

　先に我に返ったのはエドワードだ。同意するように、悠真は頷く。

　こんな風に学園内で顔を合わせるのは、想定外でしかない。高位貴族が通うクラスとは、身分だけでなく教室も離れている。交流もなかった。

「わざわざ学園の図書室を利用しなくても、ここにある本は、お……向こうにもあるぞ」

「ああ」

　蔵書の数なら、王城内にある王立図書館の方が圧倒的に多い。

誰でも気軽に利用できるわけではないが、悠真は手続きなしの利用資格を持っている。授業を終えてから、わざわざ学園の図書室に来る必要はないと指摘された。

「見学も兼ねて、みたいな？　面白そうな本があれば借りるけど」

以前は、積極的に本を読む生活をしていなかったが、最近はそこそこ読んでいる。情報を得るのに便利な端末が使えないうえ、時間をつぶせるものもない。手軽に何か、と考えると必然的に読書になった。

読んでみると、案外面白い。

「うわ、っ」

どん、と背に衝撃を感じ、悠真はぎょっとする。振り向いて、さらに驚いた。

ストロベリーブロンドの頭がある。ミカエラ・サンチェス――ぱっとフルネームが悠真の頭に浮かんだ。

「ごめんなさ、い……え」

俯けていた顔を上げ、ミカエラも驚いたような表情を見せる。二人の間に、気まずい空気が流れた。

またか、と思っているのはお互い様だ。眉間にシワを寄せたミカエラに、睨まれる理由がわからなかった。

本棚の陰にいたのは悠真だが、通路は塞いでいない。急ぐ必要もない場所で前をよく確かめず、ぶつかってきたのはミカエラだ。

理不尽に感じはしても、不機嫌そうに睨まれただけでは問い詰められない。正直関わり合いになりたくない気持ちの方が上回った。

悠真は早々にこの場から立ち去ろうと決めて、床に落ちた本を見つける。先ほどまではなかったものだ。ミカエラが落としたのだろうと、悠真は本を拾い差し出した。

「ありがとう」

唐突に、ぱっと表情を明るくして、ミカエラは愛らしい笑みを浮かべる。それにときめくよりも、悠真は警戒した。

「え、ああ」

変わり身に戸惑うと、悠真の背後を気にしているのがわかる。奥の方に、エドワードがいるのに気づいたようだ。

（退散！）

さっと、その場を後にする。ミカエラがエドワードに話しかける声が聞こえるが、先日と同じ苦言を残し、悠真に続く気配がした。

「今日は、ぶつかったんだな」

廊下に出たところで、エドワードが隣に並ぶ。

一瞬きょとんとして、ぐるりと思考を回した後、悠真は頷いた。

「学園にいる間は、効果を弱めてあるんだ。この前みたいに、ぶつかりそうになっただけで弾くと不自然だから」

これで、と悠真は首にかけたチェーンを指先で引っかけ見せる。指輪を隠す効果もあった。

「え、なに」

軽く眉をひそめ、エドワードが呆《あき》れたような眼差しを向けているのに悠真は気づく。首を傾《かし》げると、苦い顔をされた。

「……アルフレッドが過保護なのがわかった」

「？」

「元は、魔力がないのだったな」

「ない。今は、アルフレッドのおかげでギリギリ基礎コースの授業が受けられる感じかな」

「……そうか」

歯切れの悪い相槌《あいづち》に、微妙な表情だ。その程度で喜ぶことなのかと、思われたのかもしれない。

魔法は創作の中だけの世界にいた者にとっては、ささやかなものでも使えると嬉しいんだけどな、と悠真はひっそりと苦笑した。

「てか、一緒に出てきてよかったのか」

「ああ、資料の返却ついでに息抜きでもと来ただけだ」

その息抜きを切り上げてもよかったのか？　と考えたのが顔に出ていたのか、エドワードが言葉を継ぐ。

「彼女がいては、息抜きにはならない」

「え」

「私を見て、態度を変えただろう」

「ああ」

エドワードも気づいていたようだ。

「アレ、エドワードのこと狙ってんのかな」

「よくあることだ」

頭の中に浮かんだ疑問を、悠真はうっかり口に出していたらしい。思いがけず、エドワードから応えがあった。

「よくあるんだ？」

「今はまだ、婚約者を定めていないからな」

「ああ」

この世界は、高位貴族になればなるほど、幼い頃から婚約者がいる者が多い。

　そんな中で売約済みでない、顔よし、身分よし、の優良物件が身近にあれば、争奪戦に参加したくもなる。可能性はゼロではない。

　きゃあきゃあと騒がれるのも大変だろうなと、性格は知っているとまでは言えない、見た目完璧な本物の王子様を悠真は眺めた。

「なんだ」

「大変だなと」

「まったくだ。最近はアルフレッドを狙っていた令嬢たちからの縁談も、私宛に持ち込まれているからな」

「え」

「お披露目はせずとも、アイツは婚約したからな」

「あー……」

「素直に身を引く者たちばかりではない。夜会に出るなら気をつけろ」

「あ、うん」

「なんだ？」

「いや、あ、夜会には出るつもりなかったなって」

「それならいい」

　会話が途切れたところで、生徒会室へ戻るエドワードと悠真は別れる。案外優しいんだなと、綺麗な顔の眉間にシワが刻まれそうなことを考えながら、帰路についた。

「最近、すげぇチカのことを訊かれるんだよ」

　昼食のために訪れた食堂の席に着くと、そういえば、と切り出したエイデンにアシュトンが相槌を打つ。

　二人の向かいに座った悠真が、齧《かじ》りついたばかりのサンドイッチの咀嚼《そしゃく》に励んでいると、アシュトンが言葉を継いだ。

「この前の、ダンスの授業からだよな」

「そうそう、あれからあからさまにチカのことを探ってくるんだよ」

「獲物を見つけた狩人のような目がこぇぇの」

「まあ、気持ちはわかるけどさ」

「あれは、かっこよかったもんなぁ。スカッとしたしな！」

「俺は、チカにでかい借りになったけど」

　ぽんぽんとテンポ良く交わされる会話に、ユージンが微苦笑を浮かべながら加わる。

　悠真は軽い気持ちで言った貸しだったのに、いずれ利子をつけて返せるようになりたいと、隣で決意をあらわにした。

　ごくん、と悠真は口の中の物を呑み込む。話せるようになっても、何をどう言っていいかわからない。

　情報が多すぎる。だいたい、探るってなんだ。

「理解できないって顔だな」

「まあ」

　ダンスの授業で、若干注目を浴びはしたが一部の生徒の中でだ。

　踊り始めてからは、関心を向けられるようなことはしていない。知らず何か迂闊なことをしただろうかと、悠真は急に不安になった。

「すげぇ自然に、優雅にダンス踊ってただろ。だから、実はどこかの貴族の隠し子か、貴族とも懇意にしてる裕福な家の息子か、そんな憶測が飛び交って、女性陣に将来有望な伴侶として認識されたみたいだぞ」

「——は？」

　想定外のことを告げられ、悠真はぽかんとする。ダンスを一曲踊っただけで、なんでそうなったと理解が追いつかない。

「で、実際は？」

　真面目な顔で、ユージンが確認してくる。他の二人も、興味津々だ。

「フツーの家庭だよ」

　家族は異なる世界に暮らしているけれど、と心の中で付け加える。現在の家庭環境は、悠真自身うまく説明できない。

「ほんとに？」

「俺が貴族の隠し子とか、ありえないだろ」

「いや、ありえなくはないかなって」

「なんでだよ」

「なんとなく？　見目もいいし」

「俺にお世辞言っても、得るものはないぞ」

　だいたい見目がいいのはアシュトンの方だろうと、知的な印象の整った顔をまじまじと眺める。明るい空色の瞳が、眇《すが》められた。

「まさかの自覚なし？」

「ビビアン・フランクス男爵令嬢なんて、あからさまにアプローチしてんだろ。チカに」

「えーっと？」

個人名を出されても、顔と名前が一致しない。

アプローチされた覚えもなく、悠真が首を傾げると、三人共に唖然としたような顔で食事の手を止めた。

真っ先にエイデンが口を開き、目撃した光景を例に挙げて解釈付きで説明してくれる。言われてみればそんなこともあったなと思い出せるが、指摘されなければアプローチだと悠真はわからない。

「はあ、なるほど？」

最近妙に、女生徒に声をかけられる理由がわかった。

本当に、ガラではないことなどするべきではない。

あの時ダンスに誘ったことに後悔はないが、平穏で平凡な学生生活を送るうえでは失敗だった。

「へんな疑惑、訊かれたら否定しといて」

身分がないとわかれば、落ち着くはずだ。

平民に喜んで嫁ぐ貴族令嬢はいない。仮に身辺を探られたところで、そう簡単に悠真の素性がバレることはなかった。

学園内で知っているのはエドワードと澪、そして学園長だ。どこかにいる護衛も知っているのだろうが、悠真が認識していないので数に入れていない。

「いいけどさ、条件のいい相手だったら受けるのもアリだろ」

「ナシだよ」

「もったいない」

「いや、俺――」

「なあ、チカ。ダンスの時に嫌み言ってた連中には、絡まれてないか？」

「え」

婚約者がいるから、と悠真が告げるより先に、エイデンの心配そうな声が割って入る。否定しようとして、ふと記憶に引っかかるものがあった。

「……あ」

先日の出来事だ。

「おまえが、チカか」

唐突に、男子生徒が仲間二人を引き連れ立ち塞がり、値踏みする目で悠真を眺め見た。まるで全身を舐めるように這う視線が不快だった。

「ふうん、なかなかいいな。俺の庇護下《ひごか》に入れてやろうか」

なんだこいつら？　と、悠真が三人の顔を見ていると、中央の男がにやにやしながら告げた。

不躾で不遜で、名乗りもしない男たちと関わり合いになりたくなかったので、悠真は即座に断り踵を返した。

　すっかり忘れていたそれをエイデンに話すと、ぎょっとした表情を浮かべる。理解していない悠真に、アシュトンが焦ったように説明してくれた。

　要約すると、遊んでやる、だ。不健全な意味を含む。

「アレ、そーいう誘いだったのか」

　気づかなかった。どこにでも、典型的な悪役は存在するものだ。

「いやいやいや、待てって」

「ん？」

「なんで、平然としてんだよ」

「関わる気がないから？」

「向こうが勝手に関わってくるだろ」

「そうか？」

　そういうこともあるかと、悠真は納得する。

「騎士科のフーゴ・グローバーだろ。悪い噂を聞くぞ」

「悪い噂？」

「見目のいい平民ばかりを狙って、身分を盾に、逆らえないのをいいことに思い通りにするって」

「そーいうの、アリなのか」

「本来は許されない。けど、ないわけじゃないんだよ」

　苦い顔で、アシュトンがこぼす。

「フーゴは、三男だけど伯爵家だからな」

「へぇ」

「へぇ、じゃないだろ」

「大丈夫だよ」

　たぶん、と心の中で付け加える。対象が友人たちだと厄介だが、悠真であるならなんとかなるはずだ。

（護衛もどっかにいるだろうし）

　ミカエラが、イヤーカフの効果を証明してくれている。とはいえ、関わらないことが一番だ。

　なんて言っていたその日の夕方に、さっそく友人たちに心配された状況に陥る。めんどくせぇと、悠真はげんなりした。

　それをどう解釈したのか、目の前に立つ男は唇の端を引き上げた。

「自分からこんな人気のない所へ来て、誘ってんの？」

いつも悠真が通る道だが、余計なことは言わない。歩きながら考え事をしていたせいで、後をつけられているのに気づかなかった。

目の前にいるのは、なんとなく覚えがあるような、同じ制服を着た男子生徒三人だ。確認のために周囲を見回し、退路を断たれたことを知った。

「家に、招待してやるよ」

道の向こうに、馬車が停まっているのが見える。やっぱりこうなるのかと、悠真はあきらめに似た気持ちになった。

男たちに促され、特に抗うことなく悠真は馬車に乗り込む。楽々と座れる広さはあっても、男たちに囲まれれば息が詰まるような空間だった。

（どうするかな）

馬車が走り出す揺れを身体に感じながら、悠真はいくつかある選択肢を頭の中に並べる。焦りや、危機感は不思議なくらいない。むしろ、既視感があった。

覚えがありすぎる。思い出した途端、だからかと悠真は納得し、慣れたくねぇと嘆く。誘拐劇は、これが最後であることを願った。

「どうした？　声も出ないか？」

向かいから声をかけられ、意識を引き戻される。目の前でにやつく男は、自分たちの優位をカケラも疑っていない。

数度瞬きした悠真は、会話になればいいなと、億劫《おっくう》な気持ちを隠して唇を開いた。

「てか、誰？」

「なっ」

驚いたように目を見開き言葉を詰まらせるが、知らないものは知らない。

なぜ知っていて当然と考えているのか、悠真には理解できなかった。貴族特有の感覚なのだろうか。

「フーゴ・グローバー伯爵令息だろ！」

隣の男が叫ぶ。

聞き覚えがある。昼に聞いたばかりの名だ。

あんたが、と悠真は目の前の男を眺める。他二人は名乗らなかったので、取り巻きA、Bと名付けた。

「これだから平民は」

先ほどから主に話しているのは取り巻きAだが、窘《たしな》める声はBから上がらない。

吐き捨てるように文句を言うくらいなら、関わらなければいいのでは？　と、悠真は思わずにはいられなかった。

「おまえのような平民は、一生かけても住めない邸《やしき》に招待してもらえるんだ。フーゴ様のお眼鏡に適《かな》って喜ぶべきなんだよ」

嬉しくないと、悠真は心の中で反論する。突っ込みどころが多すぎて、聞き流せない。

けれど苛《いら》つくまま正直に言いすぎると口論になりそうで、無駄な労力を使うことを避けるためには沈黙を貫くしかなかった。それも、腹立たしい。

「素直に従った方が、楽しい時間を過ごせるぞ」

抗うようなら力尽くだと、言外に告げている。騎士科だけあって、フーゴの体格はよかった。

一般の学生が力で敵《かな》うわけがない。こうして馬車に乗っている時点で、逃げることも叶わない。数の不利もあった。

「……質問、いいか？」

「なんだ？」

「こーいうことすんの、俺が初めてか？」

可能性は低いが、念のために悠真は確認してみる。けれど何を勘違いしたのか、にやり、とフーゴは嫌らしく笑った。

「俺に見初められたとでも思ったか？　平民が何を勘違いしてるんだ。ちょっと遊んでやるだけだ」

「サイテーだな」

噂通り、平民を嬲《なぶ》りものにしてきたのが窺える。初犯で、悠真を見初めて強引な手段に出ただけだとしたら、隙を見て消えてもいいかと考えていた。

逃げ出すなんて簡単だ。

けれど余罪があり、これからも犠牲者が増える可能性があるなら、悠真に手を出したことで成敗されればいい。三人の不遜な態度に、そう結論づけた。

「平民は、俺たちのような貴族のためにいるんだ。相手に選ばれるのは光栄なことだろう？」

親の爵位だけで、ここまで自惚《うぬぼ》れられるのもすごい。その主張も、せめて見目がよければまだ頷けるところもあるが、フーゴを筆頭に、他二人も記憶に残りにくいいわゆるモブ顔だ。

悪い噂が悠真の友人の耳に入るほど広まっている中でさえ、行動に移す愚かさもある。間違えようのない、不良物件だ。

「なんだ、その目は」

文句を言ってくる取り巻きAの横で、フーゴが楽しげに喉を鳴らす。今にも舌なめずりして襲いかかってきそうで、悠真は不快だった。

「気の強いのは嫌いじゃない。屈服させる楽しみがある」

「趣味わりぃ」

「さっきから、フーゴ様に失礼だぞ」

取り巻きＡの文句を聞き流していると、馬車が停まる。学園からそう遠くないようだ。

執事の出迎えがある。悠真は離れたところで、取り巻きたちに騒ぐなと牽制《けんせい》されながら、フーゴが使用人たちに部屋に近づかないよう指示するのを見ていた。

「行くぞ」

フーゴが自ら案内し、促され入った部屋はそこそこ広く、相応に豪華な印象を受ける。けれど王宮に滞在し、高級感のある調度品を見慣れている悠真の心が動くほどではなかった。

「豪華で、言葉も出ないか」

得意げなフーゴが、ベッドのサイドテーブルの上にある小物に触れる。それが香だと気づいたのは、甘ったるい香りが鼻先をくすぐったからだ。

どちらかといえば女性が好みそうな香りではあるが、こういうところは貴族らしい。日常生活の中で、香を焚《た》くなど悠真にはありえなかった。

「おまえは、物怖《ものお》じしないな」

怯《おび》えるでも、騒ぐでもない悠真に、フーゴが感心する。状況は収穫祭と同じだが、あの時感じた、恐怖と絶望感はない。目的は同じでも、貴族という育ちのせいか対応に緩さがあった。

「面白い。男との経験は？」

一瞬、アルフレッドとの行為は経験に入るのか？と、疑問がよぎる。相変わらず、挿入はしていない。けれど挿《い》れていないだけで――と、脳裏に浮かんだ行為に軽く動揺した。

今、思い浮かべることではない。

沈黙する悠真にどう受け取ったのか、フーゴが唇の端を引き上げた。

「身体の相性によっては、愛人にしてやってもいい」

「触んな」

伸ばされた手を、悠真ははたき落とす。触られたくはない。

「きさま！」

些細なことで激高する取り巻きＡがうるさい。沸点が低すぎる。はたき落とされた本人は、笑いながら手をひらひらとさせていた。

「ここまできて、往生際が悪いな。おとなしく身を委ねるなら、乱暴にしない」

「触られんのも嫌だし」

「すぐに、触られたくなる」

「ねぇよ」

言葉遊びを楽しんでいるのか、強引に襲いかかってこない。

陵辱目的で連れ込んでいるのは確かで、何を企んでいるのかわからず、悠真は警戒心を強くした。

「なら浅ましくねだったら、合意でいいな」

「ありえねぇ」

「まだ、効き目が出ないか？」

何の話だ、と悠真は怪訝《けげん》に眉をひそめる。何かをされた覚えも、何かを口にした覚えもない。

「娼館《しょうかん》で使われている香だ。中に塗り込むクスリもある。存分に乱れるといい」

やべ、とさすがに悠真は焦り、鼻と口を手のひらで覆う。すでにずいぶんと吸っている。香りは部屋に充満していて、息を止め続けるのも現実的ではない。


フーゴたちにはすでに効き始めているようで、悠真へと向けられるぎらぎらと情欲を滲ませた目が不快だった。

「じっくり、かわいがってやる」

じりじりと距離を詰められ、悠真は後退《あとずさ》る。人の考えが読めないことに、心底感謝した。

フーゴたちの頭の中など、絶対に見たくない。

そろそろ我慢の限界を感じていると、騒々しさが近づいてくる。ほっと安堵の息を吐くと、勢いよくドアが開いた。

「フーゴ！」

「父上!?」

「まさかと思い、急ぎ帰ってきたら……」

声に怒りが滲み出ている。焦ったように、フーゴが父親の方へ一歩踏み出した。

「どうか、されましたか」

それに合わせ、取り巻きたちが前に出て悠真を背に隠す。けれど部屋に充満した甘ったるい香りは、隠せるものではない。

「なんてことをしてくれたんだ！」

「何もしてません！」

開かれたままのドアの向こうでは、騒ぎを聞きつけ駆けつけた母親の戸惑った声が聞える。けれど部屋には姿を見せない。引き留める声と、それに抗議する女性の声が徐々に大きくなっていく。

「未遂でも許されないことをしたと自覚しろ！　おまえは今この時をもって勘当だ！」

「なっ、父上⁉　たかが平民を部屋に連れ込んだくらいで」

「そうではない。それに、たかが平民ではない。いや、平民だからといって、おまえがしようとしたことは許されるものではない」

「学友を、部屋に招いただけです」

「ごまかせると思うな！　本当に、なんていうことをしてくれたんだ」

　手のひらで顔を覆い、父親が嘆く。

　父親はまともそうなのに、と悠真が展開を見守っていると、ドアの向こうで父親の決定に不服を叫ぶ母親の声が響いた。

　ああ、と察する。平民を見下す母親の思想を受け継いで、甘やかされて育った結果が今のフーゴだ。

「父上！　どういうことですか」

「おまえはよりにもよって、殿下の婚約者に無体をはたらこうなどと」

「――は？」

「もういいか」

　冷たい表情で、アルフレッドが部屋に足を踏み入れる。怖い思いをしたわけではないが、顔を見ると悠真は肩の力が抜けた。

　連絡は必須だ。

　とっくに、アルフレッドには状況をざっくり説明してある。こういうときは念話が便利なのだと実感する。男に取り囲まれた状況でスマートフォンを取り出し、電話をかけて話してはいられない。

「はい。あの者は、我が家とは一切関わりがありません。連行の上、どうぞ処罰してください」

「……わかった」

　沙汰を待つ伯爵に、了承の応えを返せばあからさまに安堵の表情を見せる。その横を通り過ぎ、アルフレッドは悠真の元へまっすぐに歩いてきた。

「で、んか？」

　顔を知っているのか、フーゴが愕然としたようにこぼす。取り巻きたちはその場にへたり込んだ。

過保護気味なアルフレッドから、よく邸についていく許可が出たと思っていたが、フーゴたちは印象そのままに雑魚というか、小物だったらしい。

だいたい危険度が高ければ、こんな回りくどいことなどせずに、アルフレッドは即座にあの場に現れていた。

「ハル」

「何もされてないよ。ヘンな香は吸ったけど……」

「影響はない。無毒化されているからな」

腰を引き寄せられ、こめかみに軽いキスを落とされる。

ふわりと、柔らかな魔力が身体を覆う。偽りの色が消えたようで、フーゴたちがぎょっとした。

「私の最愛の相手だ。準王族に手を出そうとしたのだ。おまえたちは罪に問われる」

「な、ん……平民じゃなかったのか」

「爵位はないよ。まあ、こいつの婚約者ではあるけど」

フーゴたちの表情が、絶望へ変わっていく。身分を振りかざし好き勝手していた者らしく、状況を理解したようだ。

アルフレッドの指示で、三人は騎士に連れられていく。取り乱す母親の声が聞こえるが、これからどうなるのかは悠真にはわからない。

訊けば教えてくれるのかもしれないが、さして興味がなかった。

*

「なぁ、聞いたか？ あのタチの悪い連中が退学になったって」

「聞いた。家は爵位があるのに退学って、何したんだろうな」

退学の噂は広がっているが、理由は誰も知らないと、アシュトンのように首を傾げている。正しく把握している悠真は、二人の会話にただ相槌を打った。

「何はともあれ、一安心だな」

チカ、と話を振られ、悠真は間の抜けた声が洩れる。黙っていることが多すぎるせいか、何を言われているのかわからない。

「絡まれてただろ」

「あ、そうだった」

「呑気《のんき》だな」

危機感なさすぎ、とアシュトンが注意する。それにエイデンが、苦笑混じりに同意した。

「チカ、ほんと気をつけろよ」

「おう？」

念を押しても鈍い反応に、二人が顔を見合わせてため息をつく。

「俺の家の爵位が高ければ、盾になってやれるんだけどな」

「それだと、親しくなれなかったかもしれないだろ」

本当だな、とエイデンと共に笑い合う。

身分が絶対のこの世界では、爵位の近い者同士で交友関係を築く。

打算がない付き合いは、ゼロではないが珍しい。悠真がこうして平民として編入しなければ、身分に対してではなく悠真自身に心を砕いてくれる彼らと友人にはなれなかった。

だから平民として被《こうむ》る面倒事があっても、仕方がない。悠真が選択した結果だ。

ただろくでもない意図で焚かれた香を吸ったと知った時は、さすがに焦ったけれど。

結果としては無効化されていたので問題ない。安堵すると同時に、好奇心に近い疑問が悠真に浮かんだ。

「あの香って、吸うとどーなんの？」

いかがわしい用途に使われるとわかっていても、及ぼす効果はわからない。

連れ帰られた王城のアルフレッドの私室で、衣服に移った甘ったるい香りが鼻につき、悠真は何気なく疑問を投げた。

「興味ある？」

「え」

アルフレッドの指先がするり、と耳の輪郭をなぞりイヤーカフに触れた。意味ありげな触れ方に、悠真はぞわりと背がわなないた。

「これ、外して香を焚いてみる？」

指先で小さな金属をもてあそびながら、甘く囁かれる声に悠真は動きを固めた。

近い距離で合わされた視線を外せない。わずかな間の後、「けど」とアルフレッドが言葉を継いだ。

「ハルに甘くねだられたら、俺の理性は持たないな」

ぐう、と息が詰まり、好奇心が身を滅ぼす予感に、悠真は慌てて遠慮した。

「残念」

　くすりと吐息で笑って、アルフレッドは引いた。

　指先も離れていったのに、なぞられた感触は消えず、悠真の鼓動はととっと逸った。

　その後向けられたいつもの笑顔に、安堵と、脱力感に襲われた。けれど後になって、悠真は複雑な気持ちを抱えることになった。

「――チカ？」

「あ、え、なに？」

　名を呼ばれ、悠真は意識が引き戻される。つらつらと思考が流れるままにしていたせいで、なんの話をしていたのかわからない。

「チカも、サンチェス嬢が気になるのか？」

「は？」

「時々、見てるだろ」

　今も、とエイデンが付け加える。指摘されて気づいたが、鮮やかな髪色が視界に映っていた。

けれどいたのか、というのが悠真の感想だ。

「まさか、そーいうんじゃないよ」

　たまたま視界に映っていただけだ。

「それならいいけど、だいぶ良くない噂があるから、本命にするのはやめておけよ」

「ないから」

「だよな。見た目がかわいくても、あまり奔放なのもな」

　ちらりとミカエラを盗み見て、悠真は友人たちと食堂を後にする。まるで逆ハーレムを形成しているように見えた。

　多情が、悠真には理解できない。

　ふっと、二兎《にと》を追う者は一兎をも得ず、と頭の中に浮かんだ。

　エンターテインメントではないが、最終的にはミカエラが誰を選びどうなるのか、好奇心はあった。

「チカ、次の休み買い物行けるんだよな」

「行ける」

　ろくに買い物をしたことがないと言った悠真に、エイデンとアシュトンが一緒に行こうと誘ってくれた。

　出かける旨をアルフレッドにも伝えてある。友人と過ごす時間を、悠真は楽しみにしていた。

　教室の近くまで来たところで、行く手を遮るように立つ男に気づき悠真たちは足を止める。避《よ》けて通ろうとしたところで、悠真は名を呼ばれた。

「はい？」

なんの用だと思っていると、突然目の前で片膝をつき、艶《あで》やかな薔薇《ばら》の花を差し出した。

「惚れました！　俺と結婚してください」

鮮やかな赤に、悠真は目を奪われる。そのせいで、答えがワンテンポ遅れた。

「お断りします」

予想外に、声が大きく響く。居合わせた者たちが足を止め、固唾《かたず》を呑んで見守っていたせいだ。

話は終わったとばかりに、悠真が男の脇を通り過ぎると静止していたような時が動き出す。エイデンとアシュトンが、慌てて後を追ってきた。

「チカ」

「ん？」

呼びかけに応えるように、悠真は顔を向ける。隣に並んだアシュトンは、困惑を滲ませていた。

「あれだけ？」

あれだけとは？　と、悠真は疑問を感じる。ぐるんと思考を回し、考えが及ばなかったことに気づいた。

「ごめんなさいも必要だったか？」

「そこじゃない」

脱力感に襲われたようなアシュトンの声が突っ込む。その横で、エイデンは吹き出していた。

「そこじゃない？」

「即座に、ばっさりだったろ」

「あんなもんだろ」

「いや――」

何か言いかけるエイデンを遮るように、教師が教室に入ってくる。慌てて悠真たちも席に着くと、自然にざわめきも消え、授業が始まった。

しばらくすると、緩やかな眠気が襲ってくる。子守歌のような教師の声を聞きながら、悠真はふと予想だにしなかった出来事を思い出した。

（公開プロポーズとか、すげぇよな）

やはり異世界は常識が違いすぎると、認識を新たにする。初対面だとか、当たり前のようにする同性への結婚の申し入れは別にして、悠真のイメージでは告白やプロポーズは二人の時にするものだ。

人前で堂々と、公開プロポーズなどすごいとしか言いようがない。

考えてみれば、グイオの時もそうだった。

（なんていうか、大変だな）

衆人環視の前での告白もそうだが、断られるのを目撃されると考えると、告白へのハードルが高すぎる。だいたい跪いて愛を乞うなどキザすぎて、やれと言われても悠真には無理だった。

いやでも、アルフレッドとは二人の時だったと思い出し、悠真は正解がわからなくなる。けれどこの先告白から始める関係などないからいいかと、緩慢になっていく意識に抗わず考えるのを放棄した。

ふわりと、こぼれそうになるあくびをかみ殺す。非常に、眠い。

さすがに寝るのもどうかと思い、必死で睡魔と戦っているうちに告白のことなど記憶の底に沈んでしまったが、エイデンとアシュトンは違った。

教師が出ていくと同時に、話の続きだと悠真に詰め寄る。驚いて、あくびで涙が滲んだ瞳をぱたぱたとしばたたいた。

「ローレンツ・モンドレフト伯爵令息。かなりの好条件なのに、即答って」

「それってさっきの人？」

「知らなかったのか」

「まあ」

接点のない生徒など知らない。興味もないが、アシュトンが教えてくれた。

ローレンツは伯爵家の二男だが、長男が魔術の研究に一生を捧げると家督の相続を放棄し、家を継ぐことが決まっている。かなり前だが王家の血も入っている、由緒正しい家柄だった。

「金髪で、アメジストを思わせる瞳で、容姿が整っているうえに性格もいい」

「ふうん」

反応の鈍い悠真に、アシュトンが首を傾げた。

「チカは、異性じゃないとだめなのか？」

「え、そういうわけじゃない、かなぁ？」

現在、恋愛関係にあるのは同性だ。ただアルフレッド以外の同性を、恋愛対象と見られるかはわからない。なので、答えは自然と曖昧になった。

「なら、ローレンツの容姿はチカの好みじゃない？」

「好みじゃないというか」

「というか？」

「顔がわからない、かな？」

「――は？」

二人揃《そろ》って、ぽかんとする。それもそうだ。先ほど、悠真に直接求婚したばかりなのだから。

「バラに、目がいってたんだよ」

　鮮やかな赤以外、はっきり記憶していない。薔薇越しのローレンツの顔は、薄ぼんやりとしている。なんとなく、金髪だった気がする、くらいの認識だ。

「それって、相手が誰でも断ってたってことか」

「おう」

「なんでだよ」

「なんでって、あ、普通、断らないもん？」

　授業中に気になったことがぱっと浮かんで、悠真は尋ねる。断られることがほとんどないのならば、公開告白もありえる話だ。

　以前テレビか何かで見た、フラッシュモブでのサプライズプロポーズが思い浮かぶ。

「まあ、貴族なら政略結婚が当たり前で、まずは家に打診して婚約することが多いからな。根回しが済んでからの求婚なら断らないよな。後は爵位が上の相手だと断りにくいってのがある」

「へぇ」

「へぇって……」

「家に圧力かけて、身分で従わせる者もいるんだよ。ローレンツ伯爵令息なら、大丈夫だろうけどさ」

　二人に滔々《とうとう》と説明され、やっと悠真は自由恋愛が簡単ではないと実感する。

　とにかく身分がすべてで、うっかり爵位の高い傍若無人の者に見初められれば逃れることは難しいということだ。身分制度を、理解できているようでできていなかった。

　客観的に見れば伯爵家からの求婚を、平民である悠真がばっさり断るのは無礼でしかなく、友人たちはハラハラするのだろう。だとしても、悠真はすでにアルフレッドがいる。婚約もしている。期待を持たせるような言葉が返せるわけもない。

「あ」

　また、婚約者がいることを伝え忘れた。

　そのことに、悠真は二人と別れ帰路についた後で気づいた。


　異世界へ来てから、悠真が友人たちと出かけるのは初めてだった。

　以前は当たり前にあった約束のある休日が、ほんの少しの感傷を連れてくる。もう会えない顔が浮かんで、寂しさを覚えた。

　けれどすぐに、気持ちを切り替える。ネガティブな面ばかりではない。

　寝室の、日差しが降り注ぐ窓際で順調に育っている不思議な実のように、異世界ならではの事柄には興味を惹かれるし、一般的な男子高校生では考えられない優雅な生活を送ってもいた。

「ハル、支度はできたか？」

　恋人もできたし、と様子を窺いに来たアルフレッドへ悠真は視線を流す。

　相変わらず好青年然としている。性別は想定外ではあるが、文句の付け所のない極上の相手だ。

「ほぼできた」

　女性ではないので、支度などすぐに終わる。平民に見える服に着替えて、便利に色々突っ込んでいるウエストバッグをベルトに通すだけだ。

　後は、と悠真はアルフレッドの元へ歩いていく。一歩手前で足を止めると、腕を伸ばし首に回した。

　身長差があるので引き寄せ、残りの距離を詰めるのにつま先立ちになる。えいっと悠真が唇を重ねると笑う気配がして、アルフレッドの腕が腰に回された。

　照れくささのあったキスも、毎朝していればさすがに慣れる。自ら舌を絡めるのも、抵抗はない。

　ただ、時々わざと執拗に官能を煽《あお》るようにされると、身体が反応しそうでアルフレッドの背をたたき、悠真は必死に腕の中から逃げ出すはめになった。

「黒髪の方がハルらしいが、俺の色に染めていると思うとぐっとくるな」

　緩く頷いたアルフレッドが、魔法で色を変えた髪に唇を落とす。そんな風に言われると恥ずかしい。

「ば、っかじゃねぇの！」

　動揺が、悪態になった。

「ハルが前に言ったんだよ。俺の色に染めてほしいって」

「……っ」

　否定しかけて、ぱっと記憶が甦《よみがえ》る。言ったかもしれないと、悠真は口をつぐんだ。

　くそう、と心の中で悪態をつく。

「も、行く！」

　誤魔化すように、楽しげなアルフレッドにくるりと背を向け、悠真はずかずかと歩き出す。けれどすぐに、足を止めた。

どうやって王城から街に行くか、考えていない。

「馬車、手配しておいたよ」

心を読んだかのように、アルフレッドが答える。

あーもう、と悠真は心の中で叫ぶ。本当に、そつがない男だった。

「ありがと」

甘やかされすぎて駄目になりそうと反省しながら、以前も乗った、お忍び用の馬車で送ってもらった。

帰りはすっかり便利に使っている、転移魔法だ。

他の帰城方法を悠真は知らない。念のために、諸々《もろもろ》後で確かめることにした。

（さて、と）

一人で街を歩くのは初めてだ。収穫祭の時ほどではないが、休日なので人が多い。

不自然にならない程度に周囲を眺めながら、教えてもらった通りに待ち合わせ場所まで歩く。無事に、アシュトンとエイデンの二人と合流できた。

特に目当てのものがあるわけではないので、適当に店を見て回る。雰囲気、品揃えが馴染《なじ》みのない物が多く、異世界だ、と悠真は頭の悪い感想が浮かぶ。ついでだと入った宝飾品の店は、場違い感がすごかった。

物怖じせず店員と会話し、婚約者へ送る品を選ぶアシュトンに、すげぇなと悠真は感心する。同じ歳《とし》とは思えない。

高級感のある店は気後れするうえ、並んだ品をざっと眺めても、悠真には善し悪しがわからなかった。

「チカは見なくていいのか？」

「こーいうの、よくわかんねぇ」

「色々つけてんのに？」

好きじゃないのか？　と、エイデンが不思議そうにする。そういえばつけていたなと、すっかり身体に馴染んだアクセサリー類を思い出した。

「もらったんだよ」

「全部？」

驚いたように訊かれ、悠真は肯定する。そのタイミングで、買い物を終えたアシュトンが合流した。

そのまま店を出て、近くのカフェに落ち着く。甘い物が好きなアシュトンのリクエストだ。

貴族御用達《ごようたし》の店ではなく、庶民が利用する店なので気取った感じがなく入りやすい。価格も抑えてあり、食べてみると味もよかった。

「チカ、あれからローレンツ伯爵令息は？」

　紅茶の注がれたカップを口に運ぶ手を止め、誰だ、と悠真は瞳を瞬く。聞き覚えがあるような、ないような、すぐには思い出せない。

「おまえなぁ、求婚されただろ」

　アシュトンが言葉を継ぎ、薔薇の花を思い出す。その場ではっきり断ったので、悠真の中では終わったことになっていた。

「何もないよ」

「家の方には？」

「家？」

「人前で求婚するほどだろ。家の方に求婚状を送って、親から懐柔しようって考えてんじゃないか」

「ありえるよな。そうなったら、チカはどうするんだ？」

「どうするって？」

「相手伯爵だよ。拒否するの、難しいんじゃないのか」

「懐柔もなにも、俺、親いないよ」

　こちらの世界には、と悠真は心の中で付け加える。軽く告げたのに、表情を曇らせ謝ってくる二人に戸惑い、騙《だま》しているようで後ろめたさを感じた。

「え、まさか一人暮らし？」

「後見人になってくれた人と暮らしてる？」

「なんで疑問形なんだよ。なら、その人に打診するんじゃないのか」

　ありえないことだ。

　悠真の素性は調べられないだろうし、仮にわかったとしても、婚約の打診などできるわけがない。伯爵家よりも、間違いなく王族の方が身分は上だ。

「あ、違う」

「違う？」

「婚約したんだ」

　はあ!?　と、二人の上げた声が重なる。それが店内に大きく響いて、注目を集めた。

「二人とも、うるさい」

　悪い、と声を落とし二人が謝罪を口にする。周囲の者もすぐに興味を失い、自分たちのおしゃべりに戻った。

「チカには、婚約者がいるってことか？」

「いる」

「あ、結婚するから、後見人をしてくれて、る？」

言いながら、ん？　とアシュトンが首を傾げる。理解できていない表情だった。

「違うな。身寄りがなくなった？　から、後見人を申し出てくれて、フツーに面倒みてもらってたんだけど、こう、なんか無理だってなって、学園に入る少し前に家出したんだ」

「は？」

「家出!?」

「で、そのとき色々あって、連れ戻された時に婚約することになった？　的な……」

　詳しくは言えないことが多く、どうしても漠然としたものになる。城出した時の心情は恥ずかしくて、悠真は言えなかった。

「結婚、は、受け入れてるんだけど」

　本人も、親族も、王族ということは考えないようにしている。平凡とはかけ離れた環境は現実味がない。不労所得も夢じゃない！　と、喜ぶ性格でもなかった。

「実感がないから、つい婚約者がいるって頭から抜けてて、言いそびれてた」

「それはいいけど……」

「ああ、うん」

　やはり自分の恋愛話など、苦手でしかない。根掘り葉掘り訊かれないといいと悠真が身構えていると、二人がなんとも言えない顔をした。

「……相手は貴族で、結構年上？」

「よくわかったな」

「その人に、学園に入れてもらった？」

「まあ、そうかな」

「その人が寮に入るの、許してくれないとか」

　アシュトンとエイデンが、代わる代わる質問する。悠真は頷きながら、説明を省いたのにわかるものだと感心した。

「寮はダメだけど、学園に在籍してる間はそれなりに自由にしていいって」

「そっか」

　痛ましい物を見るような目を向けられ、悠真は戸惑う。理由がわからない。

　訊かれたことに正しく答えているのに、二人には正しく伝わっていない気がしてきた。

　けれどどこに齟齬《そご》があるのかわからず、頷くことしかできない。元々、悠真は説明が下手だとよく言われていた。

「俺らにできることなら力になるからさ、なあ」

「ああ、遠慮なく言えよ」

「え、ああ、ありがと」

二人の気持ちを悠真が嬉しく感じていると、エイデンがさっと話題を変える。その後はとりとめのない話をしながら甘い物と紅茶を楽しみ、混んできたので店を出ることにした。

「そのバッグ、空間魔法がかかってるヤツ？」

「そうだよ。すげぇ便利だよな」

食べ物も入れられるのだから、すごい。腐敗の心配もなかった。

「それも、婚約者にもらった？」

「ん」

「そっかぁ……」

「え、なに」

「あ、と、大量に甘い物ばかり土産に買ってたから、チカは甘い物好きなんだなってさ」

「フツー？」

主に、街へ行く悠真についていき、食べ歩きがしたいと騒いでいたグリューンへの土産だ。もちろん、アルフレッドの分もあった。

「次いつこれるかわかんないだろ。せっかくだからさ」

「あ、そっか。やっぱ俺も買ってくる」

「それなら俺も」

踵を返す二人を、待っていると悠真は見送る。通行の邪魔にならない、わかりやすい場所に移動しようと辺りを見回すと、低い荒らげた声が聞こえた。

意識して見ると、所々で人が足を止めている。その人たちの視線の先を追うと、知っている顔があった。

（なんの悪縁だよ）

絡まれているのか、絡んでいるのかわからないが、騒ぎの渦中にいるのはミカエラだ。強面《こわもて》の男三人と向き合い、言い争っていた。

うわぁ、というのが正直な感想だ。

次いで困惑する。今のところ、仲裁に入る者はいない。見なかったことにして立ち去りたいところではあるが、男たちが無体を働くようなら見て見ぬふりも後味が悪い気がした。

成り行きを見守っていると、ミカエラが誰かを探すように辺りへ視線を走らせる。けれど、助けを求めている眼差しではない。

むしろ、何かを期待している？　と悠真が分析したところで、不意にがちんと目が合った。

　ぎゅ、と眉がひそめられる。思わぬ反応に悠真が戸惑うと、男がミカエラの腕を掴んだ。

「離して！」

「おとなしくしてんなら、乱暴なことはしねぇよ」

　自然と、悠真からため息がこぼれる。本気で関わり合いたくはない。

　けれど以前絡まれた不快感と絶望感を思い出し、仕方なく重く感じる足を一歩前に出した。

「ハル様、ここは私が対処します」

　不意にひそめた声が聞こえ、ミカエラと男たちの方へ向かう背が見える。驚いて、悠真は目をしばたたいた。

（いたのか）

　護衛に、気づかなかった。

　アルフレッドが悠真につける護衛に、その辺の破落戸《ごろつき》が敵うわけがない。

　あっけなく、騒ぎは終息する。関わらずにすんだと悠真が安堵した途端、ミカエラと再度目が合い、睨みつけられた。

あからさまな敵意だ。身に覚えはなく、戸惑いを抱いているとミカエラは悠真の方へ向かってこようとして護衛に引き止められる。その光景を視界に映していると、アシュトンに声をかけられた。

「待たせたな」

「いや」

「どうかしたか？」

「なんでもない」

　説明が億劫なので、全部なかったことにする。次の店に行こうと促され、悠真はその場を後にした。

＊

「なんでなんで、なんで！」

　思い描く展開にならないことに、ミカエラはギリギリと歯がみする。シナリオ通りに動いているのに、結果が伴わない。それが続くのだから、誰かに邪魔されているとしか考えられなかった。

「ヒロインは私で、聖女も私なのに」

　前世でハマりにハマった、乙女ゲームの世界に転生したとわかった時の高揚感、ヒロインが自分であることの歓喜を今でも覚えている。学園に入学してからが本編なので、前世の記憶を取り戻した時から入学をどれだけ待ち望み、楽しみにしていたことか。

それなのに胸を高鳴らせいざ入学してみると、なぜかすでに聖女がいた。

はあ⁉　と盛大に声を上げ、驚愕すると同時に、聖女として王宮に住み、王太子であるエドワードと学園に通う澪の姿を見ると、ミカエラは怒りが湧いた。

（私のポジションなのに！）

ゲームの知識を元に親しくなった高位貴族の令息たちに探りを入れると、現聖女は異邦人であると知った。

この世界では時々渡り人として異邦人が現れる。今回その渡り人が聖女で、幸運だったと頷く男に違う！　と、ミカエラは叫びたかった。

聖女の座を奪った女に、ゲームの知識があるのかは判断がつかない。

幸い王太子であるエドワードと婚約はしていないようなので、シナリオ通りに親交を深め、聖女の力を手に入れて自らがその隣に立つ。

ミカエラはそう決意を新たにしたが、肝心のエドワードとの出会いの場には予定外の男が共にいて、強行突破しようとしたがエドワードにぶつかることもできなかった。

そこからことごとく、シナリオ通りに進まない。

図書室イベントでは、またしても同じ男に邪魔をされた。

「なんなのあいつ」

人混みの中で見かけた顔に、ミカエラは苛つく。

今回もまた、イベントは失敗だ。

本当なら街で破落戸に絡まれているところを助けてくれるのは、お忍びで街に来ていたエドワードのはずだった。

けれど実際は、非番でたまたま居合わせたという騎士にミカエラは助けられ、その場には悠真がいた。

ここまで偶然が重なるはずはない。こんな展開、シナリオにはない。

間違いなく邪魔をされている。こうなったら直接文句を言ってやろうとミカエラが踏み出すと、事情を聞かせてほしいと騎士に引き留められた。

再び振り向いた時には悠真は消えていて、ミカエラは怒りの持って行き場がない。

「あーもう！　むかつく！」

怒りと焦燥で、ミカエラは頭の中がぐちゃぐちゃになる。これからある王妃主催のお茶会という名のエドワードのお見合いに、現状では参加は絶望的だ。

王太子妃候補なので、招待状は婚約者のいない伯爵家以上の令嬢へと送られる。男爵家のミカエラには、待っていても招待状は届かない。

参加するにはエドワードからの推薦として、直接招待状をもらうしかなかった。

「このままじゃ最推しが攻略できないじゃない！」

行けなければ詰む。

苛つきにまかせ、ドスドスと拳でクッションを殴りつける。いわゆる隠しキャラであるミカエラの最推しは、非常に攻略が難しい。接触できるイベントが、限られていた。

クッションの形がいびつになるくらい殴り、ミカエラがはあはあと肩で息をしていると、ノックが響く。

近づくなと指示したのにと舌打ちしながら応えを返すと、父親が呼んでいると侍女が言った。

面倒くさい、と思ったが大きく深呼吸して、ミカエラは気持ちを切り替える。さすがに、拒否するわけにはいかない。渋々身なりを整えて、父親の執務室へ向かった。

ノックをして入室すると、母親もいる。怪訝に思うと同時に、父親が笑顔になった。

「ミカエラ、婚約の打診がきているよ」

「断って！」

反射で答える。その剣幕に、両親ともに驚いた顔をした。

「ごめんなさい。婚約の話に驚いて」

「そうかい。とてもいい話だよ。相手は伯爵家で、嫡男だ」

「そうよ、そろそろお相手を決めてもいい頃よ」

父親の台詞に、母親も同意する。詳しく聞けば、ミカエラが親しくしている令息の一人だった。

客観的に見ればとてもいい話だ。けれどミカエラにとっては喜べない。攻略対象者たちは、一番低い爵位でも侯爵家だった。

本編は始まったばかりなのに、モブとの婚約など冗談じゃない。ありえない。

言葉を重ね、かわいい娘を演じ、断ってもらうように婚約に乗り気な両親に頼んだ。

とても残念そうな顔で了承した父親の執務室を後に

し、ああもう、とミカエラは嘆く。早く、打開策を見つけなければならない。このままでは攻略の難易度が上がってしまう。

　隣国の王女がこの国に来るまでにはなんとかしようと、ミカエラは決意を新たにした。

2　禍福は糾《あざな》える縄の如《ごと》し

指示された通りに、集めたノートを手に悠真《はるま》は教室を後にする。出されていた魔術理論の課題を、教師へ提出するためだ。

本日の授業は終了したので、通り過ぎる教室から雑談の声が聞こえる。

学園に通う生徒の多くは、令嬢、令息と呼ばれる育ちのせいか、休憩時間でも喧騒《けんそう》が少ない。歩く姿も、どことなく優雅に見えた。

場違い感が、悠真の中から完全に消えることはない。けれど日直、委員会、部活動他、名称は違えども、生徒へと割り当てられた活動内容はほぼ同じだ。

さすがに王侯貴族の通う学園で清掃はないけれど。学生というものは異世界もそう変わらない。

(実力でクラス分けなんて、フツーにあるしな)

悠真の所属する魔術の基礎クラスは、いわゆる最下位クラスで、将来の進路選択には役に立たないと言われている。魔力量が少ない者は、複雑で難解な魔法は使えない。それを考慮した授業は実技よりも座学の方が多く、必然的に提出物も増えた。

元々魔力がなく、物珍しさの勝っている悠真は基礎クラスを満喫している。上のクラスがいいと高望みする気持ちはない。ただ地味な授業に飽き飽きしている者は多かった。

(便利だよな、魔法って)

日々の生活で、悠真は実感している。転移魔法を使えば、通学にかかる時間がほぼない。

何より、ぎゅうぎゅう詰めの乗り物に乗らなくていいなど嬉《うれ》しすぎる。自らが魔法を使えなくても、周囲の恩恵を受けている悠真だった。

「失礼します」

ノックの後に室内へ足を踏み入れ、げ、と心の中で声を上げる。

人の好《よ》さそうな、担当教師がいない。

提出のノート自体は机の上に置けばいいので困りはしないが、その場には悠真の指輪を執拗《しつよう》に狙うトレバーがいた。

(サイアク)

授業を受け持たれていないと、油断していた。

目が合ったので、礼儀として頭を下げる。絡まれる前にさっさと帰ろうと、ノートの山を教師の机の上に置き、踵《きびす》を返そうとすると手首を掴《つか》まれた。

ぎょっとして、悠真は振り向く。

「指輪はしていないのか」

トレバーは悠真の指を一瞥《いちべつ》し、強引に引いた手をぞんざいに払う。教師の取る態度ではない。

苛つきはするが、平等を謳《うた》っている学園でも、平民を見下している貴族が多いのも確かだった。

「どこにやった。家か？」

（めんどくせぇ）

こぼれそうになる文句を、ぐ、と悠真は呑《の》み込む。

手放す気はないと、何度もはっきり断っているのに、いまだトレバーは指輪をあきらめていなかった。

「答える必要ないですよね」

私物だ。持ち込みを注意されるならまだしも、どこにあるかなど答える義務はない。

けれどトレバーは眉間にシワを刻むと、これみよがしなため息を盛大についた。

「まだ理解できないのか。あの指輪は、おまえ如きが持っていていいものではない。私の方が、持ち主に相応《ふさわ》しい」

（何言ってんだこいつ）

唖然《あぜん》として、すぐに言葉が出てこない。

アルフレッドが悠真のために用意した指輪だ。それをどうしたらより持つのに相応しいなどと、トレバーが言い切れるのか心底理解できなかった。

「最大限活用してやる。渡しなさい」

「お断りします」

即答すれば、不機嫌そうに顔を歪《ゆが》める。顔をしかめたいのは悠真の方だ。

いい加減あきらめろと嫌気が差していると、ああ、と妙に得心がいったようにトレバーが頷《うなず》いた。

「もったいつけて、金額を吊《つ》り上げているのか」

「は？」

「まったくもって、卑しい。平民がいい気になっていると、後悔するぞ」

だめだ。トンデモ思考についていけない。

なぜ拒否を拒否として受け入れられないのか、悠真はわからずに困惑した。

この世界の身分制度のせいか、爵位が上がれば上がるほど、すべて思い通りになると驕《おご》っている者が多い気がした。

「どんな金額を提示されても譲りません」

アルフレッドからもらった指輪を、金と引き換えに手放すわけがない。

経験上、こういう輩《やから》には何を言っても無駄だ。

「失礼します」

話にならない。

逃げるが勝ちだと悠真は踵を返し、急ぎ部屋を後にした。

「待て！」

ドアを閉めようとしたところで、トレバーに遮られる。しつこさに、辟易《へきえき》した。

「チカくん、ここにいたのか」

「え」

ダッシュで逃げるか、と考えていると声をかけられる。振り向くと、綺麗な金糸の髪に深みのある紫色の瞳を持つ美丈夫がいた。

「探してたんだ」

ふわりと悠真に笑んだ後、トレバーの方へ向き直る。礼儀正しい態度だ。

「ハドソン先生、どうかされましたか？」

「……行っていい」

舌打ちすると、トレバーは室内に戻っていく。ドアが閉まると、悠真は肩の力を抜いた。

とんでもなく、疲れた気分だった。

「行こう」

促されるまま、悠真は歩き出す。

「余計なお世話だったかな」

「いや、助かった、ました」

「いいよ、気軽に話してくれて」

名を呼んだということは、どこかに接点があるはずだ。けれどちらりと盗み見る顔に、悠真は覚えがなかった。

「もしかして、迫られてた？」

「……え？」

率直に名を訊《き》くべきか迷っていたせいで、反応が遅れる。尋ねられた内容も、どう答えるべきか迷うものだった。

「先生に、口説かれた？」

「はあ？」

ありえないことを言われ、悠真の唇から間抜けな声がこぼれる。どこか陰気な印象を受けるトレバーが、愛を囁《ささや》くイメージもなかった。

「まさか。俺なんかを口説くとかないんで」

否定すれば、目の前の男に苦い笑みが浮かぶ。

「ひどいな、求婚した男を前に」

「はい？」

ぴたり、と悠真は足が止まる。それに倣うように足を止めた男の、宝石のような紫色の瞳に覚えはなく、ぱたぱたと瞬《まばた》きした。

「名前、訊いてもいいですか？」

「ローレンツ・モンドレフト。そういえば、名乗ってなかった」

「あ」

この前の、薔薇《ばら》の人だ。

アシュトンが言っていた特徴とも一致する。聞いていた通りに容姿は整っているし、求婚をばっさり断った悠真を助けてくれるあたり性格も良さそうだった。

「悪い。あの時バラしか見てなかったから」

「ああ、そうなのか。失敗したな」

「初対面での求婚にもびっくりしたし」

「なら、改めて申し込んだらどうだろうか」

「お断りします」

「即答だね」

ローレンツが軽く息を吐く。表情が、寂しそうに見えた。

「同性が無理？」

「俺、婚約者いるんで」

悠真自身もよくわからないので、事実だけを伝える。たぶん、がついていいのなら、アルフレッド以外の同性は無理な気がした。

「そうなのか」

「てか、なんで俺？」

あの日まで、話したことはない。クラスも違うので、悠真は顔も名前も知らなかった。接点など特にない。

「ダンスの授業で、一目惚《ひとめぼ》れしたんだ」

身分を笠に着ての嫌み、足の引っ張り合い、家柄容姿だけを見て媚《こび》を売ってくる者たちに嫌気が差していた中で、損得なしに動く悠真に惹《ひ》かれたとローレンツは言った。

「婚約者がいるのは、残念だな」

本当にそう思っているのが伝わってくる。印象だけで、実際の悠真の性格もわからないのに？　と、戸惑った。

どうにも、この世界の結婚観には慣れそうにない。

「俺に、乗り換えない？」

「無理」

「……まあ、そうだよね。婚姻は家同士の話になるわけだし」

家？　と悠真が疑問符を浮かべているうちに、ローレンツが納得する。訂正しようと考えたけれど、放っておくことにした。

どうせ、ここで別れたら関わることもない。

学園から王城に帰ると、アルフレッドの休憩に合わせお茶を飲むのが習慣になりつつある。仕事の邪魔してないか？　と悠真は気が引けていたが、すっかり顔なじみになった事務官に笑顔で否定された。

ちゃっかりグリューンもいる。以前は最低限のものしかなかった執務室に、今では寛《くつろ》げるソファやテーブルなどが運び込まれ、ずいぶん様変わりしていた。

悠真用の執務机もある。振り分けられた仕事があるわけではないが、いつの間にか用意されていた。

主に、勉強机として使われている。時々手伝い程度の簡単な書類仕事を、教えてもらいながらすることもあった。

『遅かったな』

「ん、ちょっとな」

軽食と菓子が並んだテーブルを前に、グリューンがそわそわしている。おあずけの状態に、しっぽを揺らし早く座れと促していた。

表情を綻ばせながらソファに座り、悠真がほっと一息つくとお茶が運ばれてくる。本当に、タイミングがいい。

ゆらりと湯気が揺れる香り高い紅茶を給仕し終えたメイドが下がると、アルフレッドもソファへと移動してきた。

菓子を摘まみ、紅茶を飲みながら、今日あったことをぽつぽつ話す。帰る直前にあったトレバーの行動も、グリューンの口に菓子を放り込みながら話した。

悠真が言わなくても、アルフレッドはどこからか情報を得て把握しているのだから黙っている理由はない。むしろ伝えておくべきだ。

相手は教師なうえに貴族で、魔術をも得意としている。今はまだ絡まれる程度だが、悠真では対処しきれない行動に出た場合、アルフレッドに丸投げすると決めていた。

どうにかすれば自分で対処できるなんて過信も、自《うぬ》惚《ぼ》れもない。努力に結果が伴うことと、どうにもならないことがある。

できないものはできない。解決する術《すべ》を持たないのに無駄なやる気で行動した結果、状況を悪化させる方が周りは迷惑だ。

「相変わらず横柄で、鬱陶しいヤツだな」

「知り合い？」

「同時期に学園に通っていた」

貴族なら顔を合わせることもあるかと思っていると、予想外のことを言われる。衝撃の事実だ。

嘘《うそ》だろ。同年代には見えないと、悠真はアルフレッドの顔を見つめた。

「親しくはない。当時、ユーリを一方的に敵視して、張り合っていたから覚えているだけだ」

「ユーリさんと」

はあ、と悠真の唇から息がこぼれる。現魔術師団長と張り合っていたのだから、実力はあるのだろう。そう考えると、憂鬱さが増した。

「卒業後魔術師団に入ってからも何かとユーリと張り合っていたが、前魔術師団長が引退を決め、ユーリが最年少魔術師団長の座についた途端、トレバーは教師になったんだ」

狙っていた最年少魔術師団長の座を奪われ、ユーリの下で働くのが嫌だったんだろうなとアルフレッドが言葉を継ぐ。

実力はそこそこあったが、当時誰もトレバーを引き留めなかった。

実力主義な魔術師団において、抜きん出たユーリの実力を認めず、アルフレッドの友人だからつけた座だと揶揄《やゆ》するトレバーは煙たい存在になっていた。

「力と権力に執着していたから、指輪が欲しいのだろうな」

「なんか、力を持ったらダメな人な気がする」

『そんな男、さっさと処分すればいいだろう』

「そうだな」

グリューンの提案に、アルフレッドが頷く。驚いたのは悠真だ。

「え、なに、物騒な感じ？」

そんな響きで聞こえた。

軽く口角を上げたアルフレッドの表情が、肯定している。グリューンも、当然という瞳で悠真を見た。

「実害ない？　んだけど。鬱陶しいだけで」

「害されてからでは遅い」

『そうだぞ。ハルに何かあれば、その男が一人消える程度ですまなくなる』

「えぇ、けどさ、俺って滅多なことじゃ害されなくない？」

　イヤーカフに指輪、澪《みお》からもらったブレスレットをつけている。学園にいる間は効果が抑えてあるとはいえ、あくまでも抑えられているだけだ。

「だが、あいつの態度は気分がよくないだろう」

「そうだけど」

　ううん、と悠真はうなる。多少迷惑を被《こうむ》った程度で、物騒な感じに排除されてほしいとまでは思えなかった。

「……もうちょい様子見で」

『さっさと排除した方がラクだろうに』

「いいんだよ」

「ハルがそう言うなら、しばらくは放っておくが」

　渋々、アルフレッドが了承する。そんなに心配しなくてもと、過分とも言える護《まも》りがある悠真は苦笑した。


「気分転換に、風呂でも入ろうかな」

　その前に、走ってもいいかなと考える。身体《からだ》を動かせば、頭の中を空にできた。

「それなら、ミオ様からもらったものがあるよ」

「澪から？」

「風呂に、と言っていた」

　入浴剤か？　と、悠真は首を傾《かし》げる。以前、湯が見えないほどの薔薇の花びらが浮かべられていた時はびびった。

　濃厚な香りに酔いそうになり、薔薇風呂に入る悠真の絵面もつらい。

　ガラではないのでやめてほしいと頼んだが、アルフレッドのために悠真を磨き上げたかったのだと後で知り、羞恥に駆られた。

　肌から薔薇の香りがすると、アルフレッドが面白がっていたから余計に。

「これだ」

「……ゆず？」

　差し出された鮮やかな黄色の果実を、悠真は手に取る。覚えのある香りがした。

「異国の食材で、馴染《なじ》みがないから放置されていたのを、厨房《ちゅうぼう》の食料庫で見つけたらしい」

「どこ行ってんだ、聖女」

「ミオ様に行けない場所はないからな」

苦笑するアルフレッドに、悠真は納得する。聖女としてもそうだが、あのメイド服姿なら、使用人たちとも交流できる。こちらの世界の常識では、高貴な人が使用人と親しくするなどありえないが、身分制度に馴染みの薄い澪は積極的に交流していた。

メイドとして。

呆《あき》れるしかない。

「かなりたくさんある。せっかくだから、風呂に浮かべ一緒に入らないか？」

「いいけど、アルフレッド仕事は？」

「今日はもう終わっている」

それならば、と悠真は頷く。

「どうせなら、露天風呂とかあればいいのに」

以前、冬至の時期にテレビで見た光景が浮かぶ。雪が降る中、露天風呂で日本酒が飲めたら最高なのに、なんて言っていた母の台詞《せりふ》まで思い出された。

「露天風呂？」

「野外にある風呂？　温泉？　あ、こっちの世界って湧き出る系の温泉はない？」

「あるよ」

「あるんだ」

宿屋が建ち並び、温泉リゾートのようになっている地域があると教えてくれる。娯楽の少ない世界なので、悠真は興味を惹かれた。

「露天風呂がいいのか？」

「え、王宮にあったっけ？」

「いや、人里離れた山の上にあるんだ。転移で行ける」

「ならそこで」

面白そうだ。

『あそこか。人は簡単に行ける場所ではないから、静かでいい』

「グリューンも知ってんの？　一緒に行く？」

『遠慮する。湯が気に入ったなら、主《あるじ》が行かない時に誘え。我が連れていってやる』

「うん？　わかった」

若干の疑問はあるが、話がまとまる。事務官とアルフレッドが打ち合わせをしている間に、悠真はグリューンと共に一度部屋に戻ることにした。

制服からラフな服装に着替え寛いでいると、そう待たずにアルフレッドが姿を見せる。行こう、と誘われ手を繋《つな》ぎ転移した先で、悠真は低い声を洩《も》らした。開けた視界に目を見張り、すぐに風の強さに目を眇《すが》める。肌寒さに悠真が身体を震わせると、唐突にふっと風が凪《な》いだ。

周囲に結界を張ったと、アルフレッドが教えてくれる。ほっと一息つき、風に乱された髪を指先で払いながら、悠真は改めて周囲の景色を眺めた。

「ぜ、けい？」

つい疑問形になってしまう。確かに露天風呂で、秘湯ではあった。

目の前にある、人の手が入っていない自然の湯船はかなり大きい。

周囲にはゴツゴツとした不揃《ふぞろ》いの岩が並んでいる。澄んだ湯から立ち上る柔らかな湯気の向こうに広がっているのは、空と岩壁の切り立った崖、所々に見える木々の緑だ。

標高の高さが窺《うかが》える。好奇心から端の方まで行くと、高所恐怖症ではないが自然と足がすくんだ。

「すげぇ」

聞いた通りに、誰もが気軽に来られる場所ではない。むしろ、こんなところに温泉があるのをアルフレッドが知っていたことに、悠真は感心するばかりだ。

眼下に広がる景色を眺めていると、ぱしゃぱしゃと水音が聞こえる。振り向くと、鮮やかな色の果実が水面に浮かんでいた。

「柚子《ゆず》湯だ」

異世界にいるのを忘れる。指先でそろりと湯に触れると、露天風呂にしては熱めだった。

「入っていい？」

「ああ」

優しい表情のアルフレッドに許可を得て、悠真は手早く服を脱ぎ捨てる。脱衣所も、囲いもない自然の中で全裸になるのは妙な感覚があった。

「……ハル、隠さないのか」

「ん？　男同士で風呂入るのなんてフツーだろ」

桶《おけ》などないのでそのまま足先を入れると、湯と一緒に柚子が揺れる。身体を沈めていくと、爽やかな香りが鼻腔を抜けた。

「羞恥のありかがわからないな」

　苦笑しながら、アルフレッドも衣服を脱いでいく。衣擦《きぬず》れの音を聞きながら、熱めの湯の心地好さに、悠真がゆったり息を吐き出した。

「ん？　柚子にまじって、なんか……」

　手を伸ばして捕まえる。柚子よりも軽い。

　よく見れば、木材が染めてあった。

「アヒル？」

　なかなかよくできている。意識してみれば、いくつか同じようなアヒルが柚子に混じり浮かんでいた。

「風呂といえばアヒルだと言っていた」

「えぇ」

　わざわざ用意して忍び込ませたのかと脱力感を覚えて、柚子と一緒に浮かぶアヒルを眺める。じっと悠真の方を見てくるので、指先でつついた。

　ゆらゆらと揺れる。自然と口元が緩んだ。

「気に入った？」

「まあ」

　顔を上げると、裸になったアルフレッドが湯に足をつけるところだった。

　人に隠さないのか、と尋ねたアルフレッドもタオルなど持っていない。

　鍛え上げられたその身体に、悠真は見入る。ベッドの上で肌を触れ合わせることはあっても、全身をじっくり眺めたことはなかった。

　不意にアルフレッドと目が合い、悠真はどきりとする。見透かしたように軽く口端を上げると、ざぶりと身体を沈めた。

「もっと筋肉ほしい……」

　明るいところだと、否が応でもアルフレッドとの体格差を思い知らされる。仕方がないことだとわかっていても悔しくて、悠真はつい嘆くようにこぼした。

「鍛える？　付き合おうか？」

　んー、と曖昧に返す。哀《かな》しいことに、自身の鍛え上げられた肉体が悠真は想像できない。

「アルフレッドは、俺がむっきむきのマッチョになってもいい？」

「ああ」

「アルフレッドよりごつくなっても？」

　いいよ、と柔らかく笑われる。揶揄ではなく、本心で言っているのがわかった。

「ハルの外見だけを、好きなわけじゃないからな」

「あ、りがと?」

ストレートな言葉は、動揺を誘う。けれど、そっかぁと悠真は納得する。悠真にとっても、外見はさして重要ではなかった。

けれど残念ながら、筋肉むっきむきのマッチョは無理だ。ストイックな生活はできないし、自分を極限まで追い込むような筋トレをするつもりもなかった。

「ハル」

くる？　と誘うように腕を広げるアルフレッドに、悠真はゆるりと首を振って断る。なんというか、恥ずかしい。

一緒に風呂に入るだけのつもりが、ヘンに意識しそうで無理だ。

「なんか、思ったより柚子が大量でびっくりした」

邪《よこしま》な考えを振り払うように、柚子を一つ悠真は手に取る。爽やかな香りの果実は、温まったせいか少し柔らかい。柚子と並んで浮いているアヒルを何気なく眺めていると、見られているのを感じた。

とん、とアルフッドの肩が触れる。触れ合った肌に驚き、身体を揺らしたせいでアヒルが大きく揺れた。

「ハル」

ぐ、と顔を寄せられ、反射的に退いた背に柚子がぶつかる。ぱしゃりと湯が跳ね、その動きに揺れた柚子から視線を上げると、まっすぐに見つめてくるヘーゼルの瞳があった。

情事を思い起こさせるような艶《なま》めかしさがあり、悠真は鼓動が跳ねる。視線が外せない。

触れ合わせるだけのキスを、悠真は目を閉じて受け入れる。明るいところで至近距離に見るアルフレッドの顔は、やっぱり心臓に悪かった。

「ん」

顔中に落とされる唇の感触は優しい。心地好さにされるままになっていると、悠真を抱き寄せたアルフレッドの手のひらが腰の辺りを撫《な》でる。舌先は首筋をなぞり下り、その感触と共にぞくぞくっと弱い刺激が駆け下りた。

「ちょ、まった」

「ん?」

手も唇も止まらない。焦る気持ちを裏切り、身体はその気になる。いつの間にか身体は性的な行為に慣れてきていて、むしろ最後までしないことに焦《じ》らされているようだと思ってもいた。

けれど野外で、それも風呂でそういった行為に及ぶのはよろしくない。

遠慮したい。そう思うのに、指の腹で乳首をこすられ、びくんと身体が震えて反応する。硬くなったそこを、アルフレッドの指先が挟んだ。

色づいた声は、勝手に唇からこぼれ出る。それが広大な自然の中で響くため、悠真はいつも以上に羞恥を覚えた。

「……もしかして、えろいことする気、とか？」

「しっぽり、するものなのだろう？」

はい？　と驚くと同時に、腰に回されていた手が前触れもなく兆し始めた性器を包む。

官能的な高い声が洩れ、やんわりと擦られただけで芯が通った。

「ミオ様が、そう言っていた」

はああ!?　と悠真が心の中で盛大に声を上げている間にも、アルフレッドの手は動き、舌で鎖骨の窪《くぼ》みを押し胸元に顔を伏せる。淡い色づきを唇で食《は》まれて、身体が揺れた。

尖《とが》らせた舌でぷくりと膨らんだ乳首をつつきながら、アルフレッドは上目遣いに悠真を見る。

背骨にそって走る溝を指先が伝い、ゆらりと揺れた湯に流され柚子が肌にぶつかった。

（くっそえろいな！）

声を堪《こら》えるように唇を噛《か》んで、悠真もアルフレッドの性器へ手を伸ばす。

触れた途端ぴくりと震えを伝えたそれに指を絡め、上下させる。風呂なんかで、と戸惑いと羞恥は捨てきれないが、一方的にされるのは面白くなかった。

「ハル」

手を動かしていると、湯の中でも先端がぬるついているのがわかる。それにぐわっとくるが、アルフレッドに触れられる感覚の方に気を取られてしまい、悠真はうまく手を動かせなくなった。

はあ、と深く息を吐く。身体中が熱かった。

「のぼせそう？」

「ん」

「後ろも触る？」

耳に吹き込まれた言葉の意味を理解するより先に、アルフレッドは悠真の腰を掴み、浮力の手伝いを借りて身体をくるりと返す。あっという間に、目の前の岩に縋《すが》りつく格好になった。

熱くなった身体に、外気が心地好い。ここで、と葛藤はあるけれど、悔しいことに身体は期待している。ひくんと、襞《ひだ》が収縮するのが悠真はわかった。

背に覆いかぶさったアルフレッドが、悠真の耳に舌を這《は》わせる。手には、この場にあるはずのないボトルを持っていた。

用意のよさに、文句を言いたくなる。けれど昂《たか》ぶった性器を撫でられていては、唇を開くとろくでもない声が出そうで、渋面を作るだけにした。

「あ、んっ」

ぬめりをまとった指が、窄まりのふちをぐるりとなぞる。きゅうっと締まって、悠真の意思とは無関係にうずうずと収縮した。

「ま、った！」

「ん、ゆっくりな」

違うっつーの！　と、心の中で叫ぶ。

やっぱり部屋に戻ってからと、提案する間もない。

指が内側へともぐり込んで、奥まで暴いていく感覚を悠真は唇を噛んで耐える。違和感と、それだけでない快感の兆しがすぐに生まれ、意識がそこに向かい始めると刺激に敏感になり身悶《みもだ》えることになった。

「ハル、声聞かせて」

冗談じゃないと、頭を振る。必死で声を抑えているのに、アルフレッドが弱い場所を無遠慮にぐいぐい強く押すので、岩に縋る手を悠真は外して口にあてた。

「ハル、聞きたい」

指が増やされ、かき混ぜながら敏感な部分を引っかかれれば、堪えるのも限界で甘い嬌声《きょうせい》が喉からほとばしる。覚え始めたばかりの快楽を、悠真は逃す術を知らなかった。

「いきそうかな？」

「ぅ……あっ」

首筋に、耳に、柔らかな感触が触れる。たわむれのようなそれは優しく、心地好い。は、と息を吐き出し、悠真は身体の力を抜いた。

「もう、気持ちよさそうだな」

ナカ、と言われて、かあ、と頬に血がのぼる。気づかれていたのかと、悠真は舌打ちしたくなった。

これ以上余計なことを言われたくなくて、肩越しにアルフレッドへ誘いをかけ悠真はキスをねだる。すぐにそれに応えたアルフレッドが唇を深く合わせ、呼吸を奪うように舌を絡めた。

「ふ、あぁっ、んッ」

塞がれていた唇が外れると、嬌声が溢《あふ》れ出る。放っておかれた昂ぶりに、指が絡んだだけで全身が震えた。

身体が揺れるたび、水音が派手に上がる。びしゃり、びしゃりと湯が跳ねて岩を濡《ぬ》らし、柚子がこつこつとぶつかった。

「あっ、あぁ、んっ……っ、も、ぅ」

立ち込めている湯気にくらくらする中、ぐ、と深くまで指で突き上げられたかと思えば、敏感な部分を刺激される。雫《しずく》を溢れさせている昂ぶりが、限界まで膨らんで堪えきれなくなってきていた。

「あ、る、っ、も、いく」

「ん」

吐精を促すよう動く指に悠真が達すると、さらりとした湯にぬめりが混ざった。

荒い呼吸に合わせ、汗なのか、風呂の湯の水分なのかわからないものが肌を滑り落ちていく。

頭がくらりとして、酩酊《めいてい》感のようなものにぼんやりしていると、抱きしめられた腕に身体を起こされ、湯にたぷんと沈んだ。

「んっ」

すぐに浮力で柚子が揺れるような緩さで身体を揺すられる。粘膜がきゅうっと収縮することで、身体の内側をいまだ三本の指に侵食されているのを悠真はまざまざ感じた。

「うぁ！」

抗議しようと振り向くと、唇が落ちてくる。いつもより、ふわふわした感触だった。

「もうちょっとだけ、な」

冗談じゃないと抗《あらが》っても、悠真の方が、分が悪い。達したばかりで敏感な身体は、緩くでも内側を擦られれば刺激が強く、うまく力が入らなかった。

尻に、昂ぶったままのアルフレッドの性器があたる。擦り付けられるだけのそれに、もどかしさが募っていく。

しっぽりしてくるといい、なんてアルフレッドをそそのかし、柚子を渡した澪が恨めしくなった。

＊

人とざわめきに満たされた食堂で、悠真はエイデンと共に友人の姿を探す。教室が分かれる授業後は、自然とその日に昼食を取る場所、主に食堂で待ち合わせていた。

学園内には他にも、食事ができるところがある。今の季節は爽やかな風が心地好い、テラス席のあるカフェが人気ではあるが、悠真たちは一度も利用していない。

食べ盛りなので質より量――といっても、主に富裕層が通う学園だけあって、食堂の料理は美味《おい》しかった。

結局のところ、コンセプトの違いだ。

カフェを利用するのは、優雅なランチタイムを過ごす貴族の令嬢が多い。見るからに流れている空気が違う。そこに混ざるなど場違い感たっぷりで、無駄に目を引きそうだった。

「あ、あそこだな」

降り注ぐ日差しが強さを増してきているせいか、女生徒が避ける窓際の席に悠真はアシュトンを見つける。カウンターで受け取った、肉料理がメインのＡランチを乗せたトレイを手に合流して、空いていた向かいの席に座った。

空腹の悠真は、フォークを手にさっそく食事を始める。うまい、が食材はやっぱりよくわからない。馴染みのあるものも、ないものも、この世界にはあった。

魔物も、食べると美味しいらしい。そんなことを聞けば、いちいち気にしていられない。美味しく食べられるのだから、それがすべてだ。

けれど悠真の隣に腰を下ろしたエイデンは、食事を始めようとはしない。苦手なメニューだったのかと思えば、向かいの席をじっと見ていた。

「なんか、最近当然のようにいるよな？」

声につられるように、悠真もそちらを見る。とりとめのない会話をしていたアシュトンも、フォークを持つ手を止めた。

「え、俺？」

エイデンの視線に気づいたローレンツが瞳を瞬《まばた》く。内心悠真も感じていたことなので、うっかり頷いてしまった。

先日開催された夜会で、アシュトンが偶然ローレンツと会って親しくなったと聞いている。先に声をかけたのはローレンツで「あ、バラの」とうっかり心の声をこぼしたのがアシュトンだ。

学園内ではなく社交の場だ。爵位はローレンツの方が上だった。

しまった、とアシュトンは一気に血の気が引き、内心で青くなったが、ローレンツは気分を害することなく、むしろ小さく吹き出した。

　そこから会話が生まれ、始めは身構えていたアシュトンも話すうちに肩の力が抜け、ローレンツと気軽に話すようになった。

　ふうん、で終わった話だったが、連日ローレンツが昼食に同席していると、エイデンではないが首を傾げたくなる。クラスも違えば、爵位も違った。

「迷惑だったか？」

　申し訳なさそうに、ローレンツが眉を下げる。それに慌てたのはエイデンだ。

「迷惑ではないけど、身分的にいいのかなって。俺、平民だし」

　子爵位のアシュトンにも、エイデンは最初かなり身構えていた。

　それなのにローレンツの家はその上の伯爵位で、且つ家を継ぐと決まっている。将来の伯爵様だ。

　身分が物を言う世界で、怖《お》じ気《け》づくなという方が無理だった。

「気にしないから、気にしなくていいよ」

　初めてローレンツが同席した日にも言っていたが、それは建前で、社交辞令だとエイデンは受け取っていた。

　貴族と平民となれば当然だ。

　簡単に信じて、痛い目に遭いたくはない。だから学生同士とはいえ、打ち解けるのに時間がかかるのは仕方がなかった。

　けれどここ数日、ローレンツの人となりに触れ、エイデンも納得できるところがあったようだ。

「……あと、ちょっと疑問？」

「ああ、俺がチカにばっさりフラれてるから？」

　ずばりと、なんでもないことのようにローレンツは言葉にする。曖昧に濁したエイデンの方が、気まずい顔をした。

　それに、ローレンツが笑う。

「あきらめきれずに、つきまとってるわけじゃないよ。できれば、友人になりたいとは思ってるけど」

　その台詞に、嘘は感じられない。未練とか、そんな風な感情は、ここ数日ローレンツと一緒にいたが感じられなかった。

　けれどフラれた相手と一緒にいようと思うのか——

そんなエイデンの心の声が、表情から伝わる。悠真でも読み取れたそれに、ローレンツが気づかないわけがない。種明かしするように、言葉を継いだ。

「チカへの告白は、勢いもあったんだよ。本当は、家の方に婚約の打診をして、断られたらそれまでのつもりだった。けどそれができなくて直接伝えるしかなかったんだ」

「けど、バラって」

かなり存在感たっぷりな花束だった。当初悠真がローレンツの顔を覚えていないくらいには。

大輪で高そうな薔薇だな、と思った記憶はあった。

「妹に、求婚するならインパクトも大切だって言われてね」

妹に滔々《とうとう》と語られた理想のシチュエーションをあの日再現したが、悠真は花束すら受け取らなかった。騙《だま》された気分だと、ローレンツが渋い顔をする。

あれは、黒歴史と言えた。

目撃者もいるので、あの時は——とどこかで話題にされてもおかしくない。今現在も、話題になっていた。

「よくチカの人となりも、家もわからないのに求婚したよな」

貴族が一目惚れで求婚してもいいのか？　と、エイデンが呆れる。だよなぁと、悠真は心の中で相槌《あいづち》を打つ。恋愛に関する話題、それも自分のものには積極的に加わりたくない。

「容姿？」

黙々と食事している悠真の顔を、エイデンは見る。

平凡な顔ですが何か？　とは、あえて言わないでおく。この世界の人たちが、美形揃いなだけだ。

「もちろん容姿も好ましいが、どちらかといえば、ダンスの授業での対応に一目惚れしたんだ」

「は？」

そんなに特別なことを、悠真はしたつもりはない。エイデンもアシュトンも、同じ気持ちのようで驚いていた。

「あれだけで……」

理解できない。譲りに譲って、誘われたグレタならまだ納得もできる気がした。

「決定打になったというだけだ。面識はなかったが、以前からチカを見かけて、気になっていた」

「え」

どこで？　いつ？　悠真にはわからない。迂闊《うかつ》なこ

とをした魔力測定の時はいなかったはずで、それ以外で目立つようなことをした覚えもなかった。

クラスさえも違うので、普段は本当に接点がない。

「よく、礼拝堂脇近くにある庭園の奥にいるだろ」

「……いる」

心当たりがあった。

今ローレンツが口にした場所には、野良猫が住み着いているからだ。身分の高い者は、野良になど興味を示さない。構われないのをいいことに、猫はよく陽だまりの中で気持ちよさそうに寝ていた。

「あの野良猫か」

アシュトンも知っていた。

「野良のわりには、毛並みいいよな」

ふわふわで、とエイデンはまるで触ったことがあるような口ぶりだ。

まさか、そんな思いが悠真によぎった。

「触ったのか!?」

「ああ、野良なのに人懐っこいよな」

真逆な印象に、ショックで悠真は表情が固まる。うそだろ、まじか、と哀しくなった。

「チカ？」

「……逃げられるんだけど」

いつも、いつも。それはもう、見事に。

何度もチャレンジしているのに、いまだに悠真は触れられない。

なんとかふわふわな毛を撫でようと、見かけるたびに猫と睨《にら》み合ってジリジリと距離を詰めている。けれど手を伸ばした途端、猫は恐怖に駆られたように一目散に逃げていった。

絶対に触らせてもらえないと言えば、笑いを堪えられ、哀れみの目を向けられる。

「しょんぼりしているのが微笑《ほほえ》ましくて、かわいいなと思ったんだ」

一度気になると、姿を見れば目がいく。

そしてダンスの授業での一件でいいなと感じ、ローレンツはその気持ちに従った。

恋に満たない、淡い感情。簡単に親愛にすり替えられるもので、婚約者がいると知っている今は、ローレンツは悠真と友人になりたいと感じた。

「はあ、なるほど」

納得している友人たちとは違い、あれを見られていたのかと、悠真は微妙な気持ちになる。理由はわかったが、すっきりはしなかった。

　その日の夕食の席で、悠真だけが猫に嫌われ逃げられ続けているとアルフレッドにこぼすと、思いがけないところから答えが返ってくる。

「え」

『ハルから、我の気配がするのだろう』

『弱き者は強者の気配に敏感だからな、警戒されるのもしかたがない』

「えぇ？」

「ハルのそばには、いつもグリューンがいるから」

『動物は聡《さと》い』

「ただでさえ野良猫だし、生存本能だろうな」

　アルフレッドとグリューンの間で交わされる会話が、悠真の中にじわじわと浸透していく。少し遅れて、理解した。

「ちょ、まった。それって、俺は触れないってこと⁉」

　縋るように見たアルフレッドの表情が、肯定している。傍らのグリューンは、嘆く悠真など意に介さず食事の続きをねだっていた。

「まさかのグリューンが原因！」

がっくりと肩を落とすが、どうにもならない。

野良猫に触るためだけに、グリューンを遠ざける気にはならないからだ。

　食事を再開させながら、澪が宣言通りに、聖地巡礼の際に立ち寄った森で従えた、極上の毛並みのもふもふに悠真は顔を埋《うず》め、癒やされたい気分になった。


　どうしてこうなった？　と、悠真は疑問符を頭の中に浮かべる。どことなく緊張感のある空気が流れていると、勝手に感じた。

　学園では、元の世界とカリキュラムに違いはあっても、似たような年間スケジュールが組まれている。長期休暇前には試験があり、科目によっては試験の代わりに課題提出があった。

　入学してから初の長期の休み、夏期休暇前に提出期限の課題がいくつか出され、グループ課題はアシュトンにエイデン、なぜかローレンツも加わり順調に進んでいる。それとは別に出された、個別課題の方に悠真は苦戦していた。

　レポートを書くにあたって、馴染みのない単語は文字すら簡単に書けない。

平民なんてそんなものだろ、とエイデンに慰められながら、図書室へ資料を探しに行き、目処《めど》がつくところまでなんとか進めることができた。

間に合いそうでほっとして、寮に戻るエイデンと別れた後、懲りずに眺めるだけでもと猫を探しに行くと、なぜかまたエドワードにばったり会ってしまった。

苦手意識が薄れたとはいえ、和気藹々《あいあい》と立ち話するような関係ではない。

特に学園内でそんな光景は不自然すぎる。王太子と平民に、接点はまずない。だからといって無視するのも気が引けて、悠真は目で挨拶し、さっさと立ち去る気でいるとどうしてか呼び止められた。

――少し時間いいか。

そんな風に誘われ、今に至る。人目につかないところへ移動しようと提案されて、高位貴族だけが使用できる機密性の高い部屋で、悠真はエドワードと向き合っていた。

テーブルの上に置かれた、品のいいカップから立ちのぼる湯気がゆらゆら揺れている。無駄のない所作でお茶の席を整えた従者は、エドワードに指示され退室していった。

背筋がピンと伸びるような空気が、室内に流れている。エドワードのまとう空気が、どうしても気持ちを引き締めさせた。

(どこからどう見ても、完璧だよな)

綺麗な顔を眺めて、そんな感想が浮かぶ。エドワードがだらけている姿が、悠真には想像できない。

「なんだ？」

「んー？　疲れないのかなって」

「は？」

「きちん、ぴし、そんな風な感じ？　で」

常に張り詰めているような、隙のなさだ。

今ここには従者もおらず、悠真だけなのだからもう少し肩の力を抜いてもいいはずだ。

(あ、逆か)

親しくない、希薄な関係性の相手に気を許すわけがない。悠真がそう結論づけると、エドワードがふはっと吹き出すから驚いた。

今までの印象が崩れて、部屋の空気も一緒に緩む。

こんな風にエドワードが屈託なく笑うのを、悠真は初めて見た。けれど妙に既視感がある。なんだ、と記憶を探って気づいた。

（アルフレッドだ）

迂闊とも失礼とも言える悠真の台詞に、気分を損ねることなく笑う姿は、容姿は似ていないのに印象が重なる。肩を揺らすエドワードを、悠真はついまじまじと見てしまった。

「そんな、笑う？」

「私にそんなことを言うのは、ハルくらいだ」

笑いを納めて、感心したようにエドワードは洩らす。悠真は、納得できない気分だ。

「皆、私には完璧を求めるからな」

それがしっかりと伝わる。

「うわぁ、息がつまりそう……」

けれどその期待に応え、願いを叶《かな》えているエドワードを、すげぇ、と悠真は素直に賞賛する。望まれる姿でい続けるのもまた、強さだ。

「まあ、そうだな。そう感じる時もある」

「え、あ、声に出てた⁉　悪い、すげぇ失礼だよな」

うっかりがすぎると、悠真は反省する。重責を知らない者が、無責任に言うことではない。

「気にしなくていい。ミオもハルも、なんのしがらみもないから、言いたいことを言ってくれて気持ちがいい」

どこか嬉しそうな表情で、エドワードがカップに手を伸ばす。心を許せる友人を作るのは、王太子として正しくあろうとすると難しいのかもしれない。

せっかくなので、悠真は焼き菓子にも手を出した。小ぶりで、一口サイズなので食べやすい。

「ハルは、平民として通っていて不便はないか？」

「うーん、ないかな」

課題に追われ、試験勉強に苦しめられてはいるが、それは平民だろうと貴族だろうと一緒だ。

むしろ王族であるアルフレッドの婚約者として、成績に注目を浴びないだけ気楽だった。

「だが、先日は貴族の令息たちに絡まれただろう」

「――あ、すっかり忘れてた」

今の今まで、思い出すこともなかった。その場は不快ではあったが、当事者は学園から消え、悠真の中では終わったことでしかない。

それよりも、エドワードも知っているのかと驚く。王太子という肩書きは、伊達《だて》ではなかった。

「貴族に、嫌悪を持ってもおかしくないだろう」

「んー？　まあ、ないとは言わないけど」

身を守る術を、悠真は持っている。それは過剰ともいえるもので、相手の方のダメージが大きかった。破滅へとまっしぐら。悪巧みをする方が悪いのだけれど。

「魔法とか魔道具に助けられて、万能感すげぇなって感じた方がおっきい？」

限られた相手に連絡するなら、スマートフォンよりも早く便利だ。所持も、取り出す必要もなく、拉致られている状況でも連絡が可能など使い勝手が良すぎる。

実際、悠真が常につけているイヤーカフは万能だ。

感嘆の声しか出ない。

「魔法も魔道具も万能ではない。聖女であるミオが特別なのは当然として、アルフレッドとその周囲が別格なだけだ」

「え？」

「私には、魔法でそこまで器用なことはできない。魔力も、アルフレッドには到底及ばない」

少し寂しそうで、悔しそうで、悠真は戸惑うように瞳を瞬く。

知らない姿だ。いつも目にするエドワードは、自信に溢れた姿だった。

「いいんじゃない」

するりと、言葉は唇からこぼれる。今度は、エドワードが戸惑った。

「だって、王になるんだろ？」

多くの者が、傅《かしず》く尊い存在だ。

兄であるアルフレッドも王族ではあるが、エドワードの即位と同時に補佐をする立場、臣下になると聞いている。魔術師団長のユーリも、アルフレッドの友人ではあるが王の臣下だ。騎士団も、忠誠を誓うのはこの国の王だ。

「すげえ人がまわりにいるなら、やってもらえばよくないか？」

独裁者を目指すのでなければ、頼ればいいだけだ。

専門知識、技術のある者にアドバイスをもらい、まかせられることは、まかせればいい。これこそ、適材適所。

ただ最終的な決断は、王に委ねられる。それはきっと、悠真が想像するよりも重い。

その瞬間は、孤独だ。けれど共に重責を担う側近と言われる者がいる。その候補が、学園で学友としてエドワードのそばにいる。きっと、いい友人関係を築けている者もいるはずだ。

「上に立つ者は万能じゃなくても、才能ある者をどううまく使うかの采配ができればいいんじゃない。なんて、まぁ、勝手な想像だけど」

ぱた、ぱた、と金色の長い睫毛《まつげ》が上下する。やがて、そうか、とぼんやりとした声が、エドワードの唇からこぼれた。

「そうだな」

すぐに芯の通った声が頷いて、ふ、とエドワードの表情が緩む。自然にこぼれた笑みだった。

「アルフレッドが、ハルに惹かれた理由がわかる気がするな」

「は？」

急になんだ、と悠真は動揺する。柔らかい声音とは裏腹に、向かいに座ったエドワードが表情を引き締めた。

「勝手な召喚で迷惑をかけたうえ、元の世界へ戻せないことは、本当にすまないと思っている」

唐突な、改めての謝罪に悠真は困惑する。どう、返していいかわからない。

郷愁の念のようなものはあるが、エドワードを恨んではいない。最初から過分ともいえる好待遇で過ごしている上に、こちらの世界で、悠真は大切な存在を見つけた。

「国の方針で私は王太子の立場にいるが、すべてにおいてアルフレッドには到底及ばない。だからきっと、焦りもあったんだ」

燻《くすぶ》り続けて消えない、アルフレッドを王にと望む声。それをこれ以上大きくしないよう、王太子として優れていると証明するため、エドワードが取った手段が聖女の召喚だった。

アルフレッドが王位を望まないのなら、王太子としての足場を確固たるものにしなければいけない。揺るがないものにすれば、王位継承争いに無駄に巻き込むことはない。予言のこともあった。

エドワードが望んだのは、国とアルフレッドの安寧だった。

「悪い、余計なことを言った。ただの言い訳だ。だから許してほしいと言っているわけではない。非は、間違いなく私にある。責められてもいい。それでも、この世界にハルが来てくれて良かったと思っている」

アルフレッドのあんな柔らかな表情は、ハルがいなければありえなかった。そう継がれた台詞に、悠真は衝撃を受けた。

「……もしかして、ツンデレ？」

起こったことだけではわからない、見えない真実がある。思いがけずそれに触れて驚き、今も頭の中には整理しきれないものがたくさんあったけれど、悠真の口から出たのはそんな言葉だった。

「なんだそれは」

「いや、うん。実は兄さん大好き？」

「はあ？　どうしてそうなる」

「なんとなく？」

そうとしか言えない。

じいっとエドワードの顔を悠真が窺い見ていると、困ったように長い睫毛を伏せた。

「……嫌いではない。私は」

引っかかる言い方だ。まるで、アルフレッドに嫌われているとでもいうようだった。

——兄上と、呼ばれるとは思わなかった。

あの時のアルフレッドの表情は、柔らかかった。どこか嬉しそうだったかもしれない。

正しく心情を汲《く》み取れはしないが、疎ましく思っている相手にする顔ではない、気がする。ぐるぐると忙《せわ》しなく悠真が思考を回していると、エドワードが言葉を紡ぐ。

「優しい、兄だった」

過去形だ。

どうにも、悠真には違和感がある。アルフレッドがエドワードを嫌っているようにも、邪険にしているようにも見えない。ただどことなく、二人の間に距離を感じるだけだ。

「今も、優しいだろ？」

「それは、ハルに対してだろう」

「いやあ？」

そうなのだろうか？　と、考えてみてもわからない。親しさの上に成り立つ、雑な対応は目にしたことがあるけれど、優しくないアルフレッドを見たことがないので、悠真には想像できなかった。

（成敗された人たちは、自業自得だし）

「納得していないようだが、今のアルフレッドの優しさはすべてハルのものだ。兄としての優しさは、私自身が、幼い頃に母に言われるまま拒絶してしまった。

物事を正しく判断できる歳《とし》になった時には、どうしようもできない距離ができていた」

　一度開いてしまった溝は埋められないものだと、淡々とした声が告げる。聞いている悠真の方が、寂しさを覚えた。

「原因は私の母だが、ハルが現れる前のアルフレッドはすべてを拒絶していた」

「少しだけ、聞いた。うん、俺も今はこの世界に来れて良かったって思ってる。だから、謝罪はもういらないよ」

「そう言ってもらえると、ありがたい」

「うん、まあ、俺はね。澪に関してはノータッチで」

　自由気ままにこの世界を楽しんでいるようだが、心情はわからない。

　他人の感情の機微に疎い悠真では、うまく推測もできなかった。

「わかっている」

　やっと、エドワードの表情が緩む。それに悠真もつられて、笑みをこぼした。

「いずれ、ハルとは義理の兄弟になる。だがその前に、私と友人になってほしい」

　思いがけない申し出だ。ぱたぱたと悠真は目をしばたたく。

　学園内にいる限りは、エドワードと友人関係を築くのは難しい。

　けれどこれからきっと、長い付き合いになる。歳も同じだ。

　義理の兄弟よりも、友人の方が気が楽だと、悠真は迷うことなく了承の返事をした。

＊

　そろり、と辺りを窺いながら、王族専用のサロンを悠真が後にする。こんなところで見かけるなんて驚きだ。エドワードの従者が、周囲を確かめていた理由がわかった。

　人目を気にしながら学園内で話さなくても、王宮で話せばいいのにと澪は首を傾げ、ふと心の狭い男の顔が浮かんだ。

　うん、と納得する。二人が話すのに、王宮は不向きだった。

　ほんの少し会話の内容は気になるが、探りたいわけではない。帰路につく悠真の表情に、負の感情はなかった。

友人同士、と言っていいのかはわからないが、二人の会話をいちいち詮索するほど澪は野暮ではないつもりだ。

このまま声はかけないでおこうと結論づけると同時に、派手なピンクの髪が視界に飛び込んでくる。悠真の後ろ姿を、睨みつけていた。

「ちょっと、待ちなさいよ！」

怒気を漲《みなぎ》らせた声を、ミカエラは投げつける。けれど悠真が振り向くことはない。

澪がとっさに、音を遮断していた。

「こんなところでみっともなく騒いで、何してるの？」

追いかけようとするミカエラに、澪は声をかける。理由はわからないが、妙に悠真に敵対心を見せるので警戒していた。

「出たわね、偽聖女！」

「は？」

険しい表情で、ミカエラは澪を睨む。唐突に敵意を向けられたが、心当たりはなかった。

偽聖女と言われたところで、澪自身は痛くもかゆくもない。必要最低限のことはしているし、何より、ミカエラに認めてもらわなければいけない理由などなかった。

言いたければ勝手にどうぞ、のスタンスだ。

「私がヒロインなんだから、聖女も私なの」

「知らないし」

あさっての方向に、話が飛んだ。

自称ヒロインとか痛すぎる。この世界にも中二病があるのかな、と澪は生ぬるい眼差《まなざ》しになった。

「しらばっくれないで！　ここは乙女ゲームの世界なのよ。アンタも転生者で、ヒロインポジをのっとったんでしょう！」

一方的に投げつけてくる文句など適当にかわしておくつもりでいると、いくつか重要そうな単語を拾う。ざっくりと状況を把握したが、澪はへぇ以外の感想がなかった。

「乙女ゲームとか言われても、だからなに？　なんだけど」

正直どうでもいい。たとえ本当に乙女ゲームの世界だろうと、澪には関係ない。やりたいようにやるだけだ。

「はあ？」

ミカエラは胡乱《うろん》な眼差しを澪へ向ける。価値観を、押しつけないでほしい。

「興味ないもん」

それにつきる。

「嘘ばっかり！　攻略対象者たち侍らせてるくせに」

侍らすとは？　今までを振り返ってみたが、澪には心当たりはなかった。

せいぜい後見人のエドワードと話すことが多いのと、そのせいで必然と、側近候補と会話が生まれる程度だ。積極的に、彼らの会話に参加したことはない。

「ほんとだってば。大体乙女ゲーは苦手ジャンルなんだけど、私。某有名なのをやったことあるけど、ぞわぞわっとして無理だったの。だから乙女ゲーやる時はネットで見かけた知恵で、名前を『おばあ』に変えるんだけど、これがほんと正解！　祖母に懐く微笑ましいイケメンのできあがり！」

そんな楽しみ方しかできない。だから澪は基本、乙女ゲームを避けていた。

「ちょ、なにその乙女ゲーの無駄遣い！」

「どういう楽しみ方しようと自由じゃない」

「イケメンに口説かれたいとか思わないの」

「ぜんぜん、対自分なんて萌《も》えない。無理。イケメンがイケメンを口説いてるのを見る方が、断然ときめく」

不意に、この世界には存在しない作品を思い出して、澪は舌打ちしたくなる。顔面偏差値の高い男は多くいるけれど、そうじゃない。求めているのは違うと、叫びたかった。

「アンタ、絶対に相容れない腐女子か！」

「腐女子ですけど？」

失礼な物言いだ。ミカエラは真っ向から、ケンカを売るタイプらしい。

他人の趣味嗜好《しこう》に口を出していいことはない。相容れないのだから互いに見ない振りをすればいいのに、目の敵にするからギスギスする。絶対に関わり合いになりたくない性格だ。

「だったら、攻略対象者に関わらないでよ！」

知るか！　と、澪は苛つく。

転生者だろうが、ミカエラは今現在男爵令嬢だ。貴族としての最低限の躾《しつけ》はされているはずなのに、これでもかと礼儀を欠いていた。

「あのね、ここ現実だから。乙女ゲーの世界だかなんだか知らないっての」

　現実だから、もう元の世界へは還《かえ》れない。

　強制的に召喚された澪は、自分の価値観で好き勝手過ごしてはいるけれど、ミカエラはこの世界へ転生したのなら、この世界の常識で生きるべきだ。

　男爵令嬢如きが、聖女にケンカを売っていいわけがない。家族がこのことを知れば、間違いなく青くなる。両親に迷惑がかかると想像もできない、思考のお粗末さだ。

「間違いなく乙女ゲーの世界よ！　攻略対象者から設定まで全部同じだもの。だから、聖女は私なの。邪魔しないでくれる？」

「あのね、私だって望んで聖女やってんじゃないから。こっちの意思なんておかまいなしに召喚されて、押しつけられただけだし」

「はあ？　召喚って何？　異邦人は転生者のことなんでしょ」

　怪訝《けげん》な目を向けられる。常識がないとは思ったが、ここまでかと澪はミカエラを見返す。本気で言っているのが伝わってきた。

「あのさ、もっと勉強したら？」

「何よ！　話をそらさないで！」

　事実勉強ができないらしく、ミカエラが声を荒らげる。これで聖女になりたいというのだからすごい。

　資質さえあるならアリなのだろうかと、澪は疑問に思った。

「……この世界では黒髪黒目は珍しいって、まさか知らないの？」

　学力ではなく、一般常識の範囲だ。

　黒髪黒目は異なる世界からの渡り人、異邦人の可能性が高く、国の保護対象になる。困っているのを見かけたら、領主あたりに報告するのが一般的だ。

　この世界に居場所のある、転生者のことではない。

「私はね、この世界へ聖女として召喚されたの。平和で娯楽の溢れた日本で、女子高生楽しんでたのに！」

　怒りが再燃する。理不尽にケンカは売られるし、話は通じないし、八つ当たりしてもいいかな、と澪はそんな気持ちになってきた。

「なに、それ……そんなのシナリオにない、嘘よ、ありえない」

だから、現実だと澪は言っている。頑《かたく》なに認めないのはミカエラだ。

「シナリオとか知らないし。そんなに聖女やりたかったら、毎日神殿に行って祈ればいいじゃない」

「はあ⁉」

「だって、そういうことでしょ？　それが聖女の役割なんだし」

「あのね、アンタは知らないだろうけど、祈るだけが聖女じゃないの。エドワードと一緒に各地を回るイベントがあるのよ。それで好感度を上げるんだから」

「ああ、結界石と結界柱のとこなんて、学園に来る前にとっくに回って祈り捧《ささ》げてきたよ」

「え……」

「だから、後は毎日祈りを捧げるだけ。やりたければどうぞ？」

聖女であろうがなかろうが、祈るのは自由だ。自称聖女として祈ればいい。

それに献身的に日々祈りを捧げ、おまけに家の力を使って寄付金を積み神殿に奉仕もすれば、まるで聖女のようだと神殿関係者にも称《たた》えてもらえる可能性はゼロではない。

「……それじゃ、聖女覚醒イベはどうなるのよ」

「さあ？　てか、なんで聖女にこだわるかな」

贅沢《ぜいたく》な暮らしを約束されてはいるが限度はある。当然、責任も伴う。勉強すらおろそかにしているミカエラが、聖女として立てるとは思えなかった。

ただ着飾って、贅沢をしたいのなら高位貴族に嫁ぐのが一番だ。そこにも、充分責任は伴うだろうが。

「だって、聖女にならなきゃ王城に行けないし、アルフレッドに会えないじゃない」

「……は？」

「アルフレッドが、私の最推しなの！　大本命！」

最高難易度の隠しキャラで、攻略するにはいくつもの手順を踏まなければいけない。

前提条件は、聖女であること。

聖女として覚醒するにはエドワードと親しくなって、魔獣討伐のための遠征に同行しなければならない。

そこで魔獣に襲われ、ミカエラをかばい勇敢に立ち向かうエドワードの無事を、愛を込めて祈ることがきっかけとなり聖女として覚醒する。それがアルフレッド攻略のスタートラインであり、本編を逆ハーレムエンドで終えると、やっと解放されるルートだとミカエラは嬉々《きき》として語った。

まったくもって、理解できない。

色々破綻してるよね？　と、澪は突っ込みたくなる。なんで役にも立たない、邪魔でしかない男爵令嬢を連れてエドワードが魔獣討伐へ行く？　だいたい王太子だし、何かあったらいけない。

むしろ討伐なんて、騎士団に所属しているアルフレッドが率先して行きそうな案件だ。

「相手を想《おも》う、清らかな愛の力で聖女に覚醒するんだから！」

（清らかさとは？）

すでに欲まみれで、打算まみれだ。これを清らかな心という判定がくだり、聖女として覚醒するなら誰もが聖女となり得る。

確かに、聖女押しつけとかふざけんなし！　と憤り、やる気のない澪自身さえ聖女の資質を持っているのだからありえるのだろうか——と考えてみるがわからない。

けれど煩悩まみれ、一般常識のないミカエラに、聖女の力など持たれたらろくでもない事態になるのは確実だ。

（あ、予言）

そういうことかと澪は納得する。間違いなく、混沌《こんとん》を招きそうな存在だった。

仮に澪も悠真もこの世界にいないものとして、ミカエラが聖女の力を覚醒し、エドワード含め攻略対象者と言われる面々をたらし込むとする。さらに本命らしいアルフレッドまでたらし込み、うっかり伴侶の座を獲たなら、この国は大混乱に陥ること必須だ。

それを鑑みると、異世界からの召喚は、国の判断としては正しかったと言える。澪の感情を抜きにすればだが。

今は大分割り切っているので、こうして冷静に考えられるところがある。充実した日々を過ごす悠真の姿を、見ることもできるので。

澪が悠真を巻き込んで召喚され、聖女としてここにいるのだからもう一つの予言は成就しない、ということでいいのだろうか？　浮かんだ疑問に答えは出ない。

こうなれば予言を与えた魔女に、会いに行ってみるのもいい。魔女なんて、興味を惹かれる職業だ。

「なによ、急に黙り込んで」

反応がないことに、ミカエラが訝しむ。

あれこれ考えを巡らせていたせいで、澪は途中から滔々と語る声を聞き流していた。

「アルフレッドさんを攻略したいだけなら、聖女になったところで無理」

「なんでよ。まさか、アンタが攻略したの⁉」

鬼のような形相で睨まれる。こんなにも頭の中が花畑で、アルフレッドが選ぶとは思えない。たとえ悠真がこの世界にいなくても。

「まさか、してないよ」

「だったらなんでよ。アルフレッドは聖女じゃなきゃ攻略できないのよ」

(攻略、ねぇ)

相手の人格も、感情も無視している。頭の中にある理想だけを追い、少しでも理想から外れれば違うと相手を責めて捨てそうだ。

「婚約者以外、どうでもよさそうだから」

「はあ？　アルフレッドに婚約者なんていないわよ」

「いるよ。少し前に婚約したの。大々的なお披露目はまだ先だけど、彼の婚約者の座を狙うような高位貴族には通達がいってる。まあ、男爵位じゃよっぽど情報収集に長《た》けてなければわからないかも？」

身分的にも無理だと、澪は言外に含める。これで理解して、引いてくれればいい。転生者ではあっても、今は貴族の子女だ。

「やっぱり、興味ないふりしてアンタが攻略してたんじゃない！」

(そうくるのかぁ)

話が通じない系だ、と澪は判断する。面倒くさいなぁと、会話を強制終了したくなった。

「違うって言ってる。私じゃない」

「うそよ！　アルフレッドは聖女じゃないと攻略できないんだから！」

バッドエンドは生涯独身だから、他の誰かと婚約するなんてありえないとミカエラが叫ぶ。

ぶつぶつと、聖女が、聖女だから、と爪を噛み繰り返す。

「ほんとですぅ。召喚に巻き込まれた、私の幼なじみとくっついたの。アルフレッドさん、でろっでろに溺愛してるし、あなたが入り込む隙なんてないわよ」

悠真がいなければ、生涯独身はありえそうだ。

「偽聖女のアンタの言うことなんて信じないから！」

「どうぞご自由に。あなたが信じなくても、事実は変わらないけど」

剣呑《けんのん》さを滲《にじ》ませ澪を睨み、ミカエラはぎりぃと歯がみする。愛らしい顔のはずが、性格の悪さが漏れ出ていた。

「あの子に手を出したら、あなたの最推し最愛のアルフレッドさんに報復されるわよ。これでもかってくらいにね」

相手は公表されていないから、ミカエラでは本当の意味で悠真にたどり着けないだろうけれど。

それにもかかわらず、斜め上の考えで悠真を敵視しているのはある意味すごい。

うっかり、万が一にも、正しく悠真にたどり着けたとして、あの過保護が敷いた鉄壁の護りをどうにかできるわけがなかった。

「そうやってヒロインである私が、アルフレッドに近づかないようにしてるでしょ！　許さないから」

捨て台詞を吐いて、ミカエラは走って消える。残された澪は、唖然とするしかなかった。

「ええ、まじでヒドインって話が通じないの」

つい嘆きがこぼれるが、勘違いしているならそれはそれでいい。

絡まれれば鬱陶しいが、悠真に害は及ばない。澪自身は、何をされても返り討ちにする自信があった。

（もしかして、悪役令嬢もいるのかな）

異世界物のヒロインには、悪役令嬢がつきものだ。あまり興味がないジャンルなので、なんとなくのイメージしか澪にはないのだけれど。

（ちょっと、面白そう？）

なんて思ってしまったのは内緒だ。

このことをアルフレッドに告げ口するか、まだ様子を見るか、澪は迷うところだった。

*

唐突にふっと、悠真は集中力が切れる。じわじわと意識が散漫になり、文字を目で追っているのに頭の中には入らない。するすると、ただ目が文字の上を滑っていった。

「だめだ……」

試験勉強に限界を感じて、悠真は机に懐く。異世界だろうと、試験前の勉強に辟易するのにはかわりがなかった。

真摯にテキストと向き合っているつもりでも、自然と他のことがしたくなってくる。走りに行きたい、弓の練習をしたい、いっそ部屋の掃除でもいい。

現実逃避だとわかっていても、気持ちがそちらへ傾いていくのだからどうしようもなかった。

「休憩する？」

「……する」

身近に教えてくれる人もいるのだから、恵まれている環境ではある。べたりと頬を机につけながら、お茶の用意を指示するアルフレッドの声を聞く。

そのままぼんやりしていると、人が動く気配がした。

（テストまであと何日だっけ）

平民として通ってはいるが、さすがに底辺の成績を取るわけにはいかない。

アルフレッドの婚約者として、悠真の存在は公にはなっていないが、知っている者は知っているし、いずれ公になった時に、成績の悪さが悪目立ちするのは避けたかった。

（迷惑かけそうだし）

成績のトップ争いに加わりたいとは思わないが、せめて中間あたり、できれば上位グループの少し下あたりをキープしていたい。

悠真は色々無頓着で気にしない性格ではあるが、アルフレッドの評判にもかかわってくるとなれば別だ。

焦りにまみれた悠真とは正反対に、様子見と顔を出した澪は、相変わらずメイド服を身につけ呑気にしていた。城内を散歩するついでに来ちゃった、と言っていた。

いいのかそれで、と思わないでもなかったが、アルフレッドが苦言を呈することはなく、考えるのを放棄すれば残ったのは余裕の澪を羨む気持ちだった。

――直前に、慌てて詰め込むような勉強していないもん。

つい心の声を洩らせば、そんな台詞が澪から返ってきた。試験勉強に苦しむ悠真は、ぐぬぬ、とうなることしかできなかったのはつい先ほどの出来事だ。

くそう、と何に対してかわからないが悪態をつきたくなる。元の世界でも、同じようなやりとりをした記憶があった。

「ハル、お茶の用意ができたよ」

顔を上げると、口の中に焼き菓子を一つ放り込まれる。甘さが、やさぐれた気持ちをほぐしてくれた。

なんだか甘えたい気分が、羞恥を振り切る。アルフレッドの指示でお茶の用意をしたアガットは、もう下がっていた。

えいっと、悠真は腕を伸ばす。お茶と菓子が並べられたテーブルの、ソファまで運んでほしいと目でアルフレッドに訴えた。

自分で歩け、と窘《たしな》められることもなく、抱き上げてくれる。動くのも億劫《おっくう》な悠真は、楽だなぁと、おとなしくソファまで運ばれた。

「珍しいな、ハルが甘えるなんて」

俺は嬉しいけど、とアルフレッドが瞳を緩める。運搬係にしたのに、喜ばれてしまった。

「勉強の攻撃力が高すぎて、弱ってるんだよ」

「それは大変だな。もっと甘やかさないと」

「それはそれで、調子にのるからダメ」

甘さは、ほどほどがいい。

「難しいな」

真剣な顔でアルフレッドが言うから悠真は笑う。

——今のアルフレッドの優しさはすべてハルのものだ。

ふと、エドワードに言われた台詞を思い出した。

カップを優雅に傾ける男の顔を、悠真はじいっと眺める。知らない顔が、まだ多くあるのかもしれない。

知り合ってから一年にも満たないのだから、当然といえば当然だ。

「ハル、どうかした？」

「んー、この前学園で、エドワードとお茶したんだけどさ」

「うん？」

「アルフレッド、エドワードのこと嫌い？」

「ド直球だな。どうしたんだ、急に」

「なんとなく気になって？」

悠真の印象では、そんなことはないと思っている。けれど正確なところは、本人に聞かなければわからないことだ。

「嫌いではない。生真面目すぎて、あぶなっかしいなとは思うが」

「お兄ちゃんは、心配なんだ」

ぱたん、と瞬きした後、アルフレッドは苦笑する。

「ハルには敵わないな」

ため息まじりの声が柔らかい。

過去を振り返り、懐かしむ表情をアルフレッドは浮かべた。

「幼い頃のエドワードは、天使みたいだったんだ。蜂蜜のような金の髪に、くりっとした瞳が印象的で」

　想像してみる。文句なしに愛らしい。天使という表現も、大げさではないと思わせた。

「あにうえ、って、舌足らずに呼んでくるから嫌えるわけがない。けど王妃は、俺たちが親しくすることさえ許せなかったんだ」

　淡々と話しているが、表情に苦みが混じる。甦《よみがえ》った寂しさが、アルフレッドに滲んだ。

　弟として、大切に思っていたのだと伝わってくる。だからこそ、エドワードの言う拒絶を黙って受け入れた。アルフレッドを目の敵にしている母親との間で、板挟みにならないように。

　けれど今は、悪意に為す術もない幼い頃とは違い、対抗する力をアルフレッドは持っている。エドワードも、幼い頃の拒絶を悔いている。それでも二人の距離は、縮まらない。

　何も知らない悠真が気づかなかったように、二人は兄弟として接することはなく、いずれ臣下になるという態度をアルフレッドは崩さなかった。

　エドワードもずっと、それを当然としている。部外者が安易に口を出すべきではないが、悠真の方がもどかしく感じた。

「あのさ」

「ん？」

「俺、エドワードと友人になったんだ」

　こんな報告、普通は必要ない。けれど悠真はあえてした。

「……それはまた」

　変わった状況になったとでも言いたそうに見える。それは、悠真自身も思ったことだ。

「だから、エドワードと王宮内で会うこともあるだろうし、もしかしたら、一緒に出かけることもあるかもしれない」

「そうだな、あるかもしれない」

「そん時、俺の護衛を兼ねてるアルフレッドは、一緒に来てくれるんだろ？」

　軽く、アルフレッドが目を見張る。瞳を一瞬だけ揺らして、もちろん、と答えた。

　ああもう、とアルフレッドは手のひらで顔を覆う。しばらくして、甘い眼差しを悠真へと流した。

「ハル、好きだよ」

「……なんだよ、急に」

不意打ちの直接的な愛の言葉は、本当に心臓に悪い。

一瞬、悠真は呼吸を忘れた。

「いつも、思ってるよ。けど今は、はっきりと伝えたかった」

「えっと、ありがと」

「うん」

「そんで、俺も！」

あえて、からりと明るい声を出す。まだまだ修業が足りないと、悠真は実感する。逸《はや》る鼓動をごまかすように菓子に手を伸ばすと、アルフレッドの口角が緩く上がった。

「そーいえば、アルフレッドには妹もいるんだっけ？」

「ああ、けど、エドワード以上に交流はないな」

言われてみれば、今まで見たことがない。異母妹であることもコーデリアという名前も、アルフレッドに教えてもらい今知った。

「仲悪い？」

「敵対心は向けられていない。ただ、興味もないんじゃないかな。俺は名ばかりの兄だから」

どうにも、植え付けられた王妃に対する恐怖心が、悠真の中で順調に育っていく。いずれ顔を合わせることもあると言われているが、そのいずれがいつまでもこないことを願いたかった。

王には一度、謁見している。若い、格好良い、そんな印象だった。

「妹はいずれどこかに嫁ぐ身だから、他国に行く可能性も考慮すると、王妃もへたな洗脳をできなかったんだろうな。国の恥になるから」

「ええ、そういう……」

「そういう人だよ。だからハルに爵位を与えて、コーネリアを嫁がせるよう画策するかと思った」

「は？」

誰と誰を、と悠真はぽかんとする。苦笑するアルフレッドを見て、本当にそんな心配をしていたのがわかった。

「妹いくつなんだっけ？」

「今は十三、もうすぐ十四かな」

じゅうよん、と声に出さずに悠真は繰り返す。ありえない。

「考える余地もないようで、安心したよ」

「うん、ない」

　話はそこで一区切り。

「さてと、そろそろ勉強の続きしようか」

　哀しい現実を、アルフレッドからつきつけられた。

＊

　今までになく――家庭教師的な存在が監視の役割となって、悠真は勉強に向き合い、無事に試験を乗り切る。最後の解答用紙を提出し終えると、ふっと力が抜ける感覚はどこの世界でも同じだ。

　きゃあきゃあ、わあわあ、試験が終わった解放感から、あちこちでざわめきが広がっていた。

　試験が終わっただけなのに、気持ちが軽い。それも短い期間だと悠真は経験上知っている。しばらくして成績表を渡されるとなると、なんともいえない憂鬱さがあった。

　正直に言えば、いらない。

　この学園では順位の貼り出しが行われるので、その際に総合得点の確認はできる。詳しい成績表は後日、個々に渡されるものではなく家の方へと届けられた。

　なんかもう、あーあって感じだ。本人に渡してほしい。隠したいわけではないが、ダイレクトに保護者に渡されるとそれはそれで引っかかりを覚えた。

「どうだった？」

「まあまあ、そっちは？」

「訊くなよ」

　そんなやりとりを親しい何人かと交わし、悠真は笑い合う。必死の勉強の甲斐《かい》があり、それなりにできた感覚があるので、わかりやすく下の方ではないはずだ。

　今まで受けたテストの中で、一番手ごたえを感じたあたり、それはどうなんだと微妙な気分になったけれど。

　結局のところ、勉強はやる気も大切だけれど、環境も同じくらい大切なのだと知った。

（家じゃつい寝るし）

　自室に一人でいれば監視の目はない。気持ちもつい緩む。いつの間にか寝ているなんてことも、以前はよくあった。

　机に伏せてとかでなく、ベッドで横になって寝ているのだから、いつの間にかと言っていいのかわからないが。

高校入試の時は悠真なりにがんばったけれど、それだって塾に通っていたからであって、家ではやっぱり緊張感がなかった。

親の方がきっと、やきもきしていたはずだ――と考え、悠真は思考を止める。せっかくテストが終わって軽くなった気持ちだ。

いつか、本当にいつか、元の世界へと戻れなくても、無事に幸せに暮らしていることを家族に伝えられたらと、ひそかに願っていた。

思いがけず感傷に触れ、ぴり、とした違和感を振り払うように悠真は身体をぐっと伸ばす。血が巡る感覚が、サクッと気持ちを切り替えた。

（休暇、楽しもう）

提出物に関しても無事に仕上げ、教師の元へと渡っている。学校、教室、流れる空気も、どこか緩んでいた。

生徒の表情も晴れやかに見える。後は、試験の結果を受け止め休みを迎えるだけだ。

「今更だけどさ、チカは夏期休暇どうするんだ？」

そんな会話がそこかしこで交わされていることに、悠真は気づく。領地に帰る、旅行に行く、家の手伝い、多岐にわたっていた。

「えーっと」

予定が、ないわけではない。

飴《あめ》と鞭《むち》の使い方のうまい男は、悠真が勉強に飽きてぐだぐだしている時に、その話題を振ってきた。

どこか行く？　と訊かれて、行きたい、と答えた。

計画しておくと言われたが、その内容は聞かされていない。特に他の予定もないので、悠真は行き当たりばったりでも困らなかった。

「どこかには行くかも？」

「なんだよそれ。もうすぐだろ」

「まあ、そうなんだけど」

提案されれば、やっぱり期待する。知らない場所ばかりの世界だ。

見識を広げるのは楽しみではあるが、何せアルフレッドは忙しい人だった。

知らないところで多くの仕事を抱えている。だいたい学生ではないアルフレッドに、長期休暇があるのかも知らなかった。

騎士団、王族、悠真の持ち得る知識では、仕事内容から勤務状況までうまく想像できない。

「二人は？」

「しばらくは王都にいるよ」

「俺も」

　ローレンツは招待されている夜会がいくつかあるので、すぐに領地には行かない。アシュトンも似たようなもので、しばらくはこのまま王都の家にいると言った。二人には、会おうと思えば会えるようだ。

「うちの領地、避暑にいいんだ。遊びに来る？」

　魅力的な、ローレンツの誘いだ。行ってみたい。

　けれど、飛びつくことはできなかった。

　警備の都合――は、今は考えなくていいのかもしれないが、ほいほいと出かけていいかわからない。この世界の常識が、悠真は完璧とは言いがたいのが困りものだ。

「みんなで来るか？」

「面白そうだな」

　アシュトンも乗り気になる。そうなれば、やっぱり悠真もそわそわした。

　友人と過ごす時間は、アルフレッドと過ごす時間とはまた違う楽しさがある。友人たちに隠し事をしているのが、後ろめたく感じる時があるのだけれど。

「たださ、長期休暇の間、チカと連絡取れなくないか？」

「あ」

「だよな」

　確かに。

　この世界には携帯電話は存在しない。魔法を利用するか、それ関係で取るようだが、悠真は魔法が使えない。今まで必要がなかったので、そんな魔道具も持っていなかった。

　手紙もよく取られる手段だが、送り先を教えられない。

（つんだ）

　いやでも、あきらめきれない気持ちがある。これはもう、なんとかできそうな人たちにねだってみようかと悠真は目論《もくろ》む。最近、使えるものは使う精神を習得していた。

「行きたい気持ちは、すごくある」

　結局は相談するのが先だ。勝手な判断は、周囲の混乱を招く恐れがある。ただでさえ、平民として通うなんて我侭《わがまま》を悠真は許してもらっていた。

「あ、そうだよな。独断で決められないよな」
「後見人？　婚約者？　に、訊かないとだよな」
「え、ああ」

そうなのだけれど、なぜそんな気の毒そうな空気になるのかわからない。

保護されている立場だから勝手ができないで――たとえアルフレッドには好きにしていいと言われていても、澪を見ていると周りの心労はいかほどか、と感じるので、報連相を大切にしようと決めているだけだ。

何か、悠真が気を遣わせるようなことを言ったのだろうかと考えてみるがわからない。どことなく感じる違和感に、うっかり何かやらかしてしまったような気がしてきた。

いっそ訊いてみようかと思っている間に、話題が変わっていく。

（まあ、いいか）

気のせいかもしれないと、悠真は流すことにした。

「なあ、エイデンは？」

試験は午前中までだ。昼食を食べてから帰ろうと話していて、エイデンも頷いていたのを悠真は覚えている。そろそろ、みんなが食べ終えそうだ。

「そういえば、来ないな」
「魔術学科の教師のとこへ行くって、言ってたよな」
「ふうん、課題の件で呼び出されたとか？」
「ま、ありえるか」

二人は笑っているが、悠真は笑えない。

魔術学科と聞いたからか、妙な胸騒ぎがする。最近ではトレバーから、悠真への接触は減っていた。

あれだけ執着していたのに、急にあきらめるとは思えない。

結局食事を終えても、エイデンは食堂に姿を現さなかった。

これから予定がある二人と別れ、悠真は教室に向かう。エイデンの荷物の有無を確かめるためだ。

予定が変わり、先に帰ったのならいい。そういうこともあるはずだ。

けれど荷物は、そのまま教室の席にある。どうするべきか迷っていると、悠真は声をかけられた。

「トレバー先生に伝言頼まれたんだけど。研究室にエイデンといるから来てほしいってさ」
「あ、ああ。わかった」
「じゃ、伝えたからな」

「ありがと」

すぐに悠真は教室を飛び出す。

ひどく、嫌な予感がした。


急く気持ちを無理やり押さえつけながら、悠真は廊下を急ぐ。

試験を終え、授業もないとなれば、ほとんどの生徒はさっと下校したようで校舎は静まり返っていた。

響くのは悠真の足音と、逸る心臓の音。

そのせいなのかさらに不安が煽《あお》られる。魔術教師に与えられた研究室のある場所は、ただでさえ生徒の立ち入りが普段から少ない所だった。

（あそこだ）

ドアの前で足を止め、呼吸を整える。ノックする手には自然と力が入り、返ってきた応えとほぼ同時に悠真はドアを開けた。

飛び込むように室内に入る。何か薄い膜のようなものを通り抜けた感覚がして、ドアがバタンと勝手に閉まった。

音に反応するように悠真は振り向く。きっちりしまったドアは、開かない予感がした。

「ようこそ」

愛想のいい声が迎える。奥の棚の陰から姿を見せたトレバーに、悠真は警戒心を強くした。

じり、と一歩後退《あとずさ》る。いつも不機嫌そうな表情、眼差しばかり向けられていたのに、今はあからさまに手のひらを返したような態度だ。

何か、企みがあるに決まっている。

「ここは私に与えられた魔術の研究室だ。頑丈な上に、結界も張ったから邪魔は入らない。ああ、許可なく出ることもできないよ」

勝ち誇った顔で、トレバーがゆるりと口端を上げる。

そんなこと、どうでもいい。閉じ込められた事実よりも、今は友人の安否が悠真は気がかりだった。

「エイデンは、どうしたんですか」

「エイデン？」

「俺を呼び出すのに利用しただろ」

ただの口実ならいい。名前を利用されただけで、実際今はもう寮に戻っていて、呑気に友人と休暇中の話題で盛り上がっているのならそれでよかった。

騙されたことなど、些末《さまつ》なことでしかない。

ひどい目に遭わされているかもしれないなど悠真の考えすぎで、思い違いであってほしかった。

「ああ、高尚な思想を理解できない平民か」

どくり、と鼓動が跳ねる。次いで、ざっと血の気が引いた。

「教師なのに、その発言はいいんですか」

ジリジリと焦らされる感覚を覚えながら、悠真は室内に視線を走らせる。死角が多くて、エイデンの姿は見えない。

魔法で隠されている可能性もあった。相手は魔術教師だ。様子見で、なんて甘いことを言っている場合ではなかった。

「かまわないだろう？　いなくなっても、困ることはないやつだ」

ひゅ、と息を呑む。同じ人間とも思っていないようなトレバーの口ぶりに、悠真は絶望感に襲われる。誰かを巻き込むなど考えてもみなかった。

ただでさえ自分で対処できないのだから、元の世界のようなぬるい考えなどさっさと捨てるべきだった。

意識して、悠真は呼吸を深くする。まだ、わからない。

トレバーが欲しいものは、いまだ悠真が持っている。今現在手元に持っていない可能性だってあるわけで、エイデンを殺《あや》めてしまえば渡さないことくらい想像できるはずだ。

不安に押しつぶされそうになりながら、大丈夫、と悠真は自分に言い聞かせる。生きてさえいるのならば、澪がなんとかしてくれるはずだ。

「俺は、困る。友人だから」

しばらく睨み合って、ふん、とトレバーが鼻を鳴らした。

「困ると言うのなら、おまえの持つ指輪と物々交換といくか？」

「エイデンを物扱いするな」

「私にとっては、物以下だがな」

はは、と笑うトレバーに、悠真は不快感から顔を歪める。けれど交換を提案するくらいなら、最悪の事態にはなっていないはずだ。

「だいたいなんで、そんなに指輪を欲しがるんだ」

犯罪に手を染めてまで、手に入れなければいけない理由がわからない。

強い魔力が込められてはいるが、トレバーは魔術教師なのだから魔力は充分あるはずだ。

「私が本来つくはずだった、魔術師団長になるためだ」

「……は？　ユーリさんの代わりに、ってこと？」

「おまえ、アイツのこと知っているのか？」

しまった、と焦るが、悠真が黙ると追及はされない。どうでもいいようだった。

「秀でた技量のある私こそが相応しい地位なのに、第一王子の友人だからか、魔力量がほんのわずかにアイツの方が上なだけで選ばれた。だからより強い魔力を手に入れ、圧倒的な力の差で私がその座を奪い返すのだ」

えぇ、と悠真はドン引きする。語られた内容は、完全に逆恨みだ。

くだらない理由で犯罪に手を染めるような、自分勝手な行動を取る人間が、責任ある魔術師団長を務められるとは思えない。だいたい魔力量が多いだけで、最年少魔術師団長に就任できるわけがなかった。

「わかったか？　ならば渡してもらおうか」

「エイデンはどこだ」

「指輪はあるのか？」

「無事だとわからないなら、教えない」

忌々《いまいま》しそうに、トレバーが手を引く。見えない何かに引きずられるようにして、エイデンが物陰から姿を見せた。

「エイデン！」

「チカ」

息が荒く、声が弱々しい。話すのも苦しそうだった。右腕が不自然にだらりと下ろされている。制服は所々破れ、肌には血が滲んでいた。

「エイデンに何したんだ」

「指輪を奪ってこいと指示を出したのに、拒否するから少し痛い目を見てもらっただけだ。予定は狂ったが、まあいい。さあ、渡してもらおうか」

否とは言わせないとばかりに、見えない縄がエイデンを締め上げ、肌に食い込む。低くうめき、苦悶《くもん》の表情を浮かべるのを見て悠真は焦った。

「やめろ！　渡すからエイデンから離れろ」

「最初から素直に渡していれば、そいつがそんな目に遭うこともなかったんだ」

投げられた台詞が、ざっくりと悠真の胸をえぐる。たとえ理不尽な主張であっても、エイデンを巻き込んだ事実は変わらない。

　ネックレスのチェーンから指輪を外し、トレバーに見せると表情が輝いた。

「ああ、間違いない。私を栄光へと導く物だ」

「アンタには、破滅へ向かう指輪だと思うけど」

「くだらない脅しだな。おまえ如きが使えて、私が使えないはずがない」

「受け取れ」

　トレバーに向けて指輪を投げると、悠真はエイデンの元に駆け寄る。今は魔法による拘束は解けているが、近くで見るとひどい怪我《けが》だとわかった。

「大丈夫か？」

「悪い、俺のせいで」

　弱々しいエイデンの声が、悠真の胸を痛ませる。喉の奥が苦しくなった。

「俺の台詞だろ！　ごめん、巻き込んで」

　お前のせいでと、責めてくれていい。なじってくれてもいい。

　それなのにエイデンからは、悠真に対する怒りも失望も感じることはなく、余計に申し訳なさが募った。

　トレバーへの対応を悠真が間違えていなければ、エイデンが傷を負うこともなかった。

　そんな後悔を嘲笑《あざわら》うかのように、トレバーが洩らす歓喜の声が空気を震わす。

「指輪から、すばらしい力を感じる。これで私が魔術士団長の座を得られるはずだ！」

　悦に入った、トレバーの声が響く。目を輝かせ、奪った指輪を眺めていた。

「あのさ、エイデンには迷惑かけてばっかですげぇ悪いんだけど、これから見ることとナイショにしてほしい」

「え？」

　得意げにトレバーが指輪をはめようとするが、第一関節で止まりその先へは通らない。それを見て、他の人ではああなるのかと悠真は初めて知った。

「なぜだ！」

　ぐ、と力任せにはめようとした瞬間、磁石が反発するように指輪がトレバーの指先から飛ぶ。それはまっすぐに悠真の元へ戻ると同時に、アルフレッドの姿が現れた。

「うえ？」

　ぎょっとしたエイデンが声を上げる。トレバーも驚《きょう》愕《がく》に目を見開いた。

「ああ、久しいな、トレバー・ハドソン」

「な、んで……アルフレッド殿下が」

「殿下⁉」

　後はアルフレッドにまかせれば大丈夫だ。

『澪‼』

　その間に、悠真ができることをする。他力本願であろうとも、優しい友人を癒やせるのなら些末なことだ。

『なあに？　どーしたの』

　呑気な声だ。けれどそのおかげで、呼吸が少し楽になった。

『助けてくれ、今すぐ、俺のとこに来れないか』

「はあい、ハルどーしたの？　って、なにこの状況」

　張り詰めた空気の中に、場違いな軽い声が響く。

　睨み合うアルフレッドとトレバーに、倒れ込んでいるエイデンを支える悠真、澪から見ればトレバーが悪者だ。間違っていない。

「この部屋には結界が張ってあるのに小娘まで！」

「小娘とか失礼ね。薄っぺらい、結界とも言えない膜なんて、あってないようなものよ」

「なんだと！」

　プライドを傷つけられたらしく、トレバーが激高する。くだらない言い合いは、そのくらいにしてほしい。

「澪、あんなやつどーでもいいから、エイデンのこと治してくれ」

「ん？　うっわ、痛そう」

「聖女、さま？」

「うん、正解」

　茫然《ぼうぜん》としたエイデンの声に、澪が頷く。

　その間にも、治療魔法を施していた。

　優しい光がふわりとエイデンを包むと、すうっと傷が消えていく。見た目だけでなく痛みも消えたのか、エイデンが驚いたように腕を上げ、下ろして確かめている。効果がわかると目を見開いた。

「どう？」

「痛みがなくなった」

「とーぜんでしょ、私が治したんだもの」

　ふふん、と澪は得意げだ。

「ありがとうございます」

「どーいたしまして」

「よかった」

　恐縮するエイデンに、にっこりと笑う澪。悠真は安《あん》堵《ど》の声を洩らした。

「さて、こちらもさっさと終わらせようか。トレバー、教師という職に就きながら生徒を傷つけ、人の物を奪い取ろうとしたのか」

淡々とした声が罪状を告げる。唐突に現れたのにもかかわらず、アルフレッドが詳細を把握していることにトレバーは焦りを見せた。

「そ、その指輪は私のものです。そいつらに盗まれたから取り返そうとしただけだ！」

必死な形相で、トレバーは言い募る。自分の言い分が通ると、信じているようだった。

「見苦しいな」

「なっ、だいたい平民が、そんな高価なものを持っているわけがないだろう！」

「その指輪は、私が渡したものだ」

「……は？」

視線が、悠真へと注がれる。指輪は、左手の薬指にはまっていた。

「だから、おまえの物であるはずがない。持っていたというのなら、盗んだということだ」

ふ、とアルフレッドが嘲笑う。くだらない嘘だと告げるように。

「知っていたよ。おまえが指輪を狙っていると」

「な、んで……ただの平民に」

「彼は、私の婚約者だ」

ひゅ、と息を呑む音が響く。表情をこわばらせたまま、トレバーが固まった。

わずかな間の後、トレバーはちらりと悠真の方を見ると、不敵に笑う。

怪訝に思う間もなく、唐突にぶわっと、膨れ上がった炎が迫り襲ってくる。ひ、とエイデンが声にならない悲鳴を上げるが、悠真も動けない。

けれど熱さを感じることもなく、炎はあっさりかき消され、視界が開けた時には床にトレバーが転がっていた。

「……はあ、びびった。澪が消したのか？」

「ハルだよ」

「俺？」

ひと呼吸おいて、ああ、と悠真は納得する。そうだった。

「こっちに攻撃して、アルフレッドさんの意識を逸《そ》らして逃げようとした大馬鹿者は、無様にそこに転がってるよ」

　わざとらしく、澪はトレバーを煽っている。呼び出した手前、楽しそうで何よりだ。

「くそっなんでだ！　そいつは魔力なんてないはずだ」

「あー、俺への攻撃って、無効化されんだよな」

「すごいな⁉」

　横で聞いていたエイデンが、目を丸くする。

「過保護な婚約者がいるからねぇ」

　残念でした、と身動きが取れなくなっているトレバーを、澪は見下ろした。

「罪状が多すぎてめんどくさいな」

　心底うんざりしたようなアルフレッドに、あはは、と澪が軽やかに笑う。

「アルフレッドさん、また仕事増えてるー」

「ほんとにな。新たな教師の手配も必要になる」

「あー……そうなるか。そうだ、いっそアルフレッドさんがやったら？」

　軽口をたたき合う二人の元に、いつの間にか現れた騎士がいる。アルフレッドから指示を受けると、またすぐに消えた。


「じゃ、私も行くね。またなんかあったら、いつでも呼んでね」

「ああ、助かった。ありがと」

　ひらひらと手を振り、澪もドアから帰っていく。まだ学園内にいたようだ。

「チカ」

「うん？」

　ぎぎぎと、ぎこちない動きでエイデンが悠真の方を見る。そのまま、ぱたぱたと瞬きした。

　困ったように、悠真は笑う。

　巻き込んで、嘘をついていたことがエイデンにはバレてしまった。もう友人として、付き合う気になれないかもしれない。

「の、婚約者？」

　視線が、悠真からアルフレッドへ移る。

「そう」

　気になっているのはそこかと、悠真は頷く。今更、隠すことではない。

「アルフレッド殿下？」

「まあ、そうかも」

「はあ⁉」

素っ頓狂な声を、エイデンが上げた。

＊

エイデンには、かなり衝撃を受ける事実だった。

思考は理解するのを拒むように固まる。けれどすぐに働き出し、うっかり拾い上げた事柄にエイデンは頭を抱えたくなった。

できることなら、気づきたくなかった。

こんな時ばかり優秀さを発揮する自らの頭を、エイデンは呪いたくなる。知らなかったとはいえ、ずっと悠真には平民として接していた。

第一王子の婚約者となり得るのだから、本当は相応の身分があるのだろうと察せられる。だいたい、王族の婚約者が平民として学園に通うなど前代未聞だ。

（鈍感でいたかった）

今までの態度に、エイデンは思いを馳《は》せる。不敬になっていなければいいと、願うことしかできない。悠真が気にしなくても、エイデンの気持ちの問題だ。

忙しない思考を、トレバーの嘆く声が遮った。

「私の計画は完璧だったのに……」

「杜撰《ずさん》としか、言いようがないが？」

茫然自失のトレバーに、冷たい声が告げる。反論されるより先に、アルフレッドが言葉を継いだ。

「そもそもの話だが、指輪に触れた時点で、込められているのが私の魔力だと気づきもしないおまえが、魔術師団長になどなれるわけがないんだ」

当時もユーリが就任したのはコネだと言い張り、自分こそが相応しいとトレバーは周囲に触れ回っていた。

けれど実力差など一目瞭然、魔術師たちからは一切疑問の声も、抗議の声も上がらなかった。

「魔術師団長を決める際、適正ナシで落とされているだろう？　それがすべてだ」

「うそだ、うそだうそだ！　私の才能に嫉妬して拒否しただけだ！」

（嫉妬で拒否ってなんだ？）

矛盾したトレバーの主張に、エイデンはぽかんとする。え、と悠真の方を窺うと、同じような顔をしていた。

「私こそが、魔術師団長に相応しい！」

思い込み、なのかもしれない。繰り返し周囲に話すことで、あたかもそれが真実かのようにトレバーの意識にすり込まれていった。

「まあ、後は騎士団の方で話してもらおうか」

軽くアルフレッドが手を上げると、学園の警備兵が入ってくる。その光景を、まるで舞台の観客になったような感覚でエイデンは眺めていた。

「魔力は封じておいたから、安心して連れていってくれ」

「なんだとっ」

護送を指示すると、引きずられるようにトレバーは連れていかれる。完全に姿が見えなくなると、はあ、とエイデンは深く息を吐き出した。

まさか平和な学園で、こんな事件に巻き込まれるとは想像もしていなかった。

「エイデン、ほんとごめんな。巻き込んで」

「いいって！」

しょげる悠真の姿に、エイデンは慌てる。怪我もすっかり回復しているし、本当に気にしていない。

それに聖女から直接、癒やしの力を施してもらえるなどかなり貴重な経験だ。

「君は被害者とはいえ、話は聞かなければならない。ハルのことも知られたしな。一緒に来てもらうことになる」

「はい？」

どこに？　とは声にならない。はくりと、エイデンは唇が震えた。

「転移で連れてったら怒られるよな」

悠真の疑問に、エイデンは心の中でぶんぶんと頭を縦に振って同意する。このまま寮に帰してほしい。

今日の出来事は心に秘め、決して誰にも話さないと誓う。絶対だ。

誓約魔法をかけてもらってもかまわない。

「ハルが王城内に転移で出入りしているのは、特例でしかないからな」

やっぱり王城か！　と、エイデンは心臓が大きく脈打つ。

その場にくずおれそうになるのをなんとか堪える。

王城など、生涯縁のない場所だと思っていた。

平民が王城内に入ることなど、簡単ではない。王宮内にある図書館でさえも、利用できるのは貴族が条件だ。そんな場所に、来てもらうと言われて平然としていられるわけがなかった。

「行けるの、アルフレッドの執務室か、部屋だしな」

ひゅ、とエイデンは息を呑む。悲鳴を上げないだけ偉いと褒めてほしい。

王族の執務室にも、プライベート中のプライベートな自室にも、足を踏み入れたくはない。興味を持ったことすらない。見てみたいとも思わない。そんな経験必要ないし、望まない。

平凡などこにでもいる、一般市民のままでいたい。そんな願いも虚《むな》しく、二人の会話はエイデンを置き去りに進んでいく。

「あ、澪はまだ学園にいるんじゃない？　馬車に同乗させてもらう？」

聖女を平然と名前で呼ぶことから、気安さが伝わる。親しそうにも見えた。

先ほど自分の役割は終えたと、普通にドアから帰っていくのを見送った記憶は新しい。

「彼女は、誰かに見られると外聞が悪い」

「そーいうもん？」

ぽんぽんと交わされる会話に、本当に待ってくれと叫びたくなる。けれど不敬になりそうで、エイデンはぐうっと言葉たちを呑み込むことしかできなかった。

「エドワードも、まだいるはずだ」

「ああ、そっか」

そっか、ではない。聞き覚えのありすぎる名前に、エイデンは血の気が引く。

この学園に通っていて知らない者はいない。馬車に同席するなど息が止まりそうだ。

キリキリ痛み出した胃にエイデンは限界を感じ、いくらでも待つから、どんなに質素な馬車でもいいから、不敬になることを心配しなくていい状況でお願いしたいと訴えた。

「エドワード、そんな意地悪じゃないぞ？」

そんなことを言っているのではない。

悠真の身分が実際はどうなのかは別にしても、平民として学園に通っているのだから察してくれてもいいだろうと、エイデンは恨めしくなる。王族も聖女も、エイデンにとっては別世界の住人だ。論じる資格すらない。

声にならない声を察してくれたのは悠真ではなくアルフレッドの方で、馬車を手配してくると言い残し研究室を出ていく。やっと呼吸が楽になったように感じて、エイデンは全身から力が抜けた。

これ以上驚くことはない。大丈夫だとエイデンは自分に言い聞かせる。悠真と雑談を交わしながら教室に荷物を取りに行ったことで、その思いは強くなった。

　訊かれたことにさっと答えれば、後は帰るだけだ。身構える必要などない。明日からは、今まで通りの生活だ。今日を乗り切ればいいと、エイデンはなんとか気持ちを奮い立たせ、王城行きの馬車に乗り込んだ。

　けれどエイデンの予想は見事に外れる。疑問に思いはしたが訊けなかった、悠真に関しての詳しい説明を受けたからだ。

　心の中で様々なバリエーションで突っ込みを入れたが、嘘や冗談の類いではないことはわかる。名前は愛称だし、本当の容姿は黒髪に黒い瞳だというし——本来学園でそんな不正が罷《まか》り通るわけはないのに、王族主導だというから権力ってすげえとエイデンは感心するばかりだ。

　怒涛《どとう》のように与えられた情報量が多すぎて、いまだに消化しきれていない。

「エイデン？」

　言葉を失っていると、心配そうに悠真に声をかけられる。ああうん、と気の抜けたような返事しか返せなかった。

「驚いたんだろう」

「ああ、そうだよな。ほんとごめんな、俺が迂闊なせいで。エイデンはトレバーに逆らってケガまでして」

「それは、うん、友達だし」

　ぱあっと、悠真が嬉しそうにする。エイデンも、こわばっていた顔が自然と緩んだ。

　けれど王城が近づくにつれ、表情も気持ちも、また緊張でガチガチになっていく。

　馬車は止められることなく、門を抜けて王城の敷地内へ入っていった。

　目に入るものすべてに、エイデンは圧倒される。そのせいか記憶が途中から不確かだ。

　一度執務室に戻るアルフレッドと、自室に促された悠真とは別れ、エイデンは担当だという騎士の後について歩いていた。

——エイデンにはバレたし、いつでも遊びに来いよ。

悪戯《いたずら》っ子のような笑顔で悠真はそんなことを言っていたが、どこに⁉　と心の中で突っ込みを入れるのが精一杯だった。

　今度家が経営する商会で、効果の高い胃薬も扱えないかエイデンは訊いてみることに決める。これからの必需品、常備薬になる予感がして怖かった。

　案内された部屋は、応接室のような場所だった。

「こちらへどうぞ」

　記録を取る文官だという男が出迎えてくれる。取り調べのようなものを想像していたので、豪華な部屋にエイデンは戸惑う。

　促されたソファに座ればふかふかで、疲れた身体を心地好さで受け止めてくれた。

「では、さっそくですが」

　事件に関する話を訊いてきたのは、ここまで案内してきてくれた騎士だ。

　濃紺に、金のラインの入った騎士服を着ている。急ぎの執務を終わらせ次第、アルフレッドは来ると歩きながら教えてくれた。

（王族との面談なんていらない……）

　否応なしに、緊張感が高まる。訊かれるままぎこちなく、それでもあったことをエイデンは話す。途中でいくつか質問をされて、情報を擦り合わせているのがわかった。

「……と、こんな感じなんです、けど？」

「わかりました。ご協力、ありがとうございました」

　話し終えると、エイデンは緊張がほどけ肩の力が抜ける。改めて考えると、憧れの的である王国騎士団の騎士と、こんな風に話すなど貴重な体験だ。

「お疲れでしょう。軽食を運ばせるので、寛いでいてください」

　え、と上げそうになった声を呑み込む。やはり帰っては駄目なのかと、エイデンは軽く落胆する。

　平民が思いがけず来た王城内で寛ぐなど、無理に決まっていた。

「後ほど、殿下がお見えになりますので」

　騎士と文官が退室し、代わりに軽食と紅茶が運ばれてくる。それらがテーブルに並べられると、すっかり忘れていた空腹を思い出す。昼食を食べ損ねていた。

　礼儀正しくメイドが下がると、緊張もしすぎて麻痺《まひ》してきたのか、エイデンの腹がぐうっと鳴る。このまま、どれくらい待たされるのかもわからない。

　手をつけないのも失礼に当たりそうだしと、エイデンはありがたくいただくことにした。

（うま）

さすが、という味だ。

案外味わって食べられる。一人にしてくれたことに感謝し、エイデンは口に運んでいった。

綺麗に食べ終え、部屋を見回しながらお茶を飲んでいるとノックが響く。

「待たせたかな」

「あ、いえ。食事、ありがとうございました」

「君が食事を抜いていると、ハルが言っていたからな」

穏やかな声が、アルフレッドから向けられる。王族だと思えば緊張はするし落ち着かない。

頼みの綱――になるのかは微妙なところだけれど、この場に悠真がいないのも緊張感が増す要因だった。

けれどアルフレッドが騎士服を着ているせいか、感覚が麻痺しているせいなのか、ひれ伏したくなるような圧はない。

「さて、と」

ことの顛末《てんまつ》を、アルフレッド自ら話してくれる。

トレバーの取った行動は行き当たりばったりのようで、その実は計画性があり、指輪を奪った後で、エイデンと悠真は長期休暇の間になんらかのトラブルに巻き込まれて行方不明――とする予定を立てていた。だからこその、このタイミングでの行動だった。

そんな目論見を教師であるトレバーが持っていたと知り、エイデンはぞっとする。安全であるはずの学園でそんな犯罪が罷り通るなど、誰も想定していないはずだ。

王族も、高位貴族も通っている。このことが明るみに出れば、間違いなく大騒ぎだ。

ただし、明るみに出ればの話で、平民でしかないエイデンが消えたところで、家族は心配しても捜索がどこまで真剣にされるかはわからない。それを踏まえての、トレバーの計画だった。

(恐ろしすぎる)

こうして無事にいられることが、エイデンは奇跡のように思えてくる。神に感謝した。

「トレバーが、学園に戻ることはない」

「はい」

「今回の件で、君はハルの素性を知った。ハルは、巻き込んでしまったことに負い目を持っている。このまま、というわけにはいかない。さて、君は何を望む？」

こくり、とエイデンは息を呑む。

柔和な印象が消え、向けられる眼差しが冷えた。

見極められていると、エイデンは感じる。王族の婚約者の友人として、そばに置いてもいいのかどうかを。

とっくに、調べられている可能性も多分にあった。

「確か君の家は、商会を営んでいたな」

言外に、家の商会を利用してほしいと願うのもありだと告げている。実際、王家と取引ができたらすごい。そんな名誉なことはなかった。

「あの」

「うん？」

「俺は見返りを期待して、トレバー先生の申し出を蹴ったわけじゃないんで。チカとは友人だから、裏切らないのは当然です」

損得勘定で、怪我をしてまで拒否したわけではない。友人を裏切ったら、エイデンの矜持《きょうじ》が崩れる気がした。

自分自身は裏切れない。胸を張って生きていくことができなくなるのが嫌だっただけだ。

商人は信用第一、幼い頃から親にたたき込まれている。

ここでアルフレッドの申し出に飛びつくことも、同じことだ。友人を利用するようなことはしたくない。元々、悠真の身の上などエイデンは知らなかった。

「そうか」

ふっと、アルフレッドのまとう空気が和らぐ。瞳も、優しくなった。

（これは、牽制《けんせい》というよりも……悲しませないため？）

意図に気づくと、エイデンは気持ちが綻んだ。

（すげぇ、大切にされてんだな）

政略結婚が当然の王族と、異世界から来たという悠真との婚約は、端から見れば思惑が絡んでいるようにも取れる。そんなことに思いを馳せる立場ではないので、エイデンは考えもしなかったけれど。

変な性癖を持った金持ちのおやじどころか、超がつくほどの優良物件、好青年の非の打ち所のない人が悠真の相手だ。

（勝手に誤解したのはこっちだけど！）

苦い気持ちが胸に広がる。考えてみれば、悠真はそんなことをひと言だって言ってない。間違いなく、言葉は足りないが。

もっとがんばれよ、説明。もっとわかりやすく言ってくれよと、悠真に詰め寄りたくなるのはどうしようもない。

「いい、友人ができたようだな」

「そう、思っていただけると光栄です」

鷹揚に、アルフレッドが頷く。

友人として、エイデンが悠真の傍らにいることを許された。

「わかっているだろうが、学園で今日あったことは他言無用だ」

「はい。承知しています」

言いふらすような、命知らずではない。寿命を全うするには、王族は絶対に逆らってはいけない相手だ。

「堅苦しい話は終わりだ」

「はい」

これで帰れるのか？　と、エイデンは胸を撫で下ろす。怒濤の一日だった。

けれどアルフレッドが席を立つことはなく、口元を緩め言葉を継いだ。

「君の家の商会は、主に何を扱っているんだ？」

「多岐にわたりますが」

振られた雑談に驚きながら、エイデンは答える。家の仕事を手伝うのは当然なので、扱う商品はある程度把握していた。

「家具や部屋の装飾品の類いは？」

「扱っております」

「ならば第一王子宛に、商品のカタログを届けてもらえるか？」

「え」

「部屋が殺風景だと、最近よく言われる。調度品を増やしてもいいかと思っていたところなんだ」

提案に、エイデンは目を見張る。鼓動が大きく跳ねるのを感じた。

「はい！」

「予算の上限は定めない」

じわじわと、胸の中が熱くなる。怪我はものすごく痛かったけど、死ぬかと思って絶望したけど、得たものは大きい。

王族御用達の看板は、望んで手に入れられるものではなかった。

「話は通しておくから、都合のいい時にでも頼む」

「承りました」

本当に、悠真を大切にしているのだとわかる。

信頼には、信頼を。

思いがけず商会の利益は約束されたが、副産物でしかない。

エイデンは何よりも、悠真の友人として認めてもらえたのが誇らしかった。

＊

後悔先に立たず、とはよく言ったものだと悠真は身をもって知る。今更悔やんでも、起こってしまったことはなかったことにはできない。

わかっていても、気持ちが沈んでいくのはどうしようもなかった。

何をする気にもなれずぼんやりとしていると、アルフレッドが部屋に戻ってきた気配がする。顔も上げず、「お疲れさま」と声だけで悠真は迎えた。

アルフレッドにも迷惑をかけているのに気持ちを切り替えられないところが、悔しいけれど子どもなんだと実感する。甘えも、きっとあった。

「ハル、なんでグリューンを抱きしめているんだ？」

『我は知らぬ。捕まった』

「んー？　アニマルセラピー的な？」

動物との触れ合いによって、安らぎと癒やしを得ることができる。なんて聞いたことがあったので、精神的に落ち着く効果を期待して、悠真は部屋で寛いでいたグリューンを腕に抱えてみた。

なんとなく癒やされた気がしたので、そのまま今に至る。

「なんだ、それは」

軽く、アルフレッドが顔をしかめた。

こちらの世界には、ない言葉なのかもしれない。

「……エイデンは？」

尋ねるのに、悠真は少しだけ気合いが必要だった。

とくとくと、鼓動が速くなる。

「話を聞き終えてから、目立たない馬車で送らせた」

「そっか」

「明日も、学園で会える。制服は新しいものを渡して着替えてもらっているから、寮に戻っても、誰かに気づかれることもない」

「うん」

ぎゅうぎゅうと、グリューンを抱きしめる腕に力が入る。小さく姿を変えているとはいえ、元は頑丈だ。

悠真が多少力を入れたところで、身動きが取れないことを不満に思っていても、苦しがるようなことはない。

元気がないのは察しているようで、暴れて逃げ出すこともなくおとなしく腕の中に収まっていた。

『主も来たことだ、そろそろ放せ』

されど長寿のドラゴンにとって、人の感情の機微など正しくは理解できない。グリューンは退屈そうに、くわりとあくびをこぼした。

「ハル」

「ん？」

「俺ではだめなのか？」

ぱたぱたと瞬きして、頭の中で反芻《はんすう》する。理解した途端悠真はグリューンを放し、ふらりとアルフレッドに近づいて抱きしめた。

ぐりぐりと、頭を胸にすりつける。なんだか、気持ちが楽になった気がした。

「どうしたんだ？」

大きな手のひらが、頭を優しく撫でる。反対の手は背に回され、悠真はアルフレッドに抱きしめられた。

「……へこんでる」

「悪いのはトレバーで、ハルではない」

「うん」

けれど、感情は納得できない。自己嫌悪に陥って、抜け出せずにいた。

「誰かを巻き込むなんて、思ってなかったんだ」

悠真には、アルフレッドから与えられている物がある。その効果は、幾度かのできごとを経て実感しているので、きっと過信していた。

実際今回も助けられているが、そうではない。結果だけを見て、良かったなんて言えなかった。

「この前、まだ様子見で、なんて俺が甘いこと言ってなければ、エイデンは巻き込まれなかったし、ケガもしなかったんだ」

「ハルは優しすぎる」

「優しいんじゃなくて、冷酷になれないってのもおかしいけど、俺の判断で、まだ犯罪者ではない人を排除する決断ができないだけ」

わかりやすく害をもたらす者なら、処罰されようが悠真の知ったことではない。けれどまだ、踏みとどまれるかもしれない人を、裁く勇気がないだけだ。

「決断なんてしなくていい。ハルには俺がいるだろ？」

　言い聞かせるような口調に、悠真は顔を上げる。

「ハルが決断できないなら、俺が代わりにするだけだ。むしろ排除していくのが当たり前すぎて、冷酷だと、ハルに引かれ嫌われないかが心配だ」

「まさか！　ありえない」

　迷惑を被ってさえも、理想、正論を振りかざすつもりはない。却《かえ》って理想ばかりを掲げ、周りの迷惑も顧みずに突き進むような人とは相容れないと、悠真は常々思っていた。

「俺、正義の味方ってわけじゃないから」

　綺麗なものだけで、世界はできていない。

「俺もだ。ハルを奪われないためなら、なんでもするからな」

　軽やかな声が告げ、アルフレッドが茶目っ気たっぷりにウインクする。気が抜けて、悠真のこわばっていた気持ちがするするとほどけていった。

「ほどほどで」

　返事はない。向けられた笑顔に不穏なものを感じたが、モブでしかない悠真を奪おうなんて考える、奇特な人はそうそういないはずだ。


「ハル、元気になった？」

「うーん、だいぶ」

　離れがたくて、悠真はいまだにアルフレッドに抱きついている。疲れて帰ってきたのだから、いい加減にするかと思ったと同時に、身体にふわりと浮遊感を覚えた。

「うわっ」

　軽々と抱き上げられ、戸惑っている間にソファへと運ばれる。そこに下ろされるかと思えば、悠真を抱えたままアルフレッドが座った。

「ちょ、重いだろ。下りるよ」

「やだ」

「えー……」

　やだってなんだ。

　逆じゃないだろうかと、悠真は困惑する。勝手にへこんで、アルフレッドに抱きつき甘えていたのは悠真だ。

　なぜかすっかり立場が逆転している。今は、アルフレッドの腕の中に閉じ込められていた。

「アルフレッド？」

「ハルが、俺以外に気を取られているのは面白くないんだ」

「はい？」

「気がかりなことは、吐き出してしまえばいい」

優しい手が背をさすり、促す。

あーもう、と心の中で叫ぶしかない。アルフレッドは自分のせいにして、悠真を甘やかそうとしていた。

「ハル」

柔らかな声が促す。

降参だ。

「……エイデンに、恨まれてるんじゃないかなって」

声に出せば、ぐうっと喉の奥が苦しくなる。せっかく、いい友人関係を築いていけそうだと思っていたのに、それが悲しい。

「ハルが逆の立場だったら、恨む？」

「まさか」

即答すれば、そうだろう？　と、アルフレッドの眼差しが悠真を諭す。

「彼は、ハルが友達だから、裏切らないのは当然だと言っていた。見返りを求めてやっていないとも」

この国で、王族が叶えられない願いはそうない。

それを、エイデンは蹴ったとアルフレッドが教えてくれた。

「いい、友人ができたんだな」

「うん」

エイデンも、そう思ってくれていたら嬉しい。明日会うのが怖かったけれど、今はもう吹っ切れた気分になった。

「なあ、アルフレッド」

「なんだ？」

「俺さ、今日ちょっとやさぐれてるんだ」

「うん？」

「ワルガキになりたい気分なんだけど」

そんなことを宣言する微笑ましさに、アルフレッドが笑う。

「ワルガキは、何をするんだ？」

「酒、飲みたい」

この国では合法ではあるけれど、悠真の気持ちの問題だ。

嫌なことがあった時は酒を飲んで忘れると、父親が言っていたのをふと思い出したせいもある。気持ちを切り替えるきっかけが、たぶん悠真には必要だった。

「付き合うよ」

用意させると、アルフレッドは膝の上から悠真を下ろす。静かに部屋を出ていく背を見送って、ソファへと横になる。

　グリューンはとっくにどこかへ消えていたので、クッションを抱え悠真がソファの上でぐだぐだしていると、アルフレッドがトレイ片手に戻ってきた。

「はい」

「……なにこれ」

「蜂蜜酒のミルク割りだよ」

酒で、間違いないらしい。

　カップに満たされたミルクから、柔らかな湯気が立ちのぼっているので、ホットミルクにしか見えなかった。

　とりあえず、口をつけてみる。こくりとひと口飲んで、悠真は瞳を瞬いた。

「あま、うま」

　アルコールは、ほとんど感じない。味はまさに、蜂蜜入りのホットミルクだ。

「けど、なんか寝かしつけられそうな……」

「ワルガキは、寝かしつけられるのは不満？」

「不満だよ、ワルガキだからな」

　わざとらしく膨れながら、蜂蜜酒のミルク割りみたいに甘い、優しい眼差しを受け止める。カップを置くと腕を伸ばして首に絡め、悠真は今夜素直に、甘さに酔いしれることにした。


　どきどきしながら、悠真は夏期休暇前最後の学園へ向かう。

　どこか浮かれた空気がある中を歩き、教室の前まで行くと足を止める。入り口を視界に映し、ふう、と深く息を吐き出した。

（こういうところが、小心者だよな）

　ひっそりと悠真は苦笑する。嫌われても、憎まれても関係ないと、どーんと構えていられない。

　せっかく友人になれたのに、昨日巻き込んでしまったせいで、エイデンと疎遠になってしまうのは寂しかった。

　よし、と気合いを入れて、悠真は足を踏み出す。教室の中にはもう、アシュトンとエイデンの姿があった。

　ぐ、と息が詰まる。先に気づいたのはアシュトンで、目が合った。

「チカ、おはよ」

「おはよ、今日はちょっと遅いんだな」

挨拶で、アシュトンが迎えてくれる。それにエイデンが続いた。

ふ、と悠真は肩の力が抜ける。自然と軽やかな声で、二人に挨拶を返していた。

「昨日さ」

席に着くと、アシュトンが話し出す。

どくん、と鼓動が大きく跳ねるのを悠真は感じる。まだ記憶に新しい出来事がぱっと浮かんで、軽く身構えた。

なんとか悠真が相槌を打つと、アシュトンが言葉を継ぐ。

「エイデンが食堂に来なかったの、魔術学科で雑用押しつけられてたんだってさ」

「そっか」

「なんだかんだ長時間拘束されてたみたいで、寮に帰ってくるのも遅かったんだ。教師に捕まるとか、運が悪いよな」

ぱち、とエイデンと目が合い、こっそり苦笑し合う。

「まあ、始めは最悪って思ったけど、最終的には得で終わったからいいんだよ」

「なんだよ、得って」

昨夜は詳しく聞いていないようで、アシュトンが疑問を投げる。一瞬、エイデンの目が泳ぐ。

迂闊なことが言えない悠真は、聞き役に徹した。

「あーっと、実家の商会を利用してもらえそうな感じ？」

「まじか。抜け目がないな」

「俺が売り込んだわけじゃないんだけどな。なんか、ちょうど注文したいものがあるからってさ」

「ただ働きじゃなくて良かったな」

「まあな。そんなことよりさ」

エイデンが話を振って、雑談に切り替わる。後は、いつも通りだった。

それだけのことが悠真は嬉しい。

教師が姿を見せたことで、話は強制終了になる。どこか上の空で悠真は教師の話を聞き流し、エイデンをそっと盗み見た。

ひどい目に遭い、悠真が言えずにいたものすべてを知ったのに、何も変わらないエイデンの態度に感謝する。いつかアルフレッド経由ではなく、きちんと礼をしようと心に決めた。

前を向くが、明日から休みだと思えば気もそぞろになる。浮ついた空気がある中、教師からはしっかりと課題を渡された。

あるのか、と悠真は落胆する。ただ遊ぶ期間ではないのは、どこの世界も同じだ。

積み上がった課題の量にうんざりしつつ、エイデンと二人で話すタイミングを窺う。

今日を逃したくない悠真は落ち着かずそわそわしていると、婚約者に呼ばれアシュトンが席を外した。

(今だ!)

すぐに、悠真はエイデンに声をかける。教室でできる話ではないので、外へと誘い場所を移した。

気温が高くなっているので外は人気《ひとけ》がない。日差しを浴びて寛ぐ猫の姿も、いつからか見なくなった。

今は涼しい場所を求めて移動しているらしく、思いがけないところで不意打ちのように見かけるくらいだ。

「昨日、俺が昼飯食べ損ねてること、チカが言ってくれたんだってな」

「ああ、食堂来なかったから、食べてないかなって」

実際に手配したのはアルフレッドだ。

悠真はただ、伝えただけにすぎない。

「腹減ってたから、助かった。すげぇうまかった」

「それならよかった」

エイデンにかけた迷惑が、性質の悪い深刻なものすぎて、食事くらいでは償いにもならない。

「あのさ、これエイデンにって、言われたんだけど」

邪魔が入る前に渡してしまうに限る。

エイデンの手に渡ると、悠真はほっとした。

「……腕輪?」

「連絡手段って、言ってた」

「えーっと?」

受け取ってはくれたが、エイデンの困惑が伝わってくる。

「あ、使い方な」

魔力を流すと、連絡用の魔法陣が浮かび上がる仕様だ。

それを使用して、悠真と連絡が取れる。あまり大きくなければ、物もやりとりできるすぐれものだった。

「すげぇ、用途が限られてるんだけどさ」

そう説明すると、エイデンがぽかんとする。

「あ、かなり魔力消費を抑えた設計にしてあるから、少量の魔力で使えるって言ってた」

「……誰が？」

「ユーリさ、魔術師団長」

昨夜アルフレッドに頼まれて、急ぎ作ったと今朝わざわざ部屋にまで持ってきてくれた。

事情を知られたエイデンには、個人的に連絡を取る手段を渡してもいいと判断したらしい。夏期休暇中に他の友人たちと連絡が取りたければ、エイデンを経由したらいいと言われた。

「これって……気軽に人に渡していいもんじゃないだろ？　悪用とかさ、俺はしないけどな！」

「そんな心配しないって」

「ほら、落としたりとか」

「あ、なんか使用者制限がどうとかって言ってた」

貸して、と悠真は腕輪を受け取り、エイデンの腕に通す。

ぱっと、魔法陣が浮かび上がる。おお、と悠真は声を洩らし眺め、エイデンがぎょっとしている間に、それは腕輪の中へと吸い込まれていった。

「え、え？」

「これでいいはず。ほら、昨日エイデンも見ただろ、俺の指輪が戻ってきたの。あんな感じになるんじゃないか？」

詳しいことは、悠真も聞いていない。

他の人が指輪をした時の効果も、昨日初めて知った。使い方さえ知っていれば、後は他の人では使用できないことくらい理解していれば問題ないはずだ。

「ちょ、はあ？」

「それはもう、エイデンのだよ」

使用者制限を、解除できるかもわからない。

だいたい用途は限られているので、特定の人にしか役には立たなかった。

「いやいやいや、ほんとさぁ、俺平民だからな⁉　この前から、ローレンツとか貴族にも突っ込み入れる担当のようになってるけど、うっかり許してもらってるけど！　本来は決して許されるものじゃなくて、家ごと消えてなくなってもおかしくないわけでさ」

「うん？」

「こんな王族と連絡取れる道具とか、分不相応だってこと！」

「あぁ、俺は平民だよ」

本当のことを言ったのに、盛大なため息が返ってくる。妙に達観したような顔で、うん、とエイデンが頷いた。

「なんかあったら連絡してくれ。他のやつらには俺が連絡取るからさ」

「ありがと！　俺、連絡取る手段なくて、みんなと次に会えるの新学期かと思って寂しかったんだ」

　もしかしたら、以前誘われたローレンツの領地に、みんなと遊びに行けるかもしれない。他にも、共にできることがあるかもしれない。そう思った途端、悠真は夏期休暇が楽しみになった。

「……それ、婚約者にも言ったか？」

「え、うん」

「だよな、そう思った！」

「え、なに」

　なんで急にアルフレッドの話？　と、悠真は首を傾げる。なんとも言えない顔をしたエイデンは、日差しが目に入ったのか眩《まぶ》しそうにした。

　明日から、夏期休暇だ。

3　ドタバタ劇は思わぬ波紋を広げて

夏季休暇に入り、自由になる時間がたっぷりある。怠惰に過ごすのは早々に飽きて、持て余し気味だ。

アルフレッドは仕事で執務室にこもっているし、グリューンはいつの間にかいなくなっている。悠真《はるま》とイコールで結ばれてから、王宮内で警戒されないのをいいことに行動範囲が広がり、猫のように自由気ままに過ごしていた。どこかで誰かに餌付《えづ》けされているのかもしれない。

さて今日は何をしようか——と、悠真が思案し出したところで妙にリズミカルなノックが響く。

既視感がありすぎる。ドアはぴたりと閉じられたままなのに、訪問者がわかる自己主張の強さだ。

「ハルー？」

応《いら》えを返す間もなくドアは開き、予想通りの人物がひょこりと顔を見せる。どーぞと目で促せば、澪《みお》は隙間から身体《からだ》を滑り込ませた。

「ねぇ、街に行こう」

また唐突だ。約束はしていないので、思いつきなのかもしれない。それでメイド服じゃないのかと、悠真は得心がいった。

外出するつもりならば、護衛はまた撒《ま》いてきたのだろう。結構な頻度で、よくあることだ。

けれど騒ぎにはならない。この件に関しては澪がエドワードと交渉済みで、見失っても護衛騎士に処罰はないのだが、その心労を思うと悠真はお疲れ様ですと声をかけたくなった。

多少の罪悪感は澪にもあるようで、もうずっと護衛などいらないと主張している。そのたびエドワードに却下されるという押し問答を、定期的に繰り返していた。

どちらの言い分も理解できるので、悠真は口を挟まない。

悠真自身は表だった護衛はなしに——こっそりつけられていてもわからないが、かなり自由にしている身としてはずるいと言われても困る。身の回りの世話をする人も最低限しかいないので、羨ましいと澪には言われていた。

「いいけどさ、何しに行くんだ？」

以前とは違い、荷物持ちなど澪には必要ない。便利な空間収納に、ぽいぽいと放り込むだけだ。街で話題のカフェは、予約がまだ取れていない。

「冒険者ギルドに行って、登録しようよ」

「は？」

「だから、冒険者になろう！　ギルドとか行ってみたくない？」

好奇心をたたえた瞳が、きらきらしている。まあ、と悠真は同意を返す。

冒険者は異世界ならではの職業だ。以前聞いてから、気にはなっていた。

「ねぇ、ねぇ、ハル一緒に登録しようよ」

「俺、魔力ないって知ってんだろ」

悲しいことに武力もない。冒険者なんてものに登録していいのか甚だ疑問だ。

「何言ってんの。装備溺愛で、ハル無敵じゃない。その辺の魔獣とか、アホならず者程度じゃ、かすり傷一つ、つけらんないよ」

「はい？」

「知ってるでしょ？　そのイヤーカフ、えげつない感じに色々付与されてるって。私の渡したブレスレットでケガしても瞬時に治るし、その指輪だって……」

「ちょ、待て！　色々ってなんだよ。こわっ。聞きたくない」

身を護《まも》ってくれる効果は知っているが、色々など知らない。

「ま、そーいうことだから。さあ、行こう！」

困惑している間に澪は悠真の腕を掴《つか》むと、ささっと転移する。気づいた時には、街の路地裏だ。

転移魔法を使える澪に、悠真が抗《あらが》えるわけがなかった。

（まあ、いいけどさ）

いつも、こんな風だ。諦めが肝心だと、付き合いの長さで知っている。

それに冒険者に興味がないわけでもない。登録したからといって、危険な目に必ず遭うとは限らなかった。

多分に、希望的観測を含んでいるけれど。

なにせ同行者が澪だ。面白そうなことになら、間違いなく首を突っ込む。

積極的に関わっていく。一蓮托生《いちれんたくしょう》、悠真が巻き込まれるのは決定事項だ。

「とりあえず誰かに見られる前に、目立つ髪の色とか変えちゃおうか」

言うが早いか、澪の黒い髪が色合いを変える。暗い色のせいか、印象ががらりと変わるほどではない。

「濃紺？」

「そう、これならあんまり違和感ないでしょ？　王城内ふらつく時は、もっとモブに徹する色にしてるけど」

だから何してんだ、と悠真は心の中だけで突っ込んでおく。

行動範囲が謎だ。普段澪が何をしているのかは、悠真も聞かされていない。

「ハルは猫耳つける？」

「やだよ」

「かわいいのに。せっかく改良してあげたのにさぁ」

嫌そうに、悠真は渋い顔をする。以前強制的につけられたものは、猫耳の部分はよくできてはいてもただの飾りでしかなかった。当然、触ったところで感覚はない。

それが触るとリアルに感覚を伝えるものに改良され、アルフレッドへの認識阻害を解除して、悠真の元へ戻ってきている。無駄にクオリティの高い、猫耳カチューシャだ。

「……かわいくねぇから」

「我侭《わがまま》だな」

もう、と澪がふくれる。なんとも言えない気持ちになり、悠真は反論の言葉も出てこない。

「じゃあ、ハルはいつもと一緒で、髪はダークブロンド、瞳はヘーゼルでいい？」

「ああ」

ふわりと、魔力が身体を包む。自分では確かめようはないが、澪の表情から変わったのがわかった。

最初からそうしてくれればいいのに、なぜ猫耳という選択肢が出てきたのかわからない。遊ばれているとしか、思えなかった。

「それじゃ、行こう」

「てかさ、こんな軽装でいいわけ？」

唐突に連れ出されたので普段着だ。

貴族が着る服はどうにも違和感があり、平民が着るようなデザインの服なので街にいて目立つことはない。

澪も今日はシンプルなワンピースを着ている。ただどこからどう見ても、二人共に冒険者として活動する気があるようには見えない。市井《しせい》のどこにでもいる一般市民だ。

「身分証目当てで登録する人もいるから、いいんじゃない」

それなら許容範囲か？　と、悠真は考えるのを放棄する。どうせ行くのは決定事項だ。

「今日は登録だけしようかなって。あとどういう感じか雰囲気見学」

「まあ、それなら」

いいのか？　と、ぽこぽこと疑問は浮かぶが、流されるように悠真は澪に続く。

場所すら知らないので、後をついていくしかない。ここに一人放り出されたら迷子だ。今は転移で、城に帰れることが救いだった。

同じ生活環境、どちらかと言えば悠真以上に澪は窮屈な現状のはずが、すたすたと迷いなく歩いていく。

（場所、把握してんだよな？）

ふと疑問がよぎる。子どもの頃に始まり、中学生になってからも自信満々に歩いていく澪についていき、迷子になった記憶があった。

知っている、いないにかかわらず、澪は立ち止まらない。まず、前に向かって歩き出してみる。それに振り回され続けてきたのは悠真で、今も似たようなものだ。

でも、嫌なわけではない。一人では経験し得ないことばかりで、最後には楽しい思い出として記憶に刻まれた。

「ここだよ」

「ここが……」

澪が示す先に『冒険者ギルド』と書かれた建物がある。想像よりも遥《はる》かに立派だ。隣に、食堂兼酒場が併設されていた。

（なんか、すげぇ）

冒険者ギルドはどこの国にも属さない、完全に独立した機関だ。

各国の主要都市には大抵支部がある。大小さまざまな依頼の受け付けと、斡旋を主な業務にしていて、ギルドに登録し、身分証を発行した冒険者の管理も行っていた。

街への出入り、他国への移動には、冒険者ギルド発行の身分証はあった方が何かと都合がいい。便利だ。

今のところ、悠真も澪も他国に行く予定はないが。

建物を眺めていると、いかつい印象の男たちが出てくる。女性もいるが、装備とわかるものを身につけていた。

軽装の者はいない。彼らと見比べると、悠真と澪の場違い感がすごかった。

「澪、やっぱこの格好まずくないか？」

「あ、やっぱメイド服がよかった？」

「よくねぇよ」

「じゃあ、ドレス？」

「目立ちたいのか？」

「冗談だって！　冒険者として活動するなら、前に迷宮に行った時着てたのにするよ」

「ああ」

そういえば悠真も一式持っていた。あれはあれで、普段着とそう変わらないように見える。実際はすごい効果があるらしい。

完璧な護りの中での迷宮散策以外したことがなく、攻撃など受けたことのない悠真には、すごさの実感がないけれど。

「じゃ、行っくよー」

「うわっ」

ぐいぐいっと腕を引かれ、開け放たれたままの入り口に足を踏み入れる。ぱっと注目を集め、悠真は少し怯《ひる》んだ。

冒険者の姿は、ひしめき合っているほど多くない。

受付は奥の方にあった。

「うん、場違い感ハンパないなぁ」

同じ感想を、澪も抱いたようだ。できることなら、入る前に気づいてほしい。

格好から入るのも、時には大切だ。

「帰るか？」

「やだよ、ここまで来て」

半ば予想していた返事だ。

腕を掴まれたまま、依頼が貼ってあるボードの横を通り過ぎ、引きずられるように受付カウンターの方へ向かった。

物珍しさに、悠真はあちこちへ目を走らせる。壁に貼ってある紙なんて、じっくりと眺めてみたい。異世界ならではに、興味津々だ。

冒険者なんて、まるでゲームの中に入ったようで、テンションが上がっていないと言えば嘘《うそ》になる。結局は、好奇心には勝てなかった。

「すみません、冒険者登録したいんですけど」

空いていた受付に行き、澪は躊躇《ちゅうちょ》なく声をかける。

書類へと目を落としていた女の人が、顔を上げた。

印象的なアーモンドの形の瞳に澪の姿を映し、受付の人はぱたぱたと瞬《まばた》きする。その短い間で我に返り、にこやかな接客スマイルを浮かべるのはさすがだ。

「冒険者登録、ですか？」

「はい。二人お願いします」

　笑顔を崩すことはないが、困惑が伝わってくる。だよなぁ、と悠真も心の中で頷《うなず》いた。どこからどう見ても、冒険者を目指しているようには見えない。

「誰でも、登録できるんですよね？」

　確認するように、澪が尋ねる。すぐに「はい」と、応えがあった。

「できますが、冒険者の安全を考慮するのもギルドの仕事でして、依頼を受けるのでしたら、講習を受けていただきますがよろしいでしょうか？」

「はい」

　いい返事を返す澪に続いて悠真も了承すると、椅子を勧められる。並んで座る間に、手早く書類が用意された。

「では、本日冒険者登録を担当します、ルーアと申します。記入していただくものがありますが、読み書きの方は？」

「できます」

「俺もできます」

「では、こちらを」

　書類を二枚ずつ渡される。一枚は注意事項、規約だ。

　確認を促されるが、ずらりと並んだ文字を見るだけでげんなりする。スマートフォンで何かを登録する際にも、規約に『同意する』を即座にタップしていた悠真は、読むのを早々に放棄した。

　無理だ。目が滑る。

　反対に澪は黙々と目で文字を追い、書類を読み込んでいた。

　任せると、丸投げを決める。注意しなければいけないことがあれば、教えてくれるはずだ。迂闊《うかつ》な悠真の性格も行動パターンも、澪は把握していた。

　もう一枚の方を上にして、悠真は必要事項の欄をチェックし埋めていく。最後にある署名のところでペンは止まり、迷って思案して、すっかり定着したチカと記入した。

　髪色と瞳の色を変えたこの容姿で、悠真はチカとして学園に通っている。認識のずれは混乱を招く。うっかり学園の知り合いに会い、名前が違うと突っ込まれても困った。

署名を終えてから、偽りだらけでいいのか？　と悠真は疑問が浮かぶ。

ちらりと澪を窺《うかが》い、堂々とミオとだけサインする姿に、冒険者などそんなものかと自己完結した。

「それでは登録しますので、こちらに触れてください」

偽造防止のための、生体登録のようなものだと説明される。興味深く眺めていると、澪がさっと触れた。

特に光るとか、そういった演出効果はない。

なあんだ、とひそかに落胆したのは、魔力測定をした時の派手ともいえるエフェクトが脳裏に浮かんだからだ。

次は悠真だ。苦い記憶があるので、念のため指輪だけは外して触れた。

「お二人とも、登録が完了しました」

案外あっけない。こんなものか、という感想だ。

仕組みもわからない。

「講習の予約もお願いできますか？」

依頼を受ける気があるのか、ただの興味なのかわからないが、澪は講習の予定を入れる。当然のように、悠真も参加になっていた。

「お二人はパーティ登録でよろしいのでしょうか？」

「お願いします」

パーティメンバーを編成するゲームを思い出し、悠真は内心でテンションを上げる。これ以上メンバーは増えないのだけれど、なんとなくリアルＲＰＧみたいだ。

妙に万能感のある澪が一緒なのだから、こうなったら思い切り楽しもうと悠真は気持ちを切り替える。暇を持て余すかと思っていたが、充実した夏期休暇になりそうだった。

「こちらが、ギルドカードになります」

渡されたそれを、悠真は眺める。学生証に近い。

国の名前、現在のランク、署名した名前が入ったシンプルなカードだ。

ギルドのランクはＦから始まり、最高はＳランクになる。本気で冒険者稼業に邁進する予定はないので、悠真のランクが上がることはないはずだ。

たぶん、と付け加える。澪に関しては知らない。いつの間にか、Ｓランクになっていてもおかしくない気がした。

「講習後、依頼を受ける際はあちらのボードの依頼書と、ギルドカードを受付に提示ください。受けられる依頼は、一つ上のランクまでです」

「はい」

「何か、ご質問はありますか？」

んーとうなりながら、澪が思案する。唐突に連れ出され、なんの覚悟もなくこの場にいる悠真はふるりと頭を振った。何を訊《き》いていいのかもわからない。

「わからないことがあったら、その都度質問してもいいですか？」

「もちろんです。私でも他の職員でも、気軽にご質問ください」

「ありがとうございます」

「では、本日より冒険者としてよろしくお願いします」

笑顔で告げられ、冒険者登録が終了する。席を立ち、依頼書を眺めようと澪と話して、掲示板へ向かう。ボードの依頼書は雑多に貼られているようで、ランク分けがされていた。

「そこのお二人さん、俺らとパーティ組まない？」

不意に顔をのぞき込まれ、悠真はぎょっとする。つい一歩後退《あとずさ》り、とん、と背が澪に触れた。ちらりと様子を窺えば、表情を消している。怯《おび》えのようなものはなかった。

「俺らDランクだから、得だよ」

「二人の可憐《かれん》な顔に、傷がついたら大変だからな」

にやにやしながら、品定めするように澪と悠真を男たちは眺める。いかにも脳筋、厳《いか》つさばかりが目につく二人だった。

『ハル、ハル！　テンプレだよ！』

テンションを上げたような澪の声が、念話で届く。男たちへと向ける冷たい顔とのギャップに、悠真は脱力感を覚えた。

『なんで喜んでんだよ』

『だって、どきどきわくわくイベント発生だし』

『イベントじゃねぇよ、どーすんだこれ』

二人共に装備をしっかり身につけ、まあまあ顔が怖い。普通の女性なら怯えるのが正解だ。

実力行使に出られたら、抗えないのは想像するまでもなくわかった。

「俺らと、仲良くしようぜ」

「お断りします」

ばっさりと、澪が断る。にやついていた男たちは、虚を突かれたような顔をした。

「まあ、そう言わずにさ」

「先のこと考えたら、俺らと組んだ方がいいって」

当然のように、男たちは引かない。ギルドの職員はまだ様子見で、動向を見守っていた。日常茶飯事の光景なのかもしれない。

『あきらめそうにないな』

『まあ、そうかなって思ったけど。はい、ここで澪さんの選択肢としましては』

『しましては？』

楽しんでいる印象を受ける。危機感なんて、澪は微《み》塵《じん》も持っていないのがわかった。その気になれば、どうとでもできるということだ。

『イチ、きゃあこわい、とかわいこぶる』

はあ、としか悠真は返せない。

棒読みだし、ぶる、と言ってるあたり、そう見えるよう装うのだろう。

（なんか、すげぇな）

ただただ感心する。以前男たちに絡まれ、びびっていた悠真としては負けた気分だ。澪に勝てるとも思えないが。

『ニィ、容赦なくぶっとばす』

これはもしかすると、澪がヒーロー枠なのかもしれない。言葉に説得力があった。

『サン、ハルがぶっとばす』

『いや、俺は無理だって』

最後まで聞いてみたが、澪の上げる選択肢はどれもこれも突っ込みしかない。

二が、正解な気がした。

『大丈夫、大丈夫、ハルがえいやってする振りしてくれたら、私が魔法でえいっとするから』

『そんな回りくどいことをしなくてもよくないか？』

『だって、まだか弱い振りしてた方が面白そう』

面白そうとは――と心の中で突っ込む。そっと、悠真は息を吐き出した。

『俺だって、目立ちたくない気持ちはある』

けれど澪を盾にするのは、違う気がする。

『サンな、りょーかい』

緩く頷き、悠真が傀儡《かいらい》になるため一歩前に出ようとしたところで、声が割って入った。

「新人冒険者に絡むなよ」

背にかばうように、男たちと悠真の間に入る。助けてくれるらしい。装備を身につけているので、同じ冒険者だ。

「あ、選択肢ヨンがあった」

「声に出てるぞ」

　緊張感のないやりとりを悠真と澪がしていると、荒らげた声と飄々《ひょうひょう》とした声がぶつかり合う。

　先に手を出したのは絡んできた男たちの方で、けれど直《す》ぐさま腕をひねり上げられ、外にぽいっと放り出された。

「すげぇ」

「うん」

　手際がいい。あっという間の出来事だった。

　一人戻ってきた人に、澪と悠真は礼を伝える。改めてその人を見ると、爽やかな好青年という印象を受けた。

「いいよ。冒険者がみんなあんなヤツらばかりとは思わないでほしいな」

「大丈夫です」

　じゃあ、と名前を訊く間もなく、背を向けギルドを出ていく。

「俺も武術？　体術？　習うかな。なんか、かっこいいな」

「いいね、私も習うかな」

「さすがに、澪は無理じゃないか？」

「魔法を併用したら、さっきの男たちくらい投げ飛ばせるんじゃない？」

「あぁ！　そーいうのほんと羨ましいな」

　強くなれるなら、なりたい。

　荒事に積極的に関わっていきたいわけではないが、気持ちの問題だ。

「だから、その程度ならハルもできるって」

「まじで？」

「まじまじ、やろうよ。誰が教えてくれるかな。あ、アルフレッドさんはだめだよ。建前上、許可できないだろうから。てことで、第三はだめ。私が関わると、政治的なことで迷惑かけそう」

　元々、第三騎士団で交流があるのは一人しかいない。

　悠真が普段出入りしているのは、なぜか第二騎士団の演習場だ。

「なら、マティアスさん？」

「第二の副団長だっけ。アルフレッドさんの友人だし、いいんじゃないかな。ハル頼んでおいてよ」

「まあ、訊くくらいいなら？」

「じゃ、今日はおやつ食べて帰ろ」

ぐいぐいとまた腕を引かれる。自由だな、という突っ込みはもう、悠真は声にはならなかった。


翌日に再度冒険者ギルドを訪れて、さっそく講習を受けた。最短で、と予約を入れたのは澪だ。

アルフレッドには事後報告になったが、冒険者登録をしたこと、澪次第だが——澪の気がすむまでと言った方がきっと正しい、しばらく冒険者としてやってみることを説明した。

苦い笑みを浮かべていたけれど、澪主導では悠真に拒否権がないとアルフレッドも理解している。依頼を受ける際はグリューンを連れていくように言われたが、講習に行く際にもちゃっかり頭に乗っていた。

まだ依頼を受けるかわからないと言ったのに、面白そうだからとくっついてくるのだから、グリューンも暇を持て余しているのだろう。ただそのせいでギルド内はざわめくし、注目を集めてしまった。

テイマー——魔物を使役できると誤解され、念のため身につけていった装備の価値に気づいた人からは無遠慮に値踏みされた。ギルド職員を含めその場にいた人たちの、身分証目当てじゃなかったのかという、驚愕の心の声も聞こえてきた。

若干、他の疑惑も浮上してきている。要は、金持ちの道楽だ。

——依頼で街の外へ出る時は、回復薬等必ずお持ちください。

——街でも売っておりますし、ギルド内でも購入できます。

講習をしっかり受けたにもかかわらず、依頼書を持っていった際の窓口で、念を押すように言われた。その辺に関しては心配のいらない二人なので、無駄に心配させて申し訳ない気持ちになった。

「今日はどうする？」

初心者といったらまずはこれ、の依頼はいくつかすでに受けている。どこか便利屋じみているな、という感想だ。

それでも初めてのことばかりで、悠真は楽しい。

「どうしよっか」

依頼が貼られたボードの前に、人がひしめき合うピーク時間は過ぎている。依頼は、早い者勝ちだ。遅くなればなるほど条件のいい依頼はなくなっていくので、朝の早い時間が混んでいた。

　あえて、悠真と澪はその時間を避けている。おかげで学園に行くより、朝の慌ただしさがない。

「薬草取りがあるぞ」

「それはもういいかな。なんか、草取りみたいなんだもん」

　イメージ的にそんな感じだ。

『あれはつまらぬ』

　グリューンにまで却下されたので、悠真は再度並んだ依頼書を眺める。今日はまだ比較的簡単で、報酬がいいものも残っていた。

　それなのに、澪は見向きもしない。

「あーいうの、受けないのか？」

「んー、私たちみたいなお気楽冒険者が、簡単で報酬のいい依頼取ったら駄目でしょ？　それが必要な人だっているだろうし」

　正論だ。お気楽な冒険者の自覚があったことには、ほんの少し驚いた。

「チカ、失礼なこと考えてるでしょ」

「……感心してたんだ」

　相変わらずいい勘している。悠真がわかりやすいのかもしれないが。

「あ、マルクさん」

　知った顔を見つけ、澪が声をかける。

　初日に、絡まれているところを助けてくれた人だ。ランクAの冒険者で、再会は早く翌日で、悠真と澪の講習を担当してくれた。

　依頼を受ける気があるのかと、やっぱり驚かれたけれど。

「おはようございます」

「はざっす」

「おはよ。依頼受けるのか？」

「どうしようかなって、チカと話してたとこで」

「無理すんなよ。チカは強いみたいだけど」

「あ、いえ、はい」

　どっちだ、と突っ込みたくなる返事になる。強くないと悠真は否定したいが、だったらなんでになり、正しく説明したらしたで、また厄介事が増える予感もして、結局流すしかなかった。

　——新人冒険者、男の方がああ見えてテイマーですげぇ強いらしい。

噂《うわさ》の出所はわからないが、発端はわかっている。先日依頼を受けている最中に、今度はグリューンを狙った冒険者に絡まれた。

　体格差は明確にもかかわらず、威圧されても悠真は動じない。そして強引に奪おうとして、イヤーカフに仕込まれた保護魔法に吹き飛ばされ男たちは自滅。それを目撃しただろう人に、凄腕《すごうで》だと誤解された。

　実際は、悠真自身は何もしていない。アルフレッドのおかげでしかなく、先日言っていた選択肢イチを選び面白がっていた澪の方が、何もかもに優れている。一人歩きする噂が、隠れ蓑《みの》にちょうどいいと澪は思っているようでもあった。

「マルクさんは？」

　さっと、澪が話題を変える。Aランク冒険者が受ける依頼に、興味があるようだった。

「ありがたいことに、指名依頼もらってな」

　ランクが上がり、冒険者として評価されれば指名されることもある。初心者講習も、ギルドからマルクへの指名依頼だった。

「すごいですね」

「俺なんてまだまだ。最近は姿を見せないが、平然とレアものを手に入れてくる有名なパーティもいるんだ」

「へえ」

「お、呼ばれてるわ。じゃあな」

　ひらりと手を振り、受付カウンターへ行くマルクの背を見送る。指名が入るほどだ、有名な人なのかもしれない。まだ数日通っただけなので、名の通った冒険者やパーティに疎かった。

　ミーハー心で、有名どころはちょっと見てみたい。

「で、どうする？　依頼」

「うーん、迷宮行きたいな」

『いい案だな』

「無理じゃね？　ランク的に」

　迷宮関係の依頼書はだいたいがBで、時々C、そしてもちろんA以上もある。迷宮、さらに階層によって難易度が違った。

「俺らが行けそうなの、前に行ったとこくらいだろ」

「あそこもう踏破したじゃん」

「そうなんだよなぁ」

　初心者向けとはいえ、案外あっけなかったという感想だ。メンバーを考えれば、当然と言えば当然なのかもしれない。

「だって、面白そうな依頼ないんだもん」

「基準、それかよ」

「じゃあ、チカは何で選ぶの」

「それは……」

　一般的には、簡単で報酬のいい依頼が人気だ。

　けれど悠真たちはありがたいことに、生活に困っていない。もちろん報酬は受け取るし、もらえれば嬉しいが、特別高額な依頼を求めているわけではなかった。

「……面白そうなのだな」

「ほらぁ」

　勝ち誇ったように、澪が笑う。

　結局悠真も、求めるのは娯楽だ。

「なら、どうする？」

「うーん、やっぱ迷宮行っちゃう？」

「依頼受けられないだろ」

「別に、依頼受けなくてもいいじゃん」

「そういえばそうだな。遊びに行くだけなら……って、迷宮って遊びに行くとこだっけ？」

　どうにも、感覚がおかしくなってくる。けれどまあいいかと、深く考えるのをやめた。

　行くと澪が決めたのなら、悠真に拒否権はない。

「なんか、遊べる物が手に入るとこがいいな」

「俺、宝箱開けたい」

「だよね、私も。てかさ、珍しい食材とか手に入らないかなぁ、グリューン知ってる？」

『知らないな』

　とりあえず迷宮関係の依頼書をチェックして、その内容から判断することにした。

　とは言っても、悠真はつい珍しい依頼内容に気を取られてしまう。所々に色あせが目立つ依頼書があり、長く放置されているのがわかった。

　その間にも、澪はしっかり情報収集していたらしい。噂話も聞いて、目的地を決めていた。

「ハ、じゃない、チカ、行くよ」

「決めたのか？」

「うん、面白いこと、不思議なことが起こる迷宮だって」

　それは気になる。話を聞く分には、まるでアトラクションのようだ。

「まずは迷宮まで、乗合馬車に乗って移動ね」

「初めて乗るな」

ね、と相槌《あいづち》を打つ澪と冒険者ギルドを後にする。難易度も確かめず、なんとかなると思っている悠真も大概だった。

選んで行った迷宮は、比較的新しいものだった。

まだわからないことも多く、その点で難易度が高めに設定されているらしい。どこからともなく情報を仕入れてきた澪が、簡単に説明してくれた。

元々ある程度、迷宮のことを把握しているのかもしれないが。遊び場所を選定するために。

（楽しむことに、努力惜しまないからなぁ）

動き出す時間が遅いせいか、到着した迷宮の入り口に他の冒険者の姿はない。おかげで怪訝《けげん》に見られることも、止められることもなく中へと入れた。

「面白そうなもの手に入るといいなぁ」

護衛騎士がいない状態で迷宮に入ったことはないが、澪に緊張感はない。同行する悠真もつられるように、まあなんとなるだろうと呑気《のんき》にかまえていた。

「中間層くらいまでは、強い魔物は出ないらしいよ」

「それならよかった」

初めての場所なので、順に進めていくしかない。とはいえ、何か依頼を受けたわけではないので気楽なものだ。

「まあ、罠《わな》とかあるらしいけど」

「は⁉」

「ほら、そこ」

『足下に気をつけろ』

「うわっ、もっと早く言えよ！」

たぶん、踏んではいけないものを踏んだ。

『まったく、粗忽《そこつ》者が』

難なく、グリューンが対処してくれる。その後も澪が言った通りに途中途中にある仕掛けや罠にびっくりしながら切り抜け、助けられて、宝箱探しを楽しむ。

食いしん坊のイメージしかないグリューンだったが、数時間で認識を新たにした。

（アルフレッドが連れていけって言うはずだ……）

そろそろ切り上げようかと話していたタイミングで、ちょっとしたアクシデントがあり、それをきっかけに迷宮を後にする。帰りは急いでいたので馬車ではなく、澪の転移魔法で城へと戻った。

その足で、アルフレッドの執務室に向かう。

容姿を戻せば、どこを歩いていても止められることはない。むしろ道を譲られ、頭を下げられた。

「とりあえず、報連相は大切よね」

有無を言わさず、澪は悠真を連れていく。本音を言えば、今はアルフレッドに会いたくなかった。

「ちょっとハル、そんな恨めしそうな目で見ないでよ。しょうがないじゃない。勝手に私のとこ連れてって隠したら、絶対面倒くさいことになるもん。保護者に確認しないと」

誰が保護者だと言いたくなるが、すぐに保護者だったと悠真は思い直す。

心境は色々複雑だ。

「説明は私がするから」

そこに不安が残らないでもないが、澪に任せた方がいいのは確かだった。

いつもは悠真の頭を定位置にしているグリューンは、我関せずと部屋の方に戻っていった。

とばっちりを避けているとしか思えない。

「さて、と」

執務室の前まで来ると、躊躇なく澪がノックする。普通だ。いつもの自己主張の強さがない。俺の時だけかと、悠真は気づいた。

すぐに室内から応えが返り、顔見知りの事務官がドアを開ける。澪の姿に目を見張り、すぐに中へと促された。

「ミオ様？」

「アルフレッドさん、ちょっと、お話が」

おずおずと澪が話を切り出すと、すぐにアルフレッドは目配せで事務官を下がらせる。出ていくのを確かめ、澪はソファではなく執務机の方へ歩いていった。

「ハルと依頼を受けに行ったのでは？」

「うん、行ってたんだけど……」

すっと、澪が腕に抱き上げていたウサギを執務机の上に置く。

アルフレッドが困惑したのがわかった。

「迷宮で拾ってきたのか？　飼ってもいいだろうが、なんで俺に許可を？」

「ハルです」

「ああ、ハルが飼いたいってこと？」

得心がいったように、アルフレッドが頷く。けれど澪は、バツが悪い表情を浮かべた。

「じゃなくて、ハルなの」

状況を呑《の》み込むように無言で、アルフレッドが瞬きするのを悠真はウサギの姿で見上げる。執務机の上にいても、身体が小さいので目は合わない。

「……ハル？」

問うように、アルフレッドの声が落とされる。半信半疑だ。

悪あがきではあるが、悠真は頷きたくない。

じっと見つめられれば気まずさを感じ、ふいっと顔を逸《そ》らした。

説明を求めるように視線を澪に戻したアルフレッドは、性質《たち》の悪い冗談と断じず信じたようだ。

「なんでこんなことに？」

「実は、不思議なことが起こるっていう迷宮に行ったんだけど」

ちりばめられた罠自体には、危険なものはなかった。時折遭遇する魔物も、澪とグリューンが苦戦するほど強くない。

楽しもうという目的以外なかったので、適当に見て回っていたところ、ある部屋で宝箱の前にいかにも怪しい魔法陣を澪が見つけた。

どういう効果があるのかは、見ただけではわからない。確かめてみようと、途中で手に入れた本や食べものを置いてみるが何も起こる気配がない。

それならばとグリューンが乗ってみるがやはり何も起こらなくて、私が乗ってみると澪が言い出した。

それを止めたのが悠真だ。

「私に何かあってもハルは何もできないけど、ハルに何かあったら、私がなんとかしてくれるだろって」

「それで、ハルがウサギに？」

「うん、ごめんなさい」

澪の謝罪の声を聞きながら、悠真はじわじわと申し訳なさが募ってくる。怒られるならいいが、アルフレッドに心配をかけていると思うと胸が痛んだ。

「なんだかんだで、男前なんだよね、ハルって」

「そうだな」

「私のせいで、ほんとごめんなさい。あの迷宮、似たような事例が多くあるらしくて、数日程度で戻るんだって」

それを最初に聞いていたから、思い切れたところが悠真にはある。本当に危険そうなものには、さすがに近づかない。

ウサギになるとは、予想もしなかったが。

「それはよかった」

「ってことで、後はよろしくお願いします！」

経緯を説明し、役割は終えたと澪は笑みを浮かべる。すすっと、ウサギの背をアルフレッドの方へ押した。

「え、ああ」

『おい！』

「あ、話せないみたいなんで」

「わかった」

「ハル、元に戻ったらまたなんか依頼受けようね！」

お邪魔しました、と澪はささっと執務室を出ていく。ぱたりと閉じられるドアを、悠真は見ているしかできなかった。

室内に、沈黙が流れる。なんとなく、悠真は気まずい。そろりとアルフレッドを窺うと、ぱちんと目が合った。

「ハル？」

『……うん』

話そうとしても鳴き声にしかならないので、悠真は念話で返す。

どうせ不思議なことが起こるなら、姿がウサギに変わってても普通に話せたら良かったのにと思ってしまった。

そうでなければ、意思の疎通が難しい。念話が使えて、本当に良かった。

「ハル、触れてもいい？」

声が甘く耳に囁《ささや》く。

まるで腕の中にいる時のような、悠真にだけ向けられるアルフレッドの声だ。

どきりと跳ねた鼓動に、落ち着け、落ち着けと言い聞かせる。こくりと悠真が頷くと、優しい笑顔でそっと手のひらが伸ばされた。

「ふわふわだな」

抱き上げると、アルフレッドは膝の上に悠真を降ろす。手のひらが背を優しく撫《な》でて、くすぐるように指先が耳に触れると、慌てて体を捩《よじ》った。

「ああ、イヤーカフはそのままだ」

『うわわっちょ、アルフレッド！　くすぐったい！　耳はダメっ！』

どうやらウサギの耳は敏感らしい。優しく撫でられているだけで、悠真は体の力が抜ける。

『ムリっ！　マジでムリ！　触るなぁっ』

ぎゃあぎゃあと騒ぎながら、ジタバタと足をバタつかせ、ついには膝の上から落ちそうになった悠真を、アルフレッドは抱き直した。

「あんまり暴れると落ちるよ」

『だってくすぐったいんだよ！　わかってて触ってるだろ！』

　まだ触ってこようとする手を、悠真は触るなとペシペシたたく。ちっとも痛くない反撃に、くすりとアルフレッドは吐息をこぼすように笑みを洩《も》らした。

「本当にウサギになってる。目まで赤い」

　瞳をのぞき込まれるようにそう言われても、悠真に実感はあまりない。今の自分の姿を、まだ見ていなかった。

　低くなった目線の位置と、見える範囲でのふわふわした白い毛。周りからの言葉で、ウサギの姿になっているという事実を知らされているだけだ。

（ほんと異世界ってやつは、油断大敵だよな）

　現状に不安がないわけではないが、向けられるアルフレッドの眼差《まなざ》しも、触れてくる手のひらも優しい。おかげで、不思議なほど落ち着いていられた。

「大丈夫だよ。しばらくウサギ生活を楽しんで」

　おとなしく腕の中に収まっている悠真に、安心させるようにアルフレッドが微笑《ほほえ》む。

　元に戻れる保証なんてどこにもないけれど、前向きな言葉は胸の中に優しく広がる。いつだってアルフレッドは、悠真を守ってくれることを知っているから。

＊

　いつものように、こっそり抜け出していたベッドにアルフレッドが戻ると、悠真はブランケットに頭まで潜り込んでいる。寝室は魔石を使って快適な温度に保たれているが、肌寒かったのかもしれない。ちょこんとした膨らみが、ベッドの上にあった。

　一目瞭然。確かめるまでもないが、アルフレッドはぺらりとブランケットをめくる。温まった空気が突然逃げ出して寒かったのか、悠真はふるりと真っ白な体を震わせて、くるんと丸くなった。

　その様子に、アルフレッドは口元が緩む。けれど残念に思ってしまうのは仕方がない。

　今のウサギ姿も愛らしいが、時間が許す時、こっそり眺める寝顔が見られないのはやっぱり寂しかった。

　それだけでなく今は、艶やかな黒い髪も、まっすぐにアルフレッドへと向けられる、芯の強さが窺える黒い瞳も見られない。愛すべき悠真を作る要素が、すべて失われていた。

だからといって、何が変わるわけでもない。触れ合えないことに、不満があるくらいだ。

元々、その整った容姿に惹《ひ》かれたわけではない。人となりに触れ、アルフレッドは悠真に恋をした。

ただ、容姿の良さの自覚だけは持ってほしい。

――ハルはね、自分の容姿に無頓着で、無自覚だからタチが悪いの。

いつだったか、澪がこぼしていた。

得心がいったのを、アルフレッドは覚えている。惚《ほ》れた欲目を抜きにしても、少しつり上がった意思の強さが窺える目に、すっと通った鼻筋、薄く形のいい唇、清楚《せいそ》な印象の澪とはまた違った、整った容姿を悠真はしていた。

それに加え、成長途中にある若い果実のような瑞々《みずみず》しさと、そこはかとなく漂う色気がある。悠真は筋肉がつかないと嘆いているが、無駄のないすらりとした体躯《たいく》は触れてみたいと思わせた。

それなのに、容姿を褒められても世辞だと受け流している。寄ってくる有象無象の下心に、気づかない可能性が多分にあった。

――人の美醜にも無頓着だから、美形に迫られてもよろめかないから大丈夫。

――それに一途《いちず》だし。

憂うアルフレッドに、澪が軽やかな声で補足する。

だからといって、手放しで安心はできない。

悠真の好意がアルフレッドへ向けられているのはわかる。それを疑うのは失礼だった。

けれど元は異なる世界に住む人だ。還《かえ》す手段がないとわかっていてさえ、いつか消えてしまいそうで、婚約していてもアルフレッドはハラハラする。時々不安にも駆られた。

もしも還れるとしたら、どう選択するのかと。

そんな意気地のない感情を、悠真には知られたくない。くだらない考えをアルフレッドは振り払い、白いふわふわへと手を伸ばして、指先で優しく撫でた。

不意に、ぱちりと悠真が瞼《まぶた》を上げる。どうやら、起こしてしまったらしい。ぱたんと、瞬きを一つした。

赤くて丸い目がまっすぐにアルフレッドを見つめ、ちょこんと首を傾《かし》げる。それがまた愛らしい姿で、アルフレッドは表情を緩めた。

「おはよう、ハル」

声をかけると、長い耳がぴくりと動く。そして、飛び上がるように悠真は起き上がった。

「ハル？」

どこか慌てたように自分の体を見ようと下を向き、ころんと転げてしまったのがなんとも間抜けでかわいい。

今度は自分の手なのか足なのかを見つめたまま、固まったように動かなくなる。そんなちょっと変わった仕草を見せるウサギの姿に、アルフレッドは眼差しを柔らかくした。

「思い出した？」

我に返ったらしい悠真が、こくんと頷く。

ぺたんとベッドに座り込み、微《かす》かな鳴き声を洩らしていた。

しょげているウサギ姿の悠真を、アルフレッドは抱き上げる。急な浮遊感に驚いたらしく、小さな体がびくりと震えた。

「ハル、落ち着いて」

安心させるように声をかけると、体に入っていた力が抜ける。不安を和らげるようにいつも通りに話しかけ、朝食の用意がされているだろう隣室へアルフレッドは向かった。

食事は、ウサギの姿でもいつも通りのものを好む。ただパンくらいなら両手で持ち食べられるが、フォークやナイフを使うようなものはさすがに自分では食べられない。小さく切ったものを、アルフレッドがせっせと悠真の口に運んでいた。

フォークを差し出せば素直に口を開くのだから、餌付けしているようで楽しくなる。普段は、させてはくれないだろうから。

「俺は執務があるから行くけど」

アルフレッドは膝の上から、ソファに悠真を下ろす。離れがたいが仕方がない。急ぎ終わらせるものと根回し、他に振り分ける仕事があった。

立ち上がろうとすると、悠真が全身で縋《すが》りつく。

「ハル？」

二人で顔を見合わせる。こんな風に体ごと縋りつかれては、置いていけるわけがない。

「一緒に来る？」

ぱあっと嬉《うれ》しそうに瞳を輝かせる悠真に、アルフレッドは笑みを洩らした。

　何年も心から笑えなかったのが、嘘のようだ。

「ここにいた方が安全だと思うが」

『だって、ヒマだし』

　それだけでなく、心細さがあるのもわかる。アルフレッドとしても、イヤーカフで居場所はすぐに探せるとはいえ、正直に言えば悠真には目の届くところにいてほしかった。

　ウサギの姿でうろつかれ、何かあったら困る。悪意なく、攫《さら》われる可能性もあった。

「あ」

『あ？』

「ちょうどいいものがある」

　空間収納から取り出すと、視界でふわりと水色のリボンが揺れる。ずいぶん昔に購入し、忘れていたものだ。

「野良ウサギと間違えられないように、目印だ」

　苦しくないようにと気をつけ、アルフレッドは悠真の首にふんわり優しくリボンを結ぶ。真っ白な体に、鮮やかな水色は映えた。

『なんか楽しんでない？』

　野良ウサギが城内にいるわけないだろ、とかわいらしい悠真の文句は聞き流す。危機管理は大切だ。

　似合うよ、とアルフレッドは悠真の鼻先をちょこんとつつく。

「さ、行こうか」

　抱き上げるとやっぱり浮遊感に驚くのか、悠真は腕にぎゅっとしがみつく。

　その仕草に、アルフレッドの表情がいっそう甘くなる。腕の中にあるぬくもりに頬を緩ませながら部屋を後にし、執務室へ向かって歩き出した。

　普段とは違い、人が多い場所をアルフレッドは選ぶ。腕におとなしく抱かれているウサギに、注目が集まっているのがわかった。

　王宮内に噂が広まるのは案外早い。

　意図的に流すこともある。今回はアルフレッドが大切にしているウサギだと、周知させる目論見《もくろみ》があった。

　いつ、悠真が元に戻るかわからない。すぐかもしれないし、数日先かもしれない。調べたけれど、個人差があるとしかわからなかった。

　いずれにせよ、元には戻るはずだ。今まで様々な姿に変わった冒険者がいるが、戻らなかった人はいなかった。

　不確定要素はあるけれど、戻る可能性の高さにアルフレッドは胸を撫で下ろした。

　専用の執務室とはいえ、さすがに悠真を膝の上に乗せたまま仕事をするわけにはいかない。

　ソファのクッションの上に下ろすと、ふかふかなので小さな体は軽く沈んだ。

　何度も来たことがある執務室なのに、悠真が落ち着かない。もぞもぞと身動《みじろ》ぎ、部屋のあちこちを見るように、きょろきょろとしている。その顔を、アルフレッドがのぞき込んだ。

「ユーリのところにでも、相談に行く？」

『え、もうちょっと、様子見るからいいよ』

「ハルがそれでいいなら」

『うん。なぁ、戻るまでの間、日中はここにいていい？』

　無意識なのか、愛らしく首を傾げ悠真はねだるように見上げてくる。我侭とも言えないおねだりを、アルフレッドが断れるわけがない。断る必要もなかった。

「もちろん。むしろその姿の間はできるだけ、俺のそばにいてほしい。姿が見えないと、俺が心配で仕事が手につかなくなりそう」

『えぇ……うん、おとなしくしてる』

　嘘だろ、と信じていないのが伝わる瞳で、悠真は素直に頷く。

　いつも通りに見えて、心の中ではしょげているのがわかる。アルフレッドは安心させるように悠真の頭を撫でた。

「後で、おやつを持ってこさせるよ」

『俺は子どもじゃないよ！』

　すぐにはっとして、今はウサギだけどと、悠真が付け加えるからアルフレッドは笑う。

　どんな姿でも、愛《いと》しいと思うのは変わらなかった。

＊

『アルフレッド様がかわいがっている愛ウサギ』の噂は、瞬時に城内を駆け巡る。目印は『首に結ばれた水色のリボン』と、補足事項と共に。

　どこからともなく現れ、雑談に加わったメイドは、「殿下が手ずから、ウサギ様にご飯を食べさせているんだって」と訳知り顔で噂話に花を咲かせる。

きゃあ、と楽しげな歓声がメイドたちから上がり、ひと目ウサギ様を見てみたい、なんてあちこちで囁かれていた。

時のウサギになっているとも知らず、悠真は呑気にふわりと大きなあくびを洩らす。ぐぐっと手足を伸ばして、ぱふんっとふかふかのクッションに体を預けた。

（ヒマだな）

二日目ともなれば、まだ駄目か、と落胆しながらもウサギ姿での生活にも慣れてくる。ただウサギの姿ではできること、やれることが少ない。

意味もなく、ソファの上をごろごろと転がるくらいだ。時々、落ちそうになるというおまけつきで。

『あーあ』

嘆くように呟《つぶや》いて、窓越しの青い空を悠真は見上げる。執務室にアルフレッドがいるときは、そこまで退屈しない。

普段見られない姿を眺めていられるし、人の出入りもある。けれど今は、事務官と共に席を外していた。

さすがについていくわけにはいかない場所もあり、悠真は留守番だ。

こんな時澪が顔を出せばいいのだが、昨日おやつを持ってきたのを最後に、残念ながら姿を見せていない。

（ほんと、自由だよなぁアイツ）

昨日のことを思い出し、悠真はクッションを抱え嘆息する。お茶と悠真のおやつを運んできたメイドが澪だと知った時には驚き、何してんだと真顔になった。

違和感がないのがすごい。メイドの仕事が、やけに板についていた。

「はい、ハルのために持ってきたんだよ」

正体を明かした後、澪は見るからに瑞々しい葉っぱを悠真の鼻先に差し出した。ちぎっただけの葉っぱは、どう見ても美味《おい》しそうには見えない。

ぺしりとたたいて悠真が拒否すると、我侭だなぁと今度は人参を差し出した。丸ごと。

『なんでだよ！』

不満を訴えるように、悠真はダンダンと足を鳴らした。子どものように野菜が嫌いなわけではないが、そのままかじりたいものではなかった。

「野菜はそのままかじらないって、ウサギに言われちゃった」

ウサギだけど、ウサギではない。味覚も嗜好《しこう》も、そのままだ。

ヘルシー志向などないので、野菜丸かじりなどおやつとは認められない。どうせ澪は、悠真で遊ぶために野菜を用意してきただけだ。

「ザンネン」

　わざとらしく、澪は肩をすくめた。居合わせ、やりとりを終始見ていたアルフレッドの部下で騎士のディルクが、なんとも言えない表情をしていた。

　テーブルの上にはクッキーが並んだ皿もあり、そっちがいいと恨めしそうに見ていると、アルフレッドの指先がすっと、悠真の鼻先にクッキーを差し出した。

　見上げると笑いを堪《こら》えたアルフレッドの顔があり、鼻先を甘い匂いがくすぐるので、悠真は素直にかじりついた。

　バターたっぷりで美味しい。口の中に放り込めないので、両前足でクッキーを支え、少しずつ食べていくしかなかった。

「かわいいけど、違和感すごいし」

「まあ、姿はウサギだけどハルだからな」

　食べ終わった悠真のために、アルフレッドが二枚目のクッキーを差し出す。

　悠真が嬉しそうに受け取ると、そのまま空いた手でふわりと優しく頭を撫でた。

　体が小さいので、残念ながらたくさん食べられない。紅茶の入ったカップを支えてもらい飲むと、すぐにお腹《なか》はいっぱいになった。

『アルフレッド、外に走りに行きたい』

　食べて寝てばかりいるのもどうかと思い、悠真はアルフレッドに訴える。さすがに、執務室の中をぐるぐると走り回るわけにはいかない。

　普段出歩いている範囲なら、危険はないだろうと判断してのことだった。

「悪い、急ぎでやることがあって、付き合ってやれないんだ」

『いいよ。仕事の邪魔したいわけじゃないから』

「代わりに、ディルクを連れてってくれ」

『……はい？』

　提示された代替案に、悠真はぽかんとした。完全に、一人で行くつもりでいた。

『え、なんで』

「護衛だよ」

「殿下の代わりに、俺が同行します」

　恭しく申し出たのは、先ほどから空気に徹していた、第三騎士団所属のディルク・ベーレンズだ。さらりとした短い髪は深い藍色で、瞳も同じ色をしている。普段から口数が少なく、整っている容姿のせいで冷たそうな印象を受けるが、実際はかなり優しい。

実は聖女召喚に巻き込まれた人が悠真以外にもいたのだが、なんらかの要因でずれが生じ、城下に放り出された大学生を保護したのがディルクで、今も一緒に暮らしていた。

その関係で知り合い——澪が突撃したとも言うが、第三騎士団で唯一交流がある。それで執務室に呼び出されていたのかと、悠真は思い至った。

とはいえ、だめだろうと悠真は否定した。イヤーカフはそのままなのだから、護衛がいなくても問題ないはずだ。

「何があるかわからないからな。ウサギだし」

そう言われてしまうと、うっかりウサギになってしまった身なので悠真は強く拒否できない。

おまけにディルクが直接悠真を抱き上げるのは駄目で、取っ手つきのバスケットを移動用に用意されていた。もちろん、ふかふかのクッションつきだ。

ただただ呆《あき》れるしかない。過保護がすぎる。出逢《であ》った頃のアルフレッドと、性格が変わってないか？と、悠真は首を傾げたくなった。

それでも外に出たいが勝って、ディルクに運ばれ悠真は庭に出かけた。

下ろされたバスケットから飛び出すと、絨毯《じゅうたん》とは違う自然に触れる感覚が足の裏にあった。

顔を上げ、悠真はぐるりと辺りを見回す。目線の位置が違うだけで、景色が違って見えた。すぐにでも居場所を見失い、迷子になりそうだ。

普段とは違う何もかもが新鮮で、悠真は自由気ままに走り回る。ただそんなウサギの後ろを、つかず離れずクッションの敷かれたバスケットを手に持ちついて回る第三騎士団（将来有望）の騎士の絵面はどうかと思った。

（ぜってぇ、ディルクさんの無駄遣い……）

ウサギに護衛をつけるとか、普通に考えてありえない。第一王子殿下ご乱心と、城内に広まらないか悠真は心配になった。

けれどすぐに、ウサギの素性なんてわかるわけがないかと思い直す。シワ寄せは、全部ディルクに行きそうだけれど。

――元に戻るまで、出かけたかったらそれでディルクを呼んで。

外を満喫した翌日から、執務室のテーブルの上に置かれているベルを悠真は眺める。倒して、転がすだけでもいいらしい。テーブルの上に乗るのも気が引けるが、何よりも――。

『過保護だよなぁ』

ついぼやく。アルフレッドが不在の今のうちに、こっそり抜け出そうかと悠真は考えてみたものの、この姿ではドアノブに届かなかった。

ひらけー！　と念じてみたが、ぴくりとも動かない。きっちりと閉じられたままのドアを、悠真は恨めしそうに見つめた。

あきらめてクッションの上に戻ろうとしたところで、ノックが響く。

ぴくり、と長い耳を動かして、悠真は警戒する。部屋の主のアルフレッドは、ノックなどするわけがない。危険があるとは思えないが、とりあえずドアから死角になる場所に隠れてみた。

やがて、静かにドアが開く。隙間から、赤みがかった髪が見えた。

（マティアスさん？）

隠れたまま悠真が様子を窺っていると、マティアスは無人の室内を見回す。

「あれぇ？」

足を踏み入れると、気の抜けた声を洩らした。

「ウサギ様、ドコですかー？」

俺を探してるのか？　と、悠真は瞳を瞬く。

ウサギの姿になっていると知っているのは、かなり限られている。澪とアルフレッド、必然的にマーサ、後は護衛を押しつけられたディルクだけだ。

どうするかなと悠真が考えていると、ドアの隙間が視界に飛び込んでくる。好奇心が顔を出し、ちょっとだけ、と誰にともなく言い訳をすると、悠真はドアの隙間へとダッシュした。

まんまと脱走に成功すると、捕まらないようにと全力疾走。適当な角を何度か曲がり、途中で外にも飛び出したような気もしたが、とにかく走りまくった。

その結果、足を止めたときにはもうどこにいるのかわからなくなっていた。

精一杯背伸びして、悠真は周囲を見回す。

（どこだ、ここ？）

実際は知っている場所でも、ウサギの低い目線ではどこも同じように見えてわからない。

焦ったのは一瞬で、悠真はすぐに開き直る。どうにもならなくなれば、澪に助けを求めればいいだけだ。

のんびり気ままに散策していると、当然誰かしらに出くわすこともある。反射で身構えてみるものの、会う人会う人に、「殿下のウサギ様だ」とか「お散歩ですか？」などと声をかけられた。

普段よりも声をかけられているかもしれない。

最初は驚いたそれも、繰り返せば慣れてくる。返事をすることもできないので、なんでウサギの存在をみんなが知っているんだと疑問に思いつつ、悠真は聞き流すことにした。行く手を遮られる、なんてこともないからだ。

（なんか疲れたな）

久しぶりに全力疾走をして、あちこち歩き回ったせいか、空腹も感じる。飛び出してからどれくらいたったのかわからないが、そろそろ戻ることにした。

（まだ帰ってない、よな？）

連れ戻しに来ていないので、その可能性は高い。ただ脱走を知りながらも、広い心で自由を満喫させてくれているのかもしれないが。

（あ、帰り道がわからないんだった）

澪を呼ぶか、アルフレッドを呼ぶか、迷うところだ。

他に方法は——と思案していたせいか、不意に開いたドアの向こうの人影に、悠真は気づくのが遅れた。

「あ、ウサギ」

聞こえた声に驚き、悠真はびくりと体を震わせる。

そろりと振り向くと、くりっとした琥珀《こはく》色の瞳が印象的な、金色の長い髪の少女が近づいてきた。

ぱたん、と瞬きで揺れる睫毛《まつげ》は長い。派手ではないが品のいいドレスを着ていて、幼さは残るが、整った容姿と相まって西洋人形のようだ。

ぴん、と伸びた背の、立ち姿も美しい。傍らには、侍女が控えていた。

好奇心をたたえ、まっすぐに向けられる眼差しを悠真は受け止める。今まで誰も手を伸ばしてこなかったせいで、たぶん、危機感が薄れていた。

「迷い込んできたの？」

声をかけられると同時にほっそりした手が体に触れ、悠真はぎょっとする。ふわりと浮いた足に慌て、全身を使い暴れて抜け出した。

「あ」

とん、と足が地に着いた途端、急ぎ距離を取ったが鼓動はまだ逸《はや》っている。慌てたせいで、逃げる方向を間違えた。

壁を背にして、悠真は冷や汗をかく。イヤーカフをつけていても、悪意がなければ触れられるのだと思い至る。純粋に、ウサギに触れたかったのだろう。

王城にいるからには高位貴族だろうし、ミカエラのように弾《はじ》かれなくてよかったと安堵《あんど》して、逃げようと決めたところで、侍女に行く手を遮られた。

（うそだろ）

油断しすぎたことを悠真は知る。ここで捕まったところで酷い目には遭わない気もするが、ウサギの姿では自力で抜け出すのは難しかった。

じりじりと後退りながら、どうするか悠真は焦り考える。打開策など、とっさには浮かばなかった。

「コーネリア、どうかしたのか？」

不意に、声が割って入る。聞き覚えのある声だ。

ぱっと、悠真は顔を上げる。行く手を遮っていた侍女は、恭しく頭を下げて礼を取った。

「ウサギさんが、迷い込んできたみたいなの」

「ウサギ？」

怪訝そうな声が響く。

声の主を確かめた悠真は、今だ、とダッシュした。

「あ」

勢いよく体当たりするように、悠真はエドワードの足にしがみつく。

救世主だ。知り合いだ。安心感がすごい。

『俺だよ、俺、俺、ハルだよ！』

伝われ伝われと念じながら、悠真はエドワードに話しかける。元々魔力がないので、誰とでも念話ができるとは限らない。今まで話したことがあるのは、かなり限られていた。

足にしがみつくウサギの体にエドワードは視線を落とし、手を伸ばしてそっと抱き上げ顔をのぞき込む。近い距離で目が合って、悠真はあれ？　と今の状況も忘れ首を傾げた。

「ハル、なのか？」

半信半疑、訝《いぶか》しむように声をかけられ、我に返る。

こくこくと、悠真は頷いた。

『そう！　おれおれ』

まるでオレオレ詐欺のようになっているが、間違いなく悠真だ。

エドワードに念話が伝わったことに安堵する。意思の疎通は大切だ。

助けてくださいエドワード様、という思いを込めて、目でも訴える。今の状況は、完全に迂闊な悠真の自業自得なのだけれど。

『ちょっと事情があって、ウサギの姿になってんだけどさ』

どんな事情だ、と呆れたようにエドワードが綺麗《きれい》な色の瞳を眇《すが》める。やっぱり、と悠真は目線を下げて、首に結ばれたリボンを見ると、またエドワードへと戻した。

(同じ、色だ)

目印だと、アルフレッドが首にリボンを結んだ日の会話を悠真は思い出す。

なんでリボンなんて持っているんだと尋ねると、かなり昔に買って、忘れていたものだと言っていた。

普段、鈍い自覚が悠真にはある。ただ時々、本当に時々、ぱっとひらめくことがあった。

なあんだ、と思えば、悠真は自然と表情が緩む。

『アルフレッドのとこ、連れてってくんない?』

「私が、か」

『だめ？　実は俺、迷子だったりして』

「……またか」

あはは、と悠真は乾いた笑いが洩れる。言われてみれば、まただ。前にも、迷子になっていたところにエドワードと遭遇していた。

「お兄様？」

（おにいさま？）

ぱっと、声の方を悠真は見る。ぱちくり、と瞬きした後で、愛らしく首を傾げる少女からエドワードへ戻した。

似ている、かもしれない。以前アルフレッドに教えてもらった異母妹の名前が、コーネリアだったと悠真は思い出した。

「このウサギは、私が返してくる」

「お兄様、待ってください。そのウサギさん、私が飼ったらだめですか？」

悠真は驚き、びくんと体を震わせる。思いがけない申し出だ。

王族が、野良ウサギを飼ってもいいのだろうか。

「だめだ。これはアルフレッドのものだ」

「え、アルフレッドお兄様のウサギさんなんですか？」

「そうだ。とても大切にしているから、何があっても手放すことはない」

　なんとなく、聞いていてむずむずする会話だ。ウサギの話だとわかっていても実際は悠真なので、変な感じがするのはどうしようもない。

「それなら、仕方ないですね」

　声に落胆が滲んでいるが、素直に引いてくれたことに悠真はほっとする。兄妹ゲンカに発展したら、申し訳ない。

「迷子のようだから、私が返してくる」

「はい」

　さっと、エドワードはコーネリアに背を向ける。無事に、アルフレッドの元へ戻れそうだ。

　目に映る景色が、動き出す。何度もアルフレッドに抱き上げられているし、腕に抱かれたまま移動するのにも慣れたはずなのに、なぜか違和感を覚えた。

「で、なぜウサギ姿で、こんなところにいたんだ？」

　悠真は目を泳がせ、もごもごと言い訳を始める。ウサギになってから、ここにいる経緯をざっと話し終えると、エドワードは深い息を吐いた。

「あいつに、あまり心配をかけるな」

　ちょこんとつつかれた鼻先に、兄弟揃《そろ》って同じことをするんだなぁと、悠真は鼻を押さえる。反省はしているので、素直に頷いた。

「きっと今頃、心配している」

　エドワードの足が長いのか、ウサギの足が短いのか、アルフレッドの執務室まではあっという間だった。角を曲がれば目的地が見えるというところで、慌てたような足音が聞こえた。

「アルフレッド」

　エドワードが呼び止めると足を止め、腕の中にいる悠真をアルフレッドは見つける。一瞬驚いたように目を見張り、すぐにホッとしたように表情を緩めた。

「迷子になっていた」

　無造作に、けれど優しく差し出され、悠真はアルフレッドと目が合う。誤魔化すように笑ってみると、ため息をつかれた。

「ありがとう、探しに行くところだった」

　エドワードは押しつけるようにウサギをアルフレッドに手渡しひと呼吸、すぐに背を向け歩き出す。あ、と思ったけれど、この姿ではどうすることもできなかった。

「エドワード」

　呼び止めるアルフレッドを、悠真は見上げる。腕の中にいるせいで、表情は窺えない。

「今夜、ハルとピクニックをしようかと思っているんだ。一緒にどうだ？」

『ピクニック！』

「今夜は都合が悪い」

「そうか」

　あっさりと、アルフレッドは引く。

　仕方ない、という顔で。

「……今度、別の日なら」

「わかった。また、誘うよ」

「ああ」

　今度こそ、エドワードは立ち去る。その背を見送って、これから少しずつでも二人の距離が縮まっていけばいいと、悠真はひそかに願った。

「ハル。どこに行ってたんだ？」

　エドワードの姿が見えなくなると、トーンを落とした声が響く。びく、と長い耳を揺らし、悠真は体を強張らせた。

　怒られる、絶対に怒られる。

　覚悟して悠真が身構えていると、予想に反して、優しく抱きしめられた。

『アルフレッド？』

「無事でよかった」

　呟かれた言葉に恐る恐る顔を上げると、複雑な表情を浮かべたアルフレッドがいた。

「戻った執務室にハルがいなくて、心臓が止まりそうだった」

『ごめん』

　しゅんとうなだれて、悠真は素直に謝る。以前にも、同じように心配をかけたことを思い出した。

　反省し、無事にアルフレッドの腕の中へ戻ってこられたことに安堵する。はふ、と息を吐き、あ、と先ほどの違和感の正体に悠真は気づいた。

「どこで何してたんだ？　こんなに汚して」

　部屋に戻った途端、濡らしてきた布を手に、アルフレッドが悠真をひっくり返す。

『えっ⁉　うわぁっやめろって！　足を開くな！』

　足をバタつかせて暴れてみても、アルフレッドの手から逃げることはできない。布で腹の汚れた毛を拭かれるとくすぐったくて、さらに悠真は足をバタつかせた。

　おまけにウサギの姿とはいえ、足を広げられるのは恥ずかしい。

「脱走して、汚してくるハルが悪いんだよ」

『そんなこと言っても！』

　まだジタバタしている悠真に、アルフレッドはそっと悪戯《いたずら》っぽく笑う。

「あぁ、ダメだ。落ちないから一緒に風呂に入ろう」

『えぇ』

　今度は抵抗する間もなく抱き上げられて、風呂へと連れていかれる。最初からそうしてくれよと、悠真は恨めしく思った。絶対にわざとだ。


　連行された風呂で全身くまなく洗われて、丁寧に乾かしてもらった毛は真っ白ふわふわになる。至れり尽くせり、優しい手に身を任せているのは快適だった。

　風呂上がりのほっこりした体で、悠真はソファの上のクッションに懐き寛ぐ。疲れた全身を受け止めてくれるふかふかの心地好《よ》さに、いつもクッションに懐いている、グリューンの気持ちがわかった気がした。

　人をダメにする、なんてシリーズがあったけれど、こんな感じなのかもしれない。動く気が奪われていく。

「ハル、行くよ」

『あ』

　身支度を終えたアルフレッドが、悠真を抱き上げる。片手に抱き直すと、持ち運びやすいようバスケットに入れられていた夕食を反対の手に持ち、夜の庭園へ移動した。

（そうだ、ピクニックって言ってた）

　昼とは違う湿気を多く含んだ空気が、悠真の鼻先に触れる。日が落ちきった後の外は、暑さもずいぶんと和らいでいた。

　この国の夏は、日中は暑いけれど夜には気温は下がる。熱帯夜と言われるような暑さはなかった。

「この辺にしようか」

　月の光が落ちる柔らかな草の上に場所を決めると、アルフレッドは魔法を使って絨毯を広げ、悠真をそっと下ろす。風にふわりと浮いた絨毯に、乗ってみたかった。

月が明るいとはいえ、食事をするには薄暗い。足りない明かりを補うように、暖かみのある光がこぼれるランタンがいくつか置かれる。手伝いなどできないので、バスケットの中身が並べられていくのを眺めていると、空腹を思い出してぐぅと悠真の腹が鳴った。

　待ちきれずに、こっそりつまみ食いをしようと悠真は手を伸ばしかけ、物を上手に掴めないことを思い出す。がっくりとうなだれていると、アルフレッドが笑いを堪えるような表情で、食べやすくカットした果物を口元に差し出した。

「はい、味見」

『ありがと！』

　ぱくりと、悠真は素直に食べる。もごもごと口を動かしながら待っていると、準備を終えたアルフレッドにおいでと膝の上をたたかれた。

『はい？』

　ウサギの姿とはいえ、悠真は悠真なので恥ずかしい。笑顔でアルフレッドが待っているけれど、膝の上に座って食事なんてと戸惑いが強かった。

（どこのバカップルだ）

　絵面は、ウサギを膝の上に乗せているだけだけれど、気持ちの問題だ。

「ハル」

　促すように名を呼ぶ声が甘い。

　どうやらアルフレッドは、とことん甘やかす気でいるらしい。引きそうにない様子に、迷いながらもウサギの姿だからいいかと降参して、悠真はとてとてと近づいて膝の上に乗った。

「はい、どうぞ」

『ありがと』

　器用に両前足で持って、はむっとパンにかじりつく。少しずつ食べながら、辺りを眺める。夜のピクニックは初めてだけれど、雰囲気が昼とはかなり違う。食事と並ぶワイングラスが、やけに絵になっていた。

『今度、エドワードの都合のいい時にまたしような』

　残念ながら、悠真では一緒にワインを楽しむことはできない。二人がワイングラス片手に語らうなら、きっと形式張った席よりも、こんな風に肩の力が抜ける緩い空気の方がいい気がした。

『なに？』

　見つめてくるアルフレッドに、悠真は首を傾げる。

「ハルを見ていると、愛おしいって気持ちには上限がないのだと気づかされてばかりだよ」

思いがけない台詞《せりふ》に、悠真は返す言葉が見つからない。どうしていいかわからず固まって、ウサギの姿だったことを思い出す。

『それ、モフモフフィルターかかってるからな』

騒ぐ鼓動をうるさく感じながら、悠真は照れ隠しのようにパンにかじりつく。今の心情を思わせる、野菜の甘さが口の中に広がった。

『はあ、腹いっぱい』

もう食べられない。ウサギの小さな腹はパンパンだ。ごろんと転がりたい。

アルフレッドにも寛いで食べてもらおうと、悠真はぴょんと膝から飛び降りた。

「残念」

『俺の世話ばっかかしてないで、ゆっくり食べろよ』

「食べてるよ」

今まで膝の上にいた悠真は気づかなかったけれど、優しい月明かりとランタンの明かりしかない中で、ワイングラスを傾けるアルフレッドの色気がすごい。少し着崩しているせいか、見てはいけないものを見てしまった気分で、悠真は慌てて目を逸らした。

気持ちだけは正座でちょこんと座り、邪《よこしま》な気持ちを浄化するように、ふっくら丸くなった月をぼんやり眺める。綺麗だな、と言いかけ、悠真はぐっと言葉を呑み込む。

唐突にふっと、記憶の奥底に沈め、忘れていたアルフレッドとのやりとりを思い出した。

羞恥に、転げ回りたくなる。あの時は、本当にガラにもないことをした。

深呼吸して、気持ちを落ち着ける。大丈夫、この世界では特別な意味など持たない台詞だ。

「どうかした？」

なんでもない、と悠真がそっと首を振り、また丸い月を見上げる。勘違いによる城出から、まだそんなにたっていないのに遠い昔のようだ。

状況が、がらりと変わったせいかもしれない。あの時は、ひそやかに育ち始めた想《おも》いが、実を結ぶとは想像もできなかった。

「ミオ様から聞いたんだけど」

『え』

ぎくり、と悠真は身構える。どう考えてもこの流れでは、月から連想することだ。

どどど、と鼓動が逸る。呼吸も止まりそうだった。

（まさか、ばれた？）

すでに婚約しているし、気持ちも伝えている。だから正しく意味が伝わっても問題はないけれど、どうにも気恥ずかしい。あれは、アルフレッドに伝わらないとわかっていたから言えただけだ。

「月から迎えが来る、なんて言い出さないよな？」

『……は？』

耳を塞ぎたくて塞げないでいると、予想もしないことを言われる。一瞬ぽかんとして、どこかで聞いたことがあるそれに、悠真はアルフレッドの顔を見上げた。

「そんな言い伝えがあるんだろう？」

ぱたん、ぱたんと瞬きして、そういえばそんな御伽《おとぎ》噺《ばなし》があったなぁと、悠真は小さい頃に聞いた話を記憶の中から探し出す。確かアレは——なんて考えていると、アルフレッドが言葉を継いだ。

「俺は、ハルがどんな無理難題なものを望んでも、決してあきらめたりしない。どんな手を使っても、用意してみせるから」

きっぱりと、アルフレッドが言い切る。恋人としてはときめくのが正解なのだろうけれど、悠真は全身の力が抜けた。

（——俺はかぐや姫かよ。ウサギと関係ないし、てか、そっちかよ！）

突っ込んだところで、きっと通じない。必要のない妙な知識ばかりを、アルフレッドへと与える澪に悠真は呆れる。あまり澪の話は信じすぎない方がいいと、言うべきか迷った。

「ハル」

温かな声音が名前を呼ぶ。顔を上げると、向けられる瞳が優しい。

「だから不安も泣き言も、望みも、俺にはいくらでも言っていいんだ」

悠真は一瞬だけ迷って、すぐにとてとてと近づき膝の上に飛び乗ると、ぱふっと腹の辺りに顔を埋《うず》める。ウサギの小さい体はすっぽりと腕の中に収まってしまうもので、この腕に守ってもらえているのを実感した。

『……元に戻れるのかな、俺』

ずっとどこかにあった不安が、ぽろりとこぼれる。今までの事例から大丈夫だと思っていても、不安に駆られるときがあった。もし、このまま戻らなかったらどうしようと。

「大丈夫」

宥《なだ》めるように、手のひらが背を撫でていく。温かくて、優しくて、安心できる腕の中だ。けれどじわりと、胸の中には消せない苦みが広がる。気にしていない振りをしていたけれど、本当は今だってぐるぐると、色々なことが胸の内を渦巻いていた。

「どんな手を使っても、ハルが元に戻れる方法を探すよ」

　不安を見透かすような提案だ。愛おしいと思う気持ちに上限がないなんて、どう考えてもこっちの台詞だと悠真は言いたくなった。

「それにたとえ戻れなくても、俺がハルのそばにいるのは変わらないよ」

　気負わずさりげないトーンで耳に落とされた言葉が、染み込むように胸へと広がる。不安に揺れる心を慰撫《いぶ》して、不覚にも涙が出そうになった。

　ウサギのこの小さな手ではどうやっても、アルフレッドの背に腕を回すことはできない。だから距離を縮めるように、悠真は擦り寄った。

『ありがと。アルフレッド』

　心の底から、元の姿に戻りたいと願う。

　元に戻って、アルフレッドを抱きしめたい。けれど今は、撫でてくれる大きな手に身を任せ、甘えることにした。

「ハル？」

　安心して気が緩んだせいか、撫でられる心地好さに悠真は眠りへと誘われる。こくり、こくりと首が揺れ、耳が揺れて、意識はもう半分夢の世界を漂っていた。

「ハル、寝ていいよ」

『ん、おやすみ、アルフレッド』

「おやすみ、ハル。いい夢を」

　そっと落とされた優しい声に、悠真は瞼を閉じる。

　あっという間に、眠りに落ちた。


　ふと肌寒さを感じて、悠真は目が覚める。けれどまだ夢うつつで、瞼は重い。ぱたん、ぱたんと、緩慢に瞬きを繰り返して、近い距離にアルフレッドの顔があることに気づいた。

　睫毛が、自然に伏せられている。滅多に見られない寝顔だ。

　覚醒しきらない頭のまま、見惚《みと》れるようにしばらく眺めてから、悠真は視線を窓の方へ流す。明け始めたばかりの空には星の輝きがまだ残っていて、起きるには早いと教えてくれる。傍らにあるぬくもりも心地好く、眠りの続きへと悠真を誘った。

　寝直そうとアルフレッドの胸元にすり寄って、瞼を閉じたところで違和感を覚える。とっさに何とは言えない、漠然としたものだ。

（なんだ……？）

　何かを失念している気もする。寝直すつもりでいるのに、一度気になると思考にぺたりと貼りついて離れない。仕方なく、悠真は背に回された腕をそっと外した。

　ベッドに肘をつき軽く身体を起こして、違和感の正体を探るように部屋の中を眺め見る。次いで落とした視線の先の、アルフレッドの寝顔に息を呑んだ。

「あ！　戻ってる⁉　って、裸⁉」

　だから寒かったのかと得心がいったと同時に、上掛けがするりと肩から滑り落ち、ひんやりとした空気に悠真は肌が粟立《あわだ》つ。ふるりと身体が震え、上掛けに手を伸ばしたところで、ぱち、とアルフレッドと目が合った。

「あ、起こしてごめん」

　うっかり騒いでしまい、悠真は申し訳ない気分になる。忙しい人だ。休めるときには休んでほしい。

　けれどアルフレッドは寝起きの不機嫌さもなく、気分を害すようなこともなく、蕩《とろ》けるような甘い笑みを浮かべた。

「ハル、戻ったんだな」

　伸ばされた腕が悠真の背に回り、優しく引き寄せる。促されるまま素直に腕の中へと身を寄せ、冷えた肌にぬくもりを心地好く感じながら、触れた胸からアルフレッドの鼓動を聴いた。

　夢ではない。今この瞬間が、現実だ。

「ん、戻れたよ」

　そっと、悠真はアルフレッドの背に腕を回し返す。一方的に抱きしめられるのではなく、同じように抱きしめられる幸せが胸に広がった。

「ウサギのハルもかわいいけど、抱きしめるなら今のハルの方がいいな」

「そういう問題？」

　呆れたように睨《にら》んでみても、すぐに悠真の表情は崩れてくる。声に出した言葉が当たり前に伝わることに感動を覚え、些細《ささい》な会話でもアルフレッドと話せることが嬉しかった。

どこかはしゃいだような悠真にアルフレッドも喉の奥で笑い、ヘーゼルの瞳を緩めた。

「どんな姿でも、ハルはハルだから」

てらいなく返ってきた台詞に、胸がきゅっとする。

あーもう、好きだなぁと、悠真はアルフレッドに恋をしていることを再認識した。

ぎゅっと抱きついて、顔を上げるとふわりと唇を重ねる。そのままの距離でアルフレッドの瞳をのぞき込み、悪戯っ子のように微笑んだ。

「今の俺の方がいいだろ？」

「もちろん」

「……心配かけてごめん」

「ほんと、俺の心臓がいくつあっても足りないな。冒険者になったと思えば、ウサギになるし」

反論の余地もない。

けれどアルフレッドの声は軽く、笑い事ではないが、悠真は自然と笑みがこぼれる。元の姿に戻れないかもと不安に思うこともあったけれど、過ぎ去ってみればちょっぴり楽しい想い出かもしれない。ウサギになるなんて、貴重な経験だ。

「これからは、怪しいものには近づかないようにするよ」

「いい心がけだな」

「だろ？」

状況次第では、また何かやらかしそうではあるけれど。

そんな悠真の心の声はしっかりと伝わって、二人でコツンと額を合わせ、ひそやかな吐息で笑い合う。

「まだ起きるには早いし、もうちょっと寝よ」

眩《まぶ》しい朝の光が降り注ぐ時間は、まだ少し先だ。元にも戻れたので、すっきりした気持ちで悠真は二度寝できる気がした。

「それも魅力的だけど」

「うん？」

背中に回されていた腕が、悠真をそっと引き寄せる。

顔を上げると、瞼に口づけが落とされた。

なんだか、唇にされるより妙に照れくさい。軽く息を詰めていると、唇が首筋に下りていき、熱い吐息がかかった。

「んっ」

濡《ぬ》れた舌先が首筋をくすぐり、悠真は身体が震える。え、と戸惑っている間に手のひらが素肌を撫で、指先が胸の突起を掠《かす》めると、優しくつまんだ。

「ンッ、ちょっ、アルフレッド！」

耳元でアルフレッドが吐息で笑い、唇がやんわりと耳朶《じだ》を食《は》む。

ぞくりと、腰骨のあたりが疼《うず》くのがわかった。

「ハルが裸で腕の中にいるんだ、触りたくなるだろ」

「あぁ、まぁ、それは？」

わかる気がしないでもない。納得しかけていると、

「それに」とアルフレッドが言葉を継いだ。

「それに？」

「首のリボンが、俺へのプレゼントみたいだろ」

「あ」

図らずも、プレゼントは俺、状態になっていることに悠真は気づく。

ベタすぎる。よくあるシチュエーションではあるが、悠真はそんなことをする予定などなかった。

けれど機嫌の好いアルフレッドを見ると、ベタはベタなりに効果があることを知った。

「眠い？」

ふるり、と頭を振る。いつの間にか眠気はすっかりと消えてしまった。

すっと、ぬくもりが離れていく。心許《こころもと》ないような感覚を覚えていると、肘をつき身体を起こしたアルフレッドが、悠真に覆いかぶさるような体勢を取った。

見上げると、綺麗な瞳が間近で瞬いた。

「ハル」

温かな手のひらが頬に触れる。悠真が睫毛を伏せると、唇が重なった。

触れ合わせるだけの口づけを何度か交わして、徐々に深くなっていく。互いの舌を絡め、吐息を混ぜて、合間に掠れた声でアルフレッドの名を呼ぶと、触れた唇がハルと動いた。

身動ぐたびに、シーツが優しく肌を撫でる。触れ合わせた肌からは、アルフレッドのぬくもりが直接伝わって心地好い。

そんな穏やかな熱も、アルフレッドの触れる場所から少しずつ温度を上げて、すべてを翻弄するような熱さへと変わっていく。悠真は徐々に堪え切れなくなる声を噛《か》み殺し、胸元をくすぐりながら降りていく髪に、指先を絡めた。

けれど髪の感触を楽しむ余裕はない。身体の内側から込み上げてくるものに、息も意識も乱されていた。

「ん、ぁ、……アル、フレッド……っ」

　切なげに呼ぶ声も、甘く響く。昂《たか》ぶった性器からは、雫《しずく》が溢《あふ》れ出し薄い腹を汚していた。

「ぅ、んっ！」

　脚の付け根を啄《ついば》むように唇が落とされる。念入りに解してくる指先に、悠真の内腿《うちもも》が震えた。とっくに綻んでいるのに、三本に増やされた指が執拗《しつよう》に蠢《うごめ》く。与えられ続ける強すぎる快感に、悠真は首を振った。

「も、ぃいからっ！」

「いきそう？」

「ちが、くない、けど……」

「けど？」

　わざとか、わざとなのかと、悠真はアルフレッドを睨む。

　言いたいことを察したようで、ああ、と頷いた。

「ハルが気持ちよくなってくれたらいいよ」

　ふわりと、目尻のあたりに唇が落とされる。とっさに言葉が出てこなかった悠真は、目の前にある肩に歯を立てた。

「……っ！　ハル？」

「俺ばっかりとか、やだ」

　どんなに気持ちがよくても、一方的に与えられるだけでは胸の中にもやが渦巻く。精を吐き出して身体はすっきりしても、それは晴れない。

　そうか、と微かな声でこぼしたアルフレッドは指を引き抜く。異物感がなくなり力の抜けた悠真の足を腕に抱えると、腰を優しく引き寄せた。

「ハルに甘やかされすぎてる気がするな」

　開かれた足に、無意識に悠真の身体がこわばる。鼓動が跳ねるのを感じながらアルフレッドの動向を窺っていると、昂ぶった性器同士が触れ合った。

「……それ、俺の台詞だろ」

　落胆と、ささやかな安堵が入り交じる。表現できない複雑な心境だ。怯《ひる》んだのを見透かされたようでもあり、悔しい。

「……んんっ」

　互いの昂ぶった熱を片手で握り込み、悠真はぎこちなく擦り合わせる。一歩踏み出せば、互いに気持ちよくなる術《すべ》が他にあるのに、踏ん切りがつかないことがもどかしかった。

「え、あ、ちょ、まっ、た……ッ」

大きな手が悠真の手ごと握り込み、主導権が奪われる。悠真は慌ててその手を掴んだ。

「んぁッ……や、さわるな」

ふるふると、眉をひそめながら首を振る悠真に、アルフレッドは手を止める。それにほっとして、詰めていた息を吐いた。

「気持ちよくない？」

のぞき込んでくる顔を、じとりと睨む。

「いいからだよ！　も、いき、そう。これ以上擦られたら、も、ムリ……」

最後は消え入りそうな声で呟く悠真に、そんなことかとアルフレッドは表情を緩める。

「いいよ、いって。俺はハルに気持ちよくなってほしいんだから」

今度は制止する間もなく、アルフレッドの手のひらは限界まで膨らみ震えているものを握り込み、刺激する。悠真は堪えることもできずに、すぐに吐情した。

「あぁッ……んっ……んんッ」

頭の中が真っ白になる。ああもう、と快感の余韻で震える身体で、アルフレッドに抱きついた。

「だから、ダメ、だっていっ……んっ」

咎《とが》めるような目を向けても、効果は少しもない。むしろ情欲を滲ませた瞳は楽しそうで、アルフレッドは汗で額に張り付いた悠真の前髪をかき上げた。

「言っただろ。ハルに気持ちよくなってほしいって。それに若いんだから、大丈夫だろ？」

悪戯っぽく告げるアルフレッドに、バカっと悠真は小さく呟く。

それからゆっくりと呼吸を整えて、アルフレッドの背を引き寄せる。今度は邪魔するなよと、まだ精を吐き出していない昂ぶりを握り込んで、耳元に囁いた。

大好きな人に気持ち良くなってほしいと思うのは、悠真も同じだ。

*

事務官としての仕事は、トーマスが学生の頃に想像していたよりも忙しい。
椅子に座り書類に向かって——そんな予想は、初日に裏切られている。原因はどう考えても配属先だ。おかげで日々が忙《せわ》しない。

　仕事の優先順位を頭の中で振り分けながら、王宮の廊下を足早に歩き、トーマスは関係各所に顔を出していく。

　報告書に申請書、他にも多岐にわたる書類を提出し、代わりのように渡される書類を受け取り、予定等をいくつか調整した後で第一王子の執務室へ向かった。

　なんでこうなった、と嘆きたくなる時がある。目指したのは平凡で、ある意味替えのきく、歯車の一つでしかない文官だ。

　長男ではないトーマスに、継ぐ爵位はない。運動神経が微妙すぎて騎士団に所属するような実力もなかったが成績は良く、また運も良くて、王宮勤めの文官として登用された。

　ああこれで平穏に暮らせると思っていたのに、まさかの第一王子付き。

　辞令に目を疑い、見なかったことにしたかったがそうはいかない。両親、特に母親にいい笑顔を向けられたけれど、トーマスとしては嬉しくないが本音だ。

　第一王子付の事務官など、新人が就くものではない。羨まれる、やっかまれるで、いいことがない上に騎士団も関わってくるので、膨大な仕事に忙殺される。幼少期の経験からか、その立場故か、アルフレッドは人を拒絶しているようなところがあり、そばに置くのは最低限の人数だ。

　おかげで、絶対これ一文官のやることじゃないだろ⁉　という仕事まで、トーマスに割り振られる。その分給金はとてつもなくいいから、くそうと心の中で悪態をつきながら、馬車馬のように働くしかなかった。

（まあ、それだけではないが）

　説明を添えながら急ぎの書類を渡し、本日の予定をざっとアルフレッドに告げる。出仕してからのルーティンを終えたトーマスは、入室してからずっと気になっていた、ソファへちらりと視線を向けた。

　昨日まではあった、クッションの上で寛ぐ白いウサギの姿がない。

「殿下、今日ウサギ様はご一緒ではないのですか？」

「ああ、部屋で寝ている」

「では、後ほど連れてこられますか？」

「いや、もう連れてはこない」

「――は？」

　理解した途端、トーマスは膝からくず折れる。脳内で。

さすがに勤務中にアルフレッドを前にして、床に手をつき、うなだれてみせるわけにはいかなかった。

「連れてこいよ！　オレにも触らせてくれよぉ」

けれど嘆く声は、唇から勝手にこぼれる。他に人がいないのをいいことに、トーマスは言葉遣いが崩れていた。

――もう連れてはこない。

ショックで、体裁を保つ気力などない。

存在に気づいた時からずっと、ふわふわな真っ白い毛、見上げてくるつぶらな瞳、ちょこんと首を傾げる姿の愛らしさに、トーマスは顔には出さなかったけれどめろめろだった。

「散歩も他に頼むし、オレに頼めばよかっただろう」

「トーマスでは護衛にならない」

「そうだけど……」

散歩に護衛など、大げさだ。

それも第三騎士団から呼んでいるあたりにアルフレッドの本気具合が窺えて、トーマスは引いていた。

「かわいいものが好きなのは、今も変わらないんだな」

似合わないのは、トーマス自身が一番よくわかっている。身体つきはがっしりめ、子どもには距離を取られる強面。文官よりも騎士団にいる方がしっくりくる容姿だ。

そんな見た目を裏切り、トーマスには運動神経も武力もない。外見から誰もが想像しない、甘いものやかわいいものが好きだった。

「わかってるなら、触らせてくれ」

せめてひと撫で、できれば柔らかそうな毛に顔を埋めてもふもふしたい。けれど手を伸ばそうとした瞬間、触るなとアルフレッドに牽制《けんせい》されて、なんとか触れる機会を窺っていたところだった。

「嫌だ」

「なんでだよ。撫でるくらいいいだろ」

「よくない」

即答による即答で、とりつく島もない。

「こき使いまくりのオレに、癒やしをくれてもいいはずだ！」

専任の秘書官など鬱陶しいと、大抵のことを平の事務官であるトーマスに押しつけているのだから、少しくらい妥協してほしい。

最近はあまりないが、アルフレッドは時々ふらりと姿を消す。城内を必死に探しても見つからず、シワ寄せはすべてトーマスのところへきていた。

「もふもふに触りたいんだ！　オレは！」

　仕事も忙しく、触れる機会はそうそうない。

　せっかくの機会だったのにと、トーマスは嘆く。アルフレッドから向けられるのは、冷え冷えとした目だ。

「あのウサギはハルだ」

「――は」

「ルだ」

　ぱたぱたと瞬きして、トーマスは頭の中で言葉を繋《つな》げる。理解した途端、目を見開いた。

「はあ⁉」

「他言無用だ」

　淡々と告げられ、トーマスは即座に頷く。

　むしろ、言えるわけがなかった。

（ああ、だからあんな優しい瞳で見ていたのか）

　すとん、とすべてが腑《ふ》に落ちる。

　アルフレッドに思いがけず婚約者ができてからは、まとう空気が柔らかくなっていた。かなり殺伐としていた学生時代の面影が、嘘のように今はない。

　けれど優しい眼差しが向けられるのは、悠真だけだった。

「けど、なんでそんなことに」

「聖女様が関わってる」

「それ以上は言うな！」

　聞かない方がいいと判断し、トーマスはアルフレッドの言葉を止める。すっかり、上司と部下の体裁が崩れ去っていた。

　アルフレッドも咎めることはない。元々二人の時は、変に畏《かしこ》まらなくていいと言われていた。

「うわぁ、マティアス……」

　アルフレッドが大切にしているウサギを一目見たいとのぞきに来て、部屋から逃がしたと知った時も血の気が引いた。けれど今の話を聞いて、トーマスはさらに恐ろしさが増した。

「ああ、マティアスにはちょっとした頼みを聞いてもらうことにしたよ」

　聞きたいような、聞きたくないような、けれど好奇心に負けてトーマスは尋ねる。予約が取れないと有名な店に並び、予約を取ることをマティアスは命じられていた。

（絶対に手伝わない）

トーマスは心に決める。むしろ、その程度の罰でよかったと思うべきだ。

命じた予約もきっと、悠真のためなのだろうとわかる。アルフレッドにも人間味が出てきたなと、トーマスはひそかに安堵し、婚約者のおかげで幸せそうだと泣きたい気持ちにもなった。

尊い血の王族で、思うところはあれど仕えている人ではある。何よりも、アルフレッドはトーマスの大切な乳兄弟だった。

4　きらきら輝く宝物

元の姿に戻れたことを喜び、ちょっとした事情で怠惰な生活を送った翌日、さっそく冒険者ギルドへ連行される悠真《はるま》です。なんて、脳内でナレーションを入れてみる。なんでそんなにアクティブなんだと、喉まで出かかった言葉を悠真はため息で散らした。

（ヒマだから、って返ってきそうだ）

澪《みお》との付き合いが長いので、なんとなくわかる。悠真自身も、同じようなものだ。

不可抗力もあったが、王宮でおとなしくしているのには飽きた。連れ出してもらえたのはありがたい。攫《さら》われるように、でなければもっといいのだが。

ギルド内に忙《せわ》しない空気はすでになく、壁のボードにまばらに残る依頼書を悠真は眺める。めぼしいものがなければ、先日と同じ迷宮に遊びに行こうと澪は言っていた。

悠真に異論はない。うっかりウサギになった場所ではあるが、あの魔法陣を避ければいいだけだ。

喉元過ぎれば、なんてことわざがあるように、迷宮に対しての興味が警戒心に勝る。危険が伴う場所に赴くというより、アトラクションに挑む感覚でいるのは間違っているとわかっているが、意識は簡単に変えられなかった。

「うーん、受けられる範囲で、面白そうな依頼ないね」

『つまらぬものばかりだな』

同行者がこれだ。悠真の気持ちも緩くなるのはもう、どうしようもない。

「そうだな」

朝の争奪戦を経て残っているものなので、条件等が微妙だ。上のランクの方には気になるものはあるが、悠真と澪のランクでは正式に受けることはできない。

「じゃあ――」

「そこのお二人さん、俺も、パーティに入れてくれない？」

背後から、軽い声をかけられる。振り向いて、悠真は目を見張った。

「役に立つよ」

楽しげな、宝石のようなグリーンの瞳に、え、と吐息のような声が悠真の唇からこぼれる。ぱたぱたと、何度瞬《まばた》きしてもアッシュブロンドの美丈夫は消えない。普段とかなり印象が違うので、理解が遅れた。

「うわぁ、まさかの」

『まさかだな』

　澪の声、グリューンの突っ込みで、悠真は我に返る。ふ、と表情を緩めたので、間違いなく本人だ。

「ねぇ、そんな簡単に、抜け出していいの？」

「その言葉、そっくり返すよ」

　口角を上げるだけの笑みも、やっぱり印象が違う。初めて見る姿ではないが、久しく目にしていなかったせいか、悠真は違和感があった。

「私は自由な冒険者だし」

「俺もだよ」

　しれっと返ってくる。それを受け、ふうん、と澪は頷《うなず》き、笑った。

「じゃあ、ミオって呼んで」

「では、俺のことはフレッドで」

　アルフレッドの同行が、決定した。

「仕事、忙しいんじゃないの？」

　正直に言えば安心感が増す上に、一緒に遊べて悠真は嬉《うれ》しい。けれど第一王子としての執務に、騎士団に関する仕事もある。ウサギの姿でいた数日、そばで見ていたアルフレッドの仕事量、忙しなさはすごかった。

「実は抜け出すために、急いで仕事を終わらせたんだ」

「ほんとに？」

「ああ」

「そう言って、戻ってから遅くまで仕事してんじゃないだろうな。俺が寝た後こっそり抜け出して」

「しないよ。それに俺がいなくても、優秀な事務官がいるから平気だ」

　アルフレッドの執務室でいつも見かける、文官の顔が浮かぶ。

　初めは第三騎士団の騎士だと、悠真は思っていた。

「そっか」

「ああ」

「ねえ、エドくんは来ないでしょうね」

「さすがにな」

「ならまあ、いっか」

　それには悠真も同意する。王太子を引き連れたパーティは、遠慮したい。

「夏期休暇を満喫したかっただけなのに、ほんと過保護よね」

「ミオが護衛を撒《ま》いて外出するから、俺が代役。護衛兼お目付役」

「なんで自ら来るかな。他の人に指示したらいいのに」

「俺以外だとすぐに撒くだろ。それに、冒険者登録している者はそういない」

「本音は？」

「ハルに何かあったら、俺は魔王に転職しそうだから、この国の平穏のためには過保護になるのも仕方ないんだ」

「はい？」

　何言ってんだ、と困惑する悠真の横で、いっそ清々《すがすが》しいなぁと澪が感心する。

「なんか目指すトコかぶりそうな予感。まあ、その時は私もジョブチェンジかなぁ。フレッドと敵対していいことないし」

「二人して、なんつー不穏な話してんだよ」

　堪《こら》えきれず、悠真は突っ込んでしまう。自らの名前が出ているし、聞き流せない内容だった。

「ハルは、健やかでいてねって話でしょ？」

　絶対に違う気がするが、これ以上どう突っ込んでいいかもわからない。

　この二人がタッグを組んだら、最悪、滅亡待ったなしの未来になるのはわかった。

「てか、魔王って存在してんの？」

「さあ、どうだろう。この国では存在していると聞いたことはないな」

　いないなら、いないにこしたことはない。平穏が一番だ。

　魔王候補が、二人もいるが。

「どうかした？」

　澄んだエメラルドグリーンの瞳が、悠真を映す。青みがかったアッシュブロンドは美しかった。

「どんな姿でもかっこいいよな」

「ありがと。俺も、どんな姿でもハルが好きだよ」

　覚えのある台詞《せりふ》だ。妙に気恥ずかしい。

　じんわりと体温が上がって、返す言葉を悠真は見つけられなかった。

「わぁ、ハルが照れてる。めっずらしい」

　にこにこする澪を、悠真はじろりと睨《にら》む。効果は見事なくらいにない。

　これ以上余計なことを言われないためにも、話題は変えることにした。

「フレッド、冒険者登録してたんだな」

「ああ、学生の頃に」

『ふてぶてしさはあの頃と変わらない』

　頭上にアルフレッドの手が伸びてくる。音のようなグリューンの声が響き、静かになった。

「俺、フレッドのギルドカード見たい」

「あ、私も」

「どうぞ」

　差し出されたカードは、悠真の物とは色が違う。当然だ。ランクが全然違った。

「Ａランク？」

「いつの間にかな。上げるつもりはなかったが」

「Ｓには上げないの？」

「上げないよ。Ｓランクになると、面倒なんだ。有事の際の強制招集とか。俺は、冒険者として参加するわけにいかないから」

　ああ、と悠真は納得する。澪も、横で頷いていた。

「てかさ、いいんだ？」

「え？」

「その、冒険者に登録できるんだって」

　王族が、という言葉は言外に含める。迂闊《うかつ》に、口にすべきことではなかった。

「ああ、読んでないもんね、規約」

「澪が知ってれば、問題ないだろ」

「まあね。じゃ、澪さんが説明してあげよう」

「よろしく」

「冒険者ギルドには身分関係なく誰でも登録できるけど、登録後は一冒険者としてしかギルドは扱わない。身分を掲げ、ギルド職員及び冒険者を従わせることも、従わないからと処罰することもできない。なんらかの不都合があっても、すべてが自己責任。ギルドは責任を負わないよーって書いてあったんだよ」

「へぇ」

「だから、貴族で冒険者になる者はほとんどいないの」

「ん？　なんで」

「特権階級の中で生きてきて、その他大勢と一緒、なんて言われて我慢できるわけないじゃない」

「ああ……」

「まあ、きれいに身分隠してる人もいるだろうけど」

　澪は意味深に、アルフレッドを見る。それに悠真もつられた。

「あ、フレッドが、冒険者ってこと？」

「そういうこと」

「あ！　そっか、フレッドとパーティ登録すれば、ランク規制のある迷宮にも堂々と入れるんだ」

　澪がはしゃいだ声を上げる。当然だ。こっそりよりも堂々と入りたい。

　ランク外だとあきらめた依頼を、受けることもできた。

「あまり難易度高めのところは、行ってほしくはないけどな」

「えー行きたい」

「俺だけだと、心許《こころもと》ないので」

「どの口が言ってんの」

「不測の事態がないとは限らないから、本当に難易度の高い迷宮へ挑むなら応援呼ぶけど」

「誰呼ぶの」

「俺がパーティ組んでた二人かな」

「ちなみに？」

「ユーリとマティアスだな」

「うっわぁ」

　引く澪の気持ちがわかる。現魔術師団長と、第二騎士団の副団長だ。

『我がいるのも忘れるな！』

「……どんだけ、危険なとこ行くんだよ」

　そんなところには、悠真としては行きたくはない。確実に足手まといだ。

　さすがに死ぬような目に遭う迷宮に挑む無謀さはない。

「仕事の邪魔したらだめだと思う」

「マティアスはともかく、ユーリは自由が利く」

「過剰戦力、だめ、絶対。楽しく遊べないもん」

　どきどきハラハラも、冒険者を満喫するに入る。そんな澪の主張だった。

「なら、どこに？」

「この前のウサギ事件の迷宮、面白そうな依頼見つけたんだ」

「ああ、そこなら俺だけでもいいな。グリューンもいるし」

　話はまとまったので、とりあえず受付に行き、パーティ登録をすることにした。


ランク差があるせいか、パーティ登録の申請に受付のギルド職員の表情が固まる。却下できないことを知っている澪は、次いで依頼書も差し出した。

今度は目を見張る。本当にこの依頼を受けるのかと確認されて澪が頷くと、なぜか感謝された。

「依頼主に催促されていたんですが、受け手がいなくて困っていたんです」

「へぇ？」

「あ、達成できなくてもペナルティはないのでご安心ください。受けてもらえるだけでも、ギルドとしてはありがたいんです。達成できなかったのと、受け手がいないのでは、依頼主の心証が違うので」

やっぱり——と言い出されては困るとばかりに、手早くパーティ登録と依頼を受理する。達成感のある笑顔に見送られ、悠真たちはギルドを後にした。

「依頼、そんなめんどくせぇの？」

「どーだろ。ま、なんとかなるでしょ。フレッドもいるし」

そうだな、と悠真は澪に同意を返す。

「信頼してもらえるのは嬉しいけど、俺にもできないことはあるからな」

「えぇ、すんごい万能感あるけど」

「その言葉、そっくりそのままミオに返すよ」

案外、似たもの同士？　と、悠真は二人を眺める。

気安いやりとりに、澪がアルフレッドに対して気を許しているのがわかりほっとした。

間に悠真がいるからかもしれないが、何かあったとき——悪巧みも含め、話を持ちかけられる相手がいるのはいいことだ。

本来澪の後見人であるエドワードがその立場なのだろうが、真面目すぎる。王太子という立場では仕方がないけれど、澪、ではなく、聖女、として常に接していた。

学園の生徒たちも同じだ。この世界ではどうしても、聖女という肩書きが澪にはついて回る。それは決して軽いものではない。

身分制度、価値観が澪との間に線を引き、元の世界のような気軽な友人関係を築くのは難しかった。

「ん？　今日は馬車で行かないのか？」

「うん、乗り心地悪いんだもん」

「あー」

　ガタガタ揺れ、座っているというより揺られているという表現がぴったりの状態だった。振動もかなり大きい。尻が痛くなるので、悠真としても遠慮したい気持ちがあった。

「冒険者が移動に使う乗合馬車は、いかに多くの人を一度に運ぶかを目的にしているから、快適性なんて考えられてないんだ」

　快適な乗り物に慣れている現代っ子としては、驚くばかりだ。

　満員電車とはまた違ったつらさがある。どちらがマシかなんて、選べない。

「ならどうすんだ？」

「もちろん、便利な魔法！」

「いーのか？　冒険者を楽しむんじゃないのかよ」

「臨機応変って言葉があるでしょ。一回乗ったからもういいや」

「わっがままだな」

「チカはまた乗合馬車がいい？」

「魔法使用一択で」

「決まりね」

　アルフレッドからも、待ったはかからない。

　徒歩で門をくぐり街の外へ出ると、出た、という感覚がある。景色が、がらりと変わるからかもしれない。

　遠くに見える遮蔽物の少ない草原、青く高い空、吹く風は自然を感じる香りを運んでくる。狭い世界で暮らしていたせいか、悠真は初めて目にした時に感動を覚えた。

「ん？　そういえばこの前、迷宮から城の近くまで転移したよな、澪」

　王都全体にも結界が張られていて、転移魔法では越えられない。許可もされていない。はずだよな？　と疑問が浮かんで、悠真はそのまま澪にぶつけた。

「結界には私の魔力が混ざってるんだから、通り抜けくらい簡単」

　軽やかな声が種明かしする。間違いなくやってはいけないことなのに、澪には悪びれる様子はなかった。

「ああ、そう」

「あ、フレッド、私が転移魔法使えるの内緒にしてね」

「いいけど、バレるのも時間の問題だ。こんな風に、忽然《こつぜん》と城から消えているから」

「なんとなくわかっているのと、明言するのじゃ違うんだよ」

　そんなものか？　と悠真が思っている間に、ぱっと視界が変わり迷宮に到着する。本当に、転移という魔法は便利だ。時間のロスも少ない。他の冒険者よりも遅くギルドに行っても、目的地にたどり着く時刻はほとんど変わらなかった。

「この前よりも、三階層下だって」

「なんで誰も受けないんだろうな。依頼があるってことは、その階層まで行った人がいるってことだろ」

「まだ踏破されていない迷宮だから、難易度が少し高めに設定されてるせいだろうな。高ランクの冒険者は、こういった依頼はあまり受けないんだ」

「フレッドよく知ってるな。まあ、迷宮にある泡が欲しいなんて依頼は、高ランクの冒険者にする依頼としてはどうかと思うよな」

「ね、面白そうだから受けてみたけど、泡なんて何するんだろ。フレッドわかる？」

「さあ、金のある貴族は妙なものを欲しがるから、用途に想像がつかないな」

　緊張感もなく、呑気《のんき》に三人で会話しているが、順調に迷宮を進んでいく。前回の続きからなので、目的の階層にたどり着くのはいとも簡単だった。

「うわぁ」

　相変わらず、迷宮は不思議な場所だ。外には出ていないのに、空があった。

　緩やかな風も吹いている。見渡す限りに美しい青の水面が広がっていて、上に乗れそうな大きな葉が浮かんでいた。

　所々に咲いている花も大きい。花びらが何層にも重なった中心から虹色の球体ができ上がり、ふわふわと浮いていく。

「泡っていうか、でかいしゃぼん玉？」

　他に、それらしきものはない。

　花が作ったしゃぼん玉が、あちこちに浮いているだけだ。

「しゃぼん玉だね」

「しゃぼん玉って、その泡のことか？」

「あれ？　フレッドはしゃぼん玉知らない？」

「知らないな。どういうものなんだ」

「ものっていうか、つくって遊ぶもの？」

「これを？」

さあっと吹いた風が大きなしゃぼん玉を散らし、空へと飛ばす。それを目で追っていると、ぱちん、と虹色の玉が割れて、星がきらきらっと散った。

「すげぇ……あ、こんな星がきらきらっと散らない、割れて終わりのやつな。遊んだのは子どもの頃だけど」

「そうそう、小さいのいっぱいつくって、おっかけまわしてる写真あったね」

「どっちが大きくするかとか、どこまで高く飛ばせるかも競ったな」

「そんなに簡単に作れるのか？」

うん、と澪が頷き、言葉を継ぐ。

「筒の先とか、丸い輪につけたしゃぼん玉液の膜に、ふうって息を吹くと、膨らんであんな風に丸い玉になるの。どこにでもありそうだけど、こっちではやらないのかな？」

「簡単なんだな。俺は子どもらしい遊びなんてしたことがないから、知らないだけかもしれない」

「え、じゃあ俺とする？　こんな大きいの、作れたら楽しそうだ」

ふわふわ浮くしゃぼん玉が近づいてきたので、悠真は手を伸ばす。表面に触れた瞬間、薄い膜が周囲を覆った。

浮遊感と共に、身体が浮く。しゃぼん玉の中に、閉じ込められていた。

「チカ！」

「ええ!?」

ゆらゆら揺れるのに慌て、中から割ろうとしてもしゃぼん玉は割れない。焦っていると、グリューンが尻尾をたたきつける。ぱちんと割れて、煌《きら》めく星と共に悠真は地面に落ちた。

「びっくりした。グリューンありがと。これ、中に入って浮けるんだ」

「普通は入れないのか？」

「入れないよ。触れば割れるし」

『ほう』

興味深そうに、グリューンがしゃぼん玉に近づいていき中に入る。足を踏みしめ、ジャンプして上にぶつかり跳ね返ると、今度は炎を出した。

ふっと、しゃぼん玉の膜が消える。星も一瞬で消えたので、蒸発したようだ。

『簡単には割れないみたいだな』

「さすが迷宮産ってことか」

「これなら欲しがる気持ちわかるかも」

「てか、これどうやって持ち帰るんだ？」

「簡単だ」

　アルフレッドが魔法で風を起こししゃぼん玉を引き寄せると、ふっと手元で消える。一瞬驚いたが、すぐに空間収納だと悠真は気づく。

「あ、そっか。面白そうだから私もいくつか持って帰ろうっと」

「俺も欲しいかも」

　使い道など思いつかないが、珍しいのでなんとなく欲しくなる。バッグには入れられないので、アルフレッドが代わりに持って帰り、後でもらうことにした。

「なあ、この池？　の水がしゃぼん玉液だったりすんのか？」

「どうだろう？」

　じいっと、悠真はのぞき込んでみる。そう深くはない。とりあえず試してみようと、右手人差し指と親指で輪をつくり、池の水につける。そろりと引き上げると、虹色の膜ができていた。

　ふうっと息を吹きかけると、ふんわりと丸くなる。そのまま指を閉じると、小さなしゃぼん玉ができた。

「できた」

「できたね」

「この水持って帰ったら、しゃぼん玉作れるな」

　後は道具さえ用意すれば、アルフレッドと一緒に遊べる。せっかくなので、エドワードを誘うのもいいかもしれない。

　あの王子様らしい王子様なエドワードが、しゃぼん玉で遊ぶ姿を想像してみる。似合わない。けれど、なんとも言えない微笑《ほほえ》ましさがあった。

「そうだね、せっかくだから持って帰ろう」

「入れ物は？」

「あー……このまま収納できるのかな？」

「花瓶がある」

　さっと空間収納から取り出されたそれは、見るからに高級そうだ。

　間違いなく、しゃぼん玉液を入れるものではない。けれどアルフレッドは躊躇《ちゅうちょ》なく水面に沈め、花瓶を水で満たした。

「なんか、この葉っぱも乗れそうだよね」

「あ」

　止める間もなく、水に浮かんだ葉の上に澪は足を踏み出す。さすがに水面に波紋が広がったけれど、葉は難なく一人分の体重を受け止めた。

「乗れるよ」

「沈んだらどうすんだよ」

「その前に転移するから大丈夫だよ」

「そっか。お、すげぇ、ほんとに乗れる」

「チカ、しゃぼん玉に気をつけてね」

「いやよけるのムリだろ。触れば中に入るし」

　せっかく水面に浮かぶ葉の上を歩くなんて愉快なシチュエーションなのに、ままならない。先ほどまでわくわくしていたのが嘘《うそ》のように、しゃぼん玉が一気に邪魔なものになった。

「吹き飛ばそうか？」

　言うが早いか、アルフレッドが風を湖面に走らせ、下から吹き上げる風で空にしゃぼん玉を飛ばす。所々で星が散っているが、視界は開けた。

「ねぇ、あの中央のとこ、宝箱ない？」

「……ある」


　すべての手続きを終えて冒険者ギルドを出ると、暮れかけの空が広がっている。鮮やかなオレンジに、夜を思わせる藍色、その間は紫に染まりコントラストが美しかった。

　薄い闇に覆われ始めた街並みには、明かりが灯《とも》り始めている。窓からこぼれる暖かみのある光源が、街全体を幻想的に見せていた。

　なんとなく、悠真はテンションが上がる。旅行に来た先で、知らない街に夜遊びに出た時のような感覚だ。

（まあでも、迷宮で遊びすぎたな）

　この時刻は、予定外かもしれない。巨大なしゃぼん玉で遊ぶのにはまり、つい時間を忘れた。

　——ちょっと、色々実験してみたい。

　そんな澪の発言に端を発する。受けた依頼は達成済み、この階層唯一の宝箱を開けてしまえば、後は次の階層に進むくらいしかない。

　けれど澪は、グリューンがしゃぼん玉の中に入り色々試していたのを見て、同じように試して遊ぶ方を選んだ。

　嬉々《きき》として実験する澪を見ながら、手持ち無沙汰な悠真は大きな葉の上にアルフレッドと座り、菓子を食べてお茶を飲む。今はしゃぼん玉を凍らせていた。

　内部に氷の結晶が生まれ、ふわふわと漂い始める。丸いしゃぼん玉の中を氷の結晶がふわりふわりと漂う光景は、まるで大きなスノードームを眺めているようだった。

　すげぇな、と感心し、悠真はグリューンに菓子をあげる。寛《くつろ》いでいると、なぜか手招きされた。

　嫌な予感はするが逆らえない。結果、悠真はしゃぼん玉の中にアルフレッドと押し込まれた。

　割れず、落ちず、ふわりと浮いていく。けれど足下に安定感はなく、うまくバランスが取れずに立っていられなかった。

　早々に、悠真はアルフレッドを巻き込み倒れ込む。

「二人でも浮くんだ。どこまで浮くか確かめてね」

「まじかよ」

「まじまじ！　フレッドがいるから大丈夫だよ」

　緩やかに揺れながら、次第に高くなる視界から悠真は下を眺める。足下がガラス張りの観覧車はこんな感じなのかもしれないが、いつ割れるかわからない薄い膜一枚よりも間違いなく安全だ。

　さすがに怖い。身体をこわばらせ悠真が固まっていると、アルフレッドの手が腰に回り引き寄せられた。

「俺がいるから平気だ」

「え、あ、うん」

　長い足の間に座り、後ろから抱きしめられるように腕を腹に回され、小さな密室の中で密着していると妙に照れる。だいたい、しゃぼん玉は透明なので澪からも丸見えだ。向けられる目が生ぬるい気がして気恥ずかしい。

　なんて考えていると、唐突に目の前で星が散った。

「う、わ」

　落ちる感覚に、悠真は息を詰める。けれど落下速度はすぐに緩やかになり、危なげなくふわりと地面に降り立つ。驚いたせいか、どどど、と鼓動が逸《はや》っている。ジェットコースターよりも間違いなく怖い。いつ落ちるのか、わからないからだ。

「大丈夫か？」

「うん」

　けれど楽しかったのも確かで、三回ほどアルフレッドに付き合ってもらう。

　澪はといえばアルフレッドにコツを聞き、しゃぼん玉で高いところまで浮くと自ら割って、風の流れをつくり盛大に滑り落ちる遊びを楽しんでいた。

「チカもする？」

「遠慮する」

目に見えない滑り台など不安すぎる。悪戯《いたずら》心を出した澪に、何をされるかわかったものではない。必要以上の恐怖は、味わいたくなかった。

「残念」

肩をすくめた澪は、またしゃぼん玉に飛び込んでいる。それを見ていると悠真もまた遊びたくなり、アルフレッドを誘った。

そしてあっという間に、こんな時刻だった。

「迷宮で遊ぶついでに、報酬いっぱいもらえたね」

「そうだな。あのナマズもどきも買い取ってもらえたし」

見つけた宝箱に近づくと、ボスなのか、宝箱を護《まも》っていたのか、大きなナマズのような魔物が襲いかかってきて、さくっとアルフレッドに斬られていた。かなりのあっけなさだ。

それなのに、ヒゲの部分は薬になる素材、身の方は高級食材で、買い取り価格が高額になる魔物だというから驚く。依頼達成報酬と合わせて、かなりの額になった。

ただ、依頼品のしゃぼん玉を渡すのには苦労した。依頼を受けたギルドも、扱い方を知らなかったらしい。どうするか話し合っている横でぱちんと割れて星が散った時の、職員たちの驚愕《きょうがく》と、じわじわと絶望に染まっていく顔はすごかった。

闇落ちする瞬間を目にした気分だ。さっと澪がもう一つ出した時には、ほぼ泣いていた。

「報酬は、二人で分けてくれていい」

「えぇ、じゃあ、この報酬で酒場に行きたいな！」

「澪、酒飲みたいのか？」

「違うよ、楽しそうだから。酒場でご飯してみたかったんだ。今日は保護者がいるからいいよね？　みんなでご飯しようよ」

とん、と澪の肩が悠真にぶつかる。目が、アルフレッドにねだれ、味方しろと言っていた。

「そうだな。俺も行ってみたい」

純粋に、興味がある。城以外で食事する機会は少ない。繊細な味付けは文句なしに美味《おい》しいが、ジャンクなものを食べたい時もあった。

いくつか、懐かしいメニューが頭に浮かぶ。ふっと、こちらの世界へ喚《よ》ばれる時に、コンビニで買った物があったと悠真は思い出した。

「わかったよ」

降参、というようにアルフレッドが了承する。指先が魔法陣を描き、美しく凛々《りり》しい純白の鷹《たか》を喚び出した。

「ヴァイス。城に知らせてくれ」

頷いて、ヴァイスはすぐさま空に飛び立っていく。薄暗い中でも危なげなく飛ぶその姿を見送り、アルフレッドが知る食事の美味しい酒場に移動する。年単位で来ていないから、味が変わってたらごめんとも言われた。

「いらっしゃい！」

陽気な声が出迎えてくれる。席はちらほらと埋まっていて、空いている席の中から、中央よりも目立たない壁際、けれど入り口は見える端の方の席をアルフレッドが選んだ。

楽しげな空気、ざわめきが店内を満たしている。冒険者とわかる者、仕事帰りとわかる者、色々な顔ぶれが席に着いて食事と酒を味わっていた。

メニューはどこの席からも見えるように、壁に掲げられている。日替わりで用意される品は、店員に聞くシステムだった。

何を頼んでいいのかわからないので、飲み物だけを選び、後はアルフレッドに悠真は丸投げする。それに澪も追従した。

「なら、適当に頼むよ」

注文を聞いた店員が厨房《ちゅうぼう》に戻ったところで、話題は迷宮で見つけた宝箱の中身に移る。出てきたのは価値がありそうな貴金属や武器類ではない。

なんでこんなものが？　と首を傾《かし》げずにはいられない、ミントグリーンとホワイトの色味が爽やかな、丸いキャンディの入った瓶だった。

リボンまで結ばれているから、余計に用途がわからない。

飴《あめ》だし、とその場で食べてみようとした澪だが、当然アルフレッドに止められる。心底同行してよかったと呟《つぶや》かれ、没収された。

「すっごい気になるんだけど。絶対に普通のアメじゃないでしょ」

「味的には、ミントとミルクだよなぁ」

「いや、重要なのはそこじゃないでしょ」

即座に、澪に突っ込まれる。

「フレッド、わかんないの？」

「特殊な魔力を帯びているものは、鑑定魔法じゃ詳しくはわからないんだよ」

「何がわかってるの？」

先日悠真がウサギになったこともあり、キャンディにはどんな効果があるのかと澪は興味津々だ。

どうか妙な効果のあるキャンディではありませんようにと、悠真はひっそりと願った。

「食べるものであり、それで効果を発揮することくらいだ」

納得したところで、料理が運ばれてくる。意識は当然そちらに移った。

テーブルに並べられていくどの皿も、肉や野菜が山盛りだ。いかにも大衆料理という感じが好ましい。湯気が上がり、香ばしい香りが食欲を煽《あお》る。できたてのものは、それだけで美味しそうだ。

「あ、適当に取って食べる感じだけど、よかったか？」

うっかりしていた、とアルフレッドが澪に訊《き》く。冒険者として接していたので、先に尋ねるのを失念したようだ。

「もちろん！　すっごい美味しそう」

さっそく、澪は手を伸す。豪快に、肉にかじりついていた。

悠真も手を伸し、かじりつく。

「あ、すげぇうまい」

「うん、美味しいね」

「それならよかった」

明日以降の予定を話し合いながら、テーブルマナーなど必要ない食事を堪能する。思いがけず、楽しい時間を過ごした。

「いつもより食べすぎた」

「俺も」

「じゃ、そろそろ帰ろうか」

「おい、フレッドじゃねぇか」

会計を済ませ店を出たところで呼び止められる。振り向くと、いかにも冒険者とわかる男だった。

「なんか、すげぇ久しぶりだな。他の国に行ってたのか？」

「まあ、そんなとこだな」

「ユウとマティは一緒じゃねぇんだな」

「ああ。しばらくはこの二人と一緒にいるつもりだ」

「そうか、久しぶりに一緒に酒でもって思ったんだけど、連れがいるならまた今度だな。帰るとこ呼び止めて悪かった。ああそうだ、シリルのやつ、まだあきらめてねぇみたいだから気をつけろよ」

付け加えられた台詞に、アルフレッドがひどい渋面になる。珍しい表情に、悠真は瞳を瞬いた。


迷宮の戦利品であるキャンディは、アルフレッドからユーリの手に渡り、詳しい検査待ちになっている。ほぼ同時に頼んだ、しゃぼん玉で遊ぶための道具は急ぐ必要などなく、時間のある時に！　を強調しておいたので、のんびり制作待ちだ。遊び道具を得るために、本来の仕事を邪魔してはいけない。

キャンディに関しては、食べてみたらいいのに、が澪の主張だった。

それも自分で食べると言うから周りの方が慌てる。当然、必死で止める。どういう効果があるのかわからないのに、怖い物知らずだ。珍しく連れていた護衛が、青い顔をしていた。

「だって、自分でどうにかできるかもだし、アルフレッドさんもユーリさんもいるじゃない」

そうだな、と横で聞いている悠真は納得しかけるが、聖女という立場がそれを許さないわけで、当然却下される。魔術師塔には実験、研究を生きがいにしている者がいて、尚且《なおか》つ自らの身体《からだ》を使った実験は高額な手当も発生するので、仕事を取ったらかわいそうだと説得されれば澪もあきらめざるを得なかった。

ということで、戦利品で遊ぶのはお預けで、本日も悠真たちは冒険者稼業だ。

当然の顔で、アルフレッドも同行している。けれど自らは依頼を選ぶことはせず、悠真と澪に付き添い、候補に挙げる依頼の注意点を説明してくれた。

「フレッドがいる安心感すごいね」

選びやすくなったと、澪は機嫌が好い。

「ほんと、フレッド詳しいな」

「まあ、以前散々迷宮にもぐってたからな」

「ユー、ウ、とマティと三人で？」

「ああ、あいつらは付き合いがいいんだ」

『我も付き合わされたぞ。ドラゴン使いが荒いのだ』

グリューンからも、声が上がる。

「なんかいいな。あ、そう考えると今の俺らもそんな感じなのか？」

友人同士で助け合い、楽しみながら迷宮を攻略する。豪華パーティメンバーで迷宮に挑む絵面が浮かんで、そんな青春もいいなと納得しかけると、グリューンが考えを読んだように否定した。

『もっとあぶな――』

笑顔のアルフレッドが、グリューンの口をわし掴《づか》みにする。

容赦のなさに、悠真はぎょっとした。

「余計なことは言わなくていい」

「俺、フレッドの冒険者時代の話聞きたい」

「そのうち、な」

むうっと、悠真は軽く膨れる。酒場での帰りに耳にした、シリルについてもはぐらかされてしまった。

嫌そうな顔をアルフレッドがしていたので、どうしても気になる。以前二人の間に何かしらがあって、今は冒険者として活動していないアルフレッドは距離をおけていたのに、悠真たちに付き合うせいで顔を合わせ、不利益を被《こうむ》るなら申し訳なかった。

「本当に、面白い話じゃないんだ。まあ、少しやんちゃしてたってだけで」

「やんちゃ……」

「ねえねえ、これにしない？」

我関せずと依頼書を眺めていた澪が、めぼしいものを見つける。促され見ると、レイスが出現する迷宮で、そのレイスが身につけている装飾品を手に入れるものだった。難易度はそう高くない。

「リアルお化け屋敷でしょ、これ」

「なんつーもん選ぶんだよ」

「チカはホラー系苦手だったっけ？」

「いや、フツー？」

「なら、これでいい？」

「まあ」

「フレッドは？」

「いいよ。レイスならミオがいれば危険ないからな」

「じゃ、依頼受けに行こ」

カウンターを見ると、のんびりしすぎて昼の休憩時間に入ったせいか、ギルド職員が少ない。受付には、男が一人いるだけだった。その顔を見て、アルフレッドが眉間にシワを刻む。気づいた澪が、どうしたのかと尋ねた。

「いや、よくない噂《うわさ》のある男だから」

「そうなの？」

「まあ、依頼受けるだけなら問題ないだろうけど」

「ふうん」

まだ昼休憩は始まったばかりの時間で、いつ他の職員が戻るかはわからない。仕方なく、依頼書を持って澪はカウンターへ向かった。

「あの、この依頼受けたいんですけど」

「いいところに！　待ってたんですよ」

さっと表情を明るくし、ギルド職員はアルフレッドへ媚《こび》を売る。話しかけた澪のことは、完全に無視していた。

失礼すぎる態度に、アルフレッドが表情を消す。ギルド職員は気にせずに、言葉を継いだ。

「フレッドさんに受けていただきたい依頼があるのですよ」

「断る」

「……え」

「断ると言ったんだ」

「まだ依頼内容も言ってませんけど」

「内容は関係ない。俺は今、個人で依頼を受けるつもりはない。二人に付き合うために、こうして冒険者として来ているだけだ」

「そこをなんとか」

引き下がらないギルド職員を、アルフレッドが冷たく一瞥《いちべつ》する。

「俺にってことは、初心者が受ける内容じゃないんだろう？　二人を置いていけと言いたいのか？」

「それは……」

「便宜上、俺のパーティに二人を入れたが、ユウとマティは合流しない。なんならそっちのパーティ登録を解除して、改めてこの二人のパーティに俺を入れてくれていい」

パーティランクが一気に下がる。パーティとして受けられる依頼も高ランクは除かれるが、依頼を受け、報酬を得ることを目的としていないので、困ることはなかった。

「断っていいのか？」

こっそり、悠真はアルフレッドに訊く。

「ああ、どうせ見栄っ張りな貴族が、自慢するための品を手に入れようとしてるんだろ」

ギルド職員の顔が、肯定している。それってアリなのかと澪を窺《うかが》い見ると、肩をすくめた。不正だ、と悠真も理解した。

「そんなくだらないもののために、俺が時間を使う義理はない」

「あの、報酬もかなり高額で」

「どうでもいい」

おまえらからも言え、とギルド職員の圧を感じるが無視する。執務の時間を削って悠真たちに同行しているアルフレッドに、わざわざ冒険者としての依頼まで別途受けるよう促す必要性を感じなかった。

澪が選んだ依頼は、相変わらず面白そうを基準に選んでいる。確かにアルフレッドの無駄遣いだと思わないでもないが、本人にその気がないのだから知ったことではない。

普段から義務に縛られている人なので、フレッドでいる時は個人の気持ち一つで決めればいい。

「他の人に頼んだら？」

素直に引きそうにないギルド職員に、澪が冷めた声で提案する。せっかく楽しい気分で迷宮へ向かうところだったのに、完全に水を差されていた。

「どうせフレッドなら受けてくれるとか、そんな考えで頼んでるんでしょ？」

「そんなことはない」

「なら、本人が嫌だって言うんだから、他の人に話を持っていくか、依頼ボードに貼ればいい話でしょ？　私たちは、この依頼受けるつもりなんだから」

「そんなくだらない依頼よりも、こっちの方が重要だ」

何を基準にしての重要かがわからない。どちらも、迷宮にある品が欲しいという依頼だ。難易度が若干違うだけで。

依頼主の身分を見て重要度を勝手に決めているのなら、ギルド職員としては失格だ。悪い噂の意味を、悠真は理解した。

「さあ？　知らない。貼ってある依頼を適正ランクで選んでるだけだもん」

「だから、高ランクがそんなくだらない依頼受けるのは無駄だって言ってんだ！」

声を荒らげたせいで、周囲の注目を浴びる。紛れもなく、依頼に優劣をつける発言だった。

「おまえに、依頼を強制される謂《いわ》れはない」

無情な態度で、アルフレッドが突き放す。それに澪が頷いた。

「そうそう、依頼を受けるよう強制できるのはSランクでしょ。それも有事の際って注釈がある。それ？　有事なの？」

ぐぬぬ、と悔しそうに男は顔を歪《ゆが》める。けれどすぐに、嫌らしい笑みを浮かべた。

「これ以外の依頼は受理しないからな」

職権乱用甚だしい。そんなことをしていいのかと、悠真は驚いた。

「そう、じゃあ今日はやめるからいい。他の人がいる時にする」

「なっ」

さっと澪が引くので、ギルド職員の表情が焦りに染まる。結局の所、依頼を受けなくても困らないのだから、脅しにもならなかった。

「チカ、フレッド行こう。せっかくだから、どっかで美味しいもの食べよ」

「待て！」

「おいおい、何を騒いでんだ」

不意に、割って入る声がある。振り向くと、オレンジの髪のチャラそうな男が、これまたアルフレッドだけを見ていた。

向ける眼差《まなざ》しに、熱がこもっているようにも見える。

「フレッド、久しぶりだな。探したんだぜ」

「シリルか」

聞き覚えのある名前だ。彼が、と悠真はついシリルの顔を凝視する。次いでアルフレッドをちらりと窺い見ると、嫌そうな顔を隠しもしていなかった。

「ああ、こいつに頼んだらどうだ？」

ぞんざいに、ギルド職員にアルフレッドは提案する。そのことから、同ランク程度の冒険者だと悠真はわかった。

「俺とパーティ組んで依頼受けようって誘いか？　嬉しいな」

「一人で受けろ」

「そう言うなって」

無言で悠真と澪を促し、その場を後にしようとしたアルフレッドの腕をシリルが取る。にやつく顔は、整っているのに印象がとても悪かった。

「放せ」

掴まれた手を、アルフレッドは乱暴に振り払う。

表情が消えると今の容姿と相まって、凍えた空気をまとって見えた。

「おまえとパーティを組む気も、個人的に関わる気もない」

「なんでだよ、いいパートナーになれる」

「なれるわけがない。おまえにいい感情がないからな」

「……辛辣だな」

話を切り上げたアルフレッドが、シリルに背を向ける。悠真と目が合うと、すぐに表情を緩めた。

「待たせて悪い。行こうか」

「え、うん」

「俺はあきらめねぇからな」

けんもほろろにあしらわれ、バッサリと断られているのに、アルフレッドに対してすごい執着だ。

向けた背に、刺さるようなシリルの視線を感じながら、悠真は冒険者ギルドを後にした。

＊

来店した客の姿を見た瞬間、エイデンは固まる。目が合い、軽い笑みを向けられて我に返った。

「え、は、はあ!?」

意味のある言葉にならない。

驚きすぎて、何が言いたいのかもよくわからなかった。

「エイデンうるさいぞ。お客様に向かってなんだ」

窘《たしな》める父親の声も、耳を素通りしていく。それどころではない。

たった今来店したのは、夏期休暇に入ってから久しぶりに会う学園のクラスメイトで友人だ。

それはいい。そういうこともある。久しぶり、どうしてた？ そんな世間話をしながら、この辺どうだ？ と店に並ぶ品を勧めるなんてことを、いつもならするところだ。

ただ、その相手が悠真で——ここまではいい。

ちょっとした訳ありの人物ではあるが、色々なことから目を背けていたりもするが、親しくしている友人だ。

問題、というべきなのかわからないが、エイデンが現実逃避したくなる原因は、傍らにいる二人がなんだか見覚えがあると感じるからだった。

（待ってくれよ、なんだよこのご一行）

エイデンの認識が正しければ、こんな風にふらりと来店する顔ぶれではない。

王族とそれに準ずる相手など、商会の重役総出で出迎え、即座に特別室へご案内案件だ。もしくは、店自体を貸し切り。こんな風に他の客がいるところで、店に並べられた品を見るなどありえない。

「何かお探しですか？」

父親が気さくな応対をするのに、エイデンは思考を固めている場合ではないと割って入る。友人だからと、強引に接客を変わった。

何も知らない父親が接客するのを見ているのは、心臓に悪い。後から三人の身分を知った時の、父親の心臓も心配だった。

軽く、深呼吸する。よし、とエイデンは覚悟を決めた。

「チカ、あの二人はもしかして？」

店内を眺める二人の姿を目で示し、こっそりと悠真に尋ねる。勘違いであってほしいとは思うが、エイデンは半ば確信があった。

「よくわかったな」

感心したように、悠真から肯定が返る。予想通りではあっても、エイデンは一瞬呼吸が止まった。

（……だよなぁ。だと思った！）

髪と瞳の色が違うので、ぱっと見ではわからない。けれど容姿を知っている者がじっくりと見れば、あれ？　と疑念は生じる。それを確信に変えたのは、一緒に悠真がいるからだった。

（知らない方が幸せなことって、ほんとにあるんだよなぁ……）

胃が痛くなりそうだが、気持ちを切り替える。今は従業員として、エイデンは店に立っていた。

「お忍びってことでいいのか？」

「ああ、そうなるのか……？」

なぜか、悠真は歯切れが悪い。

不思議に思いながら、エイデンは店の品揃《ぞろ》えを頭の中に思い浮かべた。

「何か、欲しいものでもあるのか？」

以前アルフレッドから頼まれた家具のカタログは、近々届ける予定になっている。家族が騒然とした記憶はまだ新しい。それどころか、両親はいまだ半信半疑だ。

「あ、悪い。特に欲しいものはないんだ。予定が変更になって時間が空いたから、エイデンの家がやってる店に行ってみようかって来たんだ」

「そっか。来てくれて嬉しいよ」

同行者は、小心者の心臓にはとても悪かったけれど。見た限りに護衛はいない。身分的に許されるのだろうかと、エイデンは首を傾げたくなった。

「エイデンは、休暇中はずっと家の手伝いしてんだっけ？」

「まあ、予定がない日はだいたいそうだな。チカは？何してんだ」

「今のとこ、冒険者？」

「はあ!?」

「エイデンうるさいぞ」

すぐに、父親から注意が飛んでくる。悠真も、目をしばたたいていた。

「いや、悪い。いや、はあ？」

言われてみれば、服装が冒険者のようでもある。装備らしい装備ではないので、たぶん、がつくのだが。

「チカが、冒険者……」

そして、この顔ぶれが揃っているということは、パーティを組んでいることが想像できる。今度こそいいのか!? と、エイデンは思わずにはいられなかった。

「危なくないのか？」

「んー、まあ、同行者が万能だからさ」

それに今は店内を騒然とさせないために姿を消しているが、小型のドラゴンも護衛のような役割で同行していると悠真が教えてくれる。ああ、とエイデンは納得しかけて、また愕然とした。

（ドラゴンってなんだ!?）

「地道な作業から始めたけど、迷宮って案外面白いんだよ」

エイデンの困惑をよそに、悠真が話を継ぐ。

迷宮を面白いと評した時点で、深く考えるのをエイデンはやめた。

「へ、へぇ、今度時間ある時にでも話を聞かせてくれよ」

「いいよ。俺の実力じゃ、今度一緒に行くか？　なんて誘えなくて悪いな」

「いや、うん、それは遠慮する」

同行しているときに、悠真がうっかり怪我《けが》でもしたらとハラハラして落ち着かない。

案外怪我をしたところで悠真自身はけろりとしてい

るのかもしれないが、エイデンは想像だけでぞっとする。帰る頃には毛根が消滅しそうで、それも怖かった。

「俺には強い意思も、武力もない」

手元にあるのは、商会の息子として手に入れられる、効きのいい胃薬ぐらいだ。

「なんだそれ、俺にもないよ」

目を見合わせ、軽く笑い合う。

悠真は無自覚に振り回すタイプだなと、エイデンは再認識した。

「ああそうだ、ちょうどよかった。昨日ローレンツが買い物に来てくれたんだけど、領地に遊びに来いよって、再度誘われたんだ。アシュトンは行くってさ。それでチカにも訊いてくれって」

「え、行きたい」

「行けるのか？」

「たぶん？　……フレッド！」

首を傾げた悠真が、アルフレッドに声をかける。エイデンは商売人の息子らしく、容姿を変えた際の呼び名を心に刻み、空気に徹することにした。

「どうした？　欲しいものでもあったか？」

「違うよ。そうやってすぐに、買い与えようとすんなよ。ほら、前にも言ってたけど、友達の領地に遊びに行っていい？」

「ああ、モンドレフト伯爵領か、確かに避暑地にはいいところだな」

名前など出していないのに、把握しているところがすごい。

「そうなんだ」

「ああ」

「で、行っていい？」

「そうだな……エイデンも行くのだろう？」

「あ、はい。そうなります」

不意に振られて、エイデンはひそかに慌てる。冷淡な印象を受ける容姿のせいか、本来の身分を知っているせいか、心臓がばくばくとうるさかった。

「それなら、いいんじゃないか」

「え⁉」

うっかり、エイデンの唇から声がこぼれる。会話を遮ったせいで二人の視線を受け、焦って謝罪の言葉を口にした。

「エイデン？」

「いや、俺が一緒ならって、なんでだろうって」

怪訝《けげん》そうにする悠真に、正直に答える。信頼してもらえるのは嬉しいが、エイデンとしてはなぜ？　という気分だ。

「ああ、色々チカのフォローを入れてくれるだろ」

疑問形ですらない。

頷く以外の選択肢があるのだろうかと思いながら、エイデンはもちろんですとアルフレッドに返した。

「チカは、常識があやしいとこあるもんね」

「失礼だな、澪」

「ほんとのことじゃない」

「まあ、否定はできない」

あっさりと、悠真は認める。潔さに、エイデンは苦笑した。

「ってことだから、泊まりなら尚更フォローしてくれる人がいる方がいいだろ」

「あ、はい」

アルフレッドに声をかけられ、頷く。

大丈夫だろうと、思いたい。何事も起こりませんようにと、エイデンは心から祈った。

「ねぇ、私あのからくり箱みたいなの気になるんだけど」

ぱっと、話題が変わる。澪が指し示したのは、最近仕入れたばかりの品だ。

内部や表面に仕掛けが施され、一定の操作を行わないと開かないように作られた、見た目も美しい木箱だ。

開け方がわかるものと、わからないものの二種類がある。わからないものの方には、中に夢が入っていると細工師が言っていた。

作るのに手間暇がかかり、それ相応の値段がするので今はその二個しかない。躊躇なく二個とも購入を決めた澪に驚きながら会計を済ませ、これから甘い物を食べに行くと言う三人を笑顔で見送ると、エイデンはその場にしゃがみ込んだ。

＊

むすり、と悠真は自覚なしにむくれる。すっかり慣れ親しんだ王宮に戻ってきても、もやりとしたはっきりしない気持ちが胸の中に居座っていた。

「なあに、そのぶさいくな顔」

澪から辛辣な突っ込みが入る。顔の造形に駄目出しされたところで、どうすることもできない。

可もなく、不可もなく、どこにでもいるありふれた顔だと思っていたのだが、なんで急に不細工？　と悠真は手のひらで顔に触れてみた。

「もともとこーいう顔だよ」

「うん、そのかわいい顔が、不満ですぅってぶさかわいくなってるから、なあにって訊いてんの」

「はあ？」

結局のところ、かわいいのか不細工なのか、よくわからない言い回しだ。かわいいなんて、男が言われても微妙でしかない世辞を言われても、嬉しくはないのだけれど。

以前から時々、姉だったり澪だったり、身内の欲目で悠真の容姿を褒めてくる。そういうのはいらないと、常々思っていた。けれど口では勝てないので言わない。私たちが褒めてるのに！　と、怒られるのがオチだ。

「不満とかない、けど？」

「ないって顔じゃないし」

軽やかな吐息で、澪が笑う。

訳知り顔だ。けれどこれといって思い当たる明確なものはなく、胸の中のモヤモヤを言語化できない悠真としては本当に答えようがなかった。

「やきもち妬いてるって、素直に言えばいいじゃない」

「は」

思いがけないことを言われ、悠真は瞳を瞬く。

頭の中で澪の台詞を反芻《はんすう》してみても、うまく呑み込めない。

「……やきもち、って？」

わあ、と澪が声を上げる。

「まさかの無自覚？　あのシリルって冒険者が原因じゃないの」

「鬱陶しいとは思うけど……」

先ほども、冒険者ギルドで絡まれたばかりだ。

待ち伏せしているのだから、性質《たち》が悪い。

今日は執務を抜けられないアルフレッドは、同行していなかった。

――フレッドはどうしたんだ。

――この後、合流すんのか？

――俺に奪われるのが怖くて、会わせねぇようにしてんじゃねぇだろうな。

――フレッドがツレない態度なのは、おまえらのせいだろ。

最終的には、理不尽な難癖をつけられた。

そればかりか、ああ？　と不遜な態度で凄《すご》まれた。

その程度で悠真も澪も怯《おび》えることはないが、気分のいいものではない。アルフレッド本人にはこれでもかと散々冷たく拒絶されているのに、シリルは謎思考だ。とにかくあきらめが悪く、しつこい男だった。

依頼を眺めることもできない。ついてこようともするので、監視の目があるようで不快だし、人目のつかないところでは何をされるかわからないのもあり、怖くもある。怪我を負うことはないが、心情の問題だ。苛《いら》つき、面倒になった澪が、依頼を受けずに帰る、を選択した。

「だって、あんなにアルフレッドさんに執着してるんだよ？　嫌でしょ」

「それは……」

いい気はしない。それは確かだ。

だからといって、悠真が心配するようなことはありえない。

——ハルが聞いて、気分のいいものじゃないけど。

そんな前置きの後で、シリルについてアルフレッド自身からざっと聞いている。渋い顔をしていたので、好意のカケラもないことがしっかりと伝わってきた。

——冒険者時代に、言い寄られてたんだ。

——相手にせず、むしろ冷淡だったんだけどな。

——どうやら、そーいうのが好みらしい。

知らないアルフレッドの過去に触れるのは、そわそわどきどきする。けれどそれが恋愛関係になると、悠真はなんとなく面白くはない。

（ぜってぇ、もてるとは思ってたけどさ！）

好意を向けられても相手にしなかったが、断っても邪険に扱っても、あきらめの悪かった者が他にもいたと、思い出したようにアルフレッドが付け加えた。

本当に、興味がなかったのがわかる。わかるけれど、そのうちの一人が今まさに近くにいて、アルフレッドを口説く素振りを見せるのだから、悠真が戸惑うのも仕方のないことだった。

「ほらぁ、素直に認めたらいいじゃない」

にによと、そんな表現がぴったりな笑みを澪が悠真へ向ける。どうにも、それが居心地悪い。

眉間にシワを刻むと、澪が言葉を継いだ。

「独占欲ってやつだねぇ」

指摘を受け、沈黙が流れる。

「……まじか。うっわ、めんどくせぇ、俺」

婚約までしているのに、驚きの心の狭さだ。言葉でも態度でも、アルフレッドは好意を示してくれている。それなのにどーんと構えていられないところに、悠真は羞恥を覚えた。

「何言ってんの。自分の好きな人に他の人が言い寄るのを見て、平然としている方がどうかしてるよ」

「……そーいうもん？」

恋愛事に関する経験値が低すぎて、悠真にはよくわからない。

アルフレッドとは順調すぎるほど順調で、不安になりそうなことも、先回りして解消してくれていた。

「そーいうもんでしょ」

「いやでも、そーいうの、うざいだろ」

「なんでよ。アルフレッドさんは喜ぶだけでしょ」

「それこそ、なんでだよ」

「そんなに俺のことが好きなんだって、実感するから？　やきもち妬いてるって、かわいくアルフレッドさんに言ってあげたらいいよ」

「え、やだ。澪、言うなよ」

「えぇ」

クギを刺すと、澪は不満そうな顔をする。ただでさえ普段から甘やかされていて、過去や相手の一方通行な感情にまで不満を持つなど、子どもみたいで恥ずかしい。

「ふうん。じゃあ、不安解消に、ちょっと情報収集でもしてみる？」

「情報収集？」

「知っている人に聞けばいいんだよ」

「はい？」

「ちょうど用があるし、さ、行くよ」

「え、え？」

戸惑っている悠真など気にせず、澪は腕を絡め強引に引き、歩みを進める。そうして着いた場所は、魔術師塔だった。


突然の来訪にもかかわらず、ユーリは快く迎えてくれる。テーブルにティーカップが並べられたところで、澪が話を切り出した。

途端に、ユーリの顔に微苦笑が浮かぶ。

「シリルですか」

「やっぱり知ってるんだ」

「それはまあ、アルフレッドと一緒に冒険者をしていましたからね。ですが、もう年単位で冒険者ギルドには顔を出していません。それなのにまだあきらめていないのは、すごい執念ですねぇ」

「そうなの？」

「ええ、冒険者をしていたのは、学生の時だけです。卒業してしまえば、王族は相応の責務を負いますので。それは王宮魔術師になった私も、騎士団に所属したマティアスもそうです。冒険者をやっている時間などありません」

「そっかぁ、じゃあシリルの執念は本当にすごいんだね」

　なんとなく口を挟めず、悠真は聞き役に徹する。本人のいないところで聞く話は、興味深くてほんの少し後ろめたい。けれど聞かなくていいとも言えなくて、複雑だ。

「あの男は、ちょっとアレなんですよ」

「アレとは？」

　興味津々で、澪が訊き返す。

　完全に、面白がっていた。

「アルフレッドが容姿を変えているのは知っていますね。あの頃は表情もあまり動かず寡黙で、近寄りがたく見える冷たい印象そのままで、特に言い寄ってくる相手には容赦がありませんでした。大抵は脈がないとあきらめる中で、何人かは自分だけはと淡い希望を持ち、シリルはその中でも性質が悪く、冷淡なアルフレッドを屈服させたい嗜好の持ち主だったんです」

　人の趣味趣向は色々ですよねぇ、とユーリが嘆息する。愕然とする悠真の横で、澪がはしゃぐような声を上げた。

「ちょっとだけ、シリルの気持ちがわかった自分が悔しい」

「澪！」

「そんな顔しなくても、シリルを応援しないってば」

　へらりと笑う澪に、悠真はなんて言ってみようもない。反応に困ることを言わないでほしかった。

「心配しなくても、アルフレッドがチカ以外に興味を持つことはありませんよ」

「は⁉」

「だよね、それは私もわかる。でもほら、今また冒険者ギルドに出入りしてるでしょ。シリル以外にも、過去の女とか出てきたりは？」

　戸惑う悠真を置き去りに、ユーリと澪の会話は進んでいく。

「一方的に好意を寄せていた相手が、いまだにあきらめていない、なんてのはあるかもしれませんが、それくらいです。学生時代のやんちゃは主に危険を顧みない系のことで、相手に不誠実となるような交際はしていません」

「あ、そっか。冒険者として出会うなら相手は貴族じゃないだろうし、どうなりようもないもんね」

「ええ、そうです。相手がどんなに本気になっても、二人に未来はないですからね。そんな残酷なことをアルフレッドはしません」

「王族の恋愛って、難しいんだねぇ」

「政略結婚が主です。なので、互いの恋心のみで結ばれ、全力で愛しても問題のないチカを、アルフレッドが溺愛するのは必然なんです」

　いい笑顔でユーリに告げられ、悠真はぎょっとする。完全に、不意打ちだ。

「ちょ、まった！　なんでそんな話になってんの⁉」

「そういう流れですよね」

「うん、そうだよね」

　二人から微笑ましい眼差しを向けられ、悠真は落ち着かなくなった。

「まあ、ハルの惚気《のろけ》はおいといて」

「いや、俺ノロケてないよな⁉」

　雑すぎる澪の話題転換に、悠真は無駄だとわかっていても突っ込まずにはいられない。当然の如《ごと》く、緩い笑みでいなすように頷くだけで流された。

　解せない。

「ユーリさん、あの結果出たんでしょ？」

「ああ、はい、出ました」

「あ、この前のキャンディ？」

　頷くユーリに、澪は結果報告を促す。

　悠真も、ぱっと意識が切り替わった。元々、澪に口では勝てない。

「さすが迷宮の品、ですね。とても興味深いものでした。二種類のキャンディですが、ミントグリーンの方が、一粒食べると十年程度成長が進み、ホワイトの方が十年程度若返ります」

「え⁉」

　なんかすげぇと、悠真は瞳を瞬く。

「うっわぁ、面白そうなものだ」

きらきらっと、澪が瞳を輝かせる。悪戯に使われそうだ。

警戒心を持つのは必然かもしれない。いつだって姉と澪の悪巧みの犠牲者は、悠真だった。

「ただ、口に入れるとシュワッと一瞬で溶けるので、キャンディと言っていいのかどうか」

そこ重要だろうか、と思わないでもないが、興味深くユーリの話を聞く。

異世界は、元の世界ではありえないことが多々あって、驚くと同時にわくわくする。あまり危険が伴わないものなら、悠真は試すのもありだった。

「ユーリさんも試したの？」

澪も興味津々だ。自分も、と言いそうに見える。十年後、二十代後半かぁと、悠真は考えてみてもうまく想像できなかった。

「せっかくですので。効果は半日程度でした。身体の変化だけで、意識も記憶もそのままですが、魔力量に関しては身体に合わせて増減しました」

「じゃあ、白いのを食べると、見た目は子ども、頭脳は大人ってことね！」

なんとなく聞き覚えがある台詞だなぁと、悠真はぼんやりと考える。面白そうな状況ではあった。

「キャンディはボトルとセットのようで、減った分がいつの間にか増えています。ですが、他のキャンディを入れても増えないので専用なんでしょうね」

「まさかの無限？」

「ええ、ボトルがある限り。別の容器に移し替えたキャンディは増えません」

「十年前の姿に戻ったり、十年後の姿になったりできるキャンディってことよね」

澪がざっくりとまとめる。頷いたユーリが、詳細を記した書類を差し出した。

「頼まれていた道具も、用意できました」

しゃぼん玉の道具だ。予想よりも早い。

「忙しいのにありがとう、ユーリさん」

偉い人なのに、嫌な顔一つせずに遊び道具を作ってくれるところが優しい。気軽に、という言葉につい悠真は甘えてしまっていた。

「この程度、いつでもどうぞ。しかし、しゃぼん玉遊びとは手軽で子どもが喜びそうですね。どこかの商会に提案したらいいかもしれませんよ」

「あ、じゃあ、友達の商会に話してみようかな」

「いいと思います」

「エイデンくんのところにね。私も一緒に行く」

近々、また行くことにする。商売になるかはわからないが、迷惑をかけている自覚が悠真にはあるので、利益に繋《つな》がる可能性があるのなら提案してみるだけだ。

「しゃぼん玉で遊ぶの、子どもの頃以来だったけど楽しいよね。知ってるのとはちょっと違うけど」

「せっかくだから、エドワードも誘ってやろう」

「いいんじゃない。ちょっとくらい、息抜きが必要だと思うわ」

学園に行かなくていいので、執務室に詰めていると聞いている。王族の多忙さに驚き、アルフレッドを冒険者稼業に付き合わせているのを悠真は申し訳なく感じた。

「あ！」

「なに、ハルどうしたの」

「あのさ、思いついたことあるんだけど」

せっかくの夏期休暇なので、遊ぶことも大切だ。

悠真一人では色々無理があるので、澪を共犯に引き入れる。話を聞くと、喜んで協力してくれることになった。

それから日程を調整して時間が取れたのは、二日後だった。

驚きの速さだ。それもそのはずで、招集をかけたのが澪だからだった。

聖女の称号は伊達《だて》ではない。ただ先日見かけた事務官が、げっそりした顔をしていた気がするが気のせいだろうか。

庭園に席を設けたので若干暑さが気になるけれど、晴れているので外で遊ぶにはちょうどいい。

テーブルには、まだ何も用意されていない。そのことに、エドワードが怪訝そうにしていた。

「じゃあ、揃ったところで」

澪の合図で、悠真はアルフレッドに向き合う。

顔を見上げ、悪戯っ子のように笑んだ。

「アルフレッド」

「ん？」

「はい、あーん」

ぐい、と口の中にホワイトのキャンディを放り込む。

その効果はてきめんで、見開かれた瞳と、目線の位置がみるみる近くなっていく。やがて少し苦みを混ぜたような眼差しが、悠真を見上げてきた。

（やばい、かわいい）

ぎゅん、と記憶にある姿より幼いアルフレッドに悠真はときめく。

だいたい十歳前後、さすがに悠真の方が、身長が高い。けれど大人びて見えた。

「なんだ⁉」

焦ったようなエドワードの幼い声に、悠真は振り向く。アルフレッドと同じように身長が縮み、小さくなったせいで服に着られていた。

（ほんと、聖女だから許される無礼だよな）

強引に口の中にキャンディを放り込むなど、他の者にはできない。

間違いなく不敬だ。

「ねぇ、エドくんかわいすぎない？」

「まあ、確かに？」

「ミオ様、ハル、これは何がしたいんだ？」

案外、アルフレッドは冷静だ。

「まずはお着替えの時間です！」

ぱちん、と澪が指を鳴らす。

と同時に、王太子付きの侍従が姿を見せた。

「エドくん、行ってらっしゃい」

愕然とした顔のエドワードに、澪がひらりと手を振る。しっかりと指示が出ているようで、促され、連れていかれた。

「じゃ、アルフレッドも行こっか」

悠真が手伝うつもりでいるが、必要ないかもしれない。

手っ取り早く転移魔法を使い部屋に戻ると、マーサが服を用意してくれている。それにアルフレッド自身で着替えながら、苦笑した。

「これはハルの企み？」

「まあ？」

「で、これからどうするんだ？」

「この前のしゃぼん玉で、遊ぼうかなって」

「遊ぶ？」

訝《いぶか》しそうに訊き返される。幼い姿にならなくてもと、その目が言っていた。

「だってさ、エドワードって素直じゃないだろ。それに俺らの歳《とし》って、大人と子どもの境界線にいるから、お兄ちゃんと一緒に遊ぶのに照れがあるだろ」

軽く、アルフレッドが目を見開く。

「二人とも子どもの姿なら、お互い見た目に引きずられて楽しく遊べるかなぁって思ったんだ」

「ハル」

「ん？」

首に、腕が回される。ぐ、と顔が近づいてきて、唇が重なった。

すぐに離れていく。間近で見る瞳の色は同じだ。そんな当たり前のことを考えていると、ふわりとアルフレッドが笑んだ。

その笑顔も、幼さが残っている。色々違いすぎるせいか、あどけなさが残るせいか、悠真は悪いことをしている気分になった。

「いつもと逆だな」

「なんか俺、いたいけな少年をたぶらかしてる気分なんだけど」

「なんだそれは」

「だって、アルフレッドが子どもなんだもん」

触れ合わせるキスくらいなら、セーフだと思いたい。

「俺はハルが好きすぎて、どうしていいかわからないな」

「なに、急に」

「本音だよ」

幼い姿なのに、アルフレッドは変わらず堂々としている。かっこいい。ああもう、勝てないなと悠真は白旗を揚げた。

「じゃあ、行こうか」

「うん」

庭園に戻ると、エドワードの姿はまだない。澪がグリューンと一緒に、菓子をつまみながら待っていた。

「アルフレッドさん、子どもの頃からかっこいいね」

「ありがとう。まさか、若返るとは思わなかったよ」

「元々若いじゃない。ほんと迷宮って、面白いのあるんだねぇ」

「そうでもないんだけどな」

「そうなの？」

「ああ」

「待たせたな」

幼い声だ。

話し方はエドワードそのものなのに、声は高い。姿が子どもになると微笑ましくなるのはなぜだろうと、悠真はまじまじと眺める。かわいい顔の眉間に、不似合いなシワが刻まれていた。

「なんなんだ、これは」

「遊びの一環だよ」

「遊び？」

　にこにこ話す澪に、エドワードは戸惑いを見せる。幼い姿にされたことに、納得がいっていないようだった。

「ハルたちが、迷宮で手軽に遊べるものを見つけたんだ」

　作ってもらった、連続でしゃぼん玉ができる道具でアルフレッドが実践してみせる。次から次へとできていくきらきら光るしゃぼん玉に、エドワードの目が釘《くぎ》付けになった。

「これは」

「迷宮から持ってきた液で、大きいのを作れば中に入れるんだ」

　柔らかな表情で、アルフレッドがエドワードに説明する。道具は、次から次へと用意されていった。

「中に……？」

　茫然《ぼうぜん》とエドワードが呟く。興味を惹《ひ》かれたようだ。

「エドワード。一緒にしゃぼん玉の中に入るか？　かなり高く飛ぶんだ」

「え」

　アルフレッドからの誘いが、思いがけなかったようだ。

　エドワードが戸惑いを見せ、瞳を瞬かせた。

「思いがけず子どもの姿になったんだから、一緒に遊ぶのも悪くないだろ？」

「……そう、だな」

　やがて、少し照れくさそうにエドワードが笑う。

　過去は変えられない。けれど、新しい思い出はいくらでも作れる。

「じゃあ、でっかいしゃぼん玉作るな！」

　宣言通りに、悠真は特大のしゃぼん玉を作った。

5　恋にはスパイスをひと匙《さじ》

人工的ではない、淡い光が暗闇の中でふわりふわりと舞っている。一斉に光っては消え、また光り、無数のホタルが飛び交いゆらゆら揺れる煌《きら》めきが、幻想的で美しかった。

耳を澄ませば、川のせせらぎも聞こえる。本当に、迷宮というものは摩訶不思議《まかふしぎ》だ。

「すごいねぇ、ホタルなんて初めて見た」

ひそめた声で澪《みお》が感嘆を洩《も》らす。それに悠真《はるま》も頷《うなず》いた。

住んでいた地域では、見られる光景ではない。まるで近い距離で見える流れ星のようでもある。自然と、手を伸ばしたくなった。

「捕まえようか？」

アルフレッドの提案に、澪が緩く首を振る。依頼を見て迷宮に足を運んでいたので、悠真は首を傾《かし》げた。

「いいのか？」

依頼自体は受けてはいないけれど、他の冒険者が達成済みでなければ後からでも受理は可能だ。報酬も出る。冒険者ギルドに長居をしたくなくて、受けてこなかったと悠真は思っていた。

「見たことないから、見たかっただけだもん」

「報酬、そこそこ良かったけど」

「どうせ、貴族の娯楽でしょ。ホタルの寿命は短いんだから、見たいなら来ればいいのよ」

頷きかけて、無理だろ、と悠真は気づく。

言っていることはとても正しいが、誰もが簡単には来られない迷宮だ。行ってみたいで、さくっとたどり着けている方が異例だ。

「あ、せっかく来たんだし、まだ昼間なのにこの階層暗いし、二人でいちゃいちゃしてもいいんだよ？　完全にデートスポットじゃない」

「いや、迷宮だって」

「いちゃいちゃする？」

突っ込んでいる悠真の横で、アルフレッドが笑いながら提案する。澪の前でなど、どんな羞恥プレイだ。

「フレッドまで」

「せっかくだからさ。チカはこういう雰囲気は嫌い？」

促す先は、幻想的な光景が広がっている。納得のデートスポットだ。迷宮の中でさえなかったら。

「きれいだな、とは思うけど」

それだけだ。わあ素敵、と喜んでみせるようなかわいげはない。求められても困る。悠真が言い淀《よど》んでいると、アルフレッドが口元を緩めた。

「珍しい食べ物の方が、反応いいな」

「チカは色気より食い気だもんねぇ」

「うっせぇ、俺に色気を求める方が間違ってる」

「大丈夫、充分あるよ。色気」

「は」

「わぁ、ごちそうさま！」

にこにこして、澪が楽しそうだ。

アルフレッドも似たようなもので、居心地悪くなるのは悠真だけのようだった。さすが人から見られることに慣れている王族。

「二人が仲良くホタル観賞デートしないなら、堪能したし帰ろうか」

「もういいのかよ」

「うん、私もそんなに、風情を楽しむような情緒ってないんだよねぇ」

からりと澪が笑う。らしくて、悠真も笑った。

「じゃ、帰るか」


「なんかもう、冒険者も迷宮も、存分に堪能したよね。今日でおしまいかなぁ」

「どうしたんだ、急に」

「忙しいだろうフレッドを拘束してるのが、心苦しい的な？」

「俺のことは、気にしなくていいよ」

「うーん、でも迷宮の面白い戦利品もそれなりに手に入れたし？　冒険者はもう気が向いたときにやるくらいでいいかなって」

こんな風に頻繁に迷宮へ通うのは、やめるということだ。悠真も特に未練はない。充分だ。

「あの男に絡まれるのも鬱陶しいし」

「悪い、俺のせいで」

「フレッドのせいじゃないでしょ。自分のことしか考えてないやつが悪い」

「澪なら、なんかこういい感じに排除するかと思った」

「そこまでして、冒険者やる理由ある？」

「……ないな」

「ってことで、さくっと撤退！」

チカは？　と振られて、俺もだと答える。個人で来ようと思うほどの熱意はない。

夏期休暇の予定は他にもあるし、のんびりもしたい。かなり、精力的に動いた。

「ぎゅぎゅっと詰まった濃い時間だったなぁ。今度は何しようかな」

「ミオ、ほどほどにしないと、護衛騎士が泣く」

「私を見失っても怒られないんだから、適当にしておけばいいのに」

「そんな性格の騎士を、ミオの護衛には選ばないよ。エドワードは」

「わぁ、弟のことをわかってるお兄ちゃんの発言だ」

「お兄ちゃんだからな」

「素直だねぇ」

「まあ、ハルのおかげだな」

「俺？」

「俺たちの間を取り持とうとする者なんて、王宮にはいないよ」

「えぇ、俺は一緒に遊ぶ場を設けただけだよ」

迷宮で悠真とアルフレッドがしたような遊び方を、あの日二人はしていた。最初はどことなくぎこちなかった空気も、しばらくすると消えていた。珍しくエドワードは、本当に子どものようにはしゃいでいた。

「うん、変な思惑がなかったから、エドワードもあの日楽しめたんだろう」

「そっかぁ、ならよかった」

互いのことを思いながらすれ違っているのは、悲しすぎる。安易にキャンディを食べさせたけれど、距離を縮めるきっかけになったのなら大成功だ。

「エドくん楽しそうだったもんねぇ」

あまりにはしゃいだせいか、帰り際には恥ずかしそうにしていた。

「このまま、王宮に帰る？」

「あ、手持ちでいらないの処分したいから、ギルドに寄ってから帰る」

今はまだ、カウンターが混む時間ではない。査定もスムーズと予想してのことだ。

最悪、悠真と澪にストーカー認定されているシリルに会ったとしても、明日以降会うことはない。

しばらくギルドには顔を出していなかったので、待ち伏せをしても無駄だと思ったのか、朝はいなかった。

ギルドの入り口から入ってすぐに、悠真はぐるりと見回す。思い浮かべた姿がないことに、ほっとした瞬間、よお、と声をかけられた。

「この前は、帰り際に悪かったな」

振り向くと、先日酒場の帰りに会った冒険者だった。

どきりとするのはもう、条件反射だ。絡まれ続ければ、警戒するようになるのは仕方がない。

「そーいや、聞いたぞ。フレッド」

なぜか、神妙な顔をする。悠真と澪の顔を見て、遠慮がちに切り出した。

「なんか、タイヘンだなぁ」

嫌そうな顔をしたアルフレッドが、頷く。シリルの存在を知ったのは、この人からだった。

「じき自分の元に帰ってくる、一緒に暮らすって、言いふらしてるけどほんとか？」

は、と悠真は唖然《あぜん》として息がこぼれる。言いふらすって、なんだ。

「まさか、ありえない」

「じゃあ、嘘《うそ》なのか？」

「ああ、俺には――」

「よお、フレッド。やっと会えたな」

「……シリル」

アルフレッドの声に、うんざりした響きがある。結局、最後の最後で会うことになった。

「おい、シリル。俺もいるんだけどな」

「どうでもいいな」

「それ、そっくりそのまま返ってきてるぞ。フレッドにしてみたら、おまえのことなんてどうでもいいんだ」

「そんなわけねぇだろ。迷惑してんのは、そいつらにだろ？」

じろり、とシリルから向けられた視線が不快だ。

ただでさえ、アルフレッドを口説く男に対して、悠真はいい感情を持っていない。

「どこぞのお偉いさんに頼まれたのかしんねぇけど、そんなガキどものお守りしてないで、オレを選べ。公私ともにな」

シリルは無遠慮にアルフレッドの肩に腕を回すと、ぐっと引き寄せる。二人の顔が近くなった。

「放せ」

凍えた声が聞こえる。その時にはもう、悠真はアルフレッドの腕を掴《つか》み、自分の元へと引き寄せていた。

「この人、俺のなんで」

睨《にら》むように、シリルへ視線をぶつける。

妬く、という気持ちが、悠真は正しくわかった気がした。

「はあ？　何言ってんだ、おまえ」

馬鹿にしたような表情を向けられる。おまえみたいな小僧をアルフレッドが相手にするか、という気持ちが透けて見えるようだった。

不意に、するりと腕が首に回される。肩越しに悠真が振り返ると、後ろからアルフレッドが抱きついていた。

表情が緩んでいるようにも見える。傍らにいる澪が息を呑《の》み、いつの間にか頭から下りていたグリューンを腕に抱え、音も立てずそっと一歩距離を取った。

「ほんとのことだ」

耳元近くで、アルフレッドの声が聞こえる。絡んだ腕に、力が入るのを悠真は感じた。

「なんだと？」

「俺のすべては、チカのものだ」

宣言と同時に、戸惑う声が上がる。成り行きを見守っていた、冒険者の男からだ。

「聞いた噂《うわさ》より、複雑じゃねぇか」

「噂って？」

空気に徹していた澪が、代表して尋ねる。

「俺も人に聞いた話だから、真偽はわからねぇけど」

「けど？」

「アマンダのやつが、フレッドとの子どもがいるから、結婚するって言ってんだよ」

その場にいた全員が、ぎょっとする話だった。

「子どもなど絶対にありえない」

衝撃の発言は、即座にアルフレッドの強い声に否定される。静かな怒りさえ感じさせる姿に、悠真は少し驚いた。

根も葉もない噂を流されただけならば、否定した後は気にもしないと、勝手に予想していたのかもしれない。冒険者として積極的に活動するのを、今日でやめる、というタイミングでもあった。

けれど放っておくことを良しとせず、アルフレッドは対処に乗り出すようだ。

『修羅場？　修羅場なの？』

弾んだ澪の声が頭の中に響く。真面目な顔とのギャップがひどい。

『なんでだよ』

アルフレッドに懸想しているシリルは、突きつけられた現実に、愕然《がくぜん》としたように固まっている。初めて耳にした、アマンダという名の噂元の人物は、この場にはいなかった。

『だって、隠し子疑惑じゃない』

『まあ、そうだな』

　アマンダは冒険者で、アルフレッドにあしらわれ続けてもあきらめず、アプローチし続けた女性らしい。

『あれ？　なんかあっさりしてるね。ここはハルが、アルフレッドさんに詰め寄るとこじゃないの？』

『面白がるなよ。不謹慎だろ』

　当事者にとっては、血の気が引く噂だ。

　思い当たることがあれば、気が気でない。

『だってアルフレッドさんに限って、隠し子とかいるわけないし』

『ほら、澪だってそう思うだろ』

『うん。まあでも、とりあえずまた、城出しとく？』

　とりあえずの主旨が掴めない。

　アルフレッドの人間性に対しての信頼があるからなのか、噂を憂うよりも、澪は面白がっている。当事者に近い悠真は、さすがに複雑だ。

　自然と、ため息がこぼれる。返事をするより先に、アルフレッドの強い眼差《まなざ》しが飛んできた。それに、悠真は驚く。

　聞かれたところで困るような話はしていないが、鼓動は自然と跳ねた。

『え、聞こえてんの？　これ』

『まさか！　やばいすごい、アルフレッドさんの勘が鋭い』

『は？　勘？』

『城出計画の、不穏な気配を察したんじゃない？』

計画してねぇし、と悠真は心の中で突っ込む。

憔悴《しょうすい》した姿を目の当たりにしたのだから、以前のように唐突な城出などできるわけがない。

『ほら、こっちくるよ』

　噂について詳しく聞いていたアルフレッドが、話を切り上げ悠真たちの元へ戻ってくる。目の前まで来ると、困ったように眉を下げた。

「二人で悪巧みする前に、俺に不満があるならいくらでもぶつけてくれ。俺はもう、チカのものなんだ。捨てられたら、生きていけない」

「え、あ、うん」

　頷くので精一杯だ。恋愛に関する経験値が低すぎる。

気の利いた台詞《せりふ》など、悠真の頭の中には浮かんでこなかった。

「わあ、おもーい」

戸惑う悠真とは違い、澪の声は軽い。

「俺のだって、はっきり言ってくれたからな」

「うん、言ってたね」

今更、軽い羞恥を覚える。俺のなんで、と恥ずかしい宣言は、完全に勢いでしかない。

上機嫌な澪のせいで、悠真はどうにも居たたまれなかった。

「用がすんだなら、帰ろ！」

ごまかすように、悠真は二人を促す。うるさく感じる視線を澪に向けられながら、そのままギルドを出て、城に戻った。

後はもう、いつも通り——とはならないのだから、感情とはままならないものだ。

一人になると、思考が勝手にギルドでの出来事を反《はん》芻《すう》する。知ってしまえば、なかったことにはできない。一方的に流された噂だとわかってはいても、すっきりしないものはあった。

だからといって、アルフレッドを問い詰めたいわけではない。自分でもよくわからない感情に、悠真は戸惑う。忙《せわ》しなく、無駄に働き続ける思考に疲れて、さっさと寝てしまおうとベッドに潜り込んだ。

けれど、安らかな眠りは訪れてくれない。身体《からだ》は疲れているはずなのに眠れず、悠真はベッドの上でごろんごろんと寝返りを打った。

「ハル、寝た？」

何度目かの寝返りを打つと、アルフレッドの声が聞こえる。起きているのはわかっているはずだ。そうでなければ、声などかけない。

「起きてる」

むくりと身体を起こすと、ほのかな照明が灯《とも》る。暗闇に慣れた目に優しい、暖かみのある明かりだった。

「なかなか、執務室から抜け出せなくて悪い」

「いいよ。ただでさえ俺たちに付き合って、仕事がたまってるんだろ」

緩い笑みを浮かべ、アルフレッドは肯定も否定もしない。迎えに来た事務官の姿を見れば、否定したところで無駄だ。

「はい、ハーブティだよ」

渡されたのは、温かな湯気が揺れるカップだ。相変わらずそつがない。

　礼を言って、悠真は口をつける。この世界に来て初めてハーブティを飲んだが、案外飲みやすかった。

「ハル」

　アルフレッドがベッドに腰を下ろしたので、目線が近くなる。呼びかけに応えるように、ぱたん、と悠真が瞬きすると言葉を継いだ。

「ギルドで聞いた噂の件だけど、影に探るように命じたから、すぐに真相がわかるよ」

「え、わざわざ？」

　影とは、王家に忠誠を誓い裏で支える者だ。王族の命にのみ従い、諜報《ちょうほう》活動、暗躍に長けた組織でもあった。

「放っておくわけにはいかないからな、俺の、子どもだと言い張っているんだから」

　ああ、と悠真は察する。王族であるアルフレッドの子どもならば、様々な問題がありそうだ。

　王位継承の火種にもなり得る。噂が真実であるなら、という注釈がつくが。

「ハル、ほんとに違うからな」

「うん」

　頷いているのに、アルフレッドの表情は晴れない。耳にした噂のせいで落ち着かないのは、二人とものようだ。

「噂の元であるアマンダは、我が強く、欲しいものはなんとしても手に入れようとするんだ」

「フレッドが欲しいってこと？」

「ああ、シリルと似たようなものだ。当時一方的に言い寄られ、絡まれていた」

「そっかぁ」

　元々疑っていないけど、面白くはない。

　知らない過去が、多くあると思い知らされたせいもきっとある。お互い様ではあるが、比べものにならないほど、アルフレッドが男女共に好意を寄せられていたと知れば、悠真としても心穏やかではいられない。

　やきもちなんて、妬かないと思っていたのに不思議な感覚だ。

「せっかく、ハルに嬉しいこと言ってもらえたのにな。水を差された気分だ」

「……それ、持ち出すの？」

　あまり、触れてほしくない。

　それこそ紛れもないやきもちで、独占欲だ。

カップを手に持っていなければ、掛布の中に潜り込んでいる。なかったことにして、忘れてくれてよかった。

「本当に、嬉しかったんだ」

「えぇ、うっとうしくない？」

「まさか。最愛の人に妬いてもらえて、俺のだって宣言されるとか、嬉しいだけだろ」

本心からアルフレッドが言っているのが、伝わってくる。けれど熱がこもった台詞を、悠真はまださらりと受け止められなかった。

目が泳ぐ。

「ハルは、俺をめろめろにする天才だな」

「めろめろって……」

「ギルドで言った言葉は、姿はフレッドだったけど、全部俺の本心だ。ミオには重いって言われたけどな」

苦みを混ぜた表情で、アルフレッドが肩をすくめてみせる。無関係な他人からすれば、悠真に捨てられたら生きていけないなど大げさな台詞で、重いのかもしれない。けれど嫌だと思えない悠真も大概だと思った。

「もう、寝ようか」

空になっていたカップを、アルフレッドは受け取る。サイドテーブルへと置くと、隣に身体を滑り込ませ、悠真を抱き寄せた。

シャワーを浴びたばかりなのか、いつもより高めな体温が伝わってくる。胸に耳を寄せると、とくとくとくと規則正しい鼓動が聞こえた。

自然と、悠真は身体の力が抜ける。今度こそ、心地好《よ》い眠りが訪れそうな予感がした。


調査結果は、驚きの速さで出る。王家の、情報収集能力の高さを窺《うかが》わせた。

それを踏まえて、話し合いの場を設けることになる。アマンダに対して、フレッドからと使いを出した際、喜び勇んで今すぐにでも、そんな態度だったらしい。会えるのは後日だと知ると、不満そうにしながらも了承したと聞く。

アルフレッドは報告を受ける度、悠真にもすべて話してくれる。なんだったら、その報告の場にも同席を促す。後ろめたいこと、隠したいことは何一つないと、その態度が物語っていた。

そして瞬く間に話し合いの日を迎えたと感じるのは、

王城内でも思いがけないことがあったからだ。

　そちらの方に、気を取られていた。

（またウサギになるなんて、まさかだよなぁ）

　悠真の中ではすっかり、ウサギの件は終わったものだった。

　ちょっとした非日常は、今となれば楽しかった思い出になっている。それなのに、あの日ウサギの姿で遭遇したコーネリアが、アルフレッドのウサギに会わせてほしいと使いを寄越した。

　普段から交流の少ない異母妹ではあるが、断るのは客観的に見て大人げない。

　異母妹に冷たいと、噂が広まるかもしれない。けれどあの日のウサギは悠真で、実際にペットとして飼っているわけではないから当然困る。その場に居合わせた澪を含め、どうする？　と顔を見合わせた。

　――あ、私に任せて！

　得意げに手を上げた澪が、最近覚えたという姿変えの魔法で、悠真をウサギに変えることで話に決着がついた。

　髪や瞳の色を変えるより、かなり高度な魔法だと後になってアルフレッドが教えてくれた。

　どんどんチートな存在になっていく澪に、ある種尊敬の念を覚えたものの、本物のウサギでよかったのでは？　とお茶の席に連れていかれてから悠真は気づいた。

　どうせ、話せない。ならば悠真である必要はない。とはいえ、与えられる菓子を食べているだけだったので、不利益もなかった。

　むしろ同席していたエドワードの方が、ウサギを羨ましがるコーネリアに、アルフレッドよりも落ち着かない様子だった。さりげなくコーネリアを窘《たしな》め、悠真を遠ざけるようにしてかばっていた。

　端から見れば、仲のいい三人兄妹《きょうだい》だ。微笑《ほほえ》ましい。

　兄妹でお茶をする場にウサギの姿で同席し、菓子をもらい食べるだけの時間も、悠真としては悪くなかった。

　そんな時間があった後だけに、落差をまざまざと感じる。あの日の穏やかなアルフレッドの眼差しが、今は冷え切っていた。

「不服そうな顔だね、アルフレッドさん」

　話し合いの場として選んだ、商談にも使われるギルドが貸し出す一室で、壁にもたれかかり表情がないアルフレッドとは違い、同席を申し出た澪の表情は明るい。修羅場と化してもおかしくない話し合いの場も、完全に娯楽だ。

　対岸の火事——こんな時に使う言葉だったかなと、対照的な二人の顔を悠真はひっそり見比べた。

　他人事《ひとごと》なら、そんなものかもしれない。

　今日の話し合いの席には、当時を知る者がいた方がいいだろうと、ユーリも同席する。というよりも、フレッドの時は城の使いを出せないので、ユーリがその役を担うことになった。

　今はアマンダを、迎えに行っている。

　——タイヘンだね、ユーリさんも。

　——いえ、友人のためなので。

　完全に巻き込まれただけのユーリに声をかけると、面白そうなんで、と副音声が聞こえるような笑顔で返ってきた。澪の同類がいたと、悠真は乾いた笑いが洩れた。

　誰も、今のこの状況を心配していない。むしろ、面白がっている。いいのかそれで、と決して機嫌が良いとは言えないアルフレッドを、悠真は盗み見た。

「不服以外の何ものでもないからな」

　気乗りしないといった心情を、アルフレッドは隠そうともしない。それに、澪が同意を示した。

「そうだよねぇ。不名誉な噂流されて、気分いいわけないよね」

「これからアマンダの相手をすると思うだけで、辟易《へきえき》する」

「そんな？」

　訊《き》き返せば、苦々しい顔でアルフレッドは頷く。これから漫画やドラマでしか見たことのない修羅場が、目の前で展開されるのか？　と、悠真がなんとも言えない気分になっていると、ドアがノックされた。

　ほぼ同時に、勢いよく開く。

「フレッド、会いたかった！　今までどこに行ってたの」

　淡い水色の髪に、きつい印象を受ける灰褐色の瞳のアマンダが、ぱあっと表情を明るくする。けれどアルフレッドの表情は動かない。

　返事もしなかった。

「相変わらずねぇ」

　ため息混じりに、それでも嬉《うれ》しそうにこぼす。当たり前のように受け入れているのを見ると、これがアマンダの知るアルフレッドということだ。

　悠真の知らない姿だ。

　驚きと、新鮮さを感じる。出会う前の、過去を盗み見ている気分にもなった。

「でも、会いたかった」

　アマンダは部屋に入ってきた時から、視線も意識もアルフレッドにだけ向けて、他はいないものとしている。すごいな、と悠真は感心し、それならばこのまま空気に徹していることにした。


「とりあえず、座っては？」

　感極まったという体《てい》で、今にもアルフレッドへ抱きつきそうなアマンダを見て、ユーリが助け船を出すように割って入る。一瞬眉をひそめたアマンダは、今更悠真たちの存在に気づいたかのように一瞥《いちべつ》した。

　けれどすぐに興味を失う。取るに足らない存在と、認識したようだ。

「……まあ、大事な話は落ち着いて話した方がいいものね」

　アマンダはソファへ素直に座る。そして満面の笑みで、アルフレッドへ隣に座るように促した。

　無視したアルフレッドが、テーブルを挟んだ向かいのソファへ座ると、隣にはユーリが座る。いつもなら優先される悠真と澪は、アルフレッド側の少し離れた位置へと下がった。

　打ち合わせ通りではあるが、完全に観客のポジションだ。傍らに立つ澪は真面目な顔をしているが、内心ではこの状況を面白がっているのがわかった。

「単刀直入に言おう。事実無根の噂を流すのはやめろ。迷惑だ」

　不快さを隠さず、アルフレッドが告げる。昨夜ベッドの中で悠真を抱きしめ、どこか甘えるように、アマンダと向き合う姿を見せて嫌われないか心配だと言っていたがそれはない。ただ悠真なら、好きな相手からこんな態度を向けられたら心臓が冷えそうだ。

「フレッドでも、責任逃れするんだ」

　けれどアマンダに、怯む様子はない。

「あなたとの子どもがいるのは本当よ。フレッドが行方不明だから、今まで一人で育ててたの。大変だったんだから」

「俺の子ではないだろう」

「すぐには信じられないかもしれないけど、あなたとあたしの子どもなの」

「関係を持ったことすらないのに、俺との間に子ができるなどありえないな」

　そこだよなぁ、と悠真は首を傾げたくなる。関係を持っていなければ、偽りも成立しない。

　即座にバレる嘘をついて、それが受け入れられると信じて疑わない気持ちが理解できなかった。一夜の過ちでもあれば、別ではあるが。

「関係なら持ったじゃない」

　ひゅ、と悠真は反射的に息を呑む。

「なに？」

「酔ったフレッドを、あたしが介抱してあげた夜よ。朝にはもういなかったけど。でもその一夜で子どもができたの。男ならちゃんと責任取りなさいよ！」

　え、と悠真は声を上げそうになる。けれど不安に襲われる前に、アルフレッドは否定の言葉を口にした。

「それは俺ではない」

「失礼ね！　あたしが間違えるわけないじゃない。そうやって逃げる気でしょ」

「事実を言っているだけだ。俺が酔い潰れるほど飲むことなどない」

「それは、いつですか？」

　睨み合う二人に、ユーリがのんびり声をかける。驚くくらい、緊迫感のかけらもなかった。

「建国祭の日よ」

　ああ、とアルフレッドが頷く。

　それにアマンダが、ぱっと表情を明るくした。

「思い出したのね」

「わかりやすい日で助かった。やはり、俺ではありえない。その日は間違いなく他の場所にいたからな」

「嘘よ！」

「本当です。私も、その場にいましたから」

「口裏を合わせてるだけでしょ。二人揃《そろ》ってどこにいたって言うのよ」

　アマンダは強気で、一歩も引かない。

　そのせいでいくつかの可能性が浮かんで悠真が混乱していると、アルフレッドとユーリが目を合わせ頷いた。

「夜会だ。主催者が主催者だったから、俺が参加しないわけにはいかず、呼び戻された」

　は？　と、アマンダが怪訝《けげん》な顔をする。けれどすぐに、眉をつり上げた。

「言い逃ればかりして！　夜会とか、貴族じゃあるまいし」

　明言はしないが、アルフレッドとユーリが貴族らしい表情を見せる。できるだけ、身分は明かさない方向でと言っていたが、埒があかないと判断したようだ。

「その日だと断定するのなら、相手に思い当たらないこともないな」

「そうですね。青い顔をしてフレッドを呼びに来た彼に、息抜きでもしてろ、と言いつつ、強引に取りつけられた飲みの席を押しつけていましたね」

「堅苦しくない席でのタダ酒だと、本人も喜んでいただろう」

「まあ、そうですね」

「作り話しないで！　あたしがフレッドを間違えるわけないじゃない！」

　呑気《のんき》に話すアルフレッドとユーリに、アマンダがヒステリックに叫ぶ。

　必死さが窺えた。

「魔法で、俺の姿に見せていたからな。だいたい、間違いでも俺の子ができるなどありえないんだ。俺は不測の事態が起きた時のためにも、市井《しせい》に降りているときは不能になる魔法をかけているからな」

「なに、それ……」

「と言っても、信じないのだろう」

　アルフレッドが指先で、魔法陣を描く。唐突に、一人の人物が現れた。

「――へ」

「トーマス」

「アルフレッド？　ここどこだ。俺、執務室にいたはず」

「話が聞きたくて、来てもらった」

「はあ、それはいいけど。戻って仕事してくれると俺はありがたい」

「おまえ、俺が冒険者としてふらふらしてた時、一度入れ替わったことがあるよな。建国祭の時だ」

　トーマスが口にした希望を無視して、アルフレッドは話を進める。あきらめたトーマスが、肯定するように頷いた。

「あったな、そんなことも」

「その日の夜、おまえは俺の代わりに飲みに行ったんだよな」

「行けって、ア、フレッドが言ったんだろう。まあ、楽しかったけど」

「で、そこの女と関係持っただろ？」

促されるまま視線を流し、アマンダを認識した途端、ざっとトーマスの顔が青くなる。覚えがあるようだ。

「俺の方が襲われたんだよ！　あの日唐突に意識が朦《もう》朧《ろう》としてきて、相手が誰かもわからないままどっかの宿に連れ込まれて……。翌朝、動けるようになったから逃げ出して宿に戻ったところにユーリが来て、さっさと戻れと飛ばされたんだ」

「クスリを盛ったのか？」

侮蔑の眼差しをアルフレッドが向けると、アマンダが歯がみする。すぐさま、トーマスを睨みつけた。

「作り話よ！　子どもはフレッドにそっくりなのよ！」

「へえ。俺に、そっくりなのか？」

しっかりと、確認するようにアルフレッドが尋ねる。それにぱあっと表情を明るくしたアマンダが、大きく頷いた。

「そうよ！　あなたにそっくりよ。髪も、瞳の色も」

「そうか」

「わかったなら……」

「俺に、そっくりだというのなら、間違いなく俺の子ではない」

はっきりと、アルフレッドが否定する。ぽかんとしたのはアマンダだ。

（ああ、そうだ）

今のアルフレッドの容姿を眺め、悠真は納得した。それならば赤みの強い茶色の髪、同系色の瞳を持つトーマスの面影もない。

「今なら、タチの悪い冗談ですませてやってもいい。嘘を認め、二度と妙な噂を流さない、俺に近づかないと約束しろ」

「なによ、そっちこそ素直に認めて責任取りなさいよ！」

一歩も引かないアマンダに、アルフレッドは舌打ちする。鬱陶しいと、顔に書いてあった。

「気は進まないが、仕方がない」

言うが早いか、アルフレッドは偽りの髪と瞳の色を戻す。馴《なじ》染みのある容姿に、悠真はやっぱりこちらの方が、安心感があると感じた。

けれどアマンダは、驚愕に目を見開く。

「わかったか？　偽りの姿にそっくりな子など、俺の子のはずがない」

「そ、そっちが偽りの姿なんでしょう！」

「ありえない」

「そんなの、わからないじゃない」

「わかるんだ」

「そうですね、この姿が偽りの姿なわけがない」

　ユーリも援護に回った。

　けれどアマンダは肩を震わせ、きつい眼差しで二人を睨みつけた。

「みんな、グルなんでしょう！」

「信じたくなければ、信じなくてもいい。俺は、俺の最愛の人に誤解されたくなかったからこの場を設けただけだ」

　ちらりと、アルフレッドの視線が悠真へと向く。

　最初から疑っていないのにと思っていると、アルフレッドが言葉を継いだ。

「それにこの姿が偽りだと言うのなら、この国の王までも偽っていると言うことだ」

「――え？」

「まあ、仕方ないですよ。平民だと、あなたの姿を知らなくても」

「表に極力出ない生活をしてたしな」

「なに、なにを言って」

「はい！　発言いいかな」

　ぱっと手を上げ、会話に割って入った澪へと一斉に視線が向く。傍らにいる悠真は、勝手に気まずくなった。

「ねえ、アマンダさんそろそろ引いた方がよくない？　相手が悪かったというか、計画が杜撰《ずさん》だったというか、このまま粘っても無駄なんだし」

　悪女系も好きだけどなんか違う――と、ぼそりと呟いていたので、堂々巡りの会話に飽きたらしい。

　早々に収拾をつけて、帰りたいと澪の顔に書いてあった。

「なによ、偉そうに。部外者が話に入ってくるな！」

「だって私偉いもん」

「はあ？」

　険のある態度を向けられても怯《ひる》まず、澪はにっこりと笑う。

「聖女様だから」

　告げると同時に容姿を元に戻すと、アマンダが目を見開く。

効果は絶大で、そこからはあっという間に話が進む。

フレッドの子どもだと主張した子は、影からの報告があった通りに孤児院から引き取ったとアマンダが白状したので、成人までは責任を持って面倒をみることを約束させる。そして二度とデマは流さない、アルフレッドに近づかない、ここでのやりとりは守秘義務がある旨を記した、罰則付きの魔法誓約書にサインさせて、隠し子騒動は幕を閉じた。


胸に漠然とあった重みも消え、冒険者稼業にも一段落ついたその夜、悠真は普段より長くいた風呂を出るとベッドに倒れ込む。しばらくぼんやりと天井を眺めて、身体を起こした。

どうにも、落ち着かない。

本来の部屋の主は、現在入浴中だ。

見えるわけはないのに、悠真はちらちらとそちらを気にして、はああ、と深く息を吐いた。

(今夜、がいいよなきっと)

それとなく、アルフレッドから示唆されたことはない。だからこそ、コレ、というきっかけがなければ、なし崩しに今まで通りが続きそうだった。

(だいたい、俺のこと大事にしすぎなんだよ！)

怒るところではないが、怒りたくもなる。いつまでたっても、アルフレッドが我慢している状況だ。

行為の最中に喉まで出かかって、結局言葉を呑み込んでしまう悠真にも原因はあるのかもしれないが、初めてなのだから仕方がない。少しくらい強引に来いよと、結構な頻度で思っていた。

(俺のびびってる気持ちなんて、些細《ささい》なもんだしさ)

壊れ物ではないのだから、そんなに大切にしなくても大丈夫だ。

一人の人間で、それなりに頑丈な男の身体だ。

むうっと悠真が眉間にシワを刻んでいると、アルフレッドが姿を見せる。風呂上がりの姿に、どくん、と心音が大きく跳ねた。

「ハル、どうかした？　難しい顔をして」

濡《ぬ》れて顔にかかる髪を、アルフレッドが無造作にかき上げる。色気にあてられるように騒ぐ鼓動が、耳にうるさかった。

「あー、うん」

緊張する。散々肌を触れ合わせ、挿入する以外なら結構しているけど、やっぱりそれとこれとは別だった。

軽く深呼吸して、座っているベッドの上をとんとんと悠真は手のひらでたたく。呼ばれるまますぐに、アルフレッドは腰を下ろしてくれた。

「どうした？」

こく、と悠真は息を呑む。婚約したとは言っても、恋愛方面は完全に初心者だ。スマートな立ち回りなどできるわけがない。

「なんか、色々考えたんだけどさ」

「うん」

誕生日とかイベント事とか、いくつか候補をあげてみた。

けれどどれも、しっくりとはこない。考えて、考えて、結局そんな特別なんて必要なくて、ただほんの少しのきっかけと勢いがあればいいと気づいた。

「えーっと、なんて言ったらいいんだろ。いかがわしいこと、はフツーにいつもしてるし……」

「うん？」

「性行為？　まぐわう？　交尾？　は、違うか」

「ハル待った！」

正しく伝わる言葉を探していると、大きな手に口を塞がれる。珍しく、アルフレッドが動揺しているのが伝わってきて、悠真は目を合わせたまま瞬きした。

「……それは、最後までしていいってこと？」

口を塞がれたままなので、悠真は頷く。

今は夏期休暇中だ。冒険者稼業にも区切りを付けた。明日の予定はなく、受け止めた精に含まれる魔力に酔ったり、様々な要因でうっかり寝込んだりしたところで困ることはなかった。

「無理してない？」

間近にあるヘーゼルの瞳が、揺れている感情を窺わせる。大人の矜持《きょうじ》は、こんな時には邪魔なのかもしれない。

口を塞いだままの手を、悠真はそっと外した。

「俺が、アルフレッドとしたいんだ」

色々なことを並べ立てても、結局それがすべてだ。

恋は下心でできていると、何で知ったのかは忘れてしまったけれど、今はすごく納得させられている。好きだから触りたい、キスしたい、それ以上の触れ合いだってしたい。

「ってことで、どうですか？」

そろり、とアルフレッドを窺う。

喜ぶわけでもなく引くわけでもなく、固まっていた。

「……俺の都合のいい、夢？」

「んなわけないだろ」

肌を触れ合わせることを知らなかった頃は、性的な触れ合いなどしなくても平気だった。けれど知ってしまった今は、しないなんて考えられない。

アルフレッドに触ってほしくて、アルフレッドに触りたかった。

「後悔しない？」

「なんで？　好きな人とすんのに、後悔しないだろ」

「そうか」

嬉しそうに、アルフレッドの表情が綻ぶ。

するり、と悠真の頬を撫《な》で、そのまま手のひらで包む。間近で見つめ合ったまま、アルフレッドが軽やかに息で笑うと、唇をふわりと重ねた。

誘うように緩めた唇の隙間を舌先がなぞる。くすぐったさに悠真が身体を震わせると、舌が口内へ入り込んだ。

指先が耳に悪戯をしかけ、頭のかたちを確かめるように地肌に触れる。そのまま頭を支えられて、悠真はベッドへ押し倒された。

覆いかぶさるアルフレッドの背に腕を回すと、合わせた唇はさらに密着する。意思を持った舌先はじっくり時間をかけて丁寧に、歯や上顎を撫で、ざらりとする舌の表面を擦り合わせた。

「ふ、ぁ……っ」

応えるように悠真も舌を動かしていたが、息苦しくなってくる。軽く喘《あえ》ぐと、飲み込みきれなかった唾液が口端から溢《あふ》れた。

「ハルの方から、誘われるとは思わなかった」

「んっ、俺だって、そーいう欲あるし」

むしろ、ずっと焦《じ》らされているようだった、とは言わないでおく。

あんなに執拗《しつよう》に受け入れる場所を開かれれば、欲しくなるのは当然だ。

「欲しがってもらえて、嬉しいよ」

シャツを脱がされると、肌に湿った吐息と唇の柔らかな感触が触れる。ざわり、と粟立《あわだ》つ肌を啄《ついば》みながら移動し、アルフレッドは時折吸い上げた。

指先は緩やかに胸元を撫で、色づいている尖《とが》りをまさぐる。くすぐったいような刺激でもぷくりと膨らんで、アルフレッドの指に弾力を返した。

「んっ」

つままれ、擦られて、硬さを増していく。唇は肌をなぞりながら下へ移動していく。腹の窪《くぼ》みに舌先を押し込まれ、悠真は腹筋を揺らした。

脇腹をなぞり下りていった指先が、ズボンのウエスト部分を思わせぶりになぞる。引き下ろそうとするのを、悠真はとっさに止めた。

「ハル?」

「あー……と、その」

「やっぱり、やめたいとか?」

「じゃ、なくて……」

言葉に詰まる。そのせいでアルフレッドに誤解されるのも嫌で、あーもう、と悠真は覚悟を決めた。

気合いで、えいっと掴んでいた手を外す。

それで悠真の意図が伝わったようで、アルフレッドの手がするりとズボンを引き下ろした。

軽く腰を上げて脱ぐのに協力すると、ぴたりとアルフレッドが動きを止める。ぐ、と息を詰めた悠真に気づくとすぐに、手際よくズボンを足から抜き、脇へと放った。

見下ろす視線は不躾で、遠慮がない。

うわ、と悠真が膝を閉じる前に、アルフレッドが間に身体を入れて陣取る。居たたまれなさに、顔を逸《そ》らした。

(やっぱり、やめとけばよかった)

どうにも、『勝負下着』なんて言葉が頭の中に浮かんでしまい、普段は絶対に選ばない下着を悠真に選ばせた。

そのせいで、今現在非常に後悔している。恥ずかしい。とんでもなく、恥ずかしい。慣れないことはするべきではないと、悠真は実体験にて理解した。

「ハル」

「……なに」

「この下着、ハルが選んだ?」

腰の横にある、黒く細い紐《ひも》の結び目を、アルフレッドの指先がもてあそぶ。

揺れる紐が肌に擦れて、くすぐったい。引けば簡単にほどける紐だ。さっとほどくかと思えば、指先はそのまま離れていった。

のぞき込む瞳に答えを促され、悠真は小さく頷く。

今夜、と決意を固めた後、なぜかいまだに用意され続けている種類豊富な下着の存在を思い出した。

その中から悠真が選んだのは、比較的ハードル低めのシンプルな紐パンだ。

色でも悩み、白はないなと却下して、アルフレッドがよく褒めてくれる髪と同じ色ならいいかと、安易に黒を選んでいる。もちろんレース素材でもなければ、透け感などもない。

はあ、とアルフレッドが息を深く吐き出す。

それに悠真はびくりとして、似合わない下着に引かれたのかと心臓が冷えた。

「ハル、俺のこと煽《あお》ってどうするんだ？」

初めてなのに、と耳元に吹き込まれるように声を落とされる。軽く息を詰め、触れた吐息にも囁《ささや》かれた台詞にも、悠真は動揺した。

「お、れも、今絶賛後悔中だから、も、脱ぐよ」

身につけている方が恥ずかしいってなんだと、悠真が下着に手を伸ばすとアルフレッドに止められる。見上げると、唇の端が持ち上がるのが見えた。

「アルフレッド？」

「俺のために身につけてくれたんだから、自分で脱いだらだめだよ。ハル」

「え」

「ああ、ほんとこれはかなりクるな。……もう、濡れてる」

かあ、と悠真は頬に血が上る。ただでさえ伸縮性がなくぴたりとしている上に、普段穿《は》いているものより布面積が少ない下着だ。

兆せばどうなるかなど、少し考えればわかりそうなのに悠真は見事に失念していた。

おかげで、膨らんだ性器が下着を押し上げ、布の中に収まりきれず先端をのぞかせている。ただ黒い紐パンを穿いているところを見られただけなら、こんなにも恥ずかしさは感じていない。

「言うなって！　ぅあっ」

抗議の声を上げると同時に、雫《しずく》をこぼす性器の先端を、アルフレッドの指先が撫でる。緩く円を描くように指の腹で触れられるだけで、悠真は甘い吐息をこぼした。

「舐《な》めてほしくて、ここ、出してる？」

「ちがっ」

「うん？　けど、俺は舐めたいな」

「は」

下肢へと顔を伏せたアルフレッドに、じゅる、とはしたなくこぼしていた雫を吸われ、悠真は腰が跳ねる。意図せずに、押しつけるような格好になった。

　笑った気配がして悠真が羞恥に襲われていると、括《くび》れに舌が押しつけられる。くすぐるように舌先がかたちをなぞって、割れ目に悪戯を仕掛けた。

「あっ」

　ぐん、と性器は質量を増す。先ほどよりも下着を押し上げ、窮屈にしていた。

　けれどアルフレッドに脱がす気はないようで、性器だけでなく、悠真の弱い部分に舌を這《は》わせ唇で啄みながら、手のひらで太腿《ふともも》から足の付け根を撫でている。窪みを指で押されると、あえかな声がこぼれ出た。

「すごく、興奮する」

　悠真の膝を立てると、指先が下着の隙間から入り込み、縁をなぞるように肌を撫でる。喜んでいいんだよな？　と、まだ冷静さが残る思考で悠真は考えた。

　たぶん、悠真自身も興奮している。些細な刺激さえも拾って、身体が熱くなっていく。もっと触ってほしくて、脚は自然と開いていた。

　指先が誘われるように、尻の割れ目をなぞる。やがて窄《すぼ》まりにたどり着くと優しく撫でて、ぐにぐにと揉《も》むように押し、欲しがりひくつくようになるまで、もどかしい刺激を繰り返した。

「あっ！」

　つぷ、と指先が不意に入り込む。

　中を擦ってほしい期待はあるのに、乾いた指先は拒まれ奥へは入り込めない。はく、と唇を震わせ、悠真はアルフレッドを見上げた。

「無理やり押し込まないよ」

　そこは心配していないが、どうにも焦れったい。

　軽く眉をひそめると、しっかり悠真の意思は伝わる。今度は指にぬめりをまとわせて、ゆっくりと押し入ってきた。

「あ、ぅん、んっ」

　柔らかな粘膜を指に擦られ、ぞくぞくと快感が駆け上る。繋《つな》がるために内壁をたっぷり濡らし、慣らして開いているとわかっていても、悠真だけが気持ちよくなり、あられもない声を上げるのには慣れない。

「こっちも、触る？」

　薄い布越しに、昂《たか》ぶった性器を手のひらが包む。直接的な刺激に悠真は驚き腰を揺らして、埋められた指の存在をまざまざと感じる。布越しの性器への刺激は歯がゆく、時折もたらされる先端への直接的な刺激は強い。

　割れ目からこぼし続ける雫がアルフレッドの手も濡らして、下肢の方から響く水音が大きくなっているように感じた。

「ん、あぁぁっ」

　理性が残っている間は羞恥に駆られるので、なんとか堪《こら》えようとするが、喘ぐような声がどうしようもなく唇からこぼれる。身体中が敏感になったように、アルフレッドに触れられると悠真はびくびくと身体を跳ねさせた。

「あ、ああんっんん」

　は、は、と何度息を逃しても、燻《くすぶ》っている熱はまったく逃げていかない。むしろ、溜まり続けている。ぐちゅぐちゅと響く淫らな音にも煽られて、悠真は今にも達してしまいそうだった。

「も、……でる、かも」

「いいよ」

「……あっ！」

　膨らんだ性器は、強い刺激を与えられれば堪えることなんてできない。ぶるり、と身体を震わせ吐き出した精が、悠真の腹を濡らした。

　呼吸が荒くなる。脱力感に悠真がぼんやりしていると、自ら吐き出した精で汚した肌を、アルフレッドがざっと拭ってくれた。

「ハル、余裕なくて悪い」

　ゆるりと悠真は瞼《まぶた》を上げ、どきりとする。投げ出した脚の膝を立て、アルフレッドは腕を通すと少し乱暴に腰を引き寄せた。

　片方の紐を、アルフレッドの指が引きほどく。

　散々脱ぎたいと思っていたのに、いざ紐を解かれると妙に気恥ずかしい。下着はすっかり汚れて、悲惨な状態でもあった。

「少し落ち着かないと、まずいな」

　苦みを混ぜるアルフレッドの表情も、なんていうか、えろい。

　そんな感想を悠真が持っていると、精を吐き出しくたりとしている性器に、アルフレッドの指が再び絡む。刺激するというよりは、もてあそぶような動きだ。

「ゆっくり、な」

　達した直後は、強い刺激を拒否する性器も、やがてもどかしさがじわりと広がり、次第に大きくなっていく。

物足りない。自然と腰が動いて、より強い刺激を求めた。

ひくつく窄まりの上を、指とは違う熱が撫でる。視線を下げると、アルフレッドの昂ぶりが見えた。

見せつけるように、軽く押しつけられる。ぬる、と滑って、簡単に入りそうだった。

「ハル、やめてやれないよ」

見上げるアルフレッドからは、普段の柔和さが消えている。獲物を前にしたような、獰猛《どうもう》さが窺い見えた。

情欲に彩られた表情は男臭くて、悠真は視界が揺らぐ。

不安がない、といえば嘘になる。覚悟ができている、とは違うのかもしれない。

ただ悠真も、アルフレッドが欲しくて欲情していた。

「ぜったい、やめんなよ」

がちんと視線を合わせて告げると、ヘーゼルの瞳が見開く。色々な感情を混ぜたように、アルフレッドが笑みをこぼした。

「ほんと、ハルは……」

昂った性器の先端が襞を引っかけ、ぐ、と押し入ってくる。散々指で開かれ慣れた窄まりは簡単に開き、アルフレッドの昂ぶりを迎え入れた。

「んっ……ぅ、ん」

みち、と埋め込まれる生々しい熱を感じる。

激しい痛みはないが、ゆっくり奥へと入り込まれるのがわかり、悠真は唇をかみしめた。

「ふぅ、んっ、あ……っ」

隙間なく埋められていく感覚は未知のもので、深くなればなるほど苦しいのに、内壁が擦れるせいでもどかしさも同時に与える。指で与えられていた悦を、身体はすっかり覚えていた。

初めてなのに快感を得られそうで、悠真は驚きと戸惑いを感じる。今までの行為を思えばさして不思議ではないが、痛みを覚悟して身構えていただけに混乱した。

「ハル？　痛い？」

余裕がないなんて言いながら、しっかりと悠真の様子を窺っていたアルフレッドが腰を止める。違う、そうじゃないと、頭を振った。

（むしろ、焦れてるなんて）

淫乱になったのかと、軽いショックを受ける。初めは違和感しかなかった乳首だって、今はもう立派な性感帯だ。

「ハル？　どうした」

「……初めてなのに、気持ちよくなりそうなんだけど引かない？」

おずおずと申告すると、はるぅと、恨めしそうな声が落とされる。え、と戸惑っていると、中に埋められている性器が質量を増した気がした。

「え、なんで」

びくびくと、震えているのがわかる。それに応えるように、内壁も蠢《うごめ》いた。

「だから、煽んなって言ってんだろ」

「いや、え？」

口を塞がれる。舌が口内を蹂躙《じゅうりん》しながら、先ほどよりも少し性急に性器が埋められていく。

「んんっ」

「はい、ったよ」

アルフレッドが動きを止めると、中で脈打っているのがわかる。迎え入れた内壁も、悠真の呼吸と共にひくりひくりと震えて、刺激を待ちわびているようだった。

さすがに苦しい。内臓が押されているような感覚があった。

馴染むのを待って、奥まで繋がったままアルフレッドが腰を揺らす。跳ねた悠真の声に、ぐち、と濡れた音が混じり響いた。

慌てて引き結んだ唇に、アルフレッドが舌先を這わせる。

「なんか、アルフレッドがすげぇえろい」

「ハルが、そうさせてんだよ」

欲情しているのを隠そうともせずに、艶然とアルフレッドが微笑む。

「……動くよ」

うっかり見惚《みと》れていると告げられる。反射で身構えると、予想とは違い、アルフレッドは緩慢に抜いていく。ぞわぞわっと背筋を駆け上る感覚があって、悠真は息を詰めた。

「ん、……ぁあっ」

すぐにまた、同じように奥まで入り込まれる。眉根を寄せたアルフレッドが、浅い場所で抜き差ししていると、悠真は物足りないような感覚が下腹部にたまっ

ていった。

隙間なく、ぎっちりと埋められれば苦しい。痛みもある。それなのに奥まで欲しいという欲求もあって、混乱しながら悠真はアルフレッドを見上げた。

「ハル」

熱っぽい吐息と、掠《かす》れた声が耳を掠める。顎に伝う汗が、どきりとするほど色っぽく見えた。

「やばいな」

「何が？」

「……気持ちがよすぎて」

小さく悠真は笑って、俺も、と返す。

ちっと、アルフレッドが舌打ちするのが聞こえる。すぐに足を抱え直され、ぐいっと乱暴に奥を押された。

「あぁぁっ」

不意打ちに悠真は喉を反らし、声を洩らす。ぐちゅぐちゅと濡れた音を立て、浅く、深く、アルフレッドの膨らんだ性器に中を繰り返し擦られた。

腰に添えられた、アルフレッドの指先に力が入って肌に食い込む。腰を揺すられるたびに、足に残った下着も揺れる。たまっていく熱が、悠真の理性を焼く。中の疼《うず》きがひどくなって、足が震えていた。

「も、ぅ、あっ」

雫を溢れさせた悠真の昂ぶりは、限界が近い。絡んだアルフレッドの指先が吐精を促し擦り上げると同時に、内壁の敏感な部分を掠めて奥を突き上げ、悠真の腰が大きく震える。白く霞《かす》んだ思考の中で、アルフレッドが息を詰めるのを感じた。

「く……ッ」

悠真の腹に、どろりとした白濁が散る。中を埋めるものが、びくびくと震えた。

少し遅れて、体内に熱を感じる。中に出された、と気づいて、温《ぬく》いものが広がる感覚に悠真は目を見開いた。

「あ、あぁ、……っ」

汗を滲《にじ》ませ、髪を乱しているアルフレッドの顔を見ていると、擦りつけるように腰を動かされる。ぐちゅぐちゅと、濡れた音が響いた。

「ん、ぅ」

目が合うと、ちゅ、と鼻先に唇が触れる。アルフレッドは悠真の肩口に額を落とすと、深く息を吐いた。

大きく開き、不自然に力を入れていた足は怠くて力が入らない。

一心不乱に走り込んだ後のような速い鼓動と、荒い呼吸。汗が冷えていくのを感じながら、悠真は充足感を味わっていた。

「ハル」

熱に浮かされ、ぼんやりとしたままの意識で、アルフレッドの声を聞く。

瞳をのぞき込まれて、滲む視界に情欲の名残がある美しい双眸を見つける。悠真は数度瞬きすると、少しだけクリアになった視界でアルフレッドを仰ぎ見た。

愛《いと》しい、そんな気持ちで腕を伸ばし首に絡めると引き寄せる。いまだ埋められているものの角度が変わり息をこぼし、唇をそっと触れ合わせた。

「わるい、もう一回」

「……は？」

ぽかん、としている間に、アルフレッドは軽く腰を引き押し込む。ぐちゅん、と濡れた音が大きく響いた。

「あ、ぇ……」

柔らかく埋められていた性器が、内壁を押し広げていく感触が生々しい。中を擦られる感覚を思い出して、悠真は腰の奥が疼いた。

放ったものをより塗り込めるように、アルフレッドは腰を揺する。

「んっ、あ、あぁ」

「気持ちよすぎるし、ハルのいつも以上にいやらしいとこ見られたし、もっと見たい」

嫌そうに、悠真は渋面を作る。恥ずかしいので、あまりあけすけに言わないでほしかった。

けれど、嫌なわけではない。

言葉の代わりに、悠真はアルフレッドの背に腕を回した。

エピローグ

今日も今日とて、澪《みお》はメイド服を身につけている。夏用に新しく仕立てたと言って、くるりと回ってみせてくれたがなんて返すのが正解か悠真《はるま》にはわからなかった。

だいたい、違いがわからない。生地が違うだけで見た目は同じだ。

「ねえ、具合が悪いって聞いたんだけど」

お茶が用意されている席に着いてすぐに、澪は行儀悪く頬杖《ほおづえ》をついて悠真を窺《うかが》う。

まっすぐに向けられる眼差《まなざ》しに、妙な気まずさを覚えた。

「あー……もう平気」

事情が事情なだけに、その話題にあまり触れてほしくない。

昨日一日ベッドの住人でいるのは、ある意味想定内のことだ。

どこかで、平気だろうなんて高をくくっていたところもある。実際は目が覚めると、驚くほどに身体《からだ》が重かった。

少し身動《みじろ》いだだけで、下肢の方を中心にあちこちが悲鳴を上げた。あらぬところには、まだ何か挟まっているような感覚さえあった。

すべてに心当たりがあったけれど、なぜか視界もぐらぐら揺れた。風邪を悪化させ、高熱を出した時のような感覚だった。

——魔力酔いだな。

——一気に俺の魔力が体内に入ったせいで、魔力過多になっているんだろう。

体調不良をおずおず申告すると、悪い、と反省を滲《にじ》ませたアルフレッドが謝罪の言葉を口にした。

しょげているようにも見えて、悠真は熱で幻覚を見ているのかと目を疑った。

なんだか、大の大人がかわいく見えた。叱られた時の、大型犬の面影があった。

——歯止めがきかなかった。

——まさかあんな下着をつけて、ハルから誘ってくれるとは思わなくて。

たかが下着、されど下着、恐るべし！　と悠真は実感した。下着に、驚くべき効果があるなんて知らなかった。

——いや、うん。いいって言ったの俺だし。

大丈夫、気にしなくていい。そう安心させるように言ったのに、アルフレッド自ら甲斐甲斐《かいがい》しく世話をしてくれた。王子がそれでいいのかと思いつつ、悠真は素直に甘えた。

　魔力過多による具合の悪さだったので、いつもとは逆の対応になる。ちょっぴりいかがわしいことで魔力を抜いて、今朝にはすっかり回復していた。

　朝食もしっかり食べ、執務室に向かうアルフレッドを見送り部屋で呑気《のんき》に寛《くつろ》いでいると、澪からお茶の誘いという名の呼び出しがあり今に至る。

　妙に返事が歯切れ悪い悠真に、澪は得心がいったと頷《うなず》いた。

「やりすぎってことね」

「……っ」

　直接的な言葉が飛んでくる。思わず、悠真はぎょっとした。

「今までになく、アルフレッドさんの魔力の気配がすごいんだもん。わからないわけないじゃない」

「ん、今までになくって」

　羞恥よりも、疑問が勝る。さまよわせた視線を、悠真は澪へと戻した。

「前から、アルフレッドさんの魔力の気配がちょっとずつ強くなってるなぁって」

　少し遅れて、理解が及ぶ。

「うわぁ……さすがにはずい」

　駄々洩《も》れで、一目瞭然的に気づかれるものなのかと悠真は頭を抱える。鑑定系の何かをしなければわからないと、勝手に解釈していた。

　まじか、と悠真は困惑が強くなる。

「なあ、誰でもわかんの？」

「どうだろう？　ぱっと見でわかる人はそんなにいないだろうけど。たぶん」

「たぶんかぁ」

　わかる人にはわかるということだ。

　すぐに浮かんだ顔は、ユーリだった。あのモノクルを、見事に失念していた。

　後は誰だ、と悠真は知っている顔を思い浮かべる。

疑い始めると誰もが気づいていそうで、気恥ずかしさがあった。

「他人の魔力が見えない人にはわかんないから、大丈夫だって」

「大丈夫って言わないだろ」

あまりはっきりとは知られたくない筆頭の、澪には見えている。家族に知られたような感覚で、なんとも言えない気持ちになった。

「だって、今更じゃない」

「なんだよ、今更って」

「昨日日課のランニングに顔を見せない、寝室から出てこないってなれば、聡《さと》い人には何があったかなんてバレバレだし」

「あー……そうか」

他にも、気づかれる要素はいくらでもある。使用人のいる生活だ。

「ね！」

「他人事《ひとごと》だと思って」

いい笑顔の澪を、悠真は恨めしく睨《にら》む。

「ご寵愛《ちょうあい》されてるのねって、概《おおむ》ね好意的だよ」

「概ね？」

「そ、概ね。一部の阿呆どもが、いまだに自分の息のかかった娘をあてがうつもりでいて、ぎりぎりと歯がみしてるって感じかな」

「詳しいな」

「まあねぇ」

ふふふ、と黒い笑みを澪が浮かべる。何か、おもちゃを見つけた子どもの無邪気さも垣間《かいま》見えた。

突っ込みは、あえてしない。

「あーっと、これからも、その、やった後ってわかんのかな」

「アルフレッドさんの魔力が身体になじめば、それが当たり前になるからわかんなくなるよ」

「あ、そう」

それなら、まあ……と思って、悠真は何かが引っかかる。

「牽制《けんせい》になるから、早くなじんでほしそうだよ？」

喜んでいいことではなかった。

「なあ」

「なに？」

「俺、すっげぇ恥ずかしいんだけど！」

そんなつもりはないのに、まるでアルフレッドとの関係を見せつけているみたいだ。

バカップルみたいで、微妙な気持ちになる。

「いいじゃない、お色気担当ってことで」

「んだよ、それ」

「だって異世界転移だよ。小説とか漫画で言ったら、王子様と恋をするお色気担当がいるじゃん」

「フツーに考えたら、それおまえだろ」

「何言ってんの、私はモブよ」

（モブとは）

真顔になる。聖女のくせに何言ってんだ。巻き込まれたモブは俺だ、とか、色々な台詞《せりふ》が頭の中に浮かんでは消えて、悠真はため息がこぼれた。

「おまえ、エドワードにも好意を寄せられてるし、そのかぶった巨大猫で、他もよりどりみどりだろ」

「エドくんのは好意じゃなくて義務だよ。それに私、夢属性ってないんだよね」

「夢？」

知らない単語だ。

正しくは、知ってはいるが間違いなく使い方が違う夢だ。

「推しと自分で妄想する感じ？」

なんとなく理解する。ふうん、と納得しかけ、悠真は我に返った。

「妄想じゃなくて、現実にいるんだから選択肢に入るだろ」

「うーん、無理？」

「なんでだよ」

「まず、エドくんはない」

「言い切ったな」

「だってさ、考えてもみなよ。見かけは極上だけど、バックグラウンドが王族。それも王位継承者とかないわー、王妃なんてめんどくさい予感がひしひしするもん。それにどんな事情があったとしても、召喚された恨みはゼロにはならない！」

「まあ、それは」

「他にぱっと思いつく人で言うと、騎士団長の息子なんて脳筋でしょ、疲れるから無理。宰相の息子は見た目はクールビューティーな眼鏡美人だけど、私的には受けなのよ」

知らねぇよと、悠真は心の中で突っ込む。

「あとね、一夫多妻ってなに？　浮気し放題ってことでしょ。ありえないわぁ」

同意見なので、悠真も頷く。

「本気で好きになったら我慢できるかもしれないけど、

今のところそんな相手いないし、手に職があるから生きていくのに困らないしねぇ」

澪が我慢？　聖女は手に職なのか？　悠真は突っ込みが追いつかない。

「エドくんに婚約者？　嫁？　ができて、私のこと邪魔だって言うなら、神殿に引っ越す予定だしね」

召喚に罪悪感を持っているエドワードが、澪を邪険にすることはありえない。相手は知らないが。

「なんか、すげぇな」

もしも、まで考えている。異世界でも将来をしっかり見据えている澪は、強くて逞《たくま》しい。

「すごいでしょ？」

ふふん、と得意げだ。

日々のことで手一杯な悠真は、本当に敵《かな》わないなと素直に頷いた。

「でもまあ、なんかあったら言えよ。俺は話を聞くくらいしかできねぇけど」

決して、一人で抱え込まないでほしい。

どんなにチートな力を持っていても、この世界を自由気ままに楽しんでいるように見えても、本来なら親の庇護下《ひごか》にいる十代の学生だ。

それなのに国から崇《あが》められ、聖女の称号を背負わされている。巻き込まれただけの、ある種気楽な悠真とは立ち位置からして違った。

だからこそ、頼りない自覚のある悠真だけでなく、恋だの愛だのが絡んだ関係でなくていい、澪の心の支えになってくれる人が現れることを願っていた。

「ハルは優しいねぇ」

一瞬だけ、澪の表情に憂いが混ざる。けれどすぐに、はにかんだ笑みを浮かべた。

「フツーだろ」

「うん、ずっとハルの思うフツーでいてね。周りが振り回されてて案外面白いから」

「振り回してんのは澪だろ」

周囲が特別視する力など、悠真にはまったくない。機嫌も、動向も窺う必要のない、聖女を召喚したらついてきたおまけだ。モブだ。

けれど気安く話せる澪の幼なじみとして、つかず離れず、これからもこの世界で生きていく。

番外編

どこでも平穏とはほど遠い

1　波乱は旅先でもやっぱり

「ええっと？」

どこだ、ここ――と、悠真《はるま》は茫然《ぼうぜん》とする。ぐるりと周囲を見回しても、覚えのある景色はない。目印になるようなものも何一つなくて、木々と茨《いばら》が生い茂るだけの光景が辺り一面に広がっていた。

嘘《うそ》だろ、と否定してみても、置かれている状況は変わらない。

（これはいわゆる）

ぐ、とそこで悠真は思考を止める。無駄な抵抗だとわかっていても、認めたくはない。認めた途端、それが事実になる。けれど自然に、ため息がこぼれた。

（どうしてこうなった）

悠真が今いるのは、夏期休暇を利用して訪れたローレンツの領地だ。

アシュトンとエイデンと共に、昨日の昼過ぎから滞在している。今回はグリューンを含め、悠真のお目付役は同行していない。知っている限り、と注釈はつくが、珍しくも単独行動だ。

王都から馬車で数日はかかる場所だと悠真は聞いている。それに実感がないのは、移動に転移魔法陣を使用したからだ。転移魔法って便利だ、と悠真は再度実感した。そう感じるのは、魔法が身近にあるこの世界の人も同じようだった。

「すごいな、一瞬だ」

「ちょっと、酔いそうな感覚もあるけどな」

同行者全員が、転移で移動するのは初めてだと言った。当然と言えば、当然かもしれない。転移魔法は難易度が高く、誰もが使えるわけではない。この世界へ来て日の浅い澪《みお》が、使いこなしているのが特例なだけだ。

今回は国が設置している魔法陣を利用している。結界を張るための移動に澪も利用していたが、有事の際を見据え、転移魔法陣はある程度各地に設置されていた。

だからといって、そう気軽に使えるものではない。かなりの魔力を消費するので、大抵は個人ではまかなえず、専用の高価な魔石を購入することになる。使用許可も取らなければいけなかった。

なので領地に帰るくらいでは貴族といえどもあまり使わない。のんびり馬車に揺られ、移動するのが一般的だ。

ローレンツの領地にも、馬車で数日かけて行くものと悠真は想定していたが、エイデンが転移魔法陣の使用許可を取ったからそれで移動しようと提案してきた。

「エイデンのおかげで、貴重な体験したよ。転移魔法陣使うとか、さすが発展目覚ましい商会の息子だな」

バシバシとエイデンの背をたたきながら、ローレンツが褒め、隣でアシュトンも頷《うなず》いていた。

「あー、うん、そうだな？」

エイデンは誇るどころか妙に歯切れが悪く、なぜか浮かない印象の笑みを見せていた。

商談に呼ばれた先で、許可証と共に魔石をもらったらしい。片道の移動だけでも数日かかると、王都を不在にする期間が長くなるだろうからと。

色々理解していない悠真は、将来有望な商人はすごいと賞賛しつつ、軽く頷いただけで終わったが、ローレンツとアシュトンはかなり驚いていた。

そんな感じに、移動中に見慣れぬ景色を眺めることもなく――元々そんな情緒を悠真は持ち合わせていないが、ぱぱっと到着したモンドレフト領は観光客の姿が多い。

避暑地としていいのもそうだが、気まぐれに願いを叶《かな》えてくれる魔女が移り住んだ地、との言い伝えがあるからだとローレンツが教えてくれた。

居場所を明かしている予言の魔女以外の存在は、真偽のほどはわからない。

言い伝えのある地はいくつかある。けれど運が良ければ願いが叶うかもしれないと希望を持って訪れる者は後を絶たず、興味本位で訪れる観光者も増え、モンドレフト領は発展していた。

領主の息子であるローレンツは、魔女が移り住んだと言われる地をより詳しく知っていて、悠真たちも興味本位で来てみたのだが――気づけば周囲に誰もいない。なぜ森の奥に入り込んだかも、わからなかった。

（そんなにぼんやりしてたかなぁ？）

気づけば森の中にいるなど、我がことながら悠真は呆《あき》れる。このことは、アルフレッドや澪には内緒にしておこうと心に決めた。

特に澪だ。絶対に、馬鹿にされる。

（とりあえず来た道を戻るか）

どこかで曲がった記憶も、横道にそれた記憶もない。間違いなく一本道を歩いてきている。となれば、回れ右でまっすぐに歩いていけば戻れるはずだ。

「おい、なぜ戻る？」

「え」

不意に人の声がして、悠真は驚く。

振り向くと、先ほどまではいなかった、見知らぬ男が立っていた。

「なるほど。魔法を無効にする何かを身につけているな」

何もかもを見透かすような瞳だ。

誰かがいた安堵《あんど》はない。警戒して、悠真は一歩後《あと》退《ずさ》った。

「そうとわかれば、対策するまでだな」

理解が追いつかないまま、話が進んでいく。

けれど困惑と戸惑いで、悠真は何をどう言っていいかわからない。ただ状況があまりいいものではないと、漠然と感じた。

「あの、お兄さんのテリトリー？　に入ったのは、本当にごめんなさい。今すぐに去るんで」

見逃してくださいと、祈るような気持ちで悠真は訴える。弁解はきっと必要だ。状況がよくわからない上に一人なのでかなり心細い。

こんな時、どう対処していいのかもわからなかった。

「ほう」

男はなぜか口元を緩める。悠真は今すぐにでも踵を返し、逃げ出したくなった。

「おまえには、どう見えている？」

「どう？」

「俺の容姿だ」

「あーっと、青みがかった銀の長い髪に、赤みの強い瞳の若い男の人、です」

「すごいな。そこも見抜くか。世間一般の認識に合わせて、老婆のように姿を変えていたんだが」

「は？」

ついまじまじと悠真は見てしまうが、老婆には見えない。女性がきゃあきゃあと騒ぎそうな、容姿の整った若い男だ。年齢を推測するのが苦手な悠真では、いくつくらいと見当をつけられないが、雰囲気も合わせ年上なのは間違いなかった。

「何か願いを叶えてほしくてここまで来たんだろう？」

願い？　と、悠真は頭の中で繰り返す。さらにワンテンポ遅れて、今日この地に来た目的を思い出した。

自然と、目を見張る。信じられない気持ちが、胸の中に湧き上がった。

「あの、もしかして、気まぐれに願いを叶えてくれるという魔女？」

「ああ」

拍子抜けするほどあっさりと肯定が返るが、目の前の人とイメージする魔女の姿がかけ離れている。だいたい男の人でも魔女なのかと、そんな疑問が悠真の頭の中に浮かんだ。

「久しぶりに、手合わせが楽しめそうな相手だ」

「は？」

不穏な台詞《せりふ》だ。

挑戦的な眼差《まなざ》しを向けられ、悠真は鼓動が大きく跳ねる。気持ちも大きくざわついた。

「願いを叶えてほしくば――」

「願いはありません！」

「ああ？」

「ほんと、ただうっかり迷い込んだだけなんで。それに手合わせとか、俺は魔力ないし、武力もないんで無理です」

穏便に、話し合いでこの場を去りたい。

正しく魔女の存在価値を理解できていないが、きっとかなり特別だ。

迂闊《うかつ》に悠真がアルフレッドに助けを求めると、大事になる予感がする。さすがに、自分の置かれている立場を理解してきていた。

「それで、魔力がない？」

「ないです」

訝《いぶか》しそうに、赤い瞳を細める。落ちた沈黙に、騒ぐ鼓動の音が大きく耳に響く。緊張しているのを悠真は感じた。

「……他人の魔力か」

「あ、はい」

「ふうん、だが、強者の気配をまとっているな。ドラゴンの気配も感じる」

「全部、俺の力じゃないんで！」

「ほう？」

「なんで、帰りたいんですけど」

必死な訴えに、男が笑う。

わかった、と呟《つぶや》かれた台詞に、悠真はほっとした。

「だが、帰す気はない」

「え」

にょきにょきと伸びた茨が、悠真の背後に生い茂る。

道は塞がれ、完全に森の中に閉じ込められた。

まさかの状況だ。

願いを叶えてもらえる、なんて言い伝えを信じてこの地に来たわけではない。

もし魔女に会えたなら、と夢想することさえなく、観光の一環として訪れている。散策していただけなのにと悠真は天を仰ぎたくなった。

「ヒマを持て余しているんだ。せっかくここまで来たんだから、お茶でもしようじゃないか」

「――は？」

どうする。どうしよう。頭の中で文字をくるくると躍らせ、対応に迷い警戒していたせいで、すぐに理解できない。ぱたん、ぱたんと瞬《まばた》きしていると、悠真の戸惑いに気づいたようだ。

「ああ、危害を加えるつもりも、とって食べる気もないから安心しろ」

（魔女って人を食べるんだっけ⁉）

そんな御伽噺《おとぎばなし》があった気もしてくる。イケメンオーラの出ている目の前の人からはうまくイメージできないけれど、魔女が、となれば納得できる気がした。

人は見かけによらないものだ。

「人間は食材……？」

「は？　そんなわけあるか」

思いがけない返事があり、悠真は驚く。無意識に声に出ていたらしい。

ちらり、と窺《うかが》い見ると、困惑を含んだ眼差しとぶつかった。

「魔女って、そんな風に伝わっているのか？」

「え、と、どうだろう？」

詳しくは知らない。

魔女がいるんだ、で悠真は終わらせていた。

「食に関しては人と変わらない」

「はあ」

「悪い魔女じゃないつもりなんだけどな」

嘆くような響きだが、悠真が帰りたいと申し出たところ、強制的に閉じ込められている。だいたい俺は悪者だ、これから悪事を働く、と申告する悪党がどれだけいることか。

「そんなに警戒しなくても、出すのは普通のお茶だ。今の季節は冷たいものだな」

この状況で、警戒するなは無理がある。なぜだか強い危機感も持っていないが、だからと言って、のこのこついていくのもどうかと思う。

「知らない人にはついていっちゃいけませんて、子どもの頃から言われてて」

「俺が魔女だとわかっているだろう？」

「まあ？」

　今の時点で自称の域は出ないが、確かにそうだ。

　初対面ではあるけれど、完全に知らない人とは言えない。むしろその知らない人に会うために来ているのだから、悠真の言い分の方がおかしかった。

　混乱と正論に、ぐぬ、とうめき声しか出てこない。

「さっき、手合わせって言ったし」

「それは強者の気配がしたからな。願いを叶えてほしいなら、試練を与えてみるのもいいかと思ったんだ。戦えない相手をいたぶる趣味はない」

　もっともなことを次から次へと並べられると、警戒し続けるべきかわからなくなる。常識の違う異世界では、判断も難しい。

「こんなところで立ち話もなんだから、行くぞ」

　自然な動作でエスコートされる。難なく悠真に触れる手は、悪意や害意がない証拠だ。

　そのことに気づき、緊張が少しほどけた。

「じゃあ、お邪魔します？」

「ああ」

「えっと魔女さんは」

「ユスだ」

「え」

「ユスと呼べ」

「あ、俺はチカです。ユスさんは、この辺りに一人で住んでいるんですか？」

　辺りには、高くそびえる木々や植物しかない。

　人の住む家があるイメージがなかった。

「使い魔がいる」

　軽い手の一振りで、景色が変わりログハウスのような木の家が現れる。唐突さに悠真がぎょっとすると、ユスが笑う気配がした。

「魔女だからな、これくらいはできる」

　得意げな響きだ。

　半信半疑の悠真が、驚いたのが愉快らしい。悪戯《いたずら》が成功した子どものようだった。

「ルト、客だ。お茶を淹《い》れてくれ」

「珍しいですね」

　ひょっこりと顔を出したのは、真っ白なヤマイタチだ。

　もふもふの柔らかそうな毛に、悠真は釘《くぎ》付けになる。

動物だ。そんな呟きを心の中に落とすと、椅子に座るよう促された。

テーブルを挟んだ向かいにユスが座るが、ついちょこちょこ動くルトの姿を目で追ってしまう。

なんていうか、すごい。食べて寝てばかりのグリューンとは違い、働いている。やがて菓子とグラスが二つ乗ったトレイを手に、危なげなく悠真たちの元へ歩いてきた。

「おまたせしました」

テーブルの上にサーブできない体長なので、ユスが受け取る。ぺこりと頭を下げたルトが背を向け、目の前にはグラスが置かれた。

焼き菓子が並んだ皿も置かれる。ふわりと、バターのいい香りがした。

「甘い物は嫌いか？」

「いえ」

「ルトの作った菓子はうまいんだ」

作ったんだ⁉　と、悠真はひそかに驚く。

作っている姿が、うまく想像できない。異世界の不思議さをそういうものだと受け入れてはいるが、すげぇと、思わずにはいられなかった。

「焼きたてだから、温かいうちに食べた方がいい」

さっと手を伸ばしたユスは、ナッツがたっぷり入ったマフィンにかじりつく。ほら毒など入っていない、とでも言うようようだった。

「もらいます」

せっかくだからと手を伸ばしたマフィンは、ほこほこ温かい。かじりつき、悠真は瞳を瞬いた。

「うま」

王宮で食べるものと、遜色ない。

恐るべし異世界の動物。獣人なのかもしれないが、悠真には判断できない。

「だろう？」

笑顔でユスが相槌《あいづち》を打つ。

もぐもぐと口を動かしながら、悠真は疑問符を頭の中に浮かべた。

（なんでここにいるんだっけ？）

わけがわからなくなる。

自己申告がなければ、ユスが魔女だとはわからない。優雅にグラスを傾ける姿は、まるで高位貴族だ。それが悠真の混乱に拍車をかける。

「久方ぶりの来客が、チカのような面白い存在だとはな」

「面白くないです」

「謙遜するな。充分面白い」

「そうですか？」

「ああ、滅多に出会うことのない強者の気配をまとった弱者など、初めてだ」

「あー、はい」

　はっきり弱者と言われ、その通りだけど悠真は苦笑が洩れる。いつも周りに助けられていることを、再認識した。

「その姿も、偽りだろう？」

　ぱたん、と瞬きして、悠真はそうだったと思い出す。鏡を見ない限り、自分の姿はわからない。学園の友人たちとの旅行なので、当然髪と瞳の色は変えていた。

　そのことに気づかれたのは初めてだ。驚き、返事に窮していると、ユスが言葉を継いだ。

「それに、この世界の者でもないな？」

　思わぬ指摘に、思考が固まる。興味深そうなユスの姿を視界に映し、自己申告ではなく本当に魔女なのだと、悠真は実感した。

「わかるんだ」

　ユスに遭遇してから、驚いてばかりだ。

　良くも、悪くも。

　警戒心は、いつの間にかどこかに消え去っている。森の中にたたずむログハウスのような木のぬくもり溢《あふ》れる家、出迎えてくれたかわいいもふもふと、手作りだという美味《おい》しい菓子に、単純なもので悠真の気持ちは緩んでいた。

「魔女だと信じたか？」

「信じました」

　元々、そこまで疑っていない。真偽に、さして興味がないとも言える。友人たちの元に返してもらえるのなら、本物だろうが自称だろうが、悠真には関係のないことだ。

　土産話にしよう。その程度の関心でしかない。だいたい聖女が身近にいるのだから、魔女がいたとしてもおかしくはなかった。

（澪に魔女とお茶したなんて言ったら、ずるいとか言いそうだよな）

　その姿が悠真の脳裏に浮かぶ。声まで聞こえてきそうだった。

「渡り人は時々現れるが、世界が違えば戸惑いや苦労もあるだろうな」

「まあ？」

「話は後で聞かせてもらうとして、まずは願いを聞こうか。チカの叶えてほしい願いはなんだ？」

穏やかな、耳に心地好《よ》く響く声が尋ねる。ぱたん、と瞬きして、悠真はユスを見つめた。

「何を驚いている。悠真は願いを叶えてくれる魔女だと、伝わっているのだろう？」

「あ」

そうだった、と悠真は思い出す。すっかり頭の中から抜け落ちていた。

（願い、ねぇ）

問われたので、考えてみる。けれどぱっとすぐには浮かばない。じわじわと、困惑だけが大きくなっていった。

（え、なんだ）

本当に、浮かばない。

願うこと、不足しているもの、欲しいもの――と悠真は思い浮かべていく。

米、は食べたいが、植えた願いの実は順調にすくすくと育っている。待ち望む悠真のために、アルフレッドが水や栄養を与えるように日々魔力を与えてくれていた。

だから、ここで安易に望むのは違う気がする。後はなんだ？　と、意識が次第に食の方へと向かい、はたと気づく。何が食べたいのかを、尋ねられているわけではなかった。

けれど今現在、衣食住に困っていないし、不満もない。物欲に関しても、売っているものならばたぶん手に入れられる。与えられる物で充分すぎて、欲しいと思う物もなかった。

「あ、元の世界へ戻れたり？」

何気なく口に出して、悠真は息を呑《の》む。

帰る、となれば世界が違うのだから、別れが付随する。そのことに気づき、一瞬で頭の中が真っ白になった。

「それが、そなたの望みなのか？」

鼓動が、逸《はや》り出す。穏やかな声なのに、選択を迫られているような錯覚を悠真は覚えた。

ぐ、と喉の奥が詰まって、即答できない。答えに窮していると、ユスがふっと吐息で笑った。

「まあ、それは無理だ」

「……は？」

否定され、悠真はぽかんとする。完全に、思考はシリアスモードになっていた。

「世界を渡るなど、一介の魔女が叶えられる願いじゃない」

「ああ、そう」

なあんだ、という気分だ。

安堵なのか、失望なのか、よくわからない感情が湧き上がる。果たして、自分は元の世界へ帰りたいのかと、悠真は自問自答した。

「なら、とりあえず友達のとこに帰りたいです」

「却下。それは俺の言う願いじゃない。だいたい、気まぐれに、と注釈もついていただろう」

「そういえば？」

「魔女は長生きだからな。面白みのないことには興味がないんだ。まあ、チカは存在が面白いから願いを叶えてやらなくもない。できる範囲だが」

焼き菓子を頬張りながら言うので、ユスの台詞に真実味がない。けれど悠真は気が抜けて、意味のないことを考えるのはやめた。

「ちなみに、できる範囲って？」

「そうだな。不老不死、永遠の命でも望むか？」

「え、いらない」

即答すると、ユスが軽く目を見開く。すぐに怪訝《けげん》な眼差しを向けられた。

「むしろ、それは叶えられるんだって驚きが」

できる、できないの基準がわからない。

世界を渡ることと、永遠の命、難易度的にどちらも変わらない気がするのは悠真だけだろうか。

「世の権力者が、こぞって欲しがるものだというのに」

「俺、フツーの学生。権力者じゃないんで」

「そんなに強者の気配をまとっていて？」

「まあ？」

そこに関しては、曖昧な返事しかできない。申告した通りに悠真自身は弱い自覚はあるし、指摘されている強者の気配さえ感じられなかった。

「何かを従えているのだろう？　異世界からの渡り人は、この世界にない知識を持っている上に、存外逞《たくま》しい。ああ、この世界を欲してみるか？」

「いらないし！　それに従えてるんじゃなくて、えっと、保護してもらってから一緒にいる人みたいな？」

何か違うような気がしつつも、そんな表現しか出てこない。だいたい世界を手に入れる必要性が、悠真には心底わからなかった。

「ならば、その者をこの世の王へと望んでみるか？」

「望みません」

そんな野望を、アルフレッドは持っていない。野心があるのなら、とっくに玉座を手に入れていそうだ。以前、ちらりと言っていた気もする。悠真が望むならば、と注釈がついていたことも思い出した。

むしろアルフレッドよりも、この世の覇者は澪の方が似合うと思ってしまうのはどうしてだろうか。

「あ、一緒にこっちの世界に来た幼なじみの気配って可能性も……」

――この世の王？　そんな面倒くさい立場いるわけないでしょ。

幻聴が聞こえてくる。どちらにせよ、悠真の周囲にユスが提示した案を喜ぶ者はいない。

「あの、俺はフツーに暮らせたらいいんで」

本気で言っているのに、ユスは眉根を寄せる。納得いかない、という表情だ。

「つまらないな。せっかく今の退屈な日々に、一波乱起きるかと思ったのに」

「いや、そーいうのいらないんで！」

退屈ならば、他の楽しみを見つけてほしい。全力で拒否すると、ユスが破顔した。

「冗談だ。よほどのことがない限り、戦乱の世になるような願いは聞き入れない」

心臓に悪い冗談はやめてほしい。よほど、がないことを、悠真は願わずにはいられなかった。

「チカは本当に面白いな」

「はい？」

何一つ、面白いことなど悠真は言っていない。むしろ願いは思いつかない、ユスの期待とは正反対の、面白みのないことばかり言っていた。

「俺が願いを叶えられる魔女だと知って、何も望まない者は初めてだ。その無欲なところ、気に入ったよ。今、望むものがなくても、何か思いついたら言え」

「俺、この辺に住んでないんで」

ここを出ていけば、会うことはない。

一風変わった旅行の思い出話になるだけだ。

「ここに滞在すればいい」

「それはちょっと、俺が戻らないと突撃してくる人たちがいるんで」

悪い人ではなさそうなので、荒事に発展せずに帰りたい。先に不法侵入らしきものをしたのは、悠真の方だ。

ふむ、とユスが考える素振りを見せる。話し合いで解決しますように、と悠真は祈った。

「普段は、どこに住んでいるのだ？」

「王宮……あ」

うっかり、本当のことを答えてしまう。

興味深そうに頷いたユスに、色々問われる。元々駆け引きだのなんだのは得意ではないので、まあいいかと、聞かれるままこの世界へ来た経緯を悠真は話した。

「ならば、王都と道を繋《つな》げよう」

「そんなことしていいんだ」

「誰も知らなければ、ないものと同じだ。ただ、俺の存在は秘密だぞ」

「あ、無理です」

「即答か」

ユスが苦笑する。けれど悠真は頷けない。無理なものは無理だった。

「婚約者に嘘つきたくないんで」

「婚約者がいるのか？」

「あ、はい」

「この世界での生活や、身にまとっている魔力の対価か？」

「違います」

「本当か？　それを俺に願ってもいいんだぞ」

迷うことなく、悠真は首を振る。むしろ、絶対に奪われたくない人だ。

「俺が、一緒にいることを選びました」

「そうなるよう、仕向けられたのではなく？」

こくりと、悠真は頷く。

「強いけど、生き方が不器用で、俺が幸せにできたらいいなって思ってます。好きだから、そばにいたい……って、何言ってんだろ俺。くっそ恥ずかしい」

頬に血が上る。惚気《のろけ》のようで、妙な気恥ずかしさがあった。

「相手がいるとは残念だな。だがまぁ、人の人生もそれなりに長い」

「はい？」

「チカ、俺の正式な名はユスティスだ」

一瞬だけ、薄い違和感のようなものを悠真は覚える。けれど気のせいかもしれない。そんな微《かす》かなものだった。

「魔女が声に魔力を乗せ真名を明かせば、縁ができる」

「は？」

ユスの唇が孤を描く。それさえもが麗しい。

けれど、後出しかよ！　と悠真は憮然《ぶぜん》として心の中で突っ込んだ。

＊

願いを叶えてくれる魔女の話を聞いても、エイデンはピンとこなかった。

興味は惹《ひ》かれたような、惹かれなかったような、その時の記憶は薄ぼんやりとしている。今は、へえ、ふうん、と相槌を打つ感じだ。

無欲なわけではない。叶うのならば、願いたいことなどたくさんある。けれど魔女が実在していたとして、高尚な目的もない平凡な一市民が運良く出会えるはずはないし、対価もなしに願いを叶えてくれるはずもないと、身の程をわきまえているだけだ。夢のない考えではあるが、現実主義の商人の家系なので仕方ない。

それでもローレンツに提案されるまま、魔女が隠れ住むと伝わる地へ訪れたのは、観光兼話の種になればと思ってのことだ。悠真もアシュトンも、なんなら提案したローレンツさえも似たようなもので、魔女に会えるかもしれない、なんて期待を持ってはいなかった。

（それでいいのか領主の息子）

心の中で突っ込みつつ、観光客では知らない場所を訪れ特別感を味わい、けどやっぱり会えるわけないよなぁ、と笑いながら帰るところまでがエイデンの漠然と考えていた旅の思い出だ。

だから、着いてすぐの悠真とのやりとりも、軽口の類いでしかなかった。

――チカ、迷子になるなよ。

――ならねぇよ。

――絶対だからな。

――どこに迷子になる要素があるんだよ。

――魔女に攫《さら》われるとか？

――ねぇよ。

本気で、悠真の迷子を心配していたわけではない。訪れた場所は自然豊かではあるが遮蔽《しゃへい》物は少なく、木々が生い茂っている森に続く道はあっても、奥に入り込まなければ迷子になることはなかった。

それなのに、悠真の姿が見えない。

気づいた瞬間、エイデンの思考は固まった。考えるより先に身体《からだ》が動いた。

「なあ、チカは？」

先に尋ねたアシュトンは知らないと言ったので、侍従と昼食の打ち合わせをしているローレンツの元へ行き、エイデンは声をかける。席を外す——そんな場所もないけれど、何か理由があって姿が見えない可能性に賭けたかった。

「ん？　そういや、いないな」

ぐるり、とローレンツが辺りを見回す。どこかへ行く、とは聞いていないようだった。となれば、遠くへは行っていない。近くにはいる。何事もなければ、と注釈がつくけれど。

自分の考えに、エイデンはぞっとする。何かあったら駄目だ。

「森の方へ行って、こっちから見えないだけだろ」

「そうだな、そうだよな」

納得はできても、不安は消えない。

目をこらし、森を睨《にら》むように眺めても悠真の姿はどこにも見えなかった。

「俺も、そっちの方行ってくるわ」

「ああ、ちょうどいい。そろそろ昼食にするから、チカを呼んできてくれ」

「わかった」

杞憂でしかなくても、探しに行く方が精神衛生上良いとエイデンは判断する。ひょっこりと木の陰から悠真が姿を見せるはず、と思ってみてもざわめく気持ちは落ち着かない。自然と、歩みが速くなった。

「チカ！」

木々が生い茂る森の奥へ向けて、エイデンは声をかける。しばらく待ってみても返ってくるのは静寂で、悠真からの返事はない。もう一度呼んでみるが、結果は変わらなかった。

これだけ静かなのだから、近くにいれば呼ぶ声が聞こえないはずはない。

悠真が悪戯心を出して、エイデンを驚かそうとしているのなら早くしてくれと祈る。盛大に驚いてみせる。けれど風に揺れる梢《こずえ》の音以外聞こえず、人の気配も感じられなかった。

（もっと、奥に行った？）

ありえない、とエイデンはすぐに否定する。必死になって魔女を探す熱意は、悠真にはない。

（……消えた？）

浮かんだ可能性に、ひゅ、とエイデンは息を呑む。

けれどそうとしか思えない。つい先ほどまで辺りを散策していた悠真の姿が、今はどこにもなかった。

(行方不明？　迷子？　いや、この場所で迷子は違うか)

だったら――色々な可能性が、怒濤《どとう》のように頭の中に浮かんでは消えていく。

一縷《いちる》の望みをかけ、再度名を呼び、返ってこない応えにエイデンはざっと血の気が引いた。

(嘘だろ)

頼まれた。頼まれている。

出立前に商談だと城に呼ばれ、ついでのように転移魔法陣の使用許可と魔石を、エイデンはアルフレッドから渡された。

――馬車移動では、王都を留守にする期間が長くなるだろう。

離れている期間を短縮したいのだと、エイデンはすぐに察した。心配性だと、悠真がちらりと言っていた。

――馬車移動も慣れていない。

――私からだと、言わないように。

さりげない気遣いに、尊敬の念を覚える。貴族は、してやったと恩に着せる者が多い。

王族だからなのか、人柄なのかは住む世界が違いすぎてエイデンにはわからないが、悠真を大切に思っているのだけはわかった。

――旅先では、ハルのことを頼んだ。

この世界に慣れていない悠真の手助けをしてほしい、であれば友達なので頼まれなくても手を貸すが、危険から遠ざけろ、であるなら難しいところだ。

エイデンは武力に秀でているわけでも、魔術に秀でているわけでもなかった。

終始笑顔で優しく言われたのだが、エイデンにしてみればその言葉はとんでもなく重い。相手の真意は測れないので思い込みなのかもしれないが、キリキリと胃が痛み出しそうだった。

今は、胃の痛みどころではない。この場にくずおれ、膝をつきそうになるのをなんとか堪《こら》える。けれど立ってはいられず、エイデンはしゃがみ込んで頭を抱えた。

(攫われた？)

浮かんだ可能性に、息が止まりそうになる。すぐに否定するが、一度浮かんだ可能性は頭の中にこびりついて離れない。

どうする。どうしたらいい。

まだ確定ではないことでアルフレッドに連絡を入れ、ことを大きくするわけにはいかなかった。

相談する相手がいないことに、エイデンは心細さを覚える。それでもまずはローレンツに悠真の姿がないことを、報告することにした。

「エイデン？」

「うわっ」

立ち上がった瞬間、声をかけられ驚く。

振り向くと同じように驚いたような表情で、固まる悠真がいた。

「チカ、だ」

先に我に返ったのはエイデンで、はあぁと盛大に安堵の息を吐き出す。

無事だった。

寿命が縮んだ気もするが、それは些末《さまつ》なことだ。

「え、なに、どうした」

「俺の台詞だよ。チカの姿が見えないからさ」

びびっていたとは、言えない。けれど声をかけられるまで、そばにいることに気づかなかった。

「俺、そんなに長い時間いなかった？」

「あ、いや、そこまでじゃない。俺が心配したんだよ」

「なんか、悪い」

バツが悪い表情を見せる悠真に、エイデンは首をふるりと振ると笑みを浮かべる。勝手に、脳内で事件に仕立て上げていただけだ。

「奥の方まで行ってたのか」

「まあ？」

（あーもうほんと、生きた心地がしなかった！）

鼓動はまだ騒いでいる。軽く深呼吸をして、エイデンは気持ちを切り替えた。

「ローレンツが、もうすぐ昼食だってさ」

無事に、何事もなく合流できたので良しとする。魔女を見つけるよりも、悠真を見つけられた方が嬉《うれ》しいエイデンだった。

＊

ローレンツの領地では、魔女に会う以外のハプニングはなく、異世界で初めての旅を悠真は楽しんだ。

今まで友人との旅行は、修学旅行以外に経験はない。今回はその時とは比べものにならないほど自由で、時々身の丈に合っていないような待遇だと感じた。

さすが爵位のある家だ。けれど友人たちと過ごす時間は、世界が違えども変わらなかった。

ただ当初よりはこの世界に馴染《なじ》んできているとはい

え、悠真には知らないこと、慣れないことがまだ多くある。共に過ごす時間が増えることで顔を出す迂闊さを心配していたけれど、素性を知るエイデンがさりげなくフォローしてくれた。

　ありがたい。本当にありがたいと、悠真は心の中で拝む。同じ歳《とし》のはずなのに、ケタ違いにしっかりしている。エイデン様々だった。

　けれど楽しい時間が過ぎるのはあっという間で、旅の最終日が訪れる。名残惜しく思いつつ、夏期休暇の残りをこのまま領地で過ごすローレンツと別れて、他の三人は転移魔法陣で王都へ帰り着いた。

　ふう、とアシュトンが悠真の隣で息を吐く。その表情は渋い。

「転移の感覚は苦手だけど、ほんと早いな」

「すげぇ便利だよな」

　これほど楽な移動手段はないと、悠真はアシュトンに同意する。おかげで今回の旅は、馬車で移動するよりもずっと多くの時間を旅先で過ごせた。

「チカ、エイデン、送っていくか？」

　迎えの馬車が待機していたアシュトンが、提案する。それに悠真だけでなくエイデンも、遠慮する旨を伝えた。

　エイデンは、迎えが遅れているだけらしい。

「そうか？　じゃあ、休み明けに会おう」

　また、と挨拶を返して、アシュトンを見送る。エイデンの迎えが来るまで悠真もこの場に留まるつもりでいると、固辞された。

「すぐに来るだろうし、いいって。待ってる人いるだろ？」

「執務中、かな？」

　邪魔をしてはいけない。

　冒険者として活動する悠真と澪に付き合い、滞った仕事はきっとある。原因がしばらくの間城を不在にしていたので、アルフレッドは仕事に集中できたはずだ。

「だとしても。いいから、早く帰ってゆっくりしろよ」

「そうか？」

「そうだよ」

　力強くエイデンが頷くので、それならと悠真は帰路につく。

　一瞬で部屋まで帰り着くのだから、急いで帰る必要はなかったように感じた。旅行に行っていたとは思えない小さなバッグを置き、悠真はほっと一息つく。

　ぐるりと部屋を見回し、帰ってきた、と思うのだから、ここがもう悠真の居場所になっているのだと実感する。少し感慨深く思い、これからどうしようかと思ったところで、人の気配を感じて振り向いた。

「おかえり、ハル」

先ほどまではなかったアルフレッドの姿に、悠真は驚く。ぱたぱたと瞬きして、表情を綻ばせた。

「ただいま。仕事は？」

「ちょっと、抜けてきた」

悪戯っ子のように笑んで、腕を広げてみせるから悠真は戸惑う。

「……えっと？」

「飛び込んできてくれないんだ？　感動の再会だろ」

「ほんの数日、旅行に行ってただけだろ」

「冷たいな、俺は寂しく独り寝していたのに」

拗《す》ねたようなアルフレッドの口調に、ああもう、と悠真は広げられた腕の中に飛び込む。

妙な照れくささはあったが、心地好さもあった。

「このまま、ベッド行く？」

「行かないって。まだ昼間」

「残念」

本当に残念そうに言うから、悠真は笑う。

「それなら、お茶は？」

「喜んで」

すぐに用意されたお茶と茶菓子に、グリューンも姿を見せる。悠真がいない間もらえなかったのか、ねだる口に菓子を放り込みながら、アルフレッドにまずは魔女に出会ったことを話した。

「魔女、と……」

言い伝えは知っていても、旅先で悠真が会うのはさすがに想定外だったらしい。

素直に、アルフレッドが驚きを見せる。実在していることを、把握していなかったとも言った。

興味がなかったから、はアルフレッドらしい。

「無事に、ハルが戻ってきてよかったよ」

「悪い人、じゃなくて魔女？　ではないみたいだったけど」

印象なので、本当のところはわからない。

出された焼き菓子は、美味しかった。

「そうだな。魔女は敵意がない者、自らに害を及ぼさない者に対しては比較的寛容だと聞いている。気まぐれである、とも言われているが」

「あー、そんな感じかも」

表現が的確だ。悠真にもわかりやすい。

　ふとあの時のやりとりがぱっと浮かんで、アルフレッドに訊《き》こうと思っていたことも思い出した。

「そーいやアルフレッド、旅行に行く前、俺になんかした？」

　イヤーカフを常につけているとはいえ、結界を無効にする力や、偽りの姿を見抜く力はないはずだ。

　魔法で見た目を変えた澪やアルフレッドは、変えた姿に見えている。そのことに気づいたのは、後からなのだけれど。

「まあ、そうだな」

　やっぱり、と悠真は納得する。一人で旅行に行くからなのだろうけれど、間違いなく過保護だ。

「最近、詐欺被害が多く報告されていたからな」

「詐欺？」

「組織なのか、個人なのかもまだわからない。どこの領地にも現れているから、ハルが被害に遭わないようにと念入りに魔法をかけておいたんだ」

「俺なんか騙《だま》したところで、何も得られないだろ」

　この世界の詐欺がどんなものかはわからないが、狙われるような財産は持っていない。意図せず手に入れた貴重な品はバッグの中に入っているけれど、それを知る者はほぼいなかった。

「模倣犯が多くいるんだ。特に観光地には。そっちの方がタチ悪くて、もしも、を考えたんだ。詐欺師による治安の悪化に、領主たちは頭を悩ませているよ」

「そっか」

「もう、効果は切れたよ。またかけようか？」

「いらないよ」

　詐欺師に遭遇する機会もない。

「数日後には避暑地に出かけるだろ」

「今度はアルフレッドも一緒だろ」

「そうだな」

「あ、でも仕事の方は平気？　行ける？」

「ハルが旅行でいない間に、前倒しで終わらせたよ」

「そうなんだ。お疲れさま。なんか、俺は遊んでばっかりでごめん」

「学生は、遊ぶものだよ」

　後日、仕事を詰め込み早々に終わらせるため、アルフレッドがおとなしく悠真を旅行に送り出したと知る。目の下の隈を濃くした疲労困憊《こんぱい》のトーマスに、土産を買ってこようと悠真は決めた。

2　騙し騙され

夏期休暇の残りは、アルフレッドと王家所有の避暑地でのんびり過ごすはずだった――と、過去形になっていることに、悠真《はるま》はため息がこぼれる。怒っていいのか、心配していいのかわからない、複雑な心境だ。

「信じらんねぇよな、休暇中に仕事とか」

仕方がない。アルフレッドが悪いわけではないとわかっていても、楽しみにしていた分落胆は大きかった。

常日頃から忙しくしているアルフレッドが、与えられた権利の中で取った休暇中に、仕事を押しつける王妃を恨めしく思う。それも王妃の管轄外なのに、独断で。

後から知った国王は引き受けなくていいと言ったが、後々王妃に難癖つけられ、面倒事に発展する可能性はゼロではない。そちらの方が厄介で、引き受けたとアルフレッドは悠真に謝罪した。

――そっか、わかった。

落胆はしても怒らない悠真に、アルフレッドは安堵《あんど》せず表情を曇らせた。それに戸惑ったのは悠真だ。

――もっと、我侭《わがまま》を言ってもらえるように頑張るよ。

なぜか決意表明された。意味がわからない。

それを澪《みお》に話せば、訳知り顔で頷《うなず》いた。

――俺と仕事、どっちが大切なんだよ！　って、言ってほしかったんじゃない？

――そんなの、めんどくさいヤツだろ。

――アルフレッドさんなら、ハルって言いそうだけど。

弾んだ声に否定するより先に、澪ががらりと雰囲気を変えて王妃の悪態をついた。

ぎょっとして不敬じゃないかと悠真が心配すれば、平気だよぉ、と呑気《のんき》な態度だ。けれどすぐに、珍しくしょげた顔を見せた。

――ごめんね、たぶんとばっちり。八つ当たり？

申し訳なさそうに、事情を教えてくれた。

王妃が色々画策しても、エドワードと澪の縁組みが整わない。それにもかかわらず、アルフレッドが悠真と婚約を結んだ。

本来なら聖女本人ではなくても、近しい者が王族と縁を結んだのだから喜ぶべきだが、自分の息子ではないので王妃としては面白くない。

事が思い通りに運ばないことに加え、澪は王妃を敬ってすらいなかった。

むしろ嫌っている。好かれたいと思わないのだから、王妃が主催する茶会への招待も断った。

何度誘っても、澪の返事は変わらない。聖女と席を共にしたい夫人たちからの期待に応えられず、面目が潰れた王妃は苛《いら》だっているとのことだった。

――まあ、嫌がらせだ。

最後に付け加えられた、アルフレッドの言葉の意味を悠真は理解した。と同時に、あーあ、と思う。

澪に何かを仕掛けたわけではないが、悪手だ。間違いなく、王妃の好感度はさらに下降していた。

むしろ、敵認定された可能性が高い。

自業自得で悠真の知ったことではないが、息子であるエドワードの顔が浮かんだ。

(ま、大丈夫か)

即位後は、この国に害になる者は身内といえども容赦しないと言っていた。

まだ先のことなので、今現在は王妃の力が強いことには変わらないけれど。

諸々《もろもろ》の状況を考慮して、嫌がらせであっても引き受けるとアルフレッドが決めたのだから、休暇中の予定変更は余儀なくされる。ただ一緒に食事もできないほど、忙しくはないようだ。

――報告書を提出できればいいんだ。

押しつけられた案件は、アルフレッドが乗り出したからと、すぐに解決できるものではない。国全域に、被害が広がっている詐欺事件だからだ。

それでも王妃が指示を出したのは、立て続けに詐欺被害が報告され、ここ最近の被害が集中している地をアルフレッドが通ると知ったからだった。

おかげで一泊だけのはずが、しばらく足止めとなる。詐欺師が潜伏し、暗躍しても簡単には捕まらない人口の多い大きな街なので、見るところがあるのは幸いだった。

――出かけるなら、護衛騎士かグリューンを連れていってくれ。

その二択ならば、気楽なのはグリューンだ。

仕事を兼ねることになったからか、今回の旅は第三騎士団が護衛として同行している。経済を回す目的もあり、お忍び旅行ではないので、騎士は騎士服を着用していた。

そんな騎士を護衛として街で連れ歩けば、重要人物です、と宣伝しているようなものだ。

目立つことこの上ない。無駄に注目を浴びるのは遠慮したかった。

グリューンはグリューンで、人目を惹《ひ》くのだが。

――グリューン、目立たない？

――姿を消せばいい。

――ああ、そっか。

――ハルに好きなだけ食べたい物を買ってもらえ。

――不本意だが仕方ない。

そんなやりとりを経て、出かける時は必ずグリューンを連れていくことになった。

ついでに、澪ではないが使用人の服を着て、傍目にはわからないように悠真は従者の中に紛れ込む。

ホテルの出入りも、その方が目立たない。とにかく仕事の邪魔だけはしないように、悠真は観光していることにした。

けれど順調に伸びていく滞在に、いっそ澪でも呼ぼうかと考えてみる。転移ならば行きも帰りも一瞬だ。

訪れたことのない場所でも、座標となる物があるなら転移できる。渡されたブレスレットは、しっかり手につけていた。

「チカ！」

思案していると、街に来てすぐに知り合ったハンスに声をかけられる。赤茶色の髪に、同系色の瞳、身長は悠真より少し高いどこにでもいる青年だ。

そのせいか妙に印象が薄くて、悠真は毎回声をかけられるまで気づかない。

「また会ったな」

「そうだな」

本当によく会う。仕事は主に夜で、日中はふらりと出歩いていると言ってはいたが毎日だ。

悠真が走るのを日課としているように、ハンスは散歩が日課なのかもしれない。そのおかげで、先日は助かった。

「もう、絡まれてないか？」

「絡まれてないよ」

ハンスと知り合った経緯は、よくわからない理不尽な理由で、強面の若い男たちに絡まれていたところを助けられたからだ。

出かけるたび、何かしらがあることに嘆きたくなる。

召喚に巻き込まれ異世界にいるが、悠真に特別な力はない。物語の主人公のように正義感など持ち合わせていないし、揉《も》め事に自分から突っ込んでいくこともない。脇役の一人、モブに徹しているはずなのに、色々あることが解せなかった。

「チカ？」

「あ、悪い。聞いてなかった」

　正直に申告する。ぱたん、と瞬《まばた》きしたハンスは苦笑した。

「今日はどこに行く予定なんだって、訊《き》いたんだよ」

「ああ、決めてない」

　澪を呼ぶかに迷っていたが、今日も悠真に付き合うつもりらしいハンスに、その選択肢は消えた。

「適当にぶらぶらして、食べ歩きかな？」

　やりたいこともないので、グリューンの希望を優先している。頭の上で、あれが食べたい、次はこっちが気になると、悠真へ指示を出していた。

「またか、よく食べるな」

「まあ？　ここで観光とか、考えてなかったから」

　元々、この世界に悠真は詳しくない。

　積極的に観光地を巡るような行動派でもなかった。

「いつまで滞在してるんだ？」

「さあ？」

「それも知らないのか？」

「今のところ、待機ってことになってる」

「待機、ね」

　仕事があるアルフレッドと一緒に出かけられないが、それだけだ。城での生活とそう変わらない。出張についてきている気分だ。

「じゃあ、俺が今日も有名どころを案内するよ」

「……ありがと」

　案内役がいれば、迷子になることはない。

　もちろん、アルフレッドに報告はしている。同行するなと止められることもなかったので、まあいいかと悠真はハンスと並んで歩き出した。

　初めて会った時から、ハンスは朗らかに、気さくに話しかけてくる。けれどさして親しくもない人と話が盛り上がるほど、悠真のコミュ力が高くない。

　口数も多くないので主に聞き役で――といっても、悠真以外には姿を見えなくしている自由気ままなグリューンに気を取られて、ハンスの話を聞いていないこともあった。

「チカは、ぼうっとしてること多いな。転ぶなよ」

「転ばないって」

「あと、人にぶつからないようにな」

「それは、気をつける。話聞いてなくて悪い」

「いいって。知らない街だし、気を取られるもんがいっぱいあるんだろ」

ハンスは嫌な顔をすることも、気を悪くすることもない。それどころかこうして、愛想がいいわけでもない悠真を案内してくれた。

相手の懐に入り込むのがうまい人とは、ハンスのような人かもしれない。

好奇心も旺盛で、悠真——というよりも、滅多に遭遇することのない王族一行に興味津々だ。

折に触れて聞いてくる。ただプライベートなことを除くと、実際は侍従ではない悠真に答えられることなど少なかった。

勘の良いハンスに迂闊《うかつ》なことは言えないと、悠真はさらに口数が少なくなる。それなら言わなきゃよかっただろ？　と、エイデンあたりには突っ込まれそうだが、自ら王族の一行だと話したのではなく、バレたのだ。

——チカって、第一王子殿下に同行してる？

助けてもらった後、話の流れで滞在場所を訊かれ、ついうっかり答えてしまったことに端を発する。本当に、まさかだ。

あっさりと見抜かれたことに愕然《がくぜん》とする。思考も動きも停止していると、誰にも言わないからと笑顔を向けられた。

（え、なんで）

心の声が聞こえたかのように、ハンスは種明かししてくれた。

今回の旅は、王族とわかる馬車を利用している。なので街に王族が滞在していると、到着してすぐに広まっていった。

そんな中で悠真が滞在先だと口にしたのは、客を選ぶことで有名な、街随一の高級ホテルだ。

主に王族、高位貴族が利用する。平民でも利用できなくはないが、大規模な商会の商会長や、それに準ずる身元のしっかりした者だけだ。そのことから、ハンスは答えを導き出した。

（まじか）

豪華なホテルだと思っていたが、すべてが手配されていたもので悠真は詳しく知らない。

防犯面を考慮し、一フロアを貸し切ってもいる。ホテルに戻るたび、どこからともなく現れる支配人が、丁寧に出迎える理由がわかった気がした。上客なのだから、笑顔にもなるというものだ。

　支配人とは何度か話したけれど、ちょっとした世間話から、楽しめているか、不備はないかと、それとなく尋ねるところに気遣いを感じる。対応も完璧で、さすがと言えた。

　ホテルに着いた日に、支配人とは髪色を変えず挨拶をしている。正しく悠真のことを知っているが、髪色を変え服装を使用人のものに変えている時は、その格好の時に名乗った名前を呼び、話を合わせてくれた。

(若そうに見えるのにすごいな)

　つらつらと思考を流していると、ハンスに声をかけられる。話をまた聞いていなかった。

　失礼なことだとわかっていても、教師の話を聞いているような感覚があり、悠真はつい聞き流してしまうことがあった。

「なあ、第一王子殿下って、どんな人なんだ？」

　どんな、と悠真は声に出さずに反芻《はんすう》する。強くて、優しくて、悠真には妙に甘い。最後は別として、言い表す言葉はたくさんあった。

　ただ、ハンスが何を訊きたいのかわからない。

　悠真の表情から疑問を感じ取ったのか、ハンスが言葉を継ぐ。

「俺は平民だからさ、王族は雲の上の存在っていうか、一生縁のない人なわけだろ。こうやって聞く機会はもう絶対ないだろうからさ。言える範囲でいいから聞きたいなぁって」

「どんなって言っても」

　言えるようなことはあまりない。

　以前事情を知るエイデンにも同じようなことを訊かれ、思うままに答えたら、惚気《のろけ》はいらないとなんとも言えない顔をされた。

　今でも、どこが惚気だったのかわからない。

　確かめようにも、エイデンはアルフレッドに関する話題を避ける傾向がある。知りすぎると消されるかもしれないと、悠真にはよくわからないことをぶつぶつと呟《つぶや》いていた。

「チカは、殿下の世話をしたりしないのか？」

「そうだな」

　むしろ、甲斐甲斐《かいがい》しく世話をされている。拒否すると寂しそうな顔をするのだから、仕方がない。結局、甘いのは悠真も同じだ。

「話すことは？」

（そんなに気になるもんかなぁ、関係ないことに）

学園では接点を隠しているので、こんな風にアルフレッドについて尋ねられることはない。

確かに知らないことに触れるのはわくわくする。けれど自分に関わりのないことに無関心な悠真には、ハンスの心境がいまいちわからなかった。

（芸能人に対する興味みたいなもんか？）

その気持ちも、芸能人に興味がなかった悠真にはよくわからないけれど。

「俺、新参だから」

「見習い？　それで同行できるんだ。優秀なんだな」

良い方へ誤解され感心されるが、これ以上突っ込まれるのも困るので否定できない。

こうなると、適当に躱《かわ》すに限る。反応が鈍いせいか自然と雑談へと変わり、違う話題を振られた。

「チカは、今この街を騒がしている詐欺師がいるって知ってるか？」

「なんとなく？」

「殿下が、対策に乗り出したんだろう？」

「……俺、そんなこと言った？」

「聞かなくてもわかるって。殿下がこの街を出歩けば話題になるけど、それが一切ないし」

そういうものだろうか。

察しの悪い悠真は、なんとも言えない。けれど仕事漬けなのは確かだ。

珍しく、悠真といる時に仕事の話をこぼしていた。

――最近の詐欺被害は、手口は一緒でも少し違うんだ。

――だから、引っかかる。

――早く解決すべきだな。

詳細までは聞いていない。

すぐに、それどころではなくなったからだ。

「殿下なら、捕まえられると思うか？」

向けられた眼差《まなざ》しに、ほんのわずか違和感を覚える。

まるで捕まえられるわけがないと言っているように、悠真には聞こえた。

「どうだろうな」

解決するまで、この街に留まる予定はない。休暇に向かうついでの調査なので、目処《めど》が立たなければ報告書の提出だけだと言っていた。

だからといって、詐欺行為を放置するわけではない。護衛として同行していた騎士団の数人は、街に残り調査を続ける。いずれ捕まるだろうな、とは思っているが、それがアルフレッドの手によって直接になるのかはわからなかった。

「だよな。そう簡単に凄腕《すごうで》の詐欺師が、捕まるわけないよな」

一人納得するハンスと、悠真には認識のずれがある。それを指摘するより早く、グリューンが気になる食べ物を見つけ、買ってほしいとねだった。

普段グリューンは王宮にいて、豪華で美味《おい》しいものを悠真と共に食べている。食生活に不満などなくても、街でしか食べられないものはまた違った美味しさがあって、あれもこれもとなる気持ちはわかった。

特に買い食いなど滅多にできないせいか、ここぞとばかりにねだっている。購入資金はたっぷりとアルフレッドから渡されているので困ることはないが、バッグの中が食べ物だらけだ。

改めて考えると、焼きたての肉串がそのままバッグの中に入っているなど違和感がすごい。

買ったままの状態では、普通は入れない。グラスに入った飲み物さえ放り込めるのは、本当に異世界ならではだ。

どんなに詰め込んでも重量は増えないし、食品類を長期保管しても悪くならない。

今はもう手放せないほど便利で重宝しているが、何が入っているのかわからなくなりつつある。大量に詰め込んで、覚えていられる人に悠真は尊敬の念を覚えた。

(澪は、何入れてんだろ)

バッグではなく、亜空間ではあるけれど。

収納されているものが気になる。完全に、好奇心からだ。

聖地巡礼と旅にも出ていたし、王宮のメイドに紛れてみたりもしているので、便利なものから妙なものまで色々入っていそうだ、と思って悠真ははっとする。

この街に来てから買ったものは、グリューンにねだられた食べ物ばかりだ。やばい。

――ハル、美味しいお土産よろしくね。

――民芸品とか買ってきたら絶許！

――アルフレッドさんのセンスなら食べ物以外も可。

散々な言われようだが、原因に心当たりがある。

今よりも幼い頃に悠真が家族旅行へと行く際に、澪に土産をねだられ、木彫りの熊を買ってきたことがあった。強そうだったからという理由で選んだのだが、澪には不評で、女の子の部屋にあるもんじゃないと怒られた。

――ハルのセンスに期待した私がバカだった！

――ユイちゃんも止めてよ！

――まあ、いいかなって。澪ちゃんがハルに頼んだものだし。

――正論！

スズランが入ったアクセサリーを姉からもらい、悠真の土産センスに澪は嘆いていたけれど、受け取りを拒否はしなかった。

その熊はいつの間にかよく目にするカラーリングでペイントされ、今でも香坂《こうさか》家のリビングに置かれている。がらりと姿を変え、観葉植物の鉢に混ざって置かれているのを見た時は、色々な意味で悠真は驚いた。

「ハンスさん」

「ん？」

行った先々で、澪にも何かしら買っていかなければ確実に文句が飛んでくる。今はアルフレッドがそばにいないので、無難なもの、食べ物を買うべきだ。

悠真としては、道具屋の店先に置かれた埴輪《はにわ》らしきものを手に取りたいところだが、それが不正解なのはわかる。さすがに、澪と姉に駄目出しされ続けて学んだ。

「女の人が喜びそうな菓子が売っている店を教えてほしいです」

「恋人に土産？」

「幼なじみにです。買わないと文句言われるんで」

「予算は？」

「まあ、そこそこ？」

「高くてもいいってこと？」

「うーん、貴族しか行かないような店でなければ」

買える金額だとしても、そういう店には気後れするので入りたくない。

「なあ、幼なじみってどんな子？」

「え？　と、いつもメイド服着てます？」

「なんで疑問形？　チカと、同僚でもあるんだ」

違うのだが、違うとは言えない。

正しく説明する術《すべ》が見つからず、悠真はまあいいかと頷いた。

「幼なじみ二人が王城勤めなんて、すごいな」

感心したようにハンスがやはり色々と尋ねてくる。

それに正しく答えているようで、答えていないせいか、誤解だけがどんどんと積み重なっていく。

最終的にはハンスの中で、本来のものとは掠《かす》りもしない、二人の過去と現在ができあがる。そのことに、悠真は驚いた。

些細《ささい》なことで誤解が生まれる瞬間を、目の当たりにする。この街を出てしまえば会うこともないので、誤解はそのままにしておいた。

「そこのチョコレート専門店がおすすめだけど、まあまあいい値段かな」

店構えからして、高級店だとわかる。併設された喫茶コーナーには、優雅な仕草でカップを傾ける貴婦人たちがいた。

チョコレートを眺めるだけのつもりなら、入るのに躊躇《ちゅうちょ》する店だ。

『いい香りだ。我の分も忘れるな』

『高そうな店だけど』

『主《あるじ》が払うのだから気にするな。アレは金など、使い切れないほど持っている。渡された金がなくなったらギルドで我の鱗《うろこ》を売ればいい』

鱗を売ってまで、まだまだ食べ物を買う気なのかと悠真は呆《あき》れる。出会った頃は食べなくてもいいと言っていたのに、グリューンはすっかり食べることが当たり前になっていた。

「違うとこがいい？」

「いえ、ここで買います」

グリューンも欲しいと言っている。外からも見えるショーケースにはチョコレートが行儀良く並んでいて、一粒から購入できると言った。平民も利用する店だというから、悠真の手が出ない高級品ではないはずだ。

「ついでに、お茶でもする？」

「それは遠慮します」

女性客が多いので、男二人で喫茶コーナーに向かえば、間違いなく注目を浴びる。悠真に選択権があるならば、露店での買い食いや食堂を選びたい。

「あの、ほんとに俺が入ってもいい店なんですよね？」

「もちろん」

「じゃあ……」

足を踏み入れるのに気後れしたが、笑顔の店員が迎えてくれる。甘い香りが漂う店で、チョコレートの種類も豊富だ。丁寧な説明を店員から受けてもよくわからないので、悠真は詰め合わせをいくつか選ぶ。

それとは別に、アルフレッドと食べる分も購入する。会計を頼むと、なかなかすごい金額になった。

内心ぎょっとしながら、悠真は支払いを済ませる。普段王宮でぽいぽいと口の中に放り込むチョコレートが、存外高いものだと知った。

（美味しいはずだよな）

普段与えられるものはどんなに高級品でも、なんとなく高そうだ、程度の認識だ。値段を目にすることが少ないので当然なのだが、悠真は心の平穏のためには知らない方がいい気がした。

「たくさん、買ったんだな」

「まあ、うん。夜に食べようかと思って」

疲れている時には、甘いものがいいと聞く。

休暇返上のアルフレッドには、チョコレートと共にゆったりとした時間を過ごしてほしかった。

相性のいい酒もあると、聞いたことがある。飲める年齢ではない悠真は詳しくないが、アルフレッドは知っているかもしれない。

酒を扱う店でおすすめを訊き、それを買ってもいいが、好みもある。それなら、ホテルに頼み用意してもらう方がいいと判断した。

最近、アルフレッドのことを考えていることが多い。学園に通っている時は、ここまでではなかった。一緒にいられるはずの時間に、いられないからかもしれない。自分で思うより、この旅行を楽しみにしていたのだと悠真は気づいた。

「明日は俺、朝から仕事なんだ。結構、チカとの偶然を楽しんでたから残念」

その日の別れ際、そう言ってハンスが肩をすくめる。

そっか、と頷いて、悠真は付き合ってくれた礼を口にした。


残念なことに、騎士団の仕事はまだ終わらない。

翌朝も仕事に行くアルフレッドを見送って、たまには部屋でダラダラしようかとも悠真は考えたが、グリューンに抗議された。

（すっかり食いしんぼになってる……）

最初に食べさせたのは悠真だ。

仕方なく部屋を出て、また会った支配人と少し話してからホテルを後にする。迷子にならないよう気をつけようと歩いていると、なぜか王都にいるはずの澪が悠真に駆け寄ってきた。

ぱたぱた、と数度瞬きしても澪の姿は消えない。

他人のそら似、という可能性は、珍しいとされる髪の色で最初から消えている。けれど、なにゆえにこんなところにいるのかはわからなかった。

「どうしたんだ？　こんなところで」

外で待ち伏せて悠真を驚かせようとしていたのなら、澪にしたら生ぬるい。

隠れ、後ろから突然声をかけるくらいはする。むしろ、部屋に唐突に現れる方が驚くことくらい、澪は知っていた。

何度となくぎょっとさせられている。文句を言っても、ごめーんうっかり、と反省のかけらもない声が返ってくるばかりだ。

（何かしらの遊びを仕掛けられているとかか？）

連絡もなしに、わざわざホテルの外で待っていたとなればありえる。恐ろしいほど王城内の動向を把握している澪は、途中の街で悠真が足止めされていることを知るのは容易い。

アルフレッドが仕事へと借り出されているならと、思いつきで街まで来てもおかしくはなかった。

普通ならわざわざ、王都から馬車で数日の場所まで出向き、そんなことはしない。ただ澪ならば、来るのも撤収するのも一瞬だ。楽しいと思うこと、遊ぶことに労力は惜しまない。

「わざわざ遊びに来たのか？」

「え？」

「え？」

驚かれ、悠真も驚く。

向き合ったまま、不自然な沈黙が流れた。

「仕事休んでわざわざ遊びになんて来ないよ！　困ったことがあって、着替える間も惜しんで追いかけてきたの」

予想もしないことを澪に言われ、困惑する。難しいことは何一つ言っていないのに、悠真はうまく理解できない。

「……澪が？」

「私だって動揺すれば、いつもと違ってもしょうがないじゃない！」

「それは、まあ？」

けれど澪が動揺するようなことが起きたなど、俄《にわか》には信じられない。

さすがに異世界に召喚された直後は動揺していたが、今ではもうすっかり馴染《なじ》んでいる。自由気ままに行動していて、どちらかといえば周りの方が動揺し、振り回されていた。

それに大抵のことは、澪自身が解決できる。悠真を頼ることでしか解決できないことなどない、と言っても過言ではないくらいだ。

「飛び乗った馬車に揺られてる間、ずっと心細くて」

「は？　心細い？　馬車？」

「え、うん？」

悠真は視線を辺りへと巡らせる。馬車も、護衛騎士も見当たらない。

「急を要することだったの！　慌てて追いかけてきたんだから」

本当に急を要するならば、それこそ転移で悠真の部屋に来れば良い。

疑問だけが深まっていく。

（やっぱり、何かの遊びの一種か？　わざとらしい寸劇とか？）

『ミオのこれは、芝居の一種か？』

『グリューンもやっぱりそう思う？』

その可能性が捨てきれないので、しばらく様子を見ることにした。

下手に邪魔をすると怒られる。姉と澪は理不尽の塊だ。

「あのね、チカが旅立ってすぐに、私の家から手紙が届いたんだ」

「は、家から？」

「驚くよね。私も驚いた。けど、お母さんの具合がかなり悪いんだって。医者に診せるにもお金が必要だし、でも私、今はそんなにお金がなくて……だから、恥ずかしいけどチカに借りられないかなって」

突っ込みどころが満載すぎて、悠真は言葉が出てこない。違和感なく澪に見えるのに、澪ではありえない発言ばかりだ。

（誰だ？）

混乱がひどくなる。頭の中には、盛大に疑問符ばかりが散っていた。

　悠真が黙っていると、焦ったように目の前の澪が言葉を継ぐ。

「幼なじみだからって、甘えすぎってわかってる。でも、お金なんて誰にでも借りられるものじゃないから……お願い。ちゃんと返すから、貸してもらえないかな？」

『これは何を演じているんだ？』

『あー、悲劇のヒロイン、かな？』

『ミオではないな』

　グリューンにまで、駄目出しされている。目の前の澪は縋《すが》るような眼差しで悠真を見つめるが、しらけた気持ちにしかならなかった。

　こんな時は、無駄な思考は放棄するに限る。丸投げが一番だと、悠真は解決してくれそうな人を呼んだ。こんな時、念話は便利だ。

　すぐに転移で現れたアルフレッドに、澪がぎょっとする。わかっていたが、やはり澪本人ではありえない。

「ミオ、だな」

「当然じゃない。他の誰だって言うのよ」

　騎士団の制服に身を包んだアルフレッドに、怯《ひる》んでいるのがわかる。焦りのようなものも滲《にじ》んで見えた。澪を騙《かた》るなら、呆《あき》れ顔あたりが正解だ。

　——うわ、過保護が来た。

　その程度は言いそうだよなと、脳内に再生された声に、悠真はふと気づく。偽物がいるからと、本人を呼んでも良かった。

　困惑し、すぐに浮かんだのがアルフレッドなあたり、甘えているのを自覚させられる。恥ずかしい。

「ミオは、どうしてここに？」

「病気の母を助けるためにはお金が必要で、でも持ち合わせがないからチカに借りようと思っただけよ。ちゃんと働いて返すわよ」

「ほう」

　うっすらと、アルフレッドの口元に笑みが浮かぶ。もしかしたら——という可能性に悠真も気づいた。

「なによ、少しの間借りるくらい問題ないでしょ」

「互いに納得しているなら、そうだな」

「だから、こうして頼みに来ているの」

「ただ、ミオならば病に侵された者を助けるのに、金を借りることなどしない」

「大切な人を助けるためには、お金が必要よ！」

言っていることは正しい。

病ならば、通常は医師に頼る。当然、対価は必要だ。

「ミオが誰かを助けたいのなら、金など必要ない。自身で、癒やせるからな」

「――は？」

「詳しい話を聞くのは、牢《ろう》に入れてからでいいな」

いつの間にか控えていた騎士が、澪との距離を詰める。一歩後退《あとずさ》り、澪はアルフレッドを睨《にら》みつけた。

「横暴よ！　何もしていないのに」

「しているだろう。その姿を偽るのは、詐欺を働くよりも重罪だ」

「この姿が、なに」

「足止めされ、いい加減うんざりしていたところだ。出向いてくれて助かったよ」

状況がわからないなりに逃げようとした澪を、騎士が両腕を掴《つか》み拘束する。抗《あらが》ってもびくともしない拘束に、憎悪を込めた眼差しを悠真へと向けた。

「おまえ何者だ！　なんでわかった！」

「え、俺？　てか、誰？」

澪ではないとわかるが、悠真は誰かわからない。

ちらりとアルフレッドへ視線を送ると、頷いた。

「その姿だと紛らわしいな。連行するにも混乱が生じる。姿を戻してもらうか」

「いやだね！」

「魔法ではないようだが」

『主よ、アイツの胸元から妙な気配がするぞ』

「胸元を調べろ」

「な！」

すぐさま指示に従い騎士が調べると、チェーンに通された指輪が見つかる。深い青色の石が鈍く光っていて、制止する声を無視してチェーンを外し遠ざけると、澪の姿が消えた。

「あ」

「ハル、知っているのか？」

「おまえ、俺を騙していたのか⁉」

激高した声が、アルフレッドとの会話を遮る。がらりと変わった雰囲気に、悠真は驚いた。

短い付き合いだが、穏やかに、朗らかに笑っている姿しか知らない。悠真を騙そうとしていた者が、言う台詞でもなかった。

「えっと、ハンスさん、チカは偽名じゃないし、俺は騙してないよ」

黙っていることはあるけど。

異世界から来たなど、扱いが難しい情報だ。

王族の婚約者であることも含め、いくら良くしてくれたとしても、街で会っただけの身元もよくわからない人に話すわけがない。そこまで危機管理能力が皆無ではないつもりだ。

言えることだけを言い、後は適当に受け流していると、大抵思い込みで都合良く解釈してくれる。それを悠真は否定しないだけだ。

言葉が足りないせいで気づけば誤解されていて、訂正するタイミングを逃し続けていることも多いけれど。

「俺を騙すのに、ミオを選んだのが敗因？」

「は？」

「ちょっと、じゃなくて、だいぶフツーじゃないんだよな」

うまく言えないが、澪を正しく騙るのは難しい。

苦い笑みを悠真が浮かべていると、ホテルの方から支配人が歩いてくるのが見える。外の騒ぎを聞きつけ、様子を見に来たようだ。

「どう、されましたか？」

「騒がせてすまない。すぐに対処する」

責任者として、アルフレッドがすぐに謝罪する。ホテルのすぐそばで騎士が立ち回りを演じれば、妙な噂《うわさ》が立たないとも言えなかった。

「いえいえ、ありがとうございます」

にい、と笑ったと思えば、支配人の姿が消える。次いで、騎士の声が上がった。

手に持っていたはずの指輪が消えている。支配人の姿を探すように辺りへ視線を走らせると、距離を取った場所に立っていた。

アルフレッドが悠真を背に隠し、騎士たちは警戒を強める。拘束されたままのハンスも、騎士が守りを固めていた。

「そう警戒しなくても大丈夫です。誰にも、危害を加えるつもりはありません。一つ言い訳をさせてもらうと、この指輪は元々私のもので、盗まれ行方を探していたんです。それを返してもらっただけなので、あしからず」

では、と一礼すると、支配人の姿が消える。すぐに騎士たちへ指示を出すアルフレッドの声が響いた。

唖然《あぜん》とするような、思わぬ展開だった。

足止めされ、グリューンと遊び歩いていただけなのに、知らぬ間に詐欺事件の当事者になっているのだからぞっとする。何を以《もっ》てして、騙す相手に悠真を選んだのかわからない。

知り合ったきっかけからすでに、ハンスが仕組んだことだった。

それ以前に接点はない。この街に来て、初めて遊びに出た日だからだ。

見るからに騙しやすそうだと判断されたのなら、複雑な気持ちになる。今後うっかり騙されることがないように、気をつけようと悠真は気を引き締めた。

「ハル？　難しい顔をしてどうしたんだ。今日は色々あって疲れた？」

「んー？　なんで俺だったんだろうって考えてて」

「ああ」

「てかさ、疲れた？　はこっちのセリフだろ」

後処理に奔走していたアルフレッドは、先ほど部屋に戻ってきたばかりだ。

食事と風呂をすませ、今やっとソファの上に落ち着き、寛《くつろ》いでいる。休暇に戻るので、テーブルには悠真が買ってきたチョコレートと、グラスに琥珀《こはく》色の酒が注がれ置かれていた。

――チョコレートに合う酒を選んで部屋に持ってきてくれ。

そうアルフレッドが頼んだ支配人は、本物だったらしい。

指輪を奪って逃げた支配人が偽物で、ハンスが近づく悠真の動向を窺《うかが》うため、積極的に声をかけてきた人だった。

当然、支配人にも事情聴取は行われる。その際に偽物がホテルに入り込んでいたと聞き、警備体制の不備に青くなり、お詫《わ》びにとかなり高級で貴重な酒を持ってきてくれた。

簡単には手に入らない銘柄らしく、アルフレッドが珍しく悠真にも勧めたが遠慮している。酒の味などわからないお子様舌は、チョコレートだけで充分だ。

「疲れてないよ。犯人はすぐに捕まってただろ？」

「まあ、そうだな」

この街で詐欺行為を働いていた犯人は捕まったので、足止めは解消となる。後の処理や報告書の作成は、部下の何人かが残り対応するようだ。

王族一行とは思えない護衛の数になるが、誰も気にしていない。誰が残るかの方が気がかりで重要らしく、アルフレッドが人選を丸投げしたせいで、最終的にはじゃんけんで決めたようだ。

　決まってしまえば早く、明日には出発する。

「ハルのおかげだな」

「自滅だろ」

　今回は澪を騙ろうとしたからすぐにぼろが出たが、あれだけ違和感なく姿を変えてみせるのだから、誰もが簡単に騙されるのも頷けた。

「ハルを選んだからこその、自滅だ」

「まあ？」

　言い換えれば、澪のおかげと言ってもいい。

　付き合いの長い悠真だけでなく、グリューンにも見抜かれていた。

「あの男は、王族の関係者を狙っていたらしい」

「どういうこと？」

「詐欺師としての名をさらに上げ、捕まえられない騎士団をあざ笑うつもりだったようだ」

「趣味わるっ」

「そうだな」

　悠真の突っ込みに、アルフレッドが笑う。

「それだけ、見破られない自信があったんだろうけどさ。見た目は澪そのものだったし」

「妖精のいたずらと呼ばれている、宝石の効果だな」

「あの指輪の？」

「ああ。人の記憶に作用して姿を完璧に変えて見せる他に、所持していると、印象が薄くなる効果があるようだ」

「あ」

「ハル、思い当たることが？」

　うん、と悠真は軽く頷く。

　はっきりと言語化できなかったことが、すとんと腑《ふ》に落ちた。

「ハンスさんには毎回声をかけられるまで気づかなかったんだ。いつの間にかいる、みたいな。別れた後は印象に残らないっていうかさ」

　すごい効果だ。

　そんなチートアイテムをせっかく持っていたのに、捕まってしまえば元も子もない。身の程知らずの馬鹿だなぁ、以外の感想はなかった。

　あれだけ行動を共にしておきながら、最後まで親しみを持てなかったのも、指輪の効果なのかもしれない。動物的な勘の可能性もあるけれど。

「奪われたのが、悔やまれるな」

偽物の支配人の方は魔法も魔道具も使用していない物理的な変装で、消えてしまった今では素顔はわからない。

ただハンスが指輪を盗み出したのは本当のようで、騎士の手から奪うなど褒められた手段ではないが、指輪は本来の持ち主の元へ戻った。

「詐欺事件のすべてが、ハンスの仕業ではないんだ」

「え」

「指輪を奪っていった男が、この街以前の詐欺事件には関わっているはずだ」

犯人は、通称でアノニムと呼ばれている。騎士団の方で調べがついているのはここまでだ。

「アノニムから指輪を盗んだハンスに詳しく訊こうにも、話せない誓約魔法をかけられていたよ」

「そっかぁ」

魔法は、便利で厄介だ。

使い方によっては、良き物にも、悪しき物にもなる。魔法に限らず、他のことにもいえるが。

「アノニムが詐欺を働く相手は、あくどいことをしていた者ばかりだ。俺個人としては騙されても自業自得だと思うが、立場的に見逃すわけにいかないからな」

「まあ、そうだよな」

「アノニムは信念を持っていて、ハンスにはそれがない。だから同じ手口の詐欺事件でも、印象が違ったというわけだ」

「……これって、俺が聞いてよかったの？」

「ああ、ハルは準王族だし、存在自体が王家の機密のようなものだしな」

大げさすぎる立場だ。

言葉にすればそうなのだが、実感は伴わない。

「だがまあ、今回の件はここまでだ。やっとハルと過ごせる」

「うん。お疲れ様」

指先で、悠真はチョコレートを一つつまむ。それをアルフレッドの唇へと持っていった。

警戒心なく開いた唇に、そっと放り込む。今度は、自分の口の中へと悠真は放り込んだ。

すぐにチョコレートが口の中で蕩《とろ》けて、濃厚なカカオの香りが広がる。表情を緩ませたアルフレッドが、グラスを手に持ち優雅に傾けた。

昼間の騒ぎが嘘のように、ゆったりとした時間が流れている。相変わらず絵になる姿だなと、悠真はついまじまじと見てしまい、気づいたアルフレッドと目が合った。

「チョコと酒って、ほんとに合うもん？」

「そうだな。チョコレートを食べた後に飲むと、味の表情が変わる」

「そうなんだ」

気にならないこともない。

本当に美味しい酒らしく、アルフレッドはチョコレートよりも、グラスを口に運ぶ方が多かった。

「ハルも飲む？」

「うーん、じゃあちょっとだけ味見」

グラスを口に運ぶアルフレッドを見て、悠真はチョコレートを口に放り込む。その手からグラスを奪い、テーブルに戻すとアルフレッドと唇を合わせた。

溶けかけたチョコレートを押し込みながら、舌先を差し入れる。濡《ぬ》れた粘膜が触れ合い、アルフレッドの口内の熱さを感じた。

馴染みのないアルコールの香りが、鼻を抜ける。ぞわんとした感覚を下腹部に感じながら、悠真は舌の表面を触れ合わせ、チョコレートを溶かす。

互いの熱で徐々に形を崩していき、甘く濃厚な香りと味に、頭の中がくらくらするようだった。

チョコレートの味がなくなってからやっと、悠真は唇を離す。

はあ、と吐き出す息も、甘いような気がした。

「うーん、やっぱ酒のうまさはわかんねぇ」

「ハルは、子どもなのか大人なのかわからないな」

濡れた唇を緩め笑うアルフレッドに、悠真はどきりとする。欲をチラつかせる瞳に、飲んでもいないのに酩酊《めいてい》感を覚えた。

自分から仕掛けておきながら、なんだかたまらなくなる。子どもでも大人でもいいと、悠真は飛びつくようにアルフレッドを押し倒した。

3　昔々で始まらなくても

馬車を降りると、悠真《はるま》はぐぐ、と身体《からだ》を伸ばす。凝り固まった筋肉がほぐれるような感覚があり、心地好《よ》かった。

最初は物珍しさがあった馬車の旅も、今は遠慮したいが勝っている。転移なんていう便利な移動手段に慣れると、車や電車よりも緩やかな速度での長距離移動はもどかしさが強い。

おまけに座っているしかない状況は、悠真の性格上早々に飽きてしまった。

気づいたアルフレッドが連れ出してくれたので、感謝しかない。

そのせいで誰も乗っていない馬車だけが旅路を進むことになったが、軽くなった分馬への負担は減っている。良いことばかりだ――と、悠真は思い込むことにした。

さすがに黙って姿を消すなんてことはせず、アルフレッドが護衛に声をかけていた。行き先は様々だ。

通り過ぎるだけだった街へ戻り散策したり、変わった迷宮をのぞいてみたりと、移動中とは思えないほど自由気ままに過ごし、宿泊予定地へ着く直前に、転移で馬車へ戻る――を繰り返した。

想像よりも充実した旅路を経て、目的地に到着したので本格的な休暇が始まる。帰路には、転移魔法陣を使用することになった。

そうしなければ足止めされていた分、滞在日数がぐんと減ってしまうからだ。

「海だ」

自然と、悠真は感嘆の声が洩《も》れる。真っ白な砂浜、視界いっぱいに広がる澄んだ青い海。揺れる水面が、日差しを受けきらきらと輝いていた。

「喜んでもらえたらいいんだけど」

「喜んだ！」

表情を明るくして、アルフレッドに即答する。身近に海などないので、子どもの頃以来だ。それも悠真が知る海とは違い、とにかく何もかもが美しく、そして人の姿がなかった。

「思ったより、暑くないんだな」

夏なのに、日本とは違い驚くほど不快感がない。空気はからりとしていて、爽やかに感じる暑さだ。

「王族が訪れる避暑地だからな、過ごしやすいよ」

納得させられる台詞《せりふ》だ。

さっそく海の方へ遊びに行きたくなるが、そうはいかない。

真っ青だった空には赤みが混ざり、青に紫、オレンジと、悠真の語彙ではうまく表現できない色に染め上げられている。明るさはまだ充分に残してはいても、これから夜へ向かっていく。

だからといってすぐに、屋敷にこもるのはもったいない。夕食までには、まだ時間がある。周囲を散策するくらいはいいだろうと、悠真が外を眺めているとドアをノックする音が響いた。

屋敷を管理している執事が姿を見せ、来客を知らせる。この地を治める領主だと聞き、アルフレッドが嫌そうな顔をした。

「馬車を見張らせていたのかもな」

余計なことをしてくれる、と顔に書いてある。これから滞在するこの場所は、プライベートビーチのある王家所有の屋敷ではあるけれど、領主は別だ。

王が所有する静養地は多く、毎年訪れがあるとは限らない。

今回アルフレッドが訪れたこの機会に、挨拶をしようと意気込んでいてもおかしくはなかった。

「毎日のように押しかけられる方が鬱陶しいな」

渋々だとわかる顔で、アルフレッドが挨拶を受けると決める。立場があるって大変だな、と悠真はどこか他人事《ひとごと》のように思った。

「ハルも同席する？」

思いがけない問いかけに、ぱちり、と瞳を瞬《まばた》く。

その可能性を失念していた。

関わりたくない。尋ねるということは、拒否権があるらしい。

領主の目的はアルフレッドなのだから、悠真が同席したところで退屈な時間を過ごすだけだ。

「パスしていいなら、パスで」

「いいよ」

いいんだ、と思ってしまう。

本当に、アルフレッドは悠真に甘い。

「その間、俺は走ってきていい？」

最近走っていないと気づき、身体を動かしたくなる。

今まで砂の上で走ったことはなく、走りにくそうで、面白そうだった。

「俺も、ハルに付き合いたいな」

「もう、来てるんだろ？」

「らしいな」

こぼれるため息が深い。

アルフレッドが不本意なのが窺《うかが》えた。

「ここは王族の私有地だから、ハルが一人で出歩いても危険はないと思うけど」

「平気だって、ちょっと走ってくるだけだからさ」

「わかった。何かあればすぐに言ってくれ」

「うん」

部屋を後にするアルフレッドを見送り、悠真は動きやすい格好に着替える。走るのは久しぶりだ。

加えて足下が砂ということもあり、念入りにストレッチをしてから砂浜に降りた。

さすが王族のプライベートビーチだ。ゴミの一つも落ちていない。

それならと、悠真は靴を脱ぎ捨てる。足の裏に直接感じる、太陽の熱を吸収した砂の感触に口元を緩めた。

日が落ちてきたからか、やけどしそうな熱さはない。ゆっくりと走り始め、ぐ、と踏みしめる時の感覚が柔らかいことに軽くテンションを上げる。無理なく、を心に刻み、悠真は適当なところで折り返すと決めた。

しばらく走っていると、少し先のところに人影が見える。しゃがみ込んで、何かをしていた。

（プライベートビーチって言ってたよな？）

そろそろ戻ろうと足を緩めていたので、悠真は歩く速度にまで落とす。

男が三人いる。海辺で何をしているのかと目を凝らして見ると、大きな亀に絡んでいた。

その表現が正しいのかはわからないが、武器を持って討伐するでもなく、明確にいじめているわけでもない。波打ち際から離して、ひっくり返そうとしていた。

（いじめているのか？）

異世界の常識に馴染《なじ》みが薄いので、ぱっと見ただけでは状況が理解できない。見た目は亀でも、悠真の知る亀ではない可能性もある。ただ、シチュエーションに妙な既視感があった。

（あ、あれだ）

ぱっと、馴染みのある物語が浮かぶ。

海辺で亀に絡むことなど現実にあるんだと、少しだけ感心した。

（見なかったことにしていいかな）

回れ右で、屋敷に戻ろうかと悠真は思案する。今までの経験上、関わると厄介なことになる予感がした。

「おい、おまえ、なんでここにいるんだ」

踵《きびす》を返そうとしたところで気づかれる。せっかく知らない振りをするつもりでいたのにと、悠真は肩を落とした。

王族の地に不法侵入しているのだから、自分たち以外の人を見かけたら、一目散に逃げるのが正解だ。

声をかけられたことで、悠真は対応せざるを得ない。こういう輩《やから》は、無視すればするほど高圧的になる。互いに関わらないでおこうとは考えないのだから、絶対に相容れない思考だ。

「そっちこそ、な。ここは王家所有の敷地内だろ。勝手に入って良い場所じゃないはずだ」

「ああ？　おまえこそ勝手に入ってきてるじゃねぇかよ」

なんでそうなる、と悠真は唖然《あぜん》とする。指摘しているのだから、その立場にいる者だと普通は察するはずだ。どうしたら同じ不法侵入者だと考えるのかわからない。

傍らにいた男が、はっとした表情を浮かべ、憤る男を小声で窘《たしな》める。けれど、聞き入れる様子はなかった。

「俺は、今日からここに滞在するんだよ」

「適当なこと言ってんじゃねぇよ」

はっきり言ったのに、一蹴される。ええ、という気分だ。

容姿は平凡でも、わかりやすく非凡の色を持っている。それなのになぜ理解できないのだろうかと悠真は疑問に思い、すぐに気づく。

街で遊んでいて、髪と目の色を変えていた。

「おい、やめろって」

「なんだよ、どうせこいつだって同じ立場だろ」

「違う！　たぶんだけど。今日から王族の人たちが来るって言ってたんだ。父さんが」

「あ、挨拶に来てた領主の息子？」

ぱっと浮かんだままに悠真が声に出すと、三人の顔から一気に血の気が引く。

慌てたように一人が膝をつくと、他の二人もそれにならい全員が砂に顔を埋める勢いで伏せた。

「も、申し訳ありません！」

「た、立ち入っただけでなく、暴言まで」

ぶるぶると、身体を震わせ次から次へと謝罪の言葉を口にする。逆ギレしないだけいいのか？　と、悠真は三人を見下ろした。

どうしようかと悩んだが、処罰となっても時間を取られる。ただ平穏に、休暇を楽しめたら悠真はそれでよかった。

「もう、立ち入らない？」

各々が、もちろんだと反省の言葉を口にする。必死すぎて、引くくらいだ。

「カメは、どうしよ」

魔物は捕った者に権利があるとはいえ、ここは王族所有の地だ。

そこから勝手に持ち出したとなれば、侵入以上に重い罰が下る可能性がある。だいたいこの亀が、何かなど悠真にはわからない。うっかりこの地の天然記念物的な存在だったりすると、話がややこしいことになるのは必須だ。

「一応置いていってもらった方がいいかな」

こくこくと、三人が頷《うなず》く。

「じゃ、他の人に見つかる前に立ち去った方がいいよ。俺は罰則に詳しくないけど、まずい気はするから」

ぱあっと、三人は表情を明るくする。拝むように何度も悠真に礼を言い、一目散に駆けていった。

さて、と亀へと視線を向ける。目が、合った気がした。

さっと、悠真は背を向ける。ひっくり返ってもいないし、放っておけば勝手にどこかへ行くはずだ。

「待ってください」

不意に声をかけられ、悠真はぎょっとする。確かめないのも怖く、そろりと振り向くと、亀が褐色の肌の青年に変わった。

ぱっと目に入った服装が、どこかの民族衣装のようでもあり、この国とは違うオリエンタルな異国情緒を感じさせる。頭の中に日本の昔話を思い浮かべていたせいで、悠真は視覚の違和感がすごかった。

つい眺め見ていると、にかっと人懐っこく笑う。

それに悠真は困惑した。

「助けていただき、ありがとうございました！」

「は？」

「あ、オレはキボクと申します。どうか、親切なあなたにお礼をさせてください」

きらきらっと輝かせた瞳を、キボクは悠真へと向ける。妙に、圧が強い。困惑が強さを増した。

「いや」

「助けていただいてお礼もせずにいたとなれば、オレが仕えている姫に怒られます！　どうか遠慮なく」

「だから」

「あ、城は海の中にあるんですよ。なかなか幻想的な光景で――」

「待った！」

　遮るように、悠真は声を張る。一方的な台詞を次から次へとぶつけるだけで、口を開けば遮られ会話にならない。間違いなく、これは絶対に関わったら駄目なやつだ。

「はい？」

「俺、助けてないんで」

「そんな！　今ほどオレに危害を加えようとしていた男たちを、追い払ってくれたじゃないですか」

「それ、違うんで」

「違う、とは？」

　きょとんとして、キボクは首を傾《かし》げる。焦げ茶色の長い髪が揺れた。

「俺に絡んできたから、仕方なく対処しただけなんで」

　降りかかる火の粉を払ったにすぎない。

　結果、意図せずキボクを助けるような格好になっただけだ。

「え？」

「向こうから俺に絡んでこなかったら、何も言わず去ってたんで」

　王族のプライベートビーチへの不法侵入はどうかと思うが、正体が定かではない大きな亀を、悠真はわざわざ助けない。見ただけではどちらに正義があるかわからない状況で、割って入るような積極性を悠真は持ち合わせていなかった。

「は⁉」

「なんで、礼とかいらないんで」

　関わると、またろくでもないことに巻き込まれる予感しかしなかった。

　残りの夏期休暇は、平穏に過ごしたい。

「待ってください！　それでも結果、オレは助けられました」

　えぇ、と悠真は引く。

　見殺しにするつもりだったと言ったのに、キボクは強引に悠真を恩人へと仕立て上げようとしている。ありえない。また新手の詐欺かと、不信感がむくむくと湧いてきた。

「どうぞ、我が城にいらしてください」

「断る」

早く立ち去りたくて、食い気味に答えてしまう。

手本のような、綺麗《きれい》な笑みが固まる。無意識に悠真は後退《あとずさ》り、ざり、と砂を踏みしめる音が足下に響いた。

「なぜですか！」

「胡散臭《うさんくさ》いから？」

これが知り合いからの誘いなら、面白そうだとついていくかもしれない。

けれど相手の素性も、主《あるじ》だという姫の素性もわからない状態で、未知でしかない海の中へとついていくなど怖すぎた。

悠真はよく迂闊《うかつ》だと言われるけれど、さすがにこの誘いに乗るのはありえない。カモが葱《ねぎ》を背負ってとは、まさにこのことだ。

「オレは善良な亀です！　だからぜひに！」

「なんでそんな必死なんだよ」

「聞いてくれますか！」

「あ、それはいいんで」

悠真は感想を洩らしただけにすぎない。事情に興味はなかった。

「聞いてくださいよ！」

嘆くように叫び、キボクは勝手に話し始める。無視して踵を返してもよかったが、後をついてきそうで仕方なく、話が終わるのを待つことにした。

一方的に、興味のない情報が耳へと入ってくる。今は人の姿をしているキボクは、魔獣ではなく亀であり、主である姫の指示のもと、婿候補を探しに海上へと訪れた。

海岸で待つこと三日、誰一人姿を見せない。だからといって、すごすごとは帰れない。途方に暮れていたところ先ほどの三人組を見かけ、これ幸いとばかりに近くで見極めようと近づき絡まれた。

「ここ、王族のプライベートビーチだから部外者はいないんだよ」

範囲を知らないので、悠真は人が多くいる場所を教えることはできない。けれど人が多くいる場所であろうと、急に大きな亀が近づいてきて、警戒しない人はいない気もした。

（それこそ、冒険者にバッサリとかありえそう）

「では、あなた様は王族なのですね！　これはもう、ぜひに我が姫の元へ」

「え、やだ」

「すごい美人ですよ」

「そーいうの、興味ないんで」

「一生遊んで暮らせる財があります」

「今も似たようなもんかな」

王宮に保護されていて、それはこの先も続いていく。

「あ、そうだ」

悠真のこぼした声に、キボクがぱあっと表情を明るくした。

「なんでしょうか！」

「俺、婚約者いるんで」

え、と小さな声を洩らし、キボクは愕然《がくぜん》とした表情を浮かべる。亀なのに悠真よりも表情豊かだ。

「他の人を当たってください」

「そんな……」

「あ、冒険者ギルドに依頼を出すとか？」

婿募集が、受理されるかは知らないけれど。

「雑すぎる」

初対面の悠真をこうして勧誘しているのだから、似たようなものだ。

「話も聞いたし、俺は戻るんで」

夕食の前に、風呂で汗を流したい。

訪れた領主の挨拶も終わっているだろうし、そろそろ戻らないとアルフレッドに心配をかけそうだ。

「そう言わず、一目会うだけでも！」

「無理」

「……かくなる上は」

「なに」

いつでも逃げられるように、悠真は警戒する。今の時点で背を向けるのは、相手の出方がわからず得策ではない気がした。

「ハル、遅いから迎えに来た」

ふっと姿を見せたアルフレッドに、悠真は安堵《あんど》する。

一瞬気を取られた隙に、キボクは先ほどの男たちのように砂浜へ膝をつき、顔を伏していた。

「どうか、ついてきてください！」

「……ハル、アレはなんだ？」

いつの間にか、アルフレッドが剣を握っている。悠真の他誰もいないはずの場所に、見知らぬ男がいるのだから警戒して当然だ。それも、王族のプライベートビーチにだ。

「えっと、カメ？　たぶん」

　地面に伏せていた顔を、キボクはがばりと上げる。唐突に現れたアルフレッドの姿に驚き、その手に剣が握られていることに気づくと表情も動きも固まった。

　いつまでも悠真を引き留めるからだ。自業自得としか言えない。

「あれがカメ？」

「なんか、人の姿になった」

「それは、不法侵入かは微妙なところだな」

　正しく海の生物ならば、仕方がない面もあるということだ。

　海岸に打ち上げられる魚然《しか》り、貝然り、不可抗力というものがある。海の中の生物にまで、人間の事情を押しつけられない。

「亀です！　海底から来ました！　浮上したらここだったんです」

　必死にキボクは言い募る。目はちらちらと、アルフレッドの剣を見ていた。

「それなら見逃すから、海へと帰るがいい。ああ、街へ遊びに行くのなら、あの岩の向こうは誰でも入れる場所だ。そっちを利用しろ」

「あ、はい、いえ……それが」

　悠真へと、キボクは縋《すが》るような眼差《まなざ》しを向ける。間違いなく逆効果だ。

　ぴくり、とアルフレッドの眉が跳ねる。キボクは怯《おび》えてみせてはいるが、本当は自殺願望でもあるのかな？　と、悠真は思わずにはいられなかった。

　空気を読んでさっと引き下がればいいものを、キボクはおずおずと口を開く。

「実は、先ほど助けていただきまして、ぜひに！　そのお礼をしたく、海底にある我が主の城までご招待をと、申し出ていたところなのです」

　どことなく芝居がかった台詞回しに、悠真は唖然とする。余計なことを言うな！　と、心の中で叫んだ。

　せっかく穏便にビーチへの侵入者を追い払ったのに、処罰の権限を持つアルフレッドに知られるなどまずい。休暇中にわざわざ探し出してまで罰することはないだろうが、なかったことにするのが一番だ。

　おまけにキボクは、本来の目的、婿候補を陸で探し連れ帰ることについては明言をさけている。告げ口するか迷って、悠真ではない誰か、同意する他の人を連れていくのなら関係ないかと結論づけた。

「……一方的に、恩人だと言い張ってるんだ」

これは譲れない。

恩人と定義されるのは、断固拒否だ。余計な縁は結ばないに限る。ローレンツの領地での反省を、悠真は生かすことにした。

「お礼の押しつけ？」

「ええ！　そんなっ」

大げさにキボクが驚いているが、知ったことではない。悠真の認識としては、助けてなどいなかった。

「確かに助けられました！」

悠真が全否定しているのに、主張を引かないところはある意味すごい。ただ結果は、アルフレッドに不信感を抱かせ、警戒心を煽《あお》るだけだった。

「……グリューンの餌にでもするか？」

「カメ食べるの？」

餌にするのを推奨するわけではなく、ただの疑問だ。子犬サイズの姿しか見たことがない上に、普段は人と同じ食事を取っていた。

「ドラゴンなど、雑食だろう」

ひぃ、とキボクから悲鳴が上がる。見ると両腕で身体を抱きしめ、ぶるぶると震えていた。

「ぶ、物騒な話、しないでください！」

「なら、海へ帰るんだな」

アルフレッドの対応は冷たい。

剣は抜いたままなので、キボクは信用できないと判断したようだ。

「それは……」

言い淀むだけで頷かない。

空腹感を覚えた悠真は、いい加減この状況が煩わしくなった。

「なんか、海の中にいる姫の婿候補を探しに来たんだってさ。で、俺を連れていきたいみたい」

「そうか」

一瞬で、アルフレッドのまとう空気が変わる。

ぎょっとしたキボクは、砂の上を後退った。

「ま、ま、違うんです！　言い訳を！　どうか言い訳をさせてください！　すべて、ぶ、ぶっちゃけるのでお許しください！」

がばり、とまた顔を砂へ埋める勢いで頭を下げる。いつの間にか、土下座する姿が様になっていた。

砂だらけになった顔を上げると、あわあわとキボクは一方的に話し始める。

姫は婿候補を探すようキボクに指示したが、本当に婿を望んでいるわけではない。姫には、誰もが知る想《おも》い人がいた。

身分も、問題ない。相手も憎からず姫のことを想っている。ただ、仕事優先の仕事人間でもあった。

宰相のような立場にいる人で、日々仕事に追われている。会える時間は少ない。構ってもらえない。ついに姫の不満が爆発した結果が、仮の婿探しだ。

他にも婿候補が現れれば焦り、嫉妬し、もう少し姫のことを優先するようになるだろうと、安易に立てられた計画だった。

（澪《みお》がいたら、盛大にダメ出しされる案件だな）

他の婿候補を探すにしても、海底では誰もが姫の想いを知っているので、手を上げる者はいない。必然的、相手探しは陸に限定されることとなった。

姫は本気ではないのだから、正直なところ誰でもいい。むしろ婚約者がいて姫になびかない悠真であれば、円満に候補から外れ、揉《も》め事の心配が少ないと判断して、あきらめられなかったんですとキボクは訴えた。

（この状況がすでに揉めてるんじゃ……）

悠真の考えを読んだように、キボクが言葉を継ぐ。

「三日も浜辺で一人、朝も昼も夜も人が現れるのをただ待ち続けるの、つらかったんですよ⁉ やっと見つけた理想の人をそう簡単にあきらめられるわけないじゃないですか。次はいつそんな人に出会えるかわからないのに」

「さっさと街の方に行けば良かったんじゃ？」

「亀の姿では動きが鈍くて……この姿は、海から離れると長くは維持できないんです」

「明日から、向こうの海岸に行けば？」

「どうせ、いじめられて終わりです」

拗《す》ねた声に、悠真は納得してしまう。

先ほどその場面に遭遇したばかりだ。

「だいたい、急に姫の婿候補になりませんか？ って言って、相手にしてくれると思います？」

「思わないかも」

危ない人認定して、無視する。もしくは、どこかへ通報。

「亀の主張を聞いてくれる人なんて、貴重なんですよ」

うっかり話を聞いてしまったのが間違いだったと、悠真は知る。無視して、立ち去るべきだった。

「とりあえず婿候補を連れていけば、姫は満足すると思ったんです。彼の耳に入ればいいだけなんで。なので少しの間だけ海底に滞在していただいて、巻き込んだお詫《わ》びにできる限りもてなそうと思ったんです」

「それを信じろと？」

　変わらず、アルフレッドの声は冷たい。

　事情など関係なく、悠真を連れていこうとした事実が問題だった。

「なぜ、初めからそう言って交渉しなかった？」

「当て馬になってくださいなんて、婿候補以上に引き受けてもらえないと思ったんです」

「姫が本気になったら、どうする気だったんだ」

「あ……考えてませんでした。ないとは思いますが」

　ちらちらと、キボクはアルフレッドを窺う。

「あの、お二人一緒でかまいませんので、本当に少しの間だけでも来てもらえませんか？　ほら、海の中へ、海底にある国へ、観光に行くと思っていただいて。海上にはない光景、珍しい食材や料理もたくさんあるので、ぜひ前向きに検討をお願いしたく！」

　がばり、とキボクは頭を下げる。必死なのは伝わってきた。

「ハルは、どうしたい？」

「行くって選択肢があって、俺が決めていいわけ？」

「ああ、海の中へ観光に行くなど、滅多にできることではない。海底に国があることも知らなかった。婿候補は引っかかるが、俺が一緒なら力業でどうにでもなる。危険があっても、ハルをすぐに逃がすこともできるからな」

「アルフレッドが犠牲になるのも、嫌なんだけど」

「平気だ。ああ、グリューンも連れていけばいい。きっと食べ物に釣られる」

　先ほどの会話のせいで、キボクが悲鳴を上げるが知ったことではない。

「面白そうだなとは思うんだけど、だいたいこーいうの、不測の事態に巻き込まれると思わない？」

「そうだな」

「ここに澪がいれば面白がって行きそうだけど、今いないしさ。平穏が一番かなとも思うわけで」

　天秤《てんびん》にかけた、好奇心と平穏がぐらぐら揺れている。詐欺師のせいでの足止めがなければ、海底観光に飛びついていたかもしれない。

　夏期休暇の残り日数を思うと、迷うところだった。

「はい！」

しゅっと手を上げ、キボクが会話に割って入る。完全に、存在を忘れていた。

「海底の魅力を紹介させてください！」

「必死だ」

「ええ、必死です！　意味のない無駄な指示に振り回されるの、つらいんです！」

(意味がないとか、無駄だとか、言っちゃってるよ)

「まず、海の中を泳ぐ魚たちはとても優雅で幻想的で」

「あ、それは見たことあるんで」

子どもの頃に、水族館に行ったことがある。トンネル状になっているところもあり、まるで海底にいるようだったのを覚えていた。

「そうなのか？」

「うん。そういう施設があるんだ」

「すごい世界だな」

ぐぬぬ、とキボクがうなり声を上げる。

「あ、海鮮料理が食べられます！」

「どっちかというと、俺は肉派かなぁ」

「ショウユにつけて食べる刺身、美味しいのに」

しゅん、とキボクがしょげた。

「……ん？　今、醤油《しょうゆ》って言った？」

「あ、はい。我が地の特産品です」

まさかの、海底の特産品だ。

「もしかして味噌《みそ》もある？」

「よく知ってますね！　ありますあります。ミソスープ、美味しいですよね」

どこからどう見ても日本人からほど遠い容姿をしているのに、口から出てくるのは醤油に味噌と、和のものだ。

なんだろう、この言い表しようのないちぐはぐ感、と悠真はキボクを眺める。エスニック料理こそ似合いそうで、認識に齟齬《そご》が生まれた。

悠真の心情としては断りたいのに、醤油と味噌が魅力的で即答できない。

まさか、でしかなかった。誰が海の中に、日本食に必須の調味料があると想像するだろうか。

驚きと共に、以前味噌汁が飲みたかったことも思い出してしまった。

ぐぬ、と今度は悠真がうなる。

「あ、米もあったりする？」

「コメ、ですか？　それは知りません」

「なんでだよ！」

醤油、味噌ときたら、米もあってほしかった。寝室で順調に育ってはいるが、それとこれとは別だ。

うっかり悠真が突っ込むと、キボクがきょとんとする。本当に、知らないようだ。

「コメはありませんが、ショウユとミソはたくさん採れますよ」

「採れる？」

「はい。ショウユをたっぷりと蓄えた実が、常に実っていますし、ミソの入った貝もたくさんいるので」

やっぱり異世界だった。

日本の常識は通じないと、悠真は再認識する。

「ハル、もしかして興味が出てきた？」

「元の世界で当たり前のようにあった調味料が、海底にはあるみたいなんだ」

「なら、行ってみるか？」

「……いいの？　面倒事があるかもだよ」

「なんとかなるよ」

心強い言葉を、アルフレッドにもらう。

それでも、すぐに飛びつけないくらいには逡巡《しゅんじゅん》した。

「……ちょっとだけ、行ってみたい」

結局、誘惑に負ける。それに醤油と味噌を手に入れる機会を逃したと澪に知られれば、結局は違う種類の面倒事に発展しそうだと気づいたことも大きかった。

「いつから行くんだ？」

「あ、そっか。アルフレッドの都合は？」

「ハルの好きにしていい」

「んー、それなら明日は？」

さっと行って、さっと帰ってくるのが理想だ。

ミニ観光と、ちょっと珍しい土産、よくある旅のシナリオを悠真は思い描く。え、とキボクが戸惑う声を上げた。

「かまわない」

「いや、ちょ――」

「決まりだな。ってことで、明日な。カメ」

あわあわと視線を往復させていたキボクに悠真は告げ、制止の声を無視してアルフレッドと共に屋敷へ戻る。今すぐにでも出発を、とでも言いたそうにしていたが、それは無理だ。

到着したばかりだったし、走っていたので汗を流したい。

空腹でもあるし、すでに用意されているだろう夕食だって無駄にせず食べたい。

何より慌ただしく出発するよりも、悠真はアルフレッドと落ち着いて過ごしたかった。

海辺にキボクを置き去りにしたのは、うっかりではなく故意だ。

知り合ったばかりの素性も定かではない亀を、王族の屋敷へ連れ帰るわけにいかない。

足止めされた街で実は――なんてことを経験していれば、警戒心が強くなっても仕方がないといえる。アルフレッドにも異論はなかったようで、悠真を連れて転移でさっと屋敷に戻った。

（海辺での滞在日数が、一日くらい増えても変わらないだろうし）


そして一夜明け、特に急ぐことなく悠真はアルフレッドと朝食を食べてから砂浜へ降りる。踏みしめる足下の感触を楽しみながら、散歩するように昨日の場所まで歩いていくと、人の姿になったキボクが膝を抱え、ぼんやりと海を眺めていた。

ぶつぶつと何事かを呟《つぶや》いていて、声をかけるのを悠真はためらう。

負のオーラが半端ない。醤油と味噌のことがなければ、悠真はすぐにでも回れ右をしている。傍らにアルフレッドがいる心強さから距離を詰めると、キボクは現状を嘆き、置き去りにされたことを嘆き、どうせ自分なんてと嘆いていた。

うわ、と悠真は心の中で声を上げる。普通に考えて、さして乗り気でもない者が、さあ行きましょう、であの後すぐに行くわけがない。

確かに欲しい物はある。あるが、たとえ手に入れられなかったとしても、澪に伝えればなんとかするはずだ。物騒な手段を持ち得ないかは、別にして。

その辺は、悠真のあずかり知らぬところだ。

「おーい、カメ？」

「ひどいで、す……ふぁっ⁉」

「え、なに」

目を見開き、キボクが固まる。大げさな態度に、悠真も驚いた。

ひと呼吸置いて、頭にグリューンがいるからかと気づく。昨日、餌にするような話をしていた。

「くろ、い……」

黒井？　と、悠真は反芻《はんすう》する。けれどキボクは変わらず悠真を凝視しているので、再度頭の中に文字を浮かべ、髪と瞳の色を変えていなかったのを思い出した。

「え⁉　な、え？　どういう、え？」

挙動不審な態度から、海の中でも黒髪黒目は珍しいと察する。うまく言葉が出てこない姿に、キボクはとりあえず落ち着けと悠真は言いたくなった。

「ハル、髪と瞳の色は変えていく？」

「その方がいいみたいだな」

いちいち驚かれ、詮索されるのは煩わしい。

ただでさえ、厄介事の予感がする場だ。

アルフレッドの魔法で昨日と同じ容姿に戻すと、キボクもやっと落ち着く。知識はあるようで、納得していた。

「まさか、ハル様が異世界人とは思いませんでした」

「カメでも驚くんだな」

「驚きますよ！　生涯で出会う確率なんてゼロに等しいんですから。それより、そろそろ名前で呼んでもらえませんか？　キボクって名乗りましたよね⁉」

そんなにオレのこと嫌いですか、とまた嘆く。

「まあ、うん。けどさ、名前呼んだらなんか勝手に契約されるとかない？」

相変わらず魔法については疎い。

ユスのように真名を明かして縁を結ぶのは、魔女にしかできないことだとアルフレッドに聞いたけれど、万が一に備えるのは大切だ。

海底の国のことも、住人のことも、ファルカハイム王国では知られていない。他国も似たようなものだろうとアルフレッドが予想していたので、海底の国は完全に未知の世界、と言っても過言ではなかった。

何ができて、何ができないかがわからない。

「ありませんよ！　そんな高位な契約、使いっ走りにされるイチ亀にはできません」

胸を張って答えるキボクに、ああそう、としか返せない。使いっ走りと自覚しているところに、同情を覚えた。

「ハル、大丈夫だよ」

「アルフレッドがそう言うなら、うん」

「オレの扱いひどい！」

「友だちでもないし、フツーだろ？」

知り合ったばかりであり、無茶ぶりをする亀でもある。どこに嘘《うそ》が混ざっているかなど、悠真には見当もつかない。今の時点で、信用に足るとは判断できなかった。

詐欺師は、思わぬ所に紛れ込んでいる。

「……友だち、ではないスね」

「だろ？」

「なんとなく虚《むな》しくなったけどもういっスわ。そろそろ行くんで、オレの背に乗ってください」

だんだん態度も口調も砕けていくなと思いつつ、亀の姿に戻ったキボクに、悠真はふわりとテンションが上がった。

（昔話の世界だ）

絵本で読んだように亀の背に乗れるのかと、喜んで我に返る。そのまま海に入っていけば間違いなく濡《ぬ》れるし、息ができない。

「どうしたんスか？」

「なあ、背中に乗って海に入ったとして、平気なわけ？」

「と、言うと？」

「通常は濡れるし、水の中で息はできないけど？」

沈黙が、答えだった。

確認してよかったと悠真はほっとする。残念なことに、キボクの背に乗ったからといって特殊効果が付与されるわけではなく、ただの考えナシだった。

「あきらめるしかないのかな。醤油と味噌」

城に戻ってから、澪と要相談案件かもしれない。

「え、興味あるの、ほんとそっちだけなんスか!?」

「海の中も、少しは興味あるよ」

「いやいや、姫は!?」

ああ、と悠真はつい気の抜けた声が出る。すっかり忘れていた。

醤油と味噌が手に入るかもと、そちらにばかり気を取られていた。

「ほんと、姫は美人なんですよ！」

「はあ」

「その気のない返事！」

「俺に婚約者がいるいない関係なく、姫とは気が合わないと思うし」

「会ったこともないのに」

「まあ、なんとなく」

「俺もわかる気がするな」

アルフレッドの同意に、キボクが大げさに驚く。

「……まあ、いいスけどね。相思相愛の人たちは、他のすべての人がどうでもいいですよね」

　そうじゃないんだけどなぁと思ったが、突っ込むほどではないので悠真は聞き流す。

「行けないなら、帰っていい？」

「え、ちょ、そんなに簡単にあきらめないでくださいよぉ！　なんかいい案ありません⁉」

「さあ？　俺、そーいうのよくわかんないから」

「アルフレッド様は⁉」

（なんだろうなぁ）

　人任せかよ！　と呆《あき》れるが、悠真はどうにもキボクが憎めない。亀の姿でおろおろしている姿は、哀れにも見えた。

「まあ、方法がないこともないかな」

　ぱあっと、キボクが表情を輝かせる。すぐに縋るような眼差しを、アルフレッドへ向けた。

「あるんだ」

「ミオとユーリと、色々実験していたのが役に立ちそうだな」

「アルフレッド、忙しいのに何してんの。澪の娯楽に付き合わなくてもいいのに」

「いや、なかなか有意義だし、発想が面白いからいいんだ」

「ならいいけど」

　どうするのかと思えば、水魔法でキボクの甲羅をざばりと濡らす。

　不意打ちだったせいで驚いたキボクが声を上げたが、アルフレッドは我関せずだ。どうもキボクに対して、好意的ではないらしい。

　次いで、先日エドワードと遊んだ時のしゃぼん玉セットを取り出すと、すぐに大きなしゃぼん玉を作る。それをうまい具合に、キボクの背にくっつけた。

「あれ、浮かんでいかない」

「状態保存の魔法だよ。あと結界の応用で簡単には壊れない」

「よくわかんないけど、すごいのはわかる」

「なんスか？　どうなってんスか？」

　なんとか自分の背を見ようとキボクが頭を振っているが、見えるわけがない。

　端から見ると間抜けだ。

「後は、転移で入ればいい」

「おお！」

「なんかよくわかんねぇんスけど、海に入っていいってことスか？」

「ああ、行ってくれ」

「じゃあ、行きます」

ゆっくりと、キボクが動き出す。

訝《いぶか》しむ気持ちは完全に消えないが、こうしてアルフレッドと遊べるならいいかと、悠真は前向きに考えることにした。

「わっ」

波のせいで大きく揺れる。悠真がバランスを崩しそうになると、アルフレッドの腕が腹に回り引き寄せられた。

やがて、頭上まですべて水の中に沈む。まるで小さな、潜水艦に乗っているようでもあった。

「うわぁ」

海の中の光景は、絶景だった。水族館とは比べものにならない。

圧巻の大量の魚の群れ、体を波打たせ羽ばたくように優雅に泳ぐエイのような魚、まるで時間の流れが遅くなったようにも錯覚する中で、次々と表情を変える光景に目を奪われた。

ただゆっくりとではあるが、深く、深く、キボクが安定した泳ぎで深度を下げていくと、辺りは徐々に暗さが増していく。周囲を覆っているのは薄い透明の膜でしかなく、悠真は少し不安を覚えた。

「俺がいるから大丈夫だ」

軽く、腹に回された腕に力が入る。落ち着いた心地好い声のトーンも、知らず入っていた悠真の身体から力を抜いた。

「そうだった」

「信頼してもらえて嬉《うれ》しいよ」

当然だよ、と応えるように悠真はアルフレッドに身体を預ける。どうやら自覚は薄いが、一緒にいられることに浮かれているようだった。

「ちょっと、人の背中でいちゃつかないでもらえます？」

「え、いちゃついてる？」

本気でわからなかった悠真は、首を傾げる。応えはグリューンからあった。

『カメよ、これがフツーだ』

「……オレやっぱ人選間違ったっスかね」

誰にともなくぼやくキボクに、だからそう言ったのにと悠真は心の中で頷く。

けれどそのおかげで、醤油と味噌が手に入る予定なので突っ込むのはやめておいた。

しばらくすると、ゴツゴツした岩がいくつも見えてくる。深い青と漆黒のコントラストが美しい光景が広がっていて、黒々とした闇が広がる洞窟の中へキボクは進んでいった。

静かだった。

闇に包まれた中での耳にうるさいくらいの静寂には、自然と恐れを感じる。アルフレッドがいるのを確かめるように、悠真は回されていた腕に手を添えた。

そう時間はかからず、洞窟を抜ける。驚くことに、抜けた先には陸と変わらない光景が広がっていた。

一瞬、ぽかんとする。特別何かを想像していたわけではないが、漠然と違うと感じた。

「グリューン、念のため周囲の状況を確かめてくれ」

『承知した』

ぱっと、グリューンの姿がしゃぼん玉の向こうへ移動する。ぱたぱたと瞬きして、悠真はその姿を眺めた。

（え、グリューンはなんかあっても大丈夫なわけ？）

疑問に思っていると、キボクが声を上げた。

「何もありませんよ！　陸の上と同じ環境ですって！」

『コレの言っていることは本当だ。害になるようなものはないぞ』

「もう！　ちょっとは信用してくださいよ」

嘆くキボクを、誰も相手にしない。けれど警戒するのも仕方がない。アルフレッドは尊い身分の王族だ。

「ハル、少し待っていてくれ」

ふっと背中のぬくもりが消える。グリューンと同じようにぱっと、薄い膜の向こう側にアルフレッドが姿を見せた。

「そうだな」

ええ、と驚いていると、周囲のしゃぼん玉が消える。ふわりと風が動いて悠真の身体が浮き上がり、まるで子どもを腕に抱きかかえるようにアルフレッドの腕に抱き上げられた。

まったく危なげのないところに腹が立つ。

「ちょっと、俺に対して過保護すぎじゃねぇの？」

抱き上げられている分高くなった目線で見下ろし、悠真は文句を言う。

グリューンだけではなく、アルフレッド自ら確かめるのはたぶん間違っているはずだ。

「俺の心の平穏を守っているだけだ」

真顔でそんなことを言うから性質《たち》が悪い。悠真は両掌でアルフレッドの頬を挟むと、綺麗な色の瞳をのぞき込んだ。

「自分のことも大切にしろって言ったろ」

「……している。だからグリューンに確かめさせた」

「あー……まあ、うん？」

「だからァ、独り身のオレの前でそんないちゃつかないでくださいってばぁ！」

キボクの声を聞きながら、悠真は下ろしてもらう。

砂の上に足がつき、改めて辺りを見回してみる。キボクの言う通りに陸の上の光景と変わらないように見えた。

ぱっと見は、だが。

よくよく見れば青空だと思ったのは海で、ここが海底なのだとわかる。どういう仕組みかわからないが、異世界だしと結論づけて悠真は考えるのを放棄した。


まずは宮殿に行き、姫――エリカに挨拶をとキボクに提案されるが気は進まない。会ったことも話したこともないのに、漠然とした苦手意識が悠真にはあった。

「なあ、会わなくてもよくないか？　向こうも興味ないんだろうしさ」

聞いた限り、欲しいのは当て馬だ。顔合わせをする必要性が感じられずやんわり拒否を示すと、愕然とした表情をキボクは浮かべる。すぐに眉を下げるのを見て、本当に表情が豊かだなと悠真は感心した。

「お願いですから姫に会ってくださいぃ！　指示された仕事を全うしたと報告させてくださいよぉ！」

半泣きでキボクに拝み倒され、また土下座でもしそうな勢いに若干引きながら悠真は了承する。考えてみれば仕事の完了報告は必要だ。

「ありがとうございます！」

ぱあっと表情を明るくしたキボクは、気が変わる前にと急《せ》かしてくる。本当に必死だ。アルフレッドと顔を見合わせ、悠真は苦笑した。

「宮殿って、こっから遠い？」

「はい。ですがすぐに行けます」

浜辺からどう移動するのかと思えば、「さあさあ」と案内された場所にあった見覚えのある物に悠真は目を疑う。数度瞬きしても消えないそれは、アルフレッドの背より少し大きい石造りの鳥居だ。

柱を支える台が亀を模した石になっていて、中央に掲げられたプレートが行き先を示しているとキボクが教えてくれる。いわゆるワープゲートだった。

　この国の主となる移動手段で、くぐり抜けると繋《つな》がっている鳥居の所に瞬時に移動できた。

　誰でも利用できるのなら便利だな、そんな感想だったのだが、くぐり抜けたと同時に悠真は再度驚く。

「ハル？　どうかしたか」

「いや、陸の上と色々違うから」

　宮殿と聞いて、現在住んでいる王城を勝手にイメージしていたが、見事に予想を裏切られる。唖然として悠真が見上げるのは、白と赤のコントラストが美しい、竜宮城と聞いてイメージする建物だった。

「異国という感じだな。俺も初めて見るものばかりだ」

「アルフレッドもそうなんだ」

「ああ、周辺諸国では見ないものばかりだ」

「この国に興味出てきました？　後で案内しますね。まずはどうぞこちらへ」

　この国に来てから目にするもののせいか、ますます昔話めいてくる。案内される宮殿内ですれ違う使用人たちが身につけている衣服が、着物風だったことも拍車をかけた。

（和洋折衷ってこーいうの言うんだっけ？）

　聞き覚えのある言葉を悠真は思い浮かべる。こんな機会は早々ないと物珍しさを楽しむことにしたが、エリカと顔を合わせた途端そんなに美味しい話などないと悟った。

　延々と待たされなかったのは評価できる。当初からキボクが訴えていた通りに、人形めいた美しさもあった。

　年齢は、悠真とそう変わらないように見える。紫を帯びた深い青色の髪は緩く波打ち、前髪は眉上辺りで切り揃《そろ》えられていた。

　一重瞼《まぶた》のすっきりした瞳も髪と同色で、目尻が軽くつり上がっているせいか、性格が顔に出ているのか、きつそうという印象を与える。身につけているのは着物風ドレスで、深緑のふわりと広がる足首まであるスカートに、帯の代わりにリボンを結んでいた。

「そなたが、わらわの婿になりたい？」

　テーブルを挟んだ向かいのソファに座った途端、投げられた値踏みする視線は不快でしかない。

　無理、と思ったのが顔に出ていたのか、悠真が口を開くより早くキボクが声を上げた。

目が、黙っていてくださいと必死に訴えている。逡巡したが、悠真はキボクに任せることにした。

今はアルフレッドも傍らにいる。そう困ったことにはならないはずだ。

「まだ明確な返事をもらっていないのが現状です。まずは姫を紹介するとともに、この国を知っていただくためにお連れしました。陸の上で姫の婿となり得る候補を見つけるのは難しく、力及ばず申し訳ありません」

興味なさそうにエリカは頷く。

「まあよい。キボクには無理を言った」

労《ねぎら》いの言葉をかけると、改めて悠真へと向き直る。

「そなた、わらわからの寵愛《ちょうあい》など求めないことだ。だけれどその眼差しはきつい。

が婿候補として、しばらく滞在するといい」

ぽかんとしている間に、エリカは侍女を引き連れその場を後にした。会話という会話はない。

「……ええっと、ハル様は姫と会ってどうでした？」

「予想通りすぎてびっくりした。けどこれでもう会わなくていいんだろ？」

相容れない人には、近づかないのが正解だ。関わっていいことはない。

後味の悪さはあるが元々どうでもよかったので、さっさと解放してもらえたのはありがたかった。

「ハル様は、ほんとに少しも心は動かないんスか？」

「むしろなんで、あれで動くんだ？　あ、悪い方に？」

「違うっすよ！　えっとほら、あ、見た目とかで？」

「疑問形だし」

「キボク、ハルに浮気を勧めないでもらおうか」

そういうことになるのかと、言語化されて悠真は気づく。

鋭い眼差しでアルフレッドに睨まれたキボクは、瞬時に背をぴんと伸ばした。

「はい！　勧めません！」

『カメは自ら破滅の道へ進んでいくタイプだな』

「はい⁉」

『自死願望でもあるのか？』

「ありませんし、破滅したくないんですけど⁉」

『ならば余計なことは言わない方がいい。ハルに関しては主の心は狭いぞ』

「心得ました！」

グリューンと話すキボクの姿は、妙に憎めない。

「その、言い訳しておきますと、姫の性格を矯正できる人はこの国にはいないんで、つい期待しちゃったといいますか……」

「まさか、この国の王もあんな感じなのか？」

アルフレッドの声に、蔑むような響きが滲《にじ》んでいる。高飛車で、自分を中心にすべてが動いていると思っているような国の主など最悪だ。呑気《のんき》に観光などしている場合ではない。

「いえ！　主君はしっかりしたお方なのですが、今伏せってまして」

馬鹿娘が好き放題しているということか、と悠真は納得した。

「それもあって、姫の婿候補であるニール様が忙しくしてるんですよね」

悠真には関係のないことだ。

内輪揉めなのか痴話ゲンカなのかは、当事者同士でどうにかしてほしい。

「まあでも、性格に難はありそうだけど一途《いちず》なんだな。アルフレッドの方に興味示すかなって、ちょっと心配してたんだけど」

「言われてみれば、ちらりとも見てなかったスね。姫」

不思議そうに、キボクも首を傾げる。

「俺は魔法で存在感を薄くしておいたからな」

「アルフレッドそんなことしてたのか」

「うっかり興味を持たれても鬱陶しいからな」

「お二人が、色々正直すぎて心が痛い！」

胸を押さえたキボクから突っ込みが入るが、悠真は聞き流す。だんだん、相手にしなくていい気がしてきた。

「ハルにわずかでも秋波を送るようなら、必要なものを手に入れすぐに去るつもりでいた。それには、俺の存在は薄い方が便利だろう」

「あ、それで」

「ああ」

さすがアルフレッド、用意周到だ。

『カメ、わかったか？』

「ものすごくわかりました。ところでグリューン様もいい加減、オレのこと名前で呼んでくれませんかね⁉」

『気が向いたらな』

「ひどい！」

「なあ、キボク。後は自由にしていいんだろ？」

「あ、はい。ぜひ我が国を観光してください。ご案内しますので」

「なら、まずは味噌と醤油！」

　不測の事態が生じ、手に入れないまま帰ることになったら悔しすぎる。必要な物はさっさと手に入れておくべきだ。そう悠真に思わせるほど、エリカの印象は悪かった。


　宮殿に来た時とは違う鳥居をくぐり、魚介類も豊富に採れるという海岸へ移動する。ぱっと変わった視界には、青い海と白い砂浜、すらりと高く伸びた幹にしなやかな葉を上へと広げている木が立ち並ぶ光景が映った。

　今にも落ちてきそうな大きな実を、いくつもつけている。南国を思わせる風景に、海底にいるなどとは思えなかった。

　砂浜の先には干潟が広がっていて、潮だまりが所々にできている。人の姿もあり、潮干狩りをしているような光景に見えた。

「誰もが自由に利用できる場所っス。ここではあんな風に、貝なら簡単に手で採れます」

「味噌の貝も？」

「はい。大きいので特に採りやすいっスね。釣りもできて、採れたての魚介をこの場で食べられるように道具も用意されているんで、昼食にどうっスか？」

「食べる！　アルフレッドいい？」

「ああ、かまわない」

　砂浜に所々に設置されているコンロを眺め、バーベキューだと悠真は軽くテンションが上がる。魚介類を採ったその場で焼いて食べるような経験はない。調味料も現地調達できるとなれば、最高の環境だ。

「それで、ショウユはあの実なんスけど」

　キボクが指差す先を、悠真はぐっと見上げる。まさかだ。南国の風景を演出するのに一役買っていて、見た目から勝手にヤシの木だと思っていた。

「実は、収穫するのが大変で……」

　揺すった程度では落ちてこない。落ちてきても、直撃する可能性があり危ないので勧めないとキボクに言われ、悠真は高いところにある実を眺めた。

「いつもどうやって採ってんの」

「魔法を使える専門の職人がいるんスよ。明日にでも頼んで採ってもらうんで」

「頼まなくても、俺が採るよ。制限はあるのか？」

アルフレッドの申し出に、悠真はぱっと表情を明るくする。海鮮バーベキューをするなら醤油が欲しい。

「いいえ。どこにでも自生している木ですし、数日でまたすぐに実がなり熟すので。え、採れるんスか？」

ぱちくりと、キボクが瞳を瞬いた。

「簡単だ。グリューンは手前の木の実を落としてくれ。せっかくなら、ハルも収穫したいだろう？」

「したい！」

さすがよくわかっていると、悠真は元気よく応える。かなりのところ他力本願ではあるが、収穫してみたい。

『落としても割れないのか？』

「かなり硬いんで、落としても割れないっスよ」

『承知した』

キボクの声を受け、ふわりと飛び上がったグリューンが実のところまで行く。かわいらしい手を軽く一振りすると、ドスン、ドスンと実が地面に落ちた。

（まじか……）

爪の鋭さなど、意識していなかった悠真は驚く。小さくて愛らしい見た目に、認識が引きずられているのを実感した。

傍らのアルフレッドは魔法を操り、落とした実をそのまま空間収納の中にしまい込んでいく。視界に入る実がすべて消えた。

「すげぇ」

手際の良さに声を上げながら、悠真はグリューンの落とした実を拾いバッグに放り込んでいく。ヤシの実を見たことがないので違いがわからないけれど、醤油が手に入ったことを喜んだ。

「なんなんスか。ほんと規格外っスね」

「すごいよな」

「ハル様もっスよね？」

「俺？　フツーだよ」

「それを素直に信じたらダメな気がするんスけど」

本当なのになぁと、キボクのぼやきを悠真は聞き流す。周囲にいる人たちが、ハイスペックすぎるだけだ。

「気にしたらダメなやつっスね。じゃ、魚介とりに行きましょうか」

海岸で靴を脱いで、悠真はアルフレッドと干潟に移動する。濡れたさらさらの砂に足が潜る感触が、少しくすぐったかった。

『我は魚を捕ってくる』

海へ向かう機嫌の好いグリューンを見送り、悠真はさっそく足下を眺めて貝を探す。難なく見つかった掌サイズの口を閉じた貝の中に、味噌が入っているとキボクが教えてくれた。

潮干狩りは初めての経験で、貝を探し拾っていくのはなかなか楽しい。砂の中に潜っている貝は、反則だとは思いつつ、アルフレッドの魔法を使えば苦労せずに採れた。

しばらくして戻ってきたグリューンは、予想以上に種類豊富で大量の魚を捕ってきている。喜んだのはキボクだ。高級魚があると目をきらきらさせ、手早く捌《さば》いていく技術も文句なしにすごかった。

「さあ、どうぞ」

大きな貝を皿にして、見事に盛り付けられた刺身を勧められる。さっそくと悠真は手を出すと、久しぶりに醤油で食べる刺身は美味しかった。

「サシミとはうまいものだな」

「アルフレッド平気？」

「ああ、ワインが欲しいな」

「持ってない？」

「あるな。ハルは飲む？」

「いらない」

即断ると、アルフレッドに笑われる。思い出しかけた記憶を、悠真は慌てて振りはらった。

グリューンも気に入ったようで、尻尾を振りながら次から次へと食べている。普段は肉派の悠真も、今日は海鮮バーベキューをたっぷりと食べた。

片づけを終える頃には、辺りはもう暮れかけている。楽しい時間は終わりを告げるのが早い。食べきれない分は、便利な収納で持ち帰りだ。

（城のどっかで、バーベキューしたら怒られるかな）

楽しかったし、美味しかったのでまたしたい。

澪が強行するなら許されるかと、計画は丸投げしようと決めた。

「この後は、この国屈指のデートスポットにご案内をと思ってるんスよ」

「ふうん？」

「あれ、あんまり興味ない？」

「まあ」

デートスポットにときめくような情緒はない。

場所ではなく、誰と過ごすかが重要だと思っている。普段仕事で忙しくしている人と、こうして一緒に過ごせるのなら悠真としてはそれで充分だ。

「そう言わずに！　せっかくだから行きましょうよ。姫が作らせた場所なんですけど、綺麗っスよ」

「ハル、行ってみようか」

「うん」

どうも姫と聞くと嫌な予感がする。先入観というのはよろしくないなと思うが、先ほど会ったばかりのあの態度では良い方へは上書きされなかった。

「ただ、移動に時間がかかるんですよ」

「え、なんで」

大抵の場所は設置されたワープゲートで、ささっと行けると言っていた。

「デートなら、移動時間も楽しむものだっていう姫の方針で」

「ああそう」

他に言いようがない。

似たような感想を、アルフレッドも持ったようだ。

「どうやって行くんだ？」

「船で移動します」

貧困な悠真の想像力では、漁師が乗るような船しか思い浮かばなかったのだが、実際は部屋が浮かんでいるようなものだった。

豪奢《ごうしゃ》なオーニングが設《しつら》えてあり、中央に置かれた濃い茶色が美しい木のテーブルを挟んで両側に、二人が並んでもゆったり座れるソファが置かれている。足下には、刺繍《ししゅう》が見事に施された絨毯《じゅうたん》が敷かれていた。

そんな船を引くのはイルカだ。これにはテンションが上がる。アルフレッドと並んでソファに座り、涼やかな風を肌に受けていると、観光の一環で行くならありだと思った。

「きっと、貸し切り状態っスよ」

「デートスポットなのに？」

「こうやって船で時間をかけて行かないとじゃないですか。一度行けばいいやって不人気です」

「なら、ゲートを設置したら？」

「姫が頑《かたく》なに許さないんです」

それで過疎っていたら意味がないのだが、上に立つ者の気まぐれでできた場所なら仕方がない。要は、苦言を呈すのが難しいということだ。

「うわ」

島に着き、夕焼け色に染まった木を間近で見上げ、悠真は自然と声がこぼれる。俄《にわか》には信じられず、ぱたぱたと瞬きした。

「ハル？」

「……桜だ」

薄紅色の花を、木が伸ばした枝に咲かせている。ずらりと並んだ満開の桜の木を眺めていると、元の世界に戻ったような錯覚を覚えた。

「故郷にある木なのか？」

「うん。俺の住んでた国では知らない者がいないんじゃないかってくらい有名で、春にこの花が咲くとみんな浮かれる気がする。花見だって、宴会するしな」

今はまだ桜だ――としか思わないけれど、いつかこの光景を懐かしいと感じるようになるのかもしれない。

「なら、夕食はここで食べようか。場所はあるしな」

デートスポットだけあって、真っ白な砂で造られたテーブルとソファのセットがある。けれど思いがけない提案に驚きアルフレッドを見ると、笑顔を返された。

ああもう、と心の中で悠真は叫ぶ。

心遣いに、じんわりと胸が温かくなった。

「待ってください！　ここに食事を運ぶのは大変ですって」

「俺が運ぶから大丈夫だ」

「はい？」

慌てていたキボクが、きょとんとして固まる。

「一度来てしまえば転移できるし、食事も空間収納で運べる」

「なんかすごいっスね!?　以外に言えねぇんスけど」

「行ってくる。ハルとグリューンは待っていてくれ」

頷くと、砂のテーブルに手早くお茶と菓子を用意したアルフレッドが、キボクを連れて消えた。

本当に、なんでも出てくる。木のベンチのような硬さのソファに座り、桜を眺めながら寛《くつろ》いでいると、そう待たずに二人が戻ってきた。

「オレ、いります？」

「いる」

食事の用意は、悠真が手伝う間もなく終わる。以前のピクニックはウサギの姿だったので、桜のそばでこうしてリベンジできたのは素直に嬉しかった。

「ハルの国の者が、花見をする気持ちがわかる。サクラというのは綺麗だな」

「うん。まあ、俺は花より団子派だけど。ありがとな、アルフレッド」

「ハルが喜んでくれるなら、俺も嬉しいからな」

「またそんなことさらりと言うし」

「本心だよ」

顔を見合わせ、笑う。

辺りは暗さを増していたが、所々に柔らかな明かりが灯《とも》り、桜もライトアップされている。幻想的で美しい。けれど本当に、他に誰もいなかった。

おかげで気兼ねすることなく話し、食事を楽しむことができて悠真としてはいいのだけれど。

キボクはグリューンをアルフレッドに押しつけられて、別のテーブルで食事の世話をしている。嫌われているのにと嘆いていたが、会話ができているのだから気に入られているはずだ。たぶん、とつくので悠真はあえて伝えていない。

この国にいる間は夕食をこの場で取ることにして、三日間それなりに楽しく過ごしていたら、なぜか牢《ろう》に捕らわれた。

本当に、訳がわからない。


先ほどまで、悠真は呑気にアルフレッドと桜並木を歩いていた。

砂のソファで寛ぐキボクの姿はあるが、他には誰もいない貸し切り状態の気楽な場だった。

静かで、穏やかな空気を破ったのは、従者を引き連れ現れたエリカだ。

初日以降顔を合わせていない。何事かと悠真は足を止め様子を窺っていると、不機嫌そうに眉根を寄せ、地面に向けて手を振った。

と同時に周囲の砂が盛り上がっていき、ぎょっとしている間に悠真の周囲を覆う、柵のある牢へと変わっていた。

ハル、と焦ったようなアルフレッドの声は砂の壁を隔て聞こえ、いつまでも姿が見えないことから別々に閉じ込められたと知った。

「ハル怪我《けが》はないか？」

「ないよ」

どんなにキボクに引き留められても、振り切って陸へ帰るべきだった。

嘆息し、悠真はぐるりと周囲を見回してみる。閉塞感のない広さがあった。

けれど出入り口はない。手が出るくらいの柵があるだけだ。

『あの女は何を考えているんだ？』

「さあ？」

頭に乗っていて、悠真と一緒に閉じ込められたグリューンもどこか呑気だ。牢に捕らわれてはいても、不思議なほど危機感はない。

「アルフレッドも閉じ込められてんだよな？」

「ああ、どうやらこの中で魔法は使えないようだ」

「え、そうなんだ」

てっきりエリカがどう出るかの様子見で、抗《あらが》わずにいると思っていた。

「わらわの魔力を混ぜて作ったその牢の中で、魔法は使えない。砂がすべて吸収するからな」

得意げな顔でエリカが告げる。

悪役だ。そんな感想を悠真は持つ。

漠然とあった苦手意識、嫌な予感が当たったと知る。まったく嬉しくない。ほらなぁ、という気分だった。

「姫、どういうことですか！」

焦りの滲むキボクの声が響く。その姿は見えない。

「あれ？　もしかしてキボクも捕まってんのか」

「みたいだな」

口からこぼれていた疑問に、アルフレッドから応えがある。声は落ち着いていて、いつもと変わらない。大丈夫だ、と確信にも似た気持ちが悠真の胸の中に広がった。

「わらわへの思いやりもなく、その者たちと一緒に楽しんでいるからだ」

「姫？」

戸惑った弱々しい声を、キボクが洩らす。

何言ってんだ——そんな気持ちを込め、悠真は柵越しにエリカを見た。

「ここは、わらわがニールと愛を深めるために作った場所だ。だが仕事が忙しいニールは、いまだわらわとここへ訪れることさえできずにいるのに、お主らはここで食事まで取り、楽しげに過ごしている。不愉快だ」

「そんなくっだらない理由で、これ？」

理不尽さに悠真は唖然とする。忠実にエリカの指示に従い続けるキボクを、牢へと捕らえる理由ではない。だいたいこの島は誰でも利用でき、エリカ専用と定められていなかった。

「くだらないとはなんだ！」

激高し、エリカは悠真を睨む。それに怯《ひる》むことなく視線を受け止めた。

「ただの八つ当たりだろ」

「失礼にもほどがあるぞ！　事情も知らぬくせに」

ぐ、と唇をかみしめ、エリカは肩を震わせる。けれど同情心は、見事なくらいわかなかった。

「ニールはいつも仕事が忙しいと、わらわのことは後回しだ。ここへ誘えば、仕事があるから宮殿内でのお茶や食事にしてほしいと断られる。陸から婿候補が訪れたと知っても仕事ばかりで気にも留めない。仕事とわらわ、どちらが大切だというのだ！」

本気で言っているだろうエリカに、悠真は引く。ドン引きだ。

（仕事と私どっちが大切なのって、リアルに言う人いるんだ）

日々忙しくしている中で、ニールは代わりを提案してくれている。エリカをないがしろにしていないのは、悠真でも察せられた。

「宮殿内で、お茶や食事ができればよくないか？」

相手を想い、一緒にいたいと望むなら、場所などどこでもいいはずだ。

短くても会える時間を、愛《いと》おしく思う人たちがいる。エリカが歩み寄れば会えるのだから、恵まれている状況だ。

「よくない。わらわはここでニールと過ごしたいのだ」

結局エリカは自分のことがかわいくて、自分の恋心だけが大切なのだ。想い人だというニールの都合も、心情も、思いやる気持ちを持っていない。

悠真が何かを言ったところで無駄だ。間違いなくエリカの心には響かない。

「お主、わらわの婿候補として来たくせに、わらわを不快にしたのだ。しばらくそこで反省するといい」

（何言ってんだ）

思考回路が理解の範疇《はんちゅう》を超えている。ただ、理不尽な言いがかりであることだけはわかった。

「気が向いたら出してやろう。まあ、その頃には陸では忘れ去られているかもしれないがな」

「——は？」

「ああ！　そうでした！　地上と海底だと時間の流れが違うんです、忘れてましたごめんなさい！」

「キボク!?」

「ホントにうっかりしてました！　姫、早く陸に帰しましょう！」

「嫌だ。わらわは気分を害しているからな」

ふんと鼻を鳴らすエリカの姿に、悠真は頭の中が冷えていくのを感じる。すべてがただの八つ当たりで、我侭《わがまま》だ。正統な理由などは微塵《みじん》もない。

ここに来るまでのことが思い出されて、悠真は久しぶりに強い怒りを覚えた。

「グリューン」

『なんだ』

「元の姿には戻れるのか？」

『当然だ』

「この牢、壊せる？」

『簡単だな』

「なら壊してくれ」

魔法が使えないのならば、物理的に対処すればいい。

『承知した』

ふわりと頭から浮き上がったグリューンの体当たり一つで、パキンと柵が割れる。小さな手と尻尾を振れば、瞬時に粉々になった。

愕然とした顔のエリカを視界に映しながら、悠真は牢を後にする。アルフレッドの牢もグリューンが壊すのを確かめ、恋人たちが寛げるように作られた島をぐるりと見回した。

「グリューン元の姿に戻って、自然の物以外はすべて踏み潰してくれ」

淡々と告げる悠真の声に、グリューンが笑う気配がする。乱暴ともいえる指示だが、アルフレッドから制止の声は上がらなかった。

『本当に、ハルは面白い』

「なっ、ドラゴンだと⁉」

一瞬で姿を大きくしたグリューンが、砂でできたテーブルとソファを踏み壊す。尻尾を振り、海辺によくある造形の、鐘のついたモニュメントをなぎ倒した。

「おお、すげぇ」

本当にドラゴンだったと、普段とのギャップに悠真は感心する。容赦なく壊していく姿に、怪獣映画を思い出した。

「久しぶりに暴れて楽しそうだな、グリューンのやつ」

呑気に、アルフレッドも眺めている。いまだ牢の中にいるキボクは、柵を掴んだまま愕然としていた。

「なんてことを！　やめるのだ！」

砂埃《すなぼこり》が舞う中で、エリカがヒステリックな声を上げる。怯えながら前に出て主を守ろうとする侍従には、申し訳ない気持ちになった。

「くだらない見栄のためにある場所なんて、ない方がいい」

冷たい声で、悠真は告げる。我に返ったように、エリカが睨み返してきた。

「貴様、こんなことをして許されると思っているのか！」

荒らげた声が、辺りに響く。

怒りになのか、エリカの顔が歪《ゆが》んでいた。

「許されるな」

軽やかなアルフレッドの声が答える。悠真へと向けられた優しい眼差しが、後は引き受けると言っていた。

「国交はないとはいえ、他国の第一王子とその婚約者を正当な理由なく牢に監禁したのだから、反撃されても仕方がないだろう？」

「なんだと」

「この程度の国、俺とグリューンがいれば滅ぼすことなど造作もない」

「大きく出たな」

信じていないのがわかる。エリカよりも従者の方が察し良く、顔を青くしていた。

「俺は積極的に他国を侵略しようとは思わないが、敵意を向けてくるなら別だ。大切にしている者を守るためならいくらでも力を振るえる」

はっきりとアルフレッドが告げても、エリカの強気な態度は緩まない。

優位を、いまだ疑っていない。小声で苦言を呈す従者をエリカが無視していると、新たな船が島に近づいていた。

まだグリューンに踏み潰されていなかった桟橋に近づくと、完全に停止するまでの時間さえ待ちきれないとばかりに男が飛び移る。慌てる同乗者を無視して駆け出し、砂浜に踏み入った途端足を取られよろけるのにエリカが動揺した。

（誰？）

新たな登場人物を、悠真は観察する。さらに男が二人、完全に停止した船から降りてきた。

これ以上煩わしい展開になるのかと予想し、悠真はうんざりする。普段は忙しいアルフレッドと、休暇を楽しみたかっただけだ。

だからこそエリカの気持ちはわからなくもないが、

この場にこだわる心情は心底理解できない。限られた自由になる時間を利用し、歩み寄ろうとするニールの気持ちを踏みにじっているのはエリカ本人だ。

　そのせいで破局するなら勝手にすればいい。自業自得だ。理想通りにいかないからと、他人に当たるのは我侭でしかない。

「これはどういうことだ！」

　緑の髪を乱し、オレンジの瞳に困惑を滲ませている。手は剣の柄《つか》にかけ、今は様子を窺うように動きを止めているグリューンを警戒しているのがわかった。

　気づいたグリューンが、威嚇する低い声を洩らす。けれど目に怒気はなく、むしろ好奇心を湛《たた》えていて、完全にこの状況を面白がっている。ただ知らない者から見れば恐ろしく、ドラゴンらしい威厳があった。普段の愛らしい姿からは想像できない。

「ニール！　あの者たちがわらわの場所を」

　砂埃が舞い、美しく整えられていた景観が今は見る影もないことにニールは顔を歪める。駆け寄ったエリカが、哀れみを誘う顔で縋りついた。

（この人が……）

　振り回されているのか、エリカの我侭を増長させているのかは知らないが、間接的に原因を作った人だ。

「滞在を許したのに、なぜこんなことを」

　何も知らない者がこの状況だけを見れば、悪者は悠真たちになる。宰相に近い立場のニールが一切話を聞かず、無条件にエリカの肩を持つようならこの国に未来はない。

　それを正す気は悠真にはなく、落ちぶれようが内部分裂しようがどうでもいいことだった。

　味噌と醤油に、未練があるだけだ。

「説明してもいいが、そこの自分のことしか考えていないような女と違って、おまえは公平に物事を判断し、対話する気があるのか？」

　アルフレッドのぞんざいな口調は、エリカに対して敬意を払う価値はないと判断してだ。それに不快感を示したニールは視線をエリカへと流し、すぐに悠真たちの方へ向き直った。

「こちらが納得のいく説明があるのでしたら聞きましょう」

　駄目かもしれないと、悠真はあきらめが勝る。同じように感じたらしいアルフレッドが、鼻を鳴らした。

「実際に起きたことをおまえが納得するかなど知らな

いし、こちらとしてはどうでもいい」

「なんだと！　口を慎め」

追いついた男たちが気色ばむが、ニールが制す。

飄々《ひょうひょう》とした態度のアルフレッドとの温度差が、かなりあった。

「キボクはなぜ牢に？」

「その女がしたことだ」

「姫が？　側近であるキボクを？」

わずかに、エリカの肩が揺れる。顔を俯《うつむ》けているので表情は見えない。

「キボクって側近だったんだ」

「側近という名の雑用係スね」

「ああ」

「納得されるのも複雑！」

呑気に悠真とキボクが会話する光景に、ニールが怪《け》訝《げん》な顔をする。予想した状況と違い、困惑しているのがわかった。

「キボクには良くしてもらっていた。俺たちがこの国に来たきっかけもその女の我侭だ」

「我侭ではない！」

「姫、黙っていてもらえるだろうか」

違う、違うと騒いでいるが、ニールは聞く耳を持たない。アルフレッドへ向けられた目が、話の続きを促していた。

「挨拶に行けば適当にあしらわれ、ここで過ごしていればそれが面白くないと言いがかりをつけ、俺たちを牢に捕らえたのもその女だ」

「キボク本当か？」

「本当っスね」

確認するニールに、キボクは頷く。

「キボク！」

責めるように、エリカが名を呼ぶ。けれどそれで、証言の真実味が増した。

ニールの表情が、愕然としたものに変わる。共に来た男たちも動揺していた。

常識があることに、悠真は驚く。

正義は自分たちにあると、主張するだろうと決めつけたことを反省した。

「姫は、何がしたかったんだ……」

「偽りの婿候補を立てて、仕事に忙しいあなたにやきもちを妬いてもらおうって企んでたみたいだけど」

隠す理由も義理もないので、悠真は暴露する。焦ったのはエリカだ。

「なぜ勝手に話す！」

　理不尽な理由で牢へ捕らえ、かばってもらえると考えるなど虫が良すぎる。残念ながら悠真はそんなお人好しではない。この場を更地にした後悔もなかった。

「回りくどいことしないで、素直に言えば？」

　価値観が合わないと、二人が完全に破局したところで知ったことではない。

「違う！　本当に婿を探していたのだ。よ、よし、そなたをわらわの婿にしてやろう」

「やだけど」

「わらわの婿になりたくて来たのであろう⁉」

「キボクに誘われて、海底の国に遊びに来ただけ」

「あ、ハル様が言ってるのは本当スよ」

　軽やかな声でキボクからフォローが入る。これだから憎めない。

「だが、わらわの婿になれるのだ。光栄だろう」

「全然」

「失礼な！」

「失礼なのはそっちだろ。我侭言うだけで相手を思いやれないとか、ぜってぇ嫌だ」

　澪も幼なじみの甘えで悠真に我侭を言うが、それは信頼関係が築けているからだ。仕方ないな、と受け入れられる範囲を超えることもない。

　自己中心的で勝手なことしか言わない相手の我侭など、鬱陶しいだけだ。

「姫の我侭に付き合わせて申し訳なかった」

「ニール！」

　味方してもらえないことに、エリカがショックをあらわにする。けれどニールの態度は変わらない。話の邪魔にならないように、侍女たちに船の方へ連れていくように指示した。

「事情を知らなかったとはいえ、私も失礼な態度を取ってしまった」

「あれ、まともだ。この人」

「ハル、本音が口から出てる」

「え、あ、やべぇ」

　悠真としては、心の声のつもりだった。

「いえ、それですべて察しました。この国の主が伏せっているとはいえ、姫に権力を持たせたまま自由にしすぎました」

　今後は制限を設けると、ニールが請け負う。

帰れば縁が切れるので、悠真としてはお好きにどうぞのスタンスだ。

「どうか、改めてもてなしをさせてください」

「あ、もう帰るんで。陸と海底じゃ時間の流れが違うって聞いたから」

浦島太郎にはなりたくない。

一人ではなくアルフレッドとグリューンもいるけれど、悠真が消え、澪に心労をかけると共に孤独にはしたくなかった。

「では、せめてお詫びの品を用意致しますのでお持ちください」

ぱっと浮かんだのは玉手箱だ。悠真は顔を歪める。

いらない。反射的に思ったが、考えてみれば開けなければいいだけで、澪は面白がって喜びそうだ。

「ハル、もらっておけばいい。かなり迷惑をかけられたのだからな」

さりげなくアルフレッドが不快感を伝える。気づいたニールが沈痛な表情を浮かべ、ぜひ、と言うので悠真は頷いた。

『主よ、我はそのカメが下僕として欲しい』

元のコンパクトなサイズに戻ったグリューンが、ふわりと悠真の頭に落ち着く。

「はい!?　オレは持ち帰れませんよ！」

慌てたように声を上げるキボクに、ニールが怪訝な顔をする。意味のある言葉として、聞こえなかったようだ。

「すまない。なんと？」

グリューンはニールに聞かせる気はないらしく、答えない。会話を引き取ったのはアルフレッドだ。

「どうやら、ドラゴンはキボクを気に入ったようだ」

「えぇ！　オレは海から長時間離れられませんってば」

「持ち帰りはしない。俺と従属を結べばいいだけだ」

「そうなんスか？」

「いつでも召喚できるようになる。海から離れられないのは解決できそうな者がいるから、対処させる」

ユーリかな、と悠真は推測してみる。

「それなら——え、いや、えぇ？」

「ちょうどいいな。定期的にハルの欲しい調味料が手に入る。それでいいか？　グリューン」

『いいぞ』

困惑するキボクをよそに、すでに決定事項だ。

ニールから否の声は上がらない。

「俺は、そこの木を何本かもらおうか」

「え」

今度は、悠真が驚く。

「あの木を、ご所望ですか？」

「ああ」

「かまいませんが、特に価値のない木ですよ」

「俺には価値があるからいい」

（ああもう！）

二人のやりとりを聞きながら、心の中で悠真は叫ぶことしかできない。

先ほどまでの怒りはすっかり消え去り、今はすぐにでもアルフレッドに飛びつきたいのを我慢していた。

＊

「――ってことが、あったんだ」

呑気に語られた悠真の旅行中の出来事に、エイデンは唖然とする。とっさに、返す言葉が見つからない。

将来は実家の商会へ入る商人見習いで、休暇中は店にも出ており、接客営業トークもそれなりにできると自負していたが自惚《うぬぼ》れだった。

完全に想像とは違い、驚くことばかりだったのも言葉を失う原因の一つなのは間違いない。せめてなんらかの前置きが欲しかった。散々な目に遭ったとか、災難続きだったとか――。

油断しているところに暴投されると反応できない。頼むから身構えさせてほしいと、エイデンは天を仰ぎたくなる。絶対に心の準備もなく聞く話の内容ではない。波乱に継ぐ波乱で、短期間の間にぎゅぎゅっと濃い経験を悠真はしていた。

詐欺に遭いそうになった――は、まあそういうこともあるなと納得できる。客から世間話の流れで聞くほど詐欺師のことは噂《うわさ》になっていたし、身近にないとは断言できない犯罪で、明日は我が身だ。

けれど海辺で亀に誘われて――この時点で、は？ではあるし、保護者つきとはいえ、海底の国に行ってきたんだは心底わからない。どうしてそうなった。

常識で考えればありえない。周辺諸国では存在を知られていなかった国だ。当然国交もあるわけがなく、突如旅行の土産話の規模が大きくなる。

え、これ俺が聞いてもいい話？　と、エイデンは途中何度思ったかわからない。

　そして極め付けが、牢に捕らわれたのをきっかけに、姫の理不尽さに悠真がぶち切れて、利用者への思いやりもない姫の我侭だけで存在している場所を更地にしてきた、だ。

（いやいやちょっと待った！）

　なんだそれ、とエイデンが突っ込むのは心の中だ。驚きすぎて声など出ない。

（更地にしたってなんだ？　どうやって？）

　絶対的に、悠真は言葉が足りない。詳しく聞きたいような、聞きたくないような葛藤がエイデンに湧き上がる。作り話であれば最後に笑い話になるが、悠真は作り話をするような性格ではない。今聞いたのは、嘘のような本当の話だ。

「へ、へぇ、なかなかできない経験したんだな」

　怒濤《どとう》のように思考は流れていくが処理できないものが多すぎて、他に言いようがない。旅行どうだった？　なんて気軽に尋ねるんじゃなかったと、エイデンは後悔する。本当に迂闊だった。

（いやでも、よくある世間話の一環だよな？）

　店に来店する、顔見知りの客相手にもする。ただ聞かされた内容が、想像の斜め上だっただけだ。

　悠真はこうしているとどこにでもいる一般的な学生に見えるが、異世界人であり、王族の婚約者などやっている特殊なバックグラウンド持ちだ。

　忘れがちだが、普通を当てはめてはいけない。

「そうなんだけどさ、海底にいたせいでせっかく行った避暑地では遊べなかったんだよな」

「……ああ、時間の流れが違うんだっけ。どのくらい？」

「海底にいる間に、陸では大体四倍速くらいで時間が流れてた」

「こわ、それはすごいな」

　誰にも知らせないまま呑気に滞在していると、陸では行方不明扱いだ。

　下手に長期間滞在すれば、知り合いが誰もいなくなる未来もある。想像だけで、エイデンはぞっとした。

「だろ？　陸に戻ったら王都に帰る日でさ」

「それは残念だったな」

「まあ、貴重なもん手に入ったからいいんだけど」

　反射でそれが何かを訊《き》きかけ、エイデンは慌ててぐっと堪《こら》える。危ないところだった。迂闊を反省したばかりだ。

　商人の家系なのでエイデンも好奇心は旺盛だし、野次馬的な気持ちは持ち合わせている。ただ悠真に関しては、うっかり知ってはいけないことだらけなので対象外にしなければいけない。訊くならば慎重に、一市民が知っても障りのない範囲に留めるべきだ。

　そのことはしっかり心に刻んでいるのに、当の本人がマイペースにさらっと話してくれるから、エイデンの胃が悲鳴を上げることになる。心身の平穏のためには、分不相応な情報は得ないようにしようと決意を新たにした。

（今も、ぎりぎりの気がするんだよなぁ）

　気のせいであってほしいと、願うしかない。

「……えっと、貴重なもんって何？　って、訊いていいやつ？」

「なんでそんな遠慮がちなんだよ」

　本当にわからないという顔だ。

　けれどまだ、安易に飛びついてはいけないとエイデンは気を引き締める。

「いや、ほらさ、色々あるだろ？」

　とにかく、国の機密事項には触れたくない。

「色々？　はわかんねぇけど、エイデンに土産で持ってきた」

「は？」

　いつも身につけているバッグから、大きめの実が出てくる。海底にある木から採れる醤油の実で、中に調味料が入っていると言った。

「こっちが、中身を瓶に移し替えたやつな。実から出すと鮮度落ちるって言うから、一個はそのまま持ってきたんだ」

「ちょ、待て。これ超上級ポーションの瓶だろ⁉　そこに調味料入れたのかよ！」

　瓶だけでも高価だ。

　常なら透明で、瀕死の状態でさえも治癒する液体が入っているが、今は調味料だという黒い液体が瓶を満たしていた。

「これしか手持ちの瓶がないって言ってたんだよ」

　ここで誰が、とは訊いてはいけない。

「……しょーゆって、どうやって使うんだ？」

　聞いたこともない、初めて知る調味料だ。

「どう言えばいいんだろ。料理にも使えるし、そのままかけるだけでもいい？」

「ふうん、試してみるわ。ありがと」

「うん、俺が元いた世界では定番だけど、この世界にはなかったから俺にとっては貴重ってだけなんだけどな」

（なんだって⁉）

　この世界にはない異世界で定番の調味料など、とんでもなく貴重だと悠真は気づいていない。美食を謳《うた》う身分のある者たちが、どんな手段を使っても、争ってでも手に入れたくなる品だ。

　それが目の前にあることに、エイデンは背筋が冷える。期せずして、相応《ふさわ》しい超高級ポーションの瓶に入っていた。

「味噌もあるんだけどさ」

「遠慮する！」

「そうか？」

「ああ、俺には分不相応だ」

「なんでだよ」

　冗談だと思って悠真は笑っているが、心からの言葉だ。事情をすべて知る突っ込み役が、切実に欲しくなった。

（仲間が欲しい！）

「あと桜の木をもらってきたんだけど」

「木？　海底からどうやって持ってきたんだ」

「土魔法で周辺の土ごとぼこっと掘り上げて、空間収納に入れて」

「……すごいな」

　手っ取り早いことは確かだ。

　そんなことができる者は限られているが。

「今植える場所を整えている最中なんだけど、花が満開で、この世界では珍しいみたいだからさ、今度見に来いよ」

「まあ、機会があったらな」

　気にはなるが、悠真の住む場所は王宮だ。

　気軽に行けるところではない。もうだめだ、キャパシティはオーバーだとエイデンは話題を変えることにした。

「これ、チカに頼まれていたのな」

　エイデンはケースを開いて、悠真に見やすいようにテーブルの上に置く。

　視線を落とし、ぱたぱたと瞬きすると相好を崩した。

「ありがとな、エイデン」

「いえ、こちらこそありがとうございます。お客様」

口調と声のトーンを営業用に変えると、悠真が笑う。

「贈り物用に包装しますか？」

以前アクセサリーに興味はないと言っていたから、誰かに贈るものだろうと予想し、エイデンは提案する。誰の元へと渡るのかも、見当はついた。

「頼んでいい？」

「承知しました。少々お待ちください」

「フツーに話せって」

「わかった。ちょっと待っててくれ」

「急がなくていいからな」

「ああ」

包装を頼むために、上客用の部屋を後にする。今回注文を受け、品質の良い物を探すのにかなり苦労したのだが、悠真の表情を見た途端報われた気がして、これからもできる限りのことをしようとエイデンは心に決めた。

＊

王宮ならではの厳選された最高の紅茶の茶葉、できたてでまだ温かい焼き菓子、他にもティータイムに必要なものに抜かりはない。

背筋をぴんと伸ばし押していたティートローリーを、行き先であるドアの前で止める。軽く拳を握ると、丁寧にノックした。

応えはすぐにある。この声は事務官だ。

「失礼します」

ティートローリーと共に室内へ入る。書類に格闘する二人の姿が視界に映った。

「さあ、ティータイムといきましょう！」

ぽかんとして固まるトーマスに、澪はにっこりと笑う。執務室の主であるアルフレッドは平然としていた。

「今日は忍ぶ気はないのだな」

「必要ないもの」

目的は一緒にお茶をすることだ。

以前の『潜入！　メイドは見た』を目論《もくろ》む必要はない。素行調査などせずとも一目瞭然で、アルフレッドの優先順位の筆頭は悠真だ。

「お茶を飲みながら、旅の土産話を聞かせてね、のお誘いだよ」

「ハルではなく俺？」

「ハルは課題に追われてそれどころじゃなかったし、

今日はエイデンくんのとこ行ってるし」

　土産を渡されたときに確認したら案の定終わっておらず、焦って課題をやり始めたので話を聞くどころではなくなった。

（ほんとにハルらしいというか）

　異世界に来ても変わらない、恒例の休暇が終わる直前の光景だ。

「だからアルフレッドさんに聞こうかなって」

「お茶を自ら運ばずともいいのでは？」

「手順を踏んでとか手間だもの。私がお茶と共に来ればほら簡単」

　話しながら、魔法を使ってテーブルの上にお茶と菓子の用意をする。本当に魔法は便利だ。使えるものは使うの精神で、澪は気軽に日常生活で利用していた。

　トーマスの分は、毎回同席を固辞されるので今いる机の上に着地させる。本音は退室したいのだろうが、仕事はあるし、何よりアルフレッドと澪を二人きりにするわけにはいかない。本当に異世界の常識は面倒くさかった。

「給仕は、聖女がする仕事ではないがな」

「王族のする仕事でもないと思うけどー」

甲斐甲斐《かいがい》しく悠真の世話を焼いているのを知っている。澪の突っ込みは、緩い笑みで流された。

「ジョシュアくらい連れてくればいい」

　ソファに澪が腰を下ろすと、テーブルを挟んで向かいに座ったアルフレッドに軽い苦言を呈される。これは澪の身を案じているのではなく、聖女の護衛騎士であるジョシュアの胃を案じていた。

　護衛を撒《ま》いて澪が姿を消すせいで、当初担当していた高位貴族の令息たちに役割を押しつけられたのが、伯爵令息ジョシュア・ラッセルだった。

　お願いですから消えないでくださいと嘆くが、自分では無理だと上役に訴えることもなく、役割を全うしようとするまっすぐさだ。歳《とし》の割には童顔で、貴族主義の第一騎士団に所属していても身分に偏見はない。一緒にいて息苦しさがないので専属にしてもらった。

　そのことでやっかまれるかと心配したが、周囲は専属の護衛騎士が決まったことにほっとしている。お互い様の感情だ。

「連れてたらバレバレで厨房《ちゅうぼう》に入れないし、気軽に話せないもの」

　他人の目がある時は、アルフレッドの態度は一線を引いたものになり、楽しく土産話を聞けない。

「まあ、そうだな」

「あの、俺は？」

　おずおずと、トーマスが声を上げる。居心地が悪そうだ。

「アルフレッドさん側の人だし、妙に存在感を消すのがうまいから気にならないんだよね」

「わかりました。これからも俺のことは景色の一部だと思っていただければ！」

　真面目な顔での申し出に澪は笑う。アルフレッドにも異論はないようだ。

「ねぇ、旅行中に何があったの？」

　味噌と醤油は嬉しいが、疑問も大きい。絶対的に言葉の足りない悠真に聞くよりも、アルフレッドに聞く方が正確なことが知れる。

　好奇心を満たすように、詐欺師のこと、海底でのことを澪は教えてもらった。

「……すごい、ハルを本気で怒らせたんだ」

「ああ。新たな一面を知ったよ」

　容赦なく更地にしたのに、アルフレッドの表情は楽しそうだ。

　悠真のすることならなんでも肯定しそうで、どうなのそれ、と思うと共に澪は好ましく感じる。絶対的な味方がいるのは、安心感があった。

「ハルはね、呑気な性格で、好き勝手する私の影に隠れて控えめな印象だけど、実は怒らせたら一番ダメなタイプなんだよね」

　幼い頃から強い姉と澪がそばにいるせいで、大抵のことはまあいいかで悠真は受け入れる。特に、気を許した者には無自覚に甘い。

「子どもの頃にね、私に意地悪する子がいたんだ。まあそれは好きな子に意識してほしくてしてたって今ならわかるんだけど、ダサって思うし、私が平然と無視してたら一線を越えるようないじめ方したんだ。そしたらハルがブチ切れ」

　普段は争い事を好まない悠真が、向こうが先に手を出してきたせいで最終的には殴り合いのケンカだ。

「でね、大人に事情を訊かれて、手を出したのは悪いと思いますが、先に女の子に対して最低なことをしたのはそいつですって、ハルは冷静に今までいじめっ子がしたことを全部暴露。当然私も援護するから、その子は大人たちに怒られて大泣きって結末。私宛の謝罪の手紙まで書かされてた」

　いじめられたことは覚えているが、名前など覚えていない。嫌なことをされて、好感度が上がるなどありえないことだ。

「俺もハルを怒らせて、バッサリ切り捨てられないようにしないとだな」

　存外真面目な声でアルフレッドが言うので、澪は吹き出す。

　そんな風に考えられるのだから、大丈夫だ。

「姫に対してハルが怒るくらいだもの、私ならもっと早くにぶち切れてるわね。間違いなく」

「ああそれで」

「それでって？」

「ミオは正面切って姫にケンカ売るから呼べないと」

「さすが、よくわかってるなあ」

　肯定すると、トーマスがなんとも言えない顔をする。最近は聖女という肩書きに夢を見てはいけないと悟ったらしく、当初よりはリアクションは控えめだ。

「私だったら、もっと徹底的にやるもの」

　悠真ほど優しくも甘くもないので、自分勝手なエリカのために、ニールの執務室から見えるところに桜の木を植えるなんて絶対にしない。

　渡したブレスレットで、伏せっていた国王まで癒やしてくるからお人好しだ。

（まあ理由が、キボクたちがかわいそうだからなんだけどね）

　要は、責任持ってエリカをどうにかしろよ、だ。

　澪なら、定期的に醤油と味噌を手に入れるには邪魔者は排除に限る。そんな目論見を持って対処できる国王を癒やすが、悠真はそこまで考えていない。

「俺でもそうだな。ハルのおかげであの国は無事だといえる」

　トーマスが息を呑む気配がしたが、アルフレッドと澪は顔を見合わせ笑う。

「でも海底の国、行ってみたかったなぁ」

「行きたいなら連れていくが？　転移できるし、案内役もいる」

「キボクね！　興味あるから召喚してほしいな。会ってみたい」

「海から離れられない対処法をまだ用意できていないが」

「どうなるの？」

「かなり小さくなって、動きが鈍くなると言っていた」

人が乗れるサイズではなくなるということだ。

想像した澪は、不思議そうに首を傾げた。

「それって通常サイズじゃないの？　乗れる方が珍しい気がするんだけど」

「そうだな。試しに喚《よ》んでみるか」

「やった！」

「えぇ！　そんなことしていいんですか⁉」

空気に徹していたトーマスが、声を上げる。

「俺が契約してるんだし、いいだろう」

「そうそう。いいじゃない。内緒にしておいてよ」

「この部屋、なんでもアリになってませんか⁉」

無視して、アルフレッドは魔法陣を描く。

ぱっと現れた大きな亀に澪が驚くと、みるみるうちに小さくなって、両掌に乗る程度の大きさになった。

「ほんとだ、小さくなった」

「え、え、なんスか？　ここどこッスか⁉」

取り乱す姿が微笑ましい。

キボクの目の前で澪はしゃがむと、つん、と指先でつつく。間近で亀を見たのは初めてだけれど、案外かわいいかもしれない。

「誰ッスか⁉」

「初めまして。ハルの幼なじみで聖女やってる澪だよ」

楽しいを、また一つ見つけた。

＊

ふわりと、悠真はあくびが洩れる。窓の外に広がる空は青く、日差しは残暑を感じさせるのに室温は快適で、寝不足気味の悠真を眠りへと誘《いざな》った。

休暇が終わったアルフレッドは、今は執務中心の生活に戻っている。むしろ休んだ期間の仕事が山積みになっているのか、事務官のトーマスがどことなくくたびれていた。

悠真も課題という現実を澪によって突きつけられ、数日必死にならざるを得なかったが無事に終わらせている。かなり手伝ってもらったので学力に反映はされないだろうが、提出できればいいのスタンスだ。

学園が再開してからやり始めないだけ褒めてほしい。

休暇はもう終わりに近づいている。今は特にやりたいこともなく、精力的に動く気にもなれず、悠真は部屋で寛いでいた。

（ああ、ねむいだめかも……）

気だるさのある身体は睡魔の誘惑に抗えない。

ちょっとだけ、と悠真はベッドに倒れ込む。取り替えられたばかりのピンと張った清潔なシーツが身体を受け止めた。

意識はすぐに沈んでいく。

それからどれくらい寝ていたのかわからないが、ふっと意識が引き上げられる。ベッドが沈むのを感じて、悠真はゆるゆると瞬きした。

「起こした？」

「ん、ぅん、仕事、は？」

声にはまだ、眠気がまとわりついている。起きるつもりはあるのに瞼は重く、覚醒には遠かった。

「今日はもうそばにいる。ハルの休暇も終わるからな」

「ん」

それなら、と悠真は掌でシーツをたたく。一緒にもう少しだけ昼寝をしようと、アルフレッドを隣へ促した。

「……悪い」

けれど返ってきたのは謝罪で、部屋で仕事をするのかとぼんやりする思考で考える。それなら起きようかと悠真が眠りを手放そうとすると、影が落ちるのを感じた。

瞼を上げる前に、唇が柔らかなもので塞がれる。それがアルフレッドの唇だとすぐに気づいた。

触れた吐息は熱い。

わずかな触れ合いで離れていった熱に物足りなさを感じた途端また重なる。ゆるく結んでいた唇の隙間を、アルフレッドの舌が撫《な》でた。

意図を察し悠真が唇を緩めると、ぬる、とした感触と共に舌が口内へと入り込む。

軽く舌先を触れ合せて絡め、徐々に執拗《しつよう》さを増していく口づけに悠真は呼吸がうまくできなくなった。

「ふ、ぁ……っ」

喘《あえ》ぎながら唇を外すように息をして、覆いかぶさるアルフレッドの肩を押す。完全に目が覚めた。

「アル、フレッド？」

「ん？」

乱れた呼気を整えていると、濡れた感触を首筋に感じる。熱い吐息も触れて、音のような息を悠真がこぼすと、アルフレッドの掌が肌の上を撫でた。

いつの間にかシャツがはだけている。手際のよさに驚くと、肌をまさぐる指先が胸の尖《とが》りを掠《かす》めた。

「……っ」

とっさに身を捩《よじ》ると、アルフレッドは反対の乳首を唇で咥《くわ》える。やわく食《は》む刺激で硬さを増すと、舌先で転がした。

「え、やんの？」

「だめ？」

窺う形ではあるが、実際は尋ねてはいない。返事も待たず、アルフレッドは唇で、指先で、悠真の身体中に刺激を与えていった。

「眠かったら、寝てていいよ」

寝ていられるわけがない。わかっていて言っているのだから性質が悪かった。

拒否の言葉がないのを正式な了承と取り、唇はゆっくりと下へ移動していく。

その間にも、指先は期待を持たせるように、ズボンと肌の境目をなぞる。今度はくすぐったくて身を捩ると、アルフレッドは下着と共に躊躇なく引き下ろした。

「あ」

肌が直接シーツに触れる。心許《こころもと》なさを感じていると、アルフレッドは手早く悠真の足を抜き、ベッドの下へと落とした。

「反応してる」

「言うな！」

羞恥に、悠真は手で顔を覆う。先ほどの愛撫《あいぶ》であっさり性器は昂《たか》ぶり、先端から雫《しずく》をこぼしていた。

「なんで、嬉しい」

長い指がするりと、昂ぶった性器に絡みつく。ゆるく動かされるだけでたまらない。剣を握る手が、今は悠真の性器に愛撫を施していた。

「んんっ、あぁっ」

溢《あふ》れていた雫がアルフレッドの手も濡らし、下肢から水音が響く。同時に乳首を執拗に舌が舐めるせいで喘ぐような声が唇から洩れ、手の動きに合わせ悠真はびくびくと身体を跳ねさせた。

身体の中で、熱が燻《くすぶ》っていく。

息を吐き出しても、それは逃げていかない。

「気持ちいい？」

こくこくと、悠真は頷く。

巧みな手淫に、今にも達してしまいそうだった。

「こっちも触るよ」

窄《すぼ》まりをぬるりとした感触が撫でる。反射的に、腰が大きく跳ねた。

「まだ柔らかい」

繰り返し撫で、ほぐすような動きで指先が窄まりを押し、内側に入り込む。昨夜受け入れたばかりなので、難なく奥まで呑み込んだ。

敏感な場所を指が掠め、動物が鳴くような声が悠真の唇からこぼれる。恥ずかしい。

「痛みはなさそうだね」

緩慢に頷く。ただ行為に慣れているかといえば話は別だ。身体を繋げた回数はまだそう多くない。

意識すればするほど、中に埋め込まれた指を締め付けてしまい悠真は喘ぐ。

指の動きに合わせ唇からこぼれる息が色づき、乱れて甘さを増していく。下腹部には重さがたまっていくようで、直接触れられていない性器も、雫を滴らせていた。

「ひ、あっ、や、あぁぁ、んん……あっ」

時折掠められる程度だった敏感な部分を、不意に指の腹が押し擦られる。たまらずに、悠真は身体を逃がした。

けれど腰を掴《つか》んだ手に逃がしてもらえない。執拗に嬲《なぶ》られれば、指の動きに合わせ腰が揺れる。動きが少し乱暴になり、悠真は大きく喘いだ。

「やだ、も、むり！　ふ、ぅ、あぁっ」

頭を振り無理だと訴え、足の間にある腕を掴む。それでやっと手が止まり、ほっとする。は、は、と乱れた息を悠真は吐き出した。

ずるり、と指が抜けていく。それにさえも悠真は喘ぎ、強い刺激から解放された途端脱力感に襲われた。

「俺も限界かな」

ぐったりと投げ出した悠真の脚をアルフレッドが広げる。指で開かれた場所はひくひくと蠢《うごめ》き、もっと欲しいと浅ましくも誘っていた。

「ハル」

望むままに、指とは違う質量のものを押しつけられる。視線を下げると、窄まりを撫でる昂ぶった性器が見えた。

唇が重なる。互いに舌を絡め合い、悠真が心地好さに浸っていると、ぐぐ、と奥へと押し込まれた。

「んっ」

圧迫感に、声が押し出される。隙間なくぎっちり埋め込まれれば、どうしようもない苦しさもあった。

それでも先にある快楽を悠真はもう知っている。中で脈打っているのがわかる性器に擦られることを、身体は望んでいるようだった。

　はあ、とアルフレッドが息を吐く。隠しきれない、情欲が滲んでいた。

「気持ちいいな」

　あけすけな言葉に、悠真は口元が緩む。好きな人が気持ち良くなってくれるのは嬉しかった。

「ハル、動くよ」

　ゆっくりと、アルフレッドが腰を引く。途端、ぞぞっと背を駆け上っていく感覚があった。

　息を詰めていると、またゆっくり奥まで入り込まれる。悠真の唇からは、甘ったるい声がこぼれた。

「んっ、あ、ぁっ」

　突かれるたび、こぼれる声が止められない。手で口を塞ぐと、その手を取られた。

　指先が絡み、ベッドへと縫い付けられる。抗議するように睨めば、色を深めた瞳が近い距離で悠真の瞳をのぞき込んだ。

「誰も来ないよ」

　そういう問題ではないし、それどころではない。

　アルフレッドの官能を窺わせる表情、溢れるような色気を滲ませた綺麗な瞳が見えるということは、同じように悠真も全部、昼間の明るいベッドの上で晒《さら》しているということだ。

　見下ろす視線は遠慮がない。さすがに羞恥を覚え、悠真は顔を逸《そ》らした。

「まった、むり、やばい」

　比較的無頓着な性格とはいえ、足を開き、男を受け入れたあられもない姿を白日の下晒し、痴態を見られたくはない。

「ハル？」

「明るすぎるって！　カーテンしめろよ」

　天蓋付きのベッドなのだから、カーテンを結ぶ紐《ひも》をほどけば簡易な密室になる。明るさも、少しはましになるはずだ。

「……それは聞けない」

　無情な宣言の後、アルフレッドは手を縫いつけたまま器用に腰を使い始める。逃れられない快感が、じわじわと悠真の全身に広がっていた。

「や、ああぁっ、んぁっ」

　嬌声《きょうせい》をこぼす唇を塞ぐことも、アルフレッドに見下ろされている表情を隠すこともできない。抗議するように睨んでも、楽しそうに目を眇《すが》めるだけだ。

「ハル、あんまり煽るな」

「あお、て、な、ああぁ、んっ」

口を開いていたせいで、綺麗に声が出る。唇の端を持ち上げるアルフレッドは、間違いなく故意犯だ。

心の中で悪態をついても、腰を打ちつけられるたびに、唇から官能を溶かした声が洩れるのを悠真は止められなかった。

不意に放っておかれた昂ぶりを握り込まれる。腰が跳ね、後孔が震えた。

「ひ、あ、ああ……っ」

「ハル」

掠れた甘い声が、鼓膜を揺らす。解放された手でアルフレッドの背にしがみつくと、遠慮なく追い上げる指先にぬめる先端を押し潰され、割れ目を引っかかれて悠真は吐精した。

「ああ、あっ、ん、っ」

達している最中にも容赦なく穿《うが》たれ、内壁を擦られて悠真は逃げを打つ。その腰を引き戻され、ぐ、と最奥を突くとアルフレッドは精を吐き出した。

濡れる感覚に、悠真は身体が震える。じわじわと熱が広がっていった。

荒い呼吸を繰り返す唇に、アルフレッドが優しく口づける。ゆるりと瞼を上げると、目元にも唇が落とされた。

汗で張り付いていた髪を優しい指先がかき上げる。深い息を吐き出すと、アルフレッドが腰を引き、ずる、と引き抜かれる感覚に悠真は喘いだ。

窓の向こうの、明るい空が視界に映る。昼間から何やってんだ、と思うが、拒否しきれないのだから仕方がない。ごろんと寝返りを打って、悠真はだるい身体を投げ出した。

整えられていたシーツも、汗と精でぐちゃぐちゃだ。そこまで考え、悠真はぶわっと頬が熱くなった。

「うわぁ」

「ハル？」

心配そうな声が名を呼ぶが、それどころではない。

汚したシーツは、当然換えなければいけない。けれど交換し、洗濯するのはアルフレッドでも悠真でもなかった。

整えられたばかりのシーツを汚したことにも気が引けるが、ここで何をしていたかは一目瞭然で、これを誰かが――アガットかマーサの予感しかしないが、換えるのかと思うと羞恥で息が止まりそうになった。

「ハル。肌を会わせた直後に、俺以外のこと考えるとかひどいな」

低められた声に、悠真は意識が引き戻される。向けられる眼差しは剣呑だ。

「足りなかった？」

「ちが」

くるりと悠真の身体を返し、アルフレッドが腰を引き上げる。足を開くと、間に身体を入れた。

「ちょ！」

「こぼれてる」

かあっと血が上る。どこを見ているのかなんて、背を向けていてもわかった。

丸見えだ。視線を感じる。意識すれば、ひくんと襞《ひだ》が収縮した。

「誘ってる？」

「誘ってない！」

慌て、逃げようとしても敵《かな》わない。押し当てられたものに、嫌でも思い当たった。

「アルフレッド！」

「ん？」

おざなりな返事で、ぐぐっと入り込まれる。緩んでいた内側は、抵抗もなく呑み込んだ。

「あぁっ」

たっぷり注ぎ込まれた精がぐちゅぐちゅと音を立て、無遠慮に内側を擦り上げられる。燻っていた熱はあっという間に再び灯り、押し寄せる快楽に悠真は何も考えられなくなった。

さらにどろどろになったシーツに絶望し、強引に風呂に連れ込まれ、身体を清められておぼつかない足取りで戻ってくると、清潔なシーツに替えられたベッドを前に、悠真が羞恥に悶《もだ》えるのはもう少し先のお話。

聖《せい》女《じょ》召《しょう》喚《かん》に巻《ま》き込《こ》まれましたが、異《い》世《せ》界《かい》の居《い》心《ごこ》地《ち》は案《あん》外《がい》悪《わる》くもない？・2

初出「聖女召喚に巻き込まれましたが、異世界の居心地は案外悪くもない？」
小説投稿サイト「ムーンライトノベルズ」で掲載

2024年6月5日　初版発行

著者　みぃ
イラスト　芦《あし》原《はら》モカ

発行者　野内雅宏

発行所　株式会社一迅社
〒160-0022
東京都新宿区新宿3-1-13　京王新宿追分ビル5F
電話　03-5312-7432（編集）
電話　03-5312-6150（販売）

発売元：株式会社講談社（講談社・一迅社）

印刷・製本　大日本印刷株式会社

DTP　株式会社三協美術

装丁　AFTERGLOW

ISBN978-4-7580-9625-6

おたよりの宛先
〒160-0022　東京都新宿区新宿3-1-13 京王新宿追分ビル5F
株式会社一迅社　ノベル編集部
みぃ先生・芦原モカ先生